Maike Braun
Portugiesische Abrechnung

Maike Braun, geboren 1962 in Reutlingen, studierte Naturwissenschaften in Deutschland, den USA und Großbritannien. Heute lebt sie in Hamburg. Nach mehreren Jahren in der Hirnforschung arbeitet sie als selbstständige Beraterin, Mediatorin und Autorin. Sie verbringt jedes Jahr mehrere Wochen in Portugal, weshalb ihr das Thema Klimawandel und die »Nationale Meeresstrategie« Portugals besonders am Herzen liegen.

Maike Braun

Portugiesische Abrechnung

Kriminalroman

PIPER

Mehr über unsere Autoren und Bücher:
www.piper.de

Wenn Ihnen dieser Krimi gefallen hat, schreiben Sie uns unter
Nennung des Titels »Portugiesische Abrechnung«
an empfehlungen@piper.de, und wir empfehlen Ihnen
gerne vergleichbare Bücher.

ISBN 978-3-492-50677-9
© Piper Verlag GmbH, München 2023
Redaktion: Franz Leipold
Satz auf Grundlage eines CSS-Layouts
von digital publishing competence (München)
mit abavo vlow (Buchloe)
Covergestaltung: FAVORITBUERO, München
Covermotiv: Bilder unter Lizenzierung von Shutterstock.com genutzt
Printed in Germany

Kapitel 1
Abschied

Selva stand am Fenster ihres Apartments und fragte sich, ob sich jetzt sogar das Wetter gegen sie verschworen hatte. Draußen hatte das Großreinemachen begonnen. Genau wie in ihrem eigenen Leben. Ein zorniger Wettergott kippte den Regen kübelweise über der Stadt aus, ließ Rinnsale zu Sturzbächen anschwellen, spülte achtlos Fallengelassenes fort, Pappbecher, Plastikflaschen, sogar eine Sandale konnte sie ausmachen. Er drehte den Wind auf und kärcherte dann die Straßen. Die wenigen Passanten, die sich hinaus ins Freie wagten, stemmten sich mit ihren Schirmen gegen seine Wut.

Sie war froh, wenn sie das alles endlich hinter sich lassen könnte: den Regen, die Stadt, die bambiäugigen Idealisten der Direktion Klimapolitik, die es nicht hören wollten, wenn sie ihnen zum x-ten Mal die fehlende Wirtschaftlichkeit ihrer Maßnahmen vorrechnete, das für eine Person viel zu teure Apartment, ihre gescheiterte Ehe.

Nur, wohin sollte sie gehen? Zurück nach Hamburg, wo das Wetter kaum besser und die Mieten noch höher waren? Sie war Mitte vierzig, das war mindestens zwanzig Jahre zu früh, um sich aufzugeben.

Sie warf ein paar Kissen vom Sofa, unter denen sie ihre Schlüssel vermutete. Nachdem sie sie gefunden hatte, schlüpfte sie in ihre Pumps, überlegte es sich anders und zog ihre Laufschuhe an. Sie knöpfte den Regenmantel zu, zurrte den Gürtel fest und griff nach dem Regenschirm. Aufmunternd nickte sie ihrem Spiegelbild zu. Bereit für den Sturm.

Zehn Minuten später, die nassen Haare klebten ihr im Gesicht, betrat sie das Café; viele Steckdosen, gutes WiFi, schlechter Kaffee. Sie entdeckte Özlem nicht sofort und befürchtete schon, sie habe sie versetzt.

»Du bist pünktlich«, sagte Özlem und nickte anerkennend, als Selva an ihren Tisch trat. Sie griff in den Serviettenspender und nahm eine Faust voll Papierservietten, um sich damit Hals und Stirn zu trocknen. »Ich bin eben lernfähig«, sagte sie, streifte den nassen Mantel ab und legte ihn neben sich ab.

Özlem schob ihr einen braunen DIN-A4-Umschlag zu. »Die Scheidungspapiere.«

Selva sackte auf den Stuhl. Acht Jahre waren sie zusammen gewesen. Zwei Wochen, nachdem die gleichgeschlechtliche Ehe in Deutschland eingeführt wurde, hatten sie geheiratet. Vor einem Jahr war sie Özlem nach Brüssel gefolgt, als die dort eine Stelle bei Europol angenommen hatte. Jetzt war ihr überraschend eine leitende Funktion beim LKA in ihrer Heimatstadt Düsseldorf angeboten worden. Da konnte sie nicht ablehnen, hatte Özlem erklärt.

Selva musterte ihre Noch-Ehefrau. Die Kombination aus rotbraunem Haar, einem Gesicht wie aus feinstem Meißner Porzellan und Augenbrauen, die sich wie Schwanenschwingen über ihren honigwarmen Augen erhoben, verlieh ihrem Aussehen etwas Zartes, geradezu Verletzliches. Doch das täuschte. Darunter verbarg sich eine hartnäckige Ermittlerin und ehemalige Landessiegerin in Mixed Martial Arts. Das spitzbübische Lächeln, in das sich Selva vor acht Jahren verliebt hatte, war längst einem Vorwurfs-V auf der Stirn gewichen.

Özlem betrachtete sie mit derselben kühlen Professionalität, mit der sie vermutlich auch Verdächtige verhörte. Doch Selva war keine Verdächtige. Sie war das Feuerwerk in ihrem Leben, die rettende Hand, die Özlem immer wieder aus dem selbst gegrabenen Loch namens Arbeit zog. Zumindest hatte das Özlem bis vor wenigen Monaten noch gesagt. Was war geschehen? Wo hatten sie, wo hatte Selva die falsche Abzweigung genommen? Wann war aus dem Feuerwerk »Sprunghaftigkeit« geworden? Aus der rettenden Hand »ein ständiges Zerren und Ziehen«?

»Ich hätte dir die Papiere auch per Kurier schicken lassen können«, sagte Özlem jetzt.

Wortlos nahm Selva die Dokumente aus dem Umschlag und blätterte zur letzten Seite.

»Wann trittst du deine neue Stelle an?«, fragte sie und kramte in ihrer Handtasche nach etwas zu schreiben.

Özlem reichte ihr einen Kugelschreiber. »In einer Stunde geht mein Zug.«

»So schnell? Ich dachte, wir gehen noch ein letztes Mal zusammen essen und stoßen auf die guten Zeiten an?«

»Das hatten wir doch alles schon, Selva.«

Ein kurzes Nicken, Selva unterzeichnete die Papiere. »Brauchst du Hilfe beim Umzug?«, fragte sie und hoffte, es klang beiläufig.

Özlem zögerte, bevor sie antwortete. »Jonathan hilft mir dabei.«

Das hätte sich Selva denken können. Jonathan war ihr Sohn aus erster Ehe. Er ließ keine Gelegenheit aus, sie spüren zu lassen, dass er lieber ihre Ex-Frau als Mutter gehabt hätte als sie.

Özlem berührte ihre Hand. »Gib ihm etwas Zeit. Er ist erst zwanzig. Da ist es ganz normal, dass er rebelliert.«

Schon möglich, dachte Selva und zog ihre Hand zurück, doch von Problemen mit seinem Vater hörte sie nie etwas. Vermutlich hatte Özlem trotzdem recht. Aber es tat weh. Das alles hier tat weh, verdammt weh, sogar.

Kurz darauf stand Selva erneut im Regen und überlegte gerade, ob sie ihre neu gewonnene Freiheit, denn als das würde sie ihren Single-Status ab sofort betrachten, mit einem Besuch beim besten Chocolatier Brüssels feiern sollte, als ihr Chef anrief. Genau genommen, war er ihr Auftraggeber bei der Europäischen Kommission, für die er sie als externe Sachverständige angeheuert hatte. Sie hatte Karel von Anfang an gemocht, seinen Pragmatismus und die Art, wie er seine Leute behandelte, die Tatsache, dass er auch mal fünfe gerade sein lassen konnte, genauso wie seine Vorliebe für gutes Essen und seinen von einer kleinen Butze zum Elektroauto umgebauten Porsche Carrera.

»Bist du immer noch an einem Tapetenwechsel interessiert?«, fragte er jetzt. Ohne ihre Antwort abzuwarten, fuhr er fort: »Ich habe da vielleicht etwas für dich.«

Eine gute halbe Stunde später klopfte Selva mit durchweichten Schuhen an Karels offene Bürotür. Er nahm ihr den Mantel ab und deutete auf die Sitzecke. »Kaffee? Etwas Stärkeres?« Als sie den Kopf schüttelte, holte er eine Packung Pralinen aus der Schreibtischschublade. »Hm?«, fragte er, und sie nickte. Vorsichtig öffnete er den Pappkarton und schob ihr die dunklen Köstlichkeiten zu.

»Woher wusstest du, dass ich meinen neuen Status mit Schokolade feiern will?«, fragte sie und nahm nun doch einen Espresso.

»Like minds think alike«, sagte er. »Ich tröste mich auch gerne mit Süßkram, wie man sieht.« Selva zwang sich, nicht auf seinen Bauch zu schauen, über dem sich das Hemd bereits ordentlich spannte.

»Also, was hast du für mich?«, fragte sie nach der zweiten Praline.

»Ein ehemaliger Studienkollege aus Lissabon hat mich gestern angerufen. Der Mann leitet die Direção Municipal de Ambiente, Estrutura Verde, Clima e Energia der portugiesischen Hauptstadt, ist also so etwas wie der Leiter der Umweltbehörde Lissabons. Er ist gerade dabei, die Treibhausgasbilanz für die Stadt zu aktualisieren«, erklärte Karel. »Anscheinend stimmt da was mit den Zahlen nicht, und er könnte Unterstützung gebrauchen.«

»Die haben doch bestimmt eigene fähige Leute. Außerdem habe ich keine Ahnung von Energiebilanzen. Ich kenne mich nur mit Handelsbilanzen und solchen Dingen wie Cash Flow und Gewinnmargen aus.«

»Ich weiß«, sagte Karel und griff ebenfalls nach einem der mit karamellisierten Pekannüssen bestreuten Nugatwürfel, »aber er klang ziemlich aufgeregt. Er ist überzeugt, dass jemand die Arbeit seiner Leute torpediert.«

»Dein Freund ist Verschwörungstheoretiker?«

Karel schüttelte den Kopf. »Nein, er ist ein bodenständiger Kerl. Isst mindestens einmal pro Woche Bacalhau.« Auf Selvas fragenden Blick hin fügte er hinzu, dass es sich dabei um ein portugiesisches Nationalgericht handelte. »Außerdem geht er gerne segeln und trägt Dreireiher mit Einstecktuch.«

Selva war nicht überzeugt, dass diese Eigenschaften, vor allem die letzte, gegen Verschwörungsängste sprachen; Schwurbelglauben machte nicht vor dem schmiedeeisernen Gatter einer Villa halt.

»Und wie soll da jemand von extern helfen?«, fragte Selva, »noch dazu jemand, der weder Portugiesisch kann noch eine Ahnung hat, wie man eine Treibhausgasbilanz erstellt geschweige denn überprüft?«

»Letzteres ist gar kein Problem, dafür gibt es Online-Kurse, und ansonsten gehst du vor wie immer«, meinte Karel. »Du stellst so lange blöde Fragen, bis du den Wurm gefunden hast, den Bruch in der Logik, den Fehler im System.«

Selva verdrehte die Augen.

»Du weißt, was ich meine«, sagte Karel. »Ich kenne niemanden, der schneller einen Wust Zahlen durchblickt als du.«

»Brauchst du mich nicht gerade jetzt, wo eine Reihe von Ausschreibungen ansteht?«

Er winkte ab. Nach einem kurzen Zögern fügte er hinzu: »Außerdem ist Roberto technisch nicht so versiert. Beim letzten Zoom-Anruf sah ich die gesamte Zeit über nur sein Ohr.«

Sie lachte auf. Rasch googelte sie den Leiter der Umweltbehörde Lissabons, einen älteren Herrn namens Roberto Ferreira. »Was genau erwartest du von mir, und was erwartet dein Studienkollege von mir?«

»Deine Aufgabe besteht laut Karel darin, sämtliche Zahlen nochmals unabhängig auf Konsistenz und Plausibilität zu überprüfen. Im Wesentlichen ein Schreibtischjob, der dir viel Zeit lässt, abends die Bars zu besuchen oder am Tejo zu schlendern. Du musst vielleicht mal zu einer Anlage rausfahren, um zu checken, ob die Größenangaben stimmen, so was in der Art.« Insgesamt ging Karels Studienkollege von maximal drei Monaten aus.

»Und danach?«, fragte sie.

»Danach kommst du selbstverständlich braun gebrannt und gut erholt wieder hierher zurück«, erwiderte er und schob, als er ihren Gesichtsausdruck sah, ein »ganz bestimmt« hinterher.

»Warten wir's ab«, meinte Selva. Vielleicht wollten seine Mitarbeiter ja auch eine dauerhafte Auszeit von der hässlichen Realität der Zahlen nehmen, mit denen sie sie täglich konfrontierte. Gewundert hätte sie das nicht. Romantik schlug noch jedes Mal Realismus.

Karel zeigte ihr ein paar Fotos von Lissabon auf seinem Tablet. Zugegeben, das sah verlockend aus. Vor allem im Vergleich zu dem, was sich gerade draußen abspielte. Wie zur Bestätigung schoss der Wettergott mit seiner Schrotflinte eine Ladung Hagel gegen die Scheiben.

Eine Woche später saß sie im Flugzeug nach Portugal.

Kapitel 2
Bem-vindo a Portugal

Die Flugbegleiterin händigte Miniwasserflaschen aus. Selva nahm eine entgegen und ließ sie in das Netz unter dem ausgeklappten Tisch fallen. Dann widmete sie sich wieder ihrem iPad und drückte auf Fortsetzen. In dem Video erklärte der Professor einer niederländischen Uni gerade, wie man die Energiebilanz eines Landes erstellt.

Zunächst wurde die gesamte Energiezufuhr nach Energiequellen getrennt aufgeführt. Es gab also jeweils einen Eintrag für Kohle, Erdgas, solar usw. Danach wurde aufgelistet, wofür die Energie verwendet wurde: in Deutschland ungefähr zu gleichen Teilen für die Industrie, den Verkehr und die privaten Haushalte. Ein erklecklicher Teil der Energie ging bei der Umwandlung in Form von Wärme verloren. Das verhielt sich wie mit den Glühbirnen. Sie wurden nicht nur hell, sondern auch heiß, weswegen die EU sie schließlich verboten und durch LEDs ersetzt hatte. Die wurden auch hell, blieben aber kalt. Ein paarmal murmelte sie die wichtigsten Kennzahlen zu Energiedichte und Emissionen pro Energieträger vor sich hin, um sie sich einzuprägen.

Selva warf einen Blick nach draußen auf die dicke Wolkendecke, die über Europa lag. Laut Ansage des Piloten erreichten sie gerade die französische Atlantikküste, aber er hätte alles Mögliche behaupten können, denn sie konnte es sowieso nicht überprüfen. Özlem hätte vermutlich die Flugbahn genauestens auf dem Bildschirm verfolgt, der ein paar Sitzreihen weiter von der Decke hing. Doch Özlem glaubte selten dem gesprochenen Wort. Wie oft hatte sie nachgebohrt, wenn Selva spät von einem gemeinsamen Abendessen mit den Kollegen oder einer anderen Veranstaltung zurückkehrte. Wie oft hatte Selva erklärt, dass sie verstehe, dass sich die Verbrecher, die Özlem jagte, nicht an Bürozeiten hielten, dass sie selbst aber trotzdem ein Leben habe und nicht zu Hause eingesperrt sein wollte. Zumal Özlem an den freien Tagen oft zu erschöpft war, um noch etwas zu unternehmen. Gemeinsam hatten sie beschlossen, in Brüssel einen Neuanfang zu wagen. Zunächst sah es ganz danach aus, als ob es ihnen gelingen sollte. Doch dann holten sie die alten Muster wieder ein. Der Grundkonflikt blieb bestehen: Selva wollte das Leben genießen, Özlem die Welt verbessern. Häufig vergaß sie darüber das Leben.

Selva widmete sich wieder dem Video. Am Ende des knapp dreistündigen Fluges hatte sie sich den auf vier Wochen angelegten Kurs reingezogen. Nur die Abschlussprüfung für das Zertifikat musste warten, bis sie wieder online war.

Während sie auf das Gepäck wartete, versuchte sie sich in der Aussprache einiger portugiesischer Ausdrücke, die auf großflächigen Werbeplakaten neben einer Bierflasche abgebildet waren. Anscheinend sprach man »Herzlich Willkommen – Bem-Vindo« *beng-vieng-du* aus und »Der Nächste Halt: Sagres – Próxima paragem: Sagres« wurde *pro-si-ma pa-rah-scheng: sahgrsch* ausgesprochen (paragem mit stimmhaften sch). Sagres war eine Biermarke. Die Stadt gefiel ihr schon jetzt.

Sie wuchtete den Koffer vom Band und ging an den gelangweilt aussehenden Zollbeamten vorbei zur Empfangshalle. Dort sah sie sich um. Ferreira hatte darauf bestanden, sie persönlich abzuholen. Er hatte ihr eine E-Mail dazu geschrieben. Sie sah sich nach einem Mann in Dreireiher um und fand erstaunlich viele, aber niemanden, der ihr erwartungsvoll zunickte. Sie sah Schilder mit japanischen oder chinesischen Schriftzeichen – das konnte sie nicht unterscheiden – für eine Lorina, einen Mr. Spunt, Menschen mit Blumen und mit Luftballons, einen schmächtigen Typen in Kapuzenshirt, der sich schnell wegdrehte, als sie ihn ansah, jedoch niemanden, der auf sie zu warten schein. Sie wechselte die Hand, mit der sie den Koffer zog. Das wäre auf absehbare Zeit die Zukunft für sie. Niemand, der auf sie wartete. Sie schüttelte den Gedanken ab. Sie hatte sich vorgenommen, mit der »Versetzung« nach Lissabon nicht nur den Regen, sondern auch ihre zweite Ehe hinter sich zu lassen.

Erneut blickte sie sich um, ob jemand eilig auf sie zulief: nichts. Vermutlich war Ferreira kurzfristig verhindert, immerhin war er Leiter der Umweltbehörde der Hauptstadt. Raschen Schritts durchquerte sie die Empfangshalle. Auf blank polierten Stahlrohren, die zu dicken Säulen gebündelt waren, ruhte die Dachkonstruktion. Ein Blumenstrauß aus Stahl, dachte Selva und trat nach draußen.

Das Licht war überwältigend. Obwohl es gerade mal Mai war, gleißte die Sonne über Lissabon; ja, die Luft selbst schien zu leuchten. Es roch nach Abenteuer und Freiheit – und Autoabgasen. Vor ihr war gerade ein Oldtimer stotternd zum Stehen gekommen.

Sie nahm das Handy aus ihrer Umhängetasche, schaltete den Flugmodus aus und überflog die Nachrichten. Eine Textnachricht von Karel mit neidgrünem Emoji, in der ihr einen guten Start wünschte, zwei Anrufe von unbekannt, außerdem hatte Özlem auf die Mailbox gesprochen. Das konnte warten. Sie war nicht länger verpflichtet, ihr sofort zu antworten. Sie spielte die erste Voicemail des unbekannten Anrufers ab. Sie dauerte gerade mal zehn Sekunden, enthielt aber keine Nachricht. Die zweite war etwas über drei Minuten lang. Aber auch hier hörte sie ersten dreißig Sekunden nichts außer Umgebungsgeräusche. Sie würde den Rest später abhören, vielleicht kam da ja noch was. Sie durchsuchte ihre E-Mails nach der Telefonnummer Ferreiras, erreichte die Zentrale und fragte, ob der Direktor zu sprechen sei. Die Empfangsdame meinte, er sei heute noch nicht ins Büro gekommen. Na gut, dachte Selva, dann nehme ich mir jetzt ein Taxi. Die Luft war zu lau und ihre Laune zu gut, um sich über Ferreiras Nichterscheinen zu ärgern.

Sie wollte gerade in eines der schwarzen Taxis mit grünem Dach steigen, als jemand ihren Namen rief. Hatte Ferreira sie also doch nicht versetzt, sondern einen Fahrer geschickt. Ein ausgesprochener Hingucker dazu. Silbergraue Haare, längs gestreiftes Hemd, was ihn sehr schlank aussehen ließ, lässig um den Hals geschlungenen Pullover. »Senhora Klimt, um momento, por favor«, sagte er, worauf sie »Desculpe, eu não falo português«, antwortete. So ziemlich das Einzige, was sie auf Portugiesisch sagen konnte, außer danke – obrigada – und bitte – por favor.

»Verzeihen Sie«, sagte der Mann auf Englisch, »ich hatte Sie für eine Portugiesin gehalten.« »Meine Großmutter mütterlicherseits kam aus Porto, vielleicht deswegen«, erklärte Selva und nahm sich fest vor, ihre Zeit hier zu nutzen, um endlich mehr über ihre Familiengeschichte herauszufinden. Sie setzte sich in Richtung einer Limousine mit getönten Scheiben in Bewegung und sah den mageren Typen von vorhin hastig im Eingang zur Metro verschwinden.

»Tut mir leid, so luxuriös sind wir nicht ausgestattet«, meinte der Fremde und stellte sich als Victor Azenha, Inspektor bei der Polícia Judiciária, also der Kriminalpolizei, vor. Er musste ihr ihre Verwunderung angesehen haben, denn er beschwichtigte sofort. »Man hat mir gesagt, dass Sie sich hier mit o Senhor Direktor treffen würden«, erklärte er. »Da ich gerade in der Gegend war und ihn sprechen muss, dachte ich, ich erwische ihn hier vielleicht.«

»Wie Sie sehen, ist der Direktor nicht gekommen«, erwiderte sie. »In seinem Büro wusste man auch nichts Genaues.« Azenha schien mit der Antwort zufrieden. »Dann will ich Sie nicht länger aufhalten. Sie sind sicher von der Reise müde.« Er winkte ein Taxi herbei. »Wohin geht es?«, fragte er und beugte sich dann in das offene Fenster zum Fahrer, um ihm die Adresse zu nennen. Sie hörte etwas von Igreja da Memória und fragte sich für einen kurzen irrationalen Moment, ob der Mann wirklich bei der Polizei war, aber da erklärte er ihr schon: »Die Kirche kennen die meisten Taxifahrer. Sonst gurken die noch lange durch die Gegend und hoffen, dass Sie das nicht bemerken.«

Sie bedankte sich und stieg ein. Noch bevor sie angeschnallt war, brauste der Fahrer los und raste mit hoher Geschwindigkeit auf einen Kreisverkehr zu. Kurz darauf fuhr er auf die Stadtautobahn. Sie hörte den Rest der Voicemail des unbekannten Anrufers an, aber sie enthielt nichts außer dem Geräusch vorbeifahrender Fahrzeuge und einem gelegentlichen Hupen. Sie wischte mit dem Finger nach links, um die Aufnahme zu löschen.

Sie kamen an einem Fußballstadion vorbei, das Selva mit den spitz in den Himmel ragenden grünen Stützpfeilern und dem gewellten Dach an eine gigantische Heuschrecke erinnerte. Özlem hätte sicher gewusst, welcher Club hier seine Heimspiele austrug. Sie fragte den Taxifahrer danach. »Sporting«, sagte er und schob dann ein »Futból« und schließlich »Cristiano Ronaldo« hinterher. Daraufhin nickte sie eifrig. Selbstverständlich kannte sie den Fußballgott, wer kannte ihn nicht? Dann hörte sie sich Özlems Nachricht an. Sie hatte ihre Sonnenbrille im Apartment vergessen und wollte wissen, ob Selva sie nachschicken konnte. »Tut mir leid, fange heute meinen neuen Job in Lissabon an«, textete sie zurück und setzte einen Smiley mit Sonnenbrille dahinter. Dann drückte sie auf Senden. Sofort färbten sich die beiden Pfeile blau. Özlem hatte die Nachricht gelesen. Sie blickte aus dem Fenster. Gerade erreichten sie einen Pinienwald. Das musste Monsanto sein, der riesige Park auf einem der sieben Hügel der Stadt.

Der Fahrer bog in eine schmalere Straße ein, die rechts von einer mannshohen, in fröhlichem Gelb getünchten Mauer und links von einer etwas niedrigeren Mauer mit Schießscharten und bröckelndem Putz eingehegt war.

Die Wohnung befinde sich in dem vornehmen Stadtviertel Belém, ein paar Kilometer westlich der Altstadt, hatte der Direktor in seiner E-Mail geschrieben, direkt hinter dem Nationalpalast de Belém. Nach Palast sah es hier allerdings nicht aus.

Es ging steil den Berg hinunter, im Hintergrund sah sie das Meer aufblitzen. Dann fiel ihr ein, dass es sich dabei um den Tejo handelte, der vor Lissabon zu einer gewaltigen Breite anschwoll, ehe er bei Belém in den Atlantik mündete.

Die Mauern wichen drei bis vierstöckigen Wohnhäusern mit Geschäften im Erdgeschoss. Sie konnte eine Apotheke ausmachen, ein paar Tische und Stühle standen auf dem Bürgersteig, der Geruch von Grillhähnchen stieg ihr durch die geöffnete Fensterscheibe in die Nase. Kurz darauf passierten sie eine Churrascaria und dann einen Mini-Mercado, vor dem sich Orangen und Zitronen in Plastikkisten auftürmten. Wenn die Häuser nicht in bunten Farben verputzt waren, waren sie gefliest. Jedes Haus in einem anderen Muster. Ein schrilles Klingeln ließ den Fahrer fluchen, dann reihte er sich artig hinter der antik anmutenden Tram ein. Trittbrett und Fensterrahmen waren noch aus Holz. Es hätte sie nicht gewundert, wenn das ganze Gefährt noch aus dem 19. Jahrhundert stammte.

Sie fragte den Fahrer nach den blauviolett blühenden Bäumen, die die Straße säumten, aber er schüttelte nur den Kopf. Laut Google handelte es sich dabei um Jakarandas. Der Fahrtwind blies ihr die Haare aus dem Gesicht. Sie atmete tief ein, schloss die Augen und genoss den Moment. »Karel, hierherzukommen war die beste Idee seit Langem. Danke, dass du das ermöglicht hast. Danke für den Schubser«, textete sie ihrem Chef. Der Fahrer bog in eine Wohnstraße mit drei-, maximal vierstöckigen Gebäuden ein. Er hielt mitten in der Straße an, sie zahlte, er hievte ihr Gepäck auf den gepflasterten Bürgersteig und stob davon.

Selva kramte ihren Schlüssel hervor und atmete einmal kurz ein und aus, bevor sie die Haustür aufschloss. Ein neuer Lebensabschnitt, ein neues Abenteuer, sagte sie sich, und ihr Herz klatschte aufgeregt Beifall. Ihr Apartment lag im Erdgeschoss und gehörte dem Instituto de Agricultura, dem Institut für Landwirtschaft der Universität Lissabon, das dort sonst Gastdozenten unterbrachte. Schlafzimmer, Wohnküche, Bad hatte ein oder eine Runi aus der Institutsverwaltung gemailt. Mehr brauchte sie auch nicht.

Sie entriegelte die Wohnungstür und schaltete das Licht an. Als Erstes riss sie die Fensterläden auf, die innen angebracht waren und sowohl vor zu viel Licht als auch vor Einbruch schützen sollten. Dann öffnete sie die Terrassentür. Ein schmales Trapez bot Platz für ein Tischchen und zwei Stühle, perfekt zum Frühstücken. Sie konnte sogar einen Blick auf die rote Hängebrücke erhaschen, die über den Tejo führte und der Golden Gate Bridge in San Francisco nachempfunden war. Es dauerte einen Moment, bis sie das Rauschen, das sie hörte, dem Verkehr darauf zuordnete.

Sie wechselte in ein Sommerkleid, zog sich eine leichte Jacke über und begab sich auf Erkundungstour.

Ein paar Meter die Straße den Berg hinunter kam sie erst an einer Polizeistation, dann an einem pink gestrichenen Reitstall vorbei. Allerdings war Reitstall nicht die korrekte Bezeichnung. Vielmehr handelte es sich dabei um die portugiesische Schule für Reitkunst, wo – wie ihr ein Übersetzungsprogramm verriet – die Tradition mit neuem Leben erfüllt wurde. Sie warf einen Blick durch das Fenster in die Reithalle. Ein Mädchen ließ einen Schimmel komplizierte Figuren ausführen. Das wäre nichts für sie, zu viele Regeln, zu wenig Raum für Improvisation. Am Ende der Straße befand sich ein Café, gegenüber in einem ziemlich monströsen Betonbau das Nationale Kutschenmuseum. Ein Fußgängerüberweg führte daran vorbei und über die Eisenbahnschienen zum Fluss.

Als sie auf der anderen Seite der Schienen wieder die Treppe zum Fährterminal hinabstieg, stand sie vor der Wahl: Geschichte oder Restaurants, Turm von Belém oder Richtung rote Brücke. Sie entschied sich für die Brücke und bog nach links ab. Hier war deutlich mehr los. Sie spazierte auf der Uferpromenade am Fluss entlang. Menschen ließen die Beine von der Kaimauer baumeln, neben sich ein Glas Wein oder ein Bier, andere surrten auf elektrischen Rollern an ihr vorüber; wieder andere joggten, manchen viel es leicht, andere quälten sich dabei, fast alle in knappen Outfits, die die sonnenverwöhnte Haut zur Geltung brachten. Vielleicht sollte sie auch mit dem Laufen beginnen.

Sie erreichte einen lang gestreckten und hell gefliesten Bau, der sich wie eine gewaltige Muschel vom Boden erhob. In der Muschelöffnung selbst befand sich der Eingang des Museums. Ging man um das Gebäude herum, führten Treppen auf das zum Teil begrünte Dach; von dort schwang sich ein eleganter Steg über die Schienen und die Schnellstraße zurück zu ihrem Wohnviertel. Zunächst schlenderte sie jedoch noch ein Stück weiter bis zu dem Restaurant daneben. Von der Dachterrasse klang Gelächter. Die meisten Tische im Außenbereich waren belegt. Vielleicht hatte sie ja Glück, und auf der Dachterrasse war noch etwas frei. Sie betrat den in Braun- und Goldtönen gehaltenen Innenbereich. Eine groß gewachsene dunkelhäutige Frau mit kahl geschorenem Kopf und roten Federn als Ohrringen schüttelte den Kopf. Selva könne aber gern nach oben an die Bar gehen.

Sie nahm die geschwungene Treppe zum Dach. Dort gab es sogar einen Pool, und ein paar junge Leute planschten im Wasser. Sie setzte sich an einen der kleinen Tische und ließ sich einen Pisco Sour bringen. Für einen Montag war es erstaunlich voll. Dann rief sie sich ins Gedächtnis, dass heute ein Feiertag war.

Die jungen Leute hatten sich in der Zwischenzeit abgetrocknet und auf die Liegen gefläzt. Sie war die einzige Person, die alleine an einem Tisch stand. Eine Erfahrung, an die sich würde gewöhnen müssen. Nach und nach füllte sich die Terrasse mit Männern in Anzügen und Frauen in langen, fließenden Kleidern.

An den Tisch neben ihr trat eine Gruppe aus drei Japanern und vier Europäern. Sie kam mit einer der Frauen ins Gespräch, in deren britischen Akzent sich noch etwas anderes, Fremdes mischte, das Selva nicht verorten konnte. Auf Selvas Frage, was sie und die Japaner hierherführte, erklärte die Frau, die sich als Jackie vorstellte, dass sie für eine Ingenieurbüro arbeite. Sie fragte Selva, wie lange sie schon in Portugal lebe. Selva erzählte, dass sie eigentlich für die EU in der Direktion Klimapolitik tätig sei, aber jetzt für drei Monate hier war.

»So ein Zufall«, rief Jackie. »Mein Bruder ist ebenfalls bei der Europäischen Kommission.« Sie prosteten einander zu.

»Dann kannst du mir sicher Tipps geben«, fuhr Jackie fort und zwinkerte Selva zu, »wie ich die portugiesischen Behörden hier überzeuge.«

Selva schüttelte den Kopf. »Ich verstehe nur etwas von Zahlen, mit Politik kann ich nichts anfangen.« Jackie legte den Kopf in den Nacken und lachte lauthals los. »Wenn das so ist, könnt ihr ja vielleicht mal unsere Unterstützung gebrauchen.« Mit einem verschwörerischen Zwinkern ließ Jackie ihre Visitenkarte in Selvas offene Tasche fallen.

Als sich Selva drei Pisco Sour später verabschiedete, lud Jackie sie ein, sie auf einem ihrer Segeltörns entlang der Küste zu begleiten. Selva bedankte sich, aber sie sei nur kurz hier. Sie wollte Abstand gewinnen, von Özlem, von anderen Menschen, von ihrem alten Ich. Die Frau rief ihr den Liegeplatz ihrer Jacht zu. »Nächsten Samstag! Ich werde da sein«, rief sie und winkte.

Auf dem Heimweg versorgte sich Selva in einem Mini-Mercado, der immer noch geöffnet war, mit etwas Obst und absolut göttlich schmeckenden Schokoriegeln. Wegen ihrer runden Form und der hellen, in die Masse eingeschlossene Butterkekse wurden sie unter dem Begriff Schokosalami geführt. Außerdem kaufte sie sich einen Sechserpack Bier. Die Werbung zeigte Wirkung.

Während sie die Wohnung aufschloss, klingelte ihr Handy. Bis sie die Einkäufe abgestellt und ihr Handy aus ihrer Tasche hervorgekramt hatte, war die Verbindung wieder beendet. Es wurde keine Nummer angezeigt, sie konnte also nicht zurückrufen. Der Anrufer hatte sich bereits eine Stunde zuvor schon einmal gemeldet und wieder eine Voicemail ohne Inhalt hinterlassen, dieses Mal nur wenige Sekunden lang. Seltsam. War es derselbe wie zuvor? Konnte es wirklich sein, dass der Direktor nicht wusste, wie man eine Sprachnachricht hinterließ? Oder hatte das etwas mit seinem Nicht-Erscheinen zu tun? Und wenn ja, was wusste Azenha darüber? Hatte er sie deshalb am Flughafen abgepasst? Gedankenverloren löschte sie beide Nachrichten und öffnete ein Bier. Sie klang schon wie Özlem, die stets das Schlimmste vermutete. Selva setzte sich nach draußen, genoss den Himmelsausschnitt auf ihrer Terrasse und hing ihren Gedanken nach. Vielleicht hätte sie doch diese Jackie um ihre Telefonnummer bitten sollen. Zu spät.

Sie versuchte, Jonathan zu erreichen. Doch ihr Sohn nahm nicht ab. Sie hörte jemanden die Treppe herunterkommen, dann ging die Haustür. Kurz darauf knallte sie erneut ins Schloss. Sie öffnete eine zweite Flasche Bier, als sie ein Wassertropfen traf. Dann plätscherte es auch schon auf ihren Gartentisch. Sie blickte nach oben. Wer wässerte denn um diese Uhrzeit die Balkonkästen?

Sie hätte jetzt gerne jemanden gehabt, dem sie von ihrem Tag in Lissabon hätte erzählen können.

Am nächsten Morgen wachte sie schon früh mit einem ziemlichen Brummschädel auf. Das letzte Bier war doch keine gute Idee gewesen. Obwohl die Holzläden bis auf einen Spalt geschlossen waren, drang genügend helles Licht herein, um sie kurz nach sieben aufzuwecken. Brüsseler Zeit. Also kurz nach sechs portugiesische Zeit. Sie trat auf ihre Mini-Terrasse und machte ein paar Dehnübungen. Das Summen der Brücke begleitet sie dabei. Eine Taube gurrte. Ein Hauch von Kaffee stieg ihr in die Nase. Köstlich. Sie versuchte, ihre Zehenspitzen zu berühren, aber es gelang ihr nicht. Sie nahm sich vor, etwas für ihre Fitness und Beweglichkeit tun.

Als sie die Wohnung verließ, steckte in ihrem Briefkasten einen Umschlag. Sie zog ihn heraus, kein Absender, kein Poststempel. Jemand musste ihn persönlich vorbeigebracht haben. Sie riss den Umschlag auf. Er enthielt Ausdrucke voller Zahlen, viele Zahlen. Die Beschriftungen waren auf Portugiesisch, aber das Wort Energia verstand sie auch so. Eine giftgrüne Haftnotiz klebte auf dem Deckblatt. *So you know*, stand darauf. Was auch immer das bedeuten mochte. Sie steckte den Umschlag in ihre Umhängetasche und ging zu dem Café am Ende der Straße.

Es hatte bereits geöffnet. Einige Geschäftsleute saßen unter den Schirmen und unterhielten sich leise. Sie bestellte einen Galão, einen Espresso mit viel Milch, und ein Nata, ein Vanilletörtchen. Ein Polizist in Paradeuniform mit breitem weißem Gurt quer über der Brust nebst Trillerpfeife dirigierte den Verkehr auf der belebten Kreuzung. Hin und wieder hielt er durch das herabgelassene Fenster auch einen kurzen Schwatz mit einem der Autofahrer. Dann wieder gestikulierte er wild, um die Zögerlichen zur Eile zu mahnen und die Ungeduldigen mit ausgestreckter Hand zum Anhalten zu bringen. Es braucht nicht viel, um glücklich in seinem Job zu sein, dachte Selva und verdrückte den letzten Rest des Vanilletörtchens. Sie nahm den Ausdruck aus dem Umschlag. Soweit sie das mit ihren nicht vorhandenen Portugiesisch-Kenntnissen verstand, handelte es sich um die Energiebilanz der Stadt vom letzten Jahr. Mehrere Einträge waren umkringelt. Warum hatte der Sender nicht gewartet, bis sie in der Behörde war, um ihr den Bericht zu überreichen? Steckte der unbekannte Anrufer dahinter? Sie schob die zusammengetackerten Seiten wieder in den Umschlag zurück und bestellte einen zweiten Galão. Das konnte warten. Sie war gerade mal den zweiten Tag hier.

Selva checkte ihre E-Mails, aber auch hier kein Hinweis des Direktors. Özlem hatte zurückgetextet: Aus den Augen, aus dem Sinn. Was erwartete sie? Sollte sie den Rest ihres Lebens Trübsal blasen? Özlem hatte auf der Scheidung bestanden, nicht sie. Selva löschte die Nachricht und leerte gleich auch noch den Papierkorb. Plötzlich hatte sie das Gefühl, beobachtet zu werden. Sie blickte sich um: Die Geschäftsleute waren gegangen, ein englisches Pärchen saß am Nachbartisch, und dann sah sie ihn, wie er schnell die Speisekarte vors Gesicht hielt. Dieselbe blassbraune Haut, dieselbe magere Gestalt, dasselbe Kapuzenshirt. Das war eindeutig der Typ vom Flughafen. Sie warf ausreichend Kleingeld auf den Tisch und tat erst so, als wolle sie die Straße überqueren, dann änderte sie abrupt die Richtung und hielt auf den Nationalpalast zu. Sie warf einen Blick über die Schulter. Der Platz im Café, auf dem der Typ gerade noch die Zeitung gelesen hatte, war verwaist.

Üble Erinnerungen kamen hoch, als ein Bus anhielt. Rasch stieg sie ein und ging nach hinten durch. Sie sah niemanden sonst einsteigen. Trotzdem dauert es bis zur Endstation, ehe das Zittern in ihren Knien nachließ. Nach und nach übernahm wieder ihr rationales Denkvermögen die Kontrolle. Zu schmerzhaft war die Erinnerung an den Stalker, der ihr vor ein paar Jahren nachgestellt hatte. Sie und Özlem hatten sich gerade kennengelernt. Selva sah ihn nachts an der Laterne stehen und zu ihrem Fenster starrten; morgens fand sie Postkarten mit Gemälden fülliger Frauen in ihrem Briefkasten oder unter dem Scheibenwischer ihres Fiats. Özlem schaute sich das eine Weile an. Dann, bei Neumond, verpasste sie ihm ein paar. Selva war beeindruckt, dass Özlem sich für sie prügelte. Özlem schämte sich, schließlich war sie Polizistin.

Als Selva aus dem Bus stieg, entdeckte sie eine Pastelería, eine Feinbäckerei und einen Waschsalon. Ein Mann wuchtete gerade Rinderhälften aus einem Lastwagen. Sie warf einen Blick auf die Uhr. Gleich an ihrem ersten Tag würde sie zu spät kommen. Kein guter Anfang. Sie rief in der Behörde an, um sich mit der Behauptung herauszureden, sie sei in den falschen Bus eingestiegen. Immerhin war das nicht völlig gelogen.

Eine freundliche junge Frau mit indischem Akzent nahm ab. Geduldig erklärte sie ihr, welchen Bus sie nehmen und wo sie umsteigen müsse. »Ich freue mich sehr, dass Sie unser Team verstärken«, sagte sie zum Abschluss. Selva lächelte. Was für eine nette Begrüßung. Dann schien sie kurz abgelenkt, sie hörte eine Frauenstimme, und für ein paar Sekunden ging es auf Portugiesisch hin und her. Das einzige Wort, das sie aufschnappte, war *a alemã*. Es ging also um sie, die Deutsche. Selva wich einem Malergesellen aus, der gerade Farbkübel in ein eingerüstetes Haus schleppte.

Eine andere Frau übernahm und stellte sich als Doktor Teresa Cardosa vor. »Ich leite hier den Laden«, sagte die Frau und lachte auf, »wenigstens solange der Direktor etwas langsamer tritt und von zu Hause aus arbeitet.«. Was für eine ungewöhnliche Wortwahl, dachte Selva.

»Lassen Sie sich ruhig Zeit«, fuhr Cardosa fort. »Ich bin gerade bei einer Veranstaltung im Umweltministerium. Das wird den gesamten Vormittag dauern. Es reicht völlig, wenn Sie danach kommen.« Sie schlug Selva vor, sich zum Mittagessen in der Nähe des Ministeriums zu treffen. »Dann kann ich Ihnen schon mal etwas darüber erzählen, wie Portugal und natürlich auch Lissabon bis 2050 klimaneutral sein wird. Wir sind zwar ein kleines Land, aber im Gegensatz zu manchen großen Ländern in der EU haben wir einen genauen Plan, wie wir das erreichen wollen.«

Das war ein deutlicher Seitenhieb auf Deutschland, das immer noch – trotz Ukrainekrieg und Zeitenwende – stark abhängig von fossilen Treibstoffen war. »Machen Sie sich einen schönen Vormittag«, sagte Cardosa und legte auf, bevor Selva etwas erwidern konnte. Drei Sekunden später erhielt sie mit einem Ping! den Standort des Restaurants, wo sie sich um 13 Uhr einfinden sollte.

Selva war vor einem Sportgeschäft zum Stehen gekommen. Wenn das kein Wink ihres Unterbewusstseins mit dem Zaunpfahl war. Sie betrachtete die Schaufensterauslage. Die bunten Farben gefielen ihr. Normalerweise trug sie schwarz, grau oder dunkelblau. Aber wie hieß es so schön: andere Länder, andere Farben.

Sie betrat das Geschäft. Die Verkäuferin maß sie mit einem kurzen Blick und führte sie in die Abteilung für große Größen. Mit zwei Sport-BHs mit extra starkem Halt in Apricot und Taubenblau sowie einer taubenblauen Laufhose, die zwar eng anlag, ihr jedoch großartig stand, wie ihr die Verkäuferin mehrfach versichert hatte, verließ sie den Laden.

Sie nahm ein Uber-Taxi zurück in die Stadt. Der Fahrdienst hatte den großen Vorteil, dass der Fahrer den eigenen Standort angezeigt bekam, sodass man nicht wissen oder beschreiben musste, wo man sich befand. Als Ziel gab sie eine Adresse in der Nähe der Umweltbehörde an. Da sie noch Zeit hatte, wollte sie sich ein wenig umsehen. Einen Ort begreifen, nannte das Özlem. Man beobachtete das Haus oder die Straße, bis man ein Gefühl dafür entwickelte, wann die Anwohner das Haus verließen und wann sie zurückkamen, ob viele Hundebesitzer oder Fahrradfahrer vorbeikamen, wo gerade gebaut wurde und daher mit Lieferwagen zu rechnen war. Erst dann war man in der Lage, Ungereimtheiten zu bemerken. Wie zum Beispiel diese indisch aussehende junge Frau, die gerade mit einem Karton in den Händen aus dem Tor getreten war und sich unsicher umsah. Es war zwar eine gewagte Annahme, aber sei's drum. Selva überquerte die Straße und ging auf die junge Frau zu. »Ich glaube, wir haben vorhin miteinander telefoniert«, sagte sie auf Englisch und nannte ihren Namen. Die Frau schaute sie verwundert an. Dann machte es bei ihr klick, und sie sagte: »Sie sind die Deutsche, richtig?« Sie bedeutete Selva, ihr zu folgen. Sie setzten sich auf eine Bank. Selva warf einen Blick in den Karton: ein Laptop, ein Stapel Broschüren, eine Packung Papiertaschentücher, ein Notizbuch und ein paar Kugelschreiber. Es sah so aus, als hätte die junge Frau gerade ihren Job verloren.

»Ich bin Mubi«, stellte die sich vor. Sie kam aus Brasilien und machte in der Umweltbehörde ein Praktikum. »Louis kenne ich aus der Aktivistenszene.«

»Das passt ja dann«, meinte Selva und fragte sich, von welchem Louis sie sprach.

Mubi schüttelte den Kopf.

»Wie Sie an mir sehen, leider nein.«

Die junge Frau ließ den Kopf hängen und begann, mit den Schultern zu zucken. Weinte sie? Selva strich ihr beruhigend über den Rücken.

»Sie finden schon wieder was anderes«, sagte sie.

Mubi wischte sich mit dem Handrücken die Nase, bevor sie weitersprach: »Es ist einfach alles zu viel auf einmal. Louis, der Streit mit Dr. Cardosa, der Rauswurf.« Sie deutete auf den Karton, nahm eine Broschüre heraus und zeigte sie Selva. »Zwei Monate Arbeit, und wofür?«, sagte sie und legte das Hochglanzpapier wieder zurück. »Ich bin jedenfalls froh, dass Sie da sind«, meinte sie und schaute Selva erwartungsvoll an. »Es wird Zeit, dass jemand von außen auf die Sache guckt.« Und dann sprudelte sie in ihrem singenden

Englisch los, sodass Selva Mühe hatte zu folgen. Soweit Selva es ausmachen konnte, sprach Mubi von veralteten Annahmen und dass man alles noch mal nachrechnen müsse. Nach ein paar Minuten hielt sie erschöpft inne.

»Wurden Sie deswegen geschasst? Weil Sie Fehler in der Klimabilanz entdeckt haben?«, fragte Selva mit Blick auf den Karton. Die junge Frau verstand erst das Wort nicht, also wiederholte sie: »gefeuert«.

Mubi nickte. »Trauen Sie auf keinem Fall Cardosa, sie will alles unter den Tisch kehren.«

»Was ist mit dem Direktor?«, fragte Selva. »Weiß der Bescheid?«

Mubi bejahte. »Aber der will ja praktischerweise kürzertreten und zieht sich langsam aus dem Geschäft zurück.« Der Sarkasmus in Mubis Stimme entging Selva nicht. »Haben Sie meine Version des Berichts nicht bekommen? Louis hat gesagt, er hat ihn in Ihren Briefkasten gesteckt.« Erneut stiegen ihr Tränen in die Augen.

»Der Umschlag ist von Ihnen?«

Sie nickte und kritzelte ihre Telefonnummer auf ein Blatt Papier. Selva schickte Mubi eine Textnachricht mit ihrem Namen. Sie antwortete mit okay. Ihre Nummer wurde angezeigt. Es handelte sich bei ihr also nicht um den unbekannten Anrufer.

Es war an der Zeit, sich zu ihrem Rendezvous mit Cardosa aufzumachen. Das Restaurant befand sich in einer Querstraße. Es gab ein paar Tische und Stühle auf dem Bürgersteig, die alle besetzt waren. Sie steuerte einen Platz im Innenraum an. Kurz darauf erschien Cardosa. Groß, sehnig, mit aschblondem hüftlangem Haar, das sie hinter Koboldohren geklemmt hatte.

Sie bestellten.

Nachdem die Bedienung die Getränke gebracht hatten, wandte sich die stellvertretende Leiterin Selva zu. »Was hat Sie …«, Cardosa warf einen Blick auf ihre E-Mail, »… eine

Unternehmensberaterin, eigentlich hierher nach Lissabon gebracht?«

»Mein Chef hat wohl mit ihrem Chef zusammen studiert«, erklärte Selva.

»Und da haben Sie so einfach alles stehen und liegen lassen, um ausgerechnet hierherzukommen?«

»Ein Vorteil der Selbstständigkeit«, antwortete Selva. »Man kann spontan entscheiden, für drei Monate in Ihre schöne Stadt zu kommen.«

»Das erklärt, warum Sie gehen konnten, aber nicht, warum Sie gehen wollten.«

Was sollte das? Sie befand sich doch nicht in einem Bewerbungsgespräch.

»Verstehen Sie mich nicht falsch«, fuhr Cardosa fort. »Direktor Ferreira hat sich sehr verdient um unsere Stadt gemacht. Es sei ihm vergönnt, etwas langsamer zu treten.«

»Ist er deswegen nicht da? Weil er etwas langsamer tritt?«, fragte Selva, der Cardosas herablassende Art auf die Nerven ging.

Cardosa richtete die Pommes frites auf ihrem Teller parallel zueinander aus. Dann blickte sie auf. »Sagen wir so: Er kann etwas Erholung gebrauchen. In letzter Zeit hat ihm der Stress doch arg zugesetzt.«

Selva fragte sich, ob der besorgte Blick Cardosas nur aufgesetzt war. Sie wurde den Eindruck nicht los, dass die Frau ganz gezielt versuchte, bestimmte Gedanken in ihrem Kopf zu platzieren. Mubis Worte ließen sie nicht los, Cardosa auf keinen Fall zu trauen.

Befürchtete Cardosa, dass sie aufgrund ihrer Verbindung zum Direktor eine Sonderbehandlung erwartete? »Machen Sie sich keine Sorgen«, sagte sie daher, »und behandeln Sie mich einfach wie einen Praktikanten.«

»Das würde ich gern«, sagte Cardosa und lächelte säuerlich. »Nur dass Praktikanten hier in der Regel Portugiesisch sprechen.«

Die nächsten Tage verbrachte sie überwiegend mit administrativem Kram. Ausweis beantragen, Intranetzugang einrichten, Kantine ausprobieren, bei den neuen Kolleginnen und Kollegen an die Tür klopfen, nach einem freien Schreibtisch suchen, die Umgebung erkunden. Vom Direktor gab es noch immer keine Spur. Seine Haushälterin hatte in der Zwischenzeit eine Vermisstenanzeige aufgegeben.

Kapitel 3
Schlechte Nachrichten

Am Samstagvormittag schreckte ein schrilles Klingeln Selva aus dem Schlaf. Sie öffnete die Holzläden, dann das Schlafzimmerfenster und streckte den Kopf hinaus. Der Inspektor vom Flughafen stand auf der Straße und trippelte ungeduldig hin und her.

»Haben Sie keine Gegensprechanlage?«, fragte er. »Sind Sie deswegen hier, um das zu testen?«, antwortete sie.

Er hob entschuldigend die Hand. »Ich muss dringend mit Ihnen sprechen«, sagte er. »Am Ende der Straße befindet sich ein Café«, erwiderte sie. »Warten Sie dort auf mich. Ich beeile mich«, rief sie ihm zu und schloss Fenster und Laden, bevor er vorschlagen konnte, hereingelassen zu werden. Woher wusste er überhaupt, wo sie wohnte? Da fiel ihr ein, wie er sich am Flughafen geradezu vorgedrängt hatte, ihr ein Taxi zu rufen. Raffiniert, dachte sie, während sie das Wasser auf ihr Gesicht prasseln ließ. Sie beschloss, sich vor ihm in Acht zu nehmen und nicht zu viel zu verraten. Polizisten waren gewohnheitsmäßige Wortverdreher. Möglicherweise hatte Özlem deswegen so häufig nachgefragt, aus Gewohnheit – nicht aus Misstrauen. Selva rubbelte sich trocken. Es war an der Zeit, Özlem aus ihrem Gedankenkosmos zu verbannen oder doch wenigstens aus dem Zentrum der Galaxis in einen der äußeren Spiralarme.

Zwanzig Minuten später zog Azenha ihr einen Stuhl zurecht und bestellte ihr ungefragt einen Galão und einen Bolo de Arroz. »Die Stärkung werden Sie gebrauchen können.« Er schloss das zerfledderte Buch, in dem er gelesen hatte.

Sie biss in den Reiskuchen und nickte anerkennend. »Sehr lecker«, sagte sie und fragte, ob es Neuigkeiten über Ferreira gab. »Sie wissen also bereits Bescheid?« Sie verneinte.

»Aber irgendetwas ist passiert, sonst würden Sie würden mich ja kaum aus dem Schlaf wecken«, meinte sie. Er kam ohne weitere Umschweife auf den Punkt. »Wir haben gestern Abend die Leiche von Direktor Ferreira gefunden.«

Wortlos setzte sie ihr Glas mit dem Kaffee wieder ab. Menschen gingen vorüber, eine Tram klingelte, der Verkehrspolizist pfiff und winkte die Autos durch. Dann war Azenhas Botschaft bis in das für ihre Bewegung verantwortliche Kleinhirn vorgedrungen, und sie schüttelte mehrmals den Kopf. »Nein, das kann nicht sein, ich meine, es ist alles so friedlich hier.« Die Sonne schien, der Fluss glitzerte ein paar hundert Meter weiter, es gab Palmen und bunte Häuser, im Palastgarten wuchsen Orangen – dies war keine Kulisse für eine Gewalttat.

»Wieso gehen Sie davon aus, dass es eine Gewalttat war?«, fragte Azenha, und dieses Mal durchbohrte er sie geradezu mit seinem Blick. »Na ja, säßen Sie jetzt hier, wenn er friedlich eingeschlafen wäre?« Hatten dem Direktor seine Verschwörungstheorien derart zugesetzt oder seine Krankheit, von der Cardosa bei jeder Gelegenheit sprach? Und was bedeutete das für sie? Cardosa wäre sie lieber heute als morgen los, davon war Selva überzeugt.

»Standen Sie mit dem Direktor im Kontakt?«, fragte Azenha.

»Sie waren doch dabei, als ich am Flughafen vergeblich auf ihn gewartet habe.«

Er schüttete ein Tütchen Zucker in sein Glas und verrührte es. »Die letzten Anrufe, die er von seinem Mobiltelefon tätigte, gingen an Ihre Nummer.« Die unbekannte Nummer, schoss es Selva durch den Kopf. »Mich würde interessieren, worüber Sie gesprochen haben.«

»Wir haben gar nicht miteinander gesprochen. Ein unbekannter Anrufer hat mir ein paar Nachrichten hinterlassen, auf denen aber nichts drauf ist.«

»Kann ich die Nachrichten anhören?« Er spürte ihr Zögern, deutete es aber falsch. »Ich kann natürlich auch erst einen digitalen Durchsuchungsbefehl besorgen.«

»Putain!«, entwischte es ihr. Sie hatte zu lange mit französisch sprechenden Menschen in Brüssel zusammengearbeitet. Sie musste sich zügeln.

»Ich habe die Nachrichten gelöscht. Sonst könnten Sie sie selbstverständlich anhören.«

»Das ist kein Problem«, sagte er und griff nach ihrem Handy, das sie neben sich abgelegt hatte. »Ich kann Ihnen zeige, wie man gelöschte Nachrichten wieder herstellen kann.« Reflexartig schnappte sie nach ihrem Telefon und berührte dabei seine Hand. Er zog sie nicht sofort zurück.

»Ich weiß, wie das geht«, sagte sie. »Unglücklicherweise habe ich allerdings den Papierkorb bereits geleert.«

Seine linke Augenbraue hob sich minimal. Jegliches freundliche Leuchten schien aus seinen dunklen Augen gewichen. »Machen Sie das immer so, dass Sie Nachrichten sofort und endgültig löschen?«

»Regelmäßig«, log sie, »um Platz zu sparen.«

Er warf einen Blick auf ihr Telefon. »Sieht nach einem neueren Modell aus«, meinte er, »das hat standardmäßig bestimmt 64 GB Speicherplatz.« Sie überlegte, ob sie ihm erklären sollte, dass sie eigentlich nur die Nachrichten von Özlem endgültig löschen wollte, als ihr klar wurde, dass das seine Masche war. Er wollte sie aus der Reserve locken, damit sie etwas von sich preisgab. Wie sagte Özlem immer über den Kampfsport: Widersetze dich dem Angriff deines Gegners nicht, sondern nutze ihn zu deinem Vorteil. »Erwischt«, sagte sie daher. »Ich habe mich gerade von meiner

Frau getrennt und war wütend. Deswegen habe ich sämtliche Nachrichten gelöscht, und dabei eben auch diese.« Es war ihr eine Freude, zuzusehen, wie Azenha in Gedanken gerade eine Reihe von Optionen durchstrich, was sie betraf, darunter vermutlich die Kategorie »geheime Geliebte«. Dann hatte er sich wieder im Griff und setzte sein neutrales Polizistengesicht auf. »Na, dann ...«, sagte er und stand auf, »... will ich Sie nicht länger aufhalten.« Er winkte einem Taxi.

»Falls Ihnen noch etwas einfällt, egal was, egal wann«, sagte er und reichte ihr seine Karte, bevor er auf dem Rücksitz des Taxis verschwand. Sie nahm die Karte entgegen und betrachtete sie nachdenklich.

Sie wollte gerade bezahlen, da trat der Verfolger in dem Kapuzenshirt an ihren Tisch.

Sie spürte, wie sie zu zittern begann, und sah sich nach Azenha um. Doch er befand sich wahrscheinlich bereits auf der anderen Seite der Stadt.

»Senhora Klimt?«, sagte der Junge. »Darf ich mich setzen? Ich bin Louis Ferreira, Direktor Ferreiras Enkel.«

Sie starrte den Jungen an. In was war sie nur hineingeraten?

Kapitel 4
Eine verstörende Geschichte

Der Junge faltete sich umständlich auf dem Stuhl zusammen. Er warf einen Blick über die Schulter. Von der Seite hatte er ein klassisches Profil. Mit seinen dunklen Locken über dem zimtfarbenen Gesicht erinnerte er sie an die Abbildungen auf antiken griechischen Vasen.

»Haben Sie es eilig?«

»Überhaupt nicht«, sagte sie und schlug vor, ein Stück zu gehen. Er nahm Kurs auf den Park gegenüber dem Nationalpalast. Bis dorthin waren es nur wenige Meter. Trotzdem hatte sie Mühe, Schritt zu halten. Anscheinend hatte es der Junge eilig.

Während sie ihm hinterherlief, überlegte sie, was sie ihm sagen sollte. Sie wollte nicht diejenige sein, von der der Junge vom Tod seines Großvaters erfuhr.

Je mehr sie darüber nachdachte und je heftiger ihr Atem ging, desto weniger fand sie geeignete Worte. Sie wollte das alles nicht. Sie wollte nicht in einen Mordfall verwickelt sein, auch wenn ihr der Junge leidtat.

Sie blieb kurz stehen, um Luft zu schnappen. Pferdehufe klapperten, ein paar Pferdeäpfel fielen dampfend auf die Straße, Kutscherinnen und Kutscher in traditioneller Tracht reihten sich hintereinander entlang des Parks ein und warteten auf Touristen. Erste Grüppchen klumpten sich um die Haltestelle für die Tram zusammen. Wie schön es sein musste, dort anzustehen und sich planlos durch den Tag karren zu lassen.

Der Junge hatte bemerkt, dass sie ihm nicht länger folgte, und winkte ihr aus dem Schatten einer Zeder in ein paar Metern Entfernung zu.

Sie schloss zu ihm auf.

Sofort lief er weiter, wobei er immer wieder einen großen Bogen um Entgegenkommende machte. Sie fragte sich, ob er über den Tod seines Großvaters Bescheid wusste. Er schien nervös, sah immer wieder über die Schulter. Wurde er bedroht und wenn ja, hatte das etwas mit Ferreiras Tod zu tun? Warum folgte er ihr schon seit Tagen? Oder hatte sie sich das nur eingebildet? War das lediglich ihre Selva-Paranoia, die ihr das einredete?

Schließlich hatte sie zu ihm aufgeschlossen. Louis trottete stumm neben ihr her, doch sein Blick war hellwach. Seine Augen flitzten hierhin und dorthin, seine linke Hand fuhr immer wieder zur Kapuze, um sicherzustellen, dass sein Gesicht im Schatten blieb.

Azenha hatte sich zwar nicht über die Details von Ferreiras Ableben ausgelassen, aber die Tatsache, dass er in der Sache ermittelte, sprach sehr für ein gewaltsames Ende. Dennoch war es nicht ihr Job, dem Jungen die schreckliche Nachricht zu überbringen. Von sich aus würde sie es daher nicht ansprechen. Sie hielt Ausschau nach einer freien Parkbank. Die meisten waren belegt. Windeln wurden gewechselt, dicke Pullis ausgezogen und Sonnenbrillen aufgesetzt. Ein Typ karrte seinen Piña-Colada-Wagen zur Uferpromenade, wo er später den Saft einer Ananas, mit etwas Rum und Kokoslikör aufgepeppt, für teures Geld verkaufen würde. Louis schwieg noch immer. Dabei verzog er den Mund, als schiebe er die Satzbrocken noch im Mund herum, bevor er sie endlich auszuspucken wagte.

Sie deutete auf einen der Farbkleckse auf seinem Handrücken und fragte ihn, ob Türkis seine Lieblingsfarbe sein. Vielleicht brachte sie ihn ja so zum Sprechen. Er blinzelte verwirrt, dann begriff er, und für einen Moment schien ein selbstbewusster junger Mann durch.

»Ich bin Graffitikünstler«, sagte er.

»Wo kann man deine Kunstwerke anschauen?«, fragte sie, um das Gespräch in Gang zu halten. Im Gegensatz zu dem, was ihr Sohn behauptete, sah sie sich gerne Street-Art an.

Louis schüttelte den Kopf. »Die neueren Sachen nicht. Dafür sucht mich dieser Polizist, mit dem Sie vorhin im Café saßen.«

»Azenha?«

Vor der Wache, die sich direkt gegenüber dem Park und neben dem Nationalpalast befand, standen ein paar Polizisten und eine Polizistin in hellblauen Poloshirts und dunkeln Hosen und rauchten. Zu ihrer Verwunderung schien Louis die Ordnungshüter überhaupt nicht zu beachten, genauso wenig wie die sich für ihn interessierten. Selbst als einer seine Zigarette austrat und sich auf den Weg zum Park machte, blieb Louis ruhig. Vermutlich hatte er den Polizisten nur nicht bemerkt.

Louis hielt auf das Rondell in der Mitte des Parks zu. Er deutete auf die reich verzierte Säule auf dem Platz, auf dem sich eine Bronzefigur befand.

»Afonso de Albuquerque«, rief er ihr über die Schulter zu. »Noch so einer, der auf Kosten anderer reich wurde.«

Sie hatte in ihrem Stadtführer von dem Seefahrer und späteren Vizekönig der ehemaligen portugiesischen Gebiete in Indien gelesen. Im Gegensatz zu anderen Kolonialmächten hatten die Portugiesen nicht auf Landeroberung gesetzt, dazu fehlten ihnen als kleines Land schlicht die Soldaten. Stattdessen hatten sie sich auf Handelsstützpunkte entlang der Küste Südostasiens konzentriert, die sie mit ihrer schlagkräftigen Flotte verteidigten.

»Vielleicht hält er Ausschau nach neuen Reichtümern«, meinte sie und entlockte Louis ein Lachen.

Eine Familie hielt ebenfalls Kurs auf die Statue, ein Pärchen machte Selfies, eine Handvoll chinesische Touristen debattierten über das Monument, ein Jogger schlängelte sich durch die Menschenansammlung. Sie hatten den exponierten Platz fast durchquert, als sich zwei kräftige Männer mit rasiertem Schädel und Dreitagebart direkt vor dem Denkmal positionierten und die vorbeikommenden Passanten musterten. Sofort drehte Louis ab und brachte rasch ein paar Büsche zwischen sich und die Männer.

Er hatte die St.-Pauli-braune Kapuze weiterhin tief ins Gesicht gezogen und die Hände in den Hosentaschen vergraben. Selva überlegte, ob sie ihn darauf hinweisen sollte, dass er sich dadurch erst recht von den Urlaubern abhob, die überwiegend in Shorts und T-Shirt bzw. in leichten bunten Kleidern unterwegs waren.

»Lass uns irgendwo sitzen, wo wir in Ruhe reden können«, sagte sie und schlug das Kulturzentrum vor. »Auf der Terrasse gibt es einen kleinen Park. Alles sehr ruhig und überschaubar.« Dort würde er weniger auffallen. Die Olivenbäume hatte sie bei einem ihrer Spaziergänge entlang der Uferpromenade entdeckt. Er nickte und beschleunigte erneut seinen Schritt.

Bei dem Wort Kulturzentrum hatte sie zunächst an ein hübsch hergerichtetes altes Gebäude mit einem Café, einem Veranstaltungsraum und ein paar Räumen für Yogakurse gedacht. Das Centro Cultural de Belém hingegen glich einer altägyptischen Tempelanlage, und zwar sowohl was das Ausmaß als auch die Gestaltung betraf. Die hellen Kalksteinquader, die begrünten Terrassen zur Flussseite hin, der breite Vorplatz – all das wirkte erhaben und gleichzeitig einladend.

»Mein Großvater kam oft hierher. Er liebte diese Stadt in der Stadt, wie er die Anlage nannte«, sagte Louis und verlangsamte zum ersten Mal seinen Schritt, blieb stehen und legte die Hand an einen der Quader, als wolle er der Anwesenheit seines Großvaters nachspüren.

Selva war nicht entgangen, dass er von seinem Großvater in der Vergangenheit sprach. »Er liebte moderne Kunst, war echt aufgeschlossen«, fuhr Louis fort. »Egal, ob es sich um Minimalismus oder um die Lichtinstallationen verschiedener Künstler handelte, er war stets bereit, sich überraschen zu lassen. Ganz im Gegensatz zu seinem Sohn und meinem Vater.« Die letzten Worte hatten einen bitteren Ton angenommen.

Louis sah sich kurz um; außer ihnen beiden befand sich niemand in dem Innenhof. Er trat an eine der begrünten Wände und legte die Wange daran. Selva streckte die Hand nach ihm aus, ließ sie jedoch wieder sinken, da sie ihn nicht aus dem Moment holen wollte.

Abrupt richtete sich Louis auf und durchbohrte sie mit seinem Blick. Sie wich einen Schritt zurück, so wenig hatte sie damit gerechnet.

»Sie wissen bereits, dass er tot ist, habe ich recht?«, fragte Louis.

»Azenha hat es mir gerade erzählt.«

»Das hätte ich mir ja eigentlich denken können.«

»Gehen wir nach oben ins Café? Ich muss mich setzen«, schlug sie vor.

Es gab in dem Gebäudekomplex, durch den zwei Querstraßen führten, das Museum für zeitgenössische Kunst, Säle für Opern- und Theateraufführungen, ein Konferenzzentrum und mehrere Cafés.

Louis sprang in großen Sätzen die breite Treppe hinauf. Selva keuchte hinterher.

Sie deutete mit der Hand auf das Restaurant, aber er schüttelte den Kopf. Also steuerte sie direkt zwei mit orangefarbenem Segeltuch bespannte Liegestühle an. Louis sah sich ein paarmal um und rückte dann seinen Liegestuhl so, dass er einen Baum im Rücken und die anderen Besucher gut im Blick hatte. Hier oben gab es nur Menschen in Genießerlaune. Vor wem fürchtete er sich also? Als sich ein Pärchen mit zwei Campari Orange näherte, schaute er sie so finster an, dass sie sich am anderen Ende des Parks einen Platz zum Sitzen suchten.

Selva unternahm einen weiteren Versuch, ihn zum Sprechen zu bringen.

»Den Bericht über die Energiebilanz hast du mir in den Briefkasten gesteckt, richtig?«

»Können Sie was damit anfangen?«, fragte er. »Mubi hat den zusammengestellt. Ich habe ihr nur einen Gefallen getan. Ich musste etwas unternehmen, konnte nicht länger stillsitzen nach allem, was vorgefallen war.« Er schien noch etwas sagen zu wollen, schwieg aber.

»Ich bin erst am Anfang, aber auf jeden Fall ist es hilfreich«, sagte Selva. »Aber deswegen wolltest du nicht mit mir sprechen, habe ich recht?«

Er schüttelte den Kopf und blickte auf seine Finger, die er ineinander verknotet hatte. »Was ist passiert?«, fragte sie sanft.

»Es geht um meinen Großvater«, sagte er und wirkte plötzlich erleichtert. So als habe er es endlich hervorgewürgt, was ihn fast zu ersticken drohte. Er dauerte sie, wie er da vor ihr saß, die Schultern nach vorne gefallen, die Arme über dem Leib gekreuzt, als wolle er sich zusammenfalten und durch einen Riss in der Welt verschwinden. Wer konnte da gleichgültig bleiben? Sie jedenfalls nicht. Sie ermunterte ihn, ihr zu erzählen, was passiert war. Gleichzeitig fragte sie sich, auf was sie sich da einließ. Mit einer Handbewegung wischte sie die Bedenken weg. Louis interpretierte das als Aufforderung, endlich zu sprechen.

»Wir sind mit der ›Rosalia‹ dann doch ausgelaufen, Avô und ich«, fing er unvermittelt an. »Es war noch dunkel. Avô wollte, dass ich das Boot aus der Box manövriere, weil ich das nachts noch nie gemacht hatte.« Louis schaute auf. »Immerzu wollte er mir etwas beibringen, aber auf eine liebe Art. Nicht wie mein Vater, der mir bei jeder Gelegenheit erklärt, was ich besser machen muss.« Der Junge schob die Haut seines linken Daumens mit den Zähnen zurück. Selva ertappte sich dabei, dass sie sich vorstellte, wie die Farbe dabei vom Nagel abplatzte.

»Kennen Sie die Marina unter der Brücke?«

»Nein, aber ich weiß, dass es eine beliebte Laufstrecke bis dorthin ist«, sagte sie.

»Bei Segelschulen ist sie auch beliebt. Dort liegen die ganzen Jollen«, sagte er, und wieder wanderte der linke Daumen in seinen Mund. »Die Restaurants und Bars ringsum sind immer voll.«

»Ihr seid also ausgelaufen«, sagte Selva sanft, um ihn wieder zum Thema zurückzubringen.

Louis nickte. »Wir haben die Segel gehisst und Fahrt aufgenommen. Der Fluss ist dort über zwei Kilometer breit, und man sieht die ganze Stadt funkeln.« Die Erinnerung schien ihn zu schmerzen.

»Was war euer Ziel? Warum seid ihr ausgerechnet nachts auf einen Segeltörn?«

Verwundert blickte er sie an. »Na, wir waren doch dem anderen Boot auf den Fersen.«

»Was für einem anderen Boot?«, fragte Selva.

»Die hatten schon einen ordentlichen Vorsprung. Offensichtlich fuhren die mit Volldampf voraus, Segel hatten sie keine gesetzt, die hätten den Mast auch absägen können. Auf jeden Fall machte es das schwerer, sie im Dunkeln zu sehen.«

Er bearbeitete seinen Daumen, bis der zu bluten begann.

»Ich glaube, ich habe ein Pflaster dabei«, sagte sie und kramte in ihrer Handtasche. Er verfiel in Schweigen, das anhielt, bis sie das Pflaster über seinen Finger geklebt hatte. Sie nahm sich vor, ihn nicht mehr zu unterbrechen.

»Es war ein bisschen wie in alten Zeiten, als ich klein war«, fuhr Louis fort. »Da sind wir auch oft bis Cascais oder noch ein Stück weiter die Küste entlanggesegelt, haben irgendwo geankert und darauf gewartet, dass uns Delfine besuchen kommen.« Er wischte sich mit dem Ärmel die Augenwinkel.

»Aber dieses Mal haben wir uns gestritten.«

Louis verstummte. Selva wurde sich plötzlich seiner Atmung bewusst. Sie ging schnell und war flach. Deutete der Junge hier an, was sie dachte? War er vielleicht am Tod seines Großvaters schuld? Und was hatte es mit dem anderen Boot auf sich?

Die Stimme des Jungen holte sie aus ihren Gedanken. »Er hat gefragt, warum ich das mache, das mit dem Sprayen.«

»Aber er mochte doch deine Sachen?« Zumindest hatte sie ihn vorhin so verstanden.

»Schon, aber nicht, wenn ich die Boote von Leuten besprühte«, sagte Louis und kaute jetzt auf dem Pflaster herum. Selva überlegte kurz, seine Hand festzuhalten. Doch er war nicht ihr Sohn, und selbst Nati hätte das als übergriffig empfunden.

»Ich habe ihm vorgeworfen, dass er nicht genug gegen den Klimawandel unternimmt, obwohl er es besser weiß, an der Quelle sitzt – an der Quelle saß – und die Zahlen kennt.« Sie kannte diese Vorwürfe aus den Diskussionen mit ihrem Sohn. Auch er warf ihr oft vor, ihre Generation habe seiner die Zukunft zerstört.

Eine Wolke hatte sich vor die Sonne geschoben und Louis' Gesicht in Schatten getaucht. »Ich habe ihm vorgeworfen, dass er nicht richtig hinschaut, dass er es sich zu einfach macht, dass er unsere Zukunft ruiniert – und jetzt ist er tot. Es ist meine Schuld. Er ist gestorben, weil er auf mich gehört hat.«

Sie strich Louis über den Arm, bis seine Tränen wieder getrocknet waren.

»Was genau ist denn passiert? Seid ihr immer noch dem anderen Boot gefolgt?«, fragte sie. Hatten die beiden einen Unfall und sind sie mit dem anderen Schiff zusammengestoßen? Schließlich war es dunkel. Azenha hatte sich nicht über die Todesursache geäußert. Es konnte alles Mögliche passiert sein. »Warum gibst du dir die Schuld am Tod deines Großvaters?«, fragte sie, doch Louis schüttelte nur den Kopf.

Sie ließ den Blick über den Park schweifen, bemüht, den Jungen nicht zu drängen. Ein Pärchen rückte gerade zwei Liegestühle an das Wasserbecken heran, das sich vor der Kante der Terrasse befand. Die Frau streifte die Sandalen ab und streckte einen Fuß in das Wasser, zuckte aber sofort zurück.

Selva wollte es nicht gelingen, die idyllische Szene mit Louis' immer beklemmender klingenden Geschichte in Einklang zu bringen. Fast hoffte sie, er würde nicht mehr weitersprechen.

Doch Louis war noch nicht am Ende seiner Story angelangt. Leise fuhr er mit seiner Schilderung der Ereignisse fort.

»Ich stand am Bug der ›Rosalia‹, das Fernglas vor den Augen«, erzählte er. »Doch es war noch zu dunkel, um viel zu erkennen. Wir nahmen an Fahrt auf, um zu dem anderen Boot aufzuschließen.«

Sie hatten längst den Atlantik erreicht und hielten Kurs auf Cabo da Roca, als Seenebel aufkam. »Es war wie in einem Horrorfilm.«

Er setzte sich auf und blickte sich besorgt um. Unwillkürlich tat sie es ihm nach, konnte aber keine bedrohlich wirkenden Personen ausmachen. Louis sackte wieder in den Liegestuhl zurück. »Plötzlich war da ein riesiger dunkler Schemen«, fuhr er fort und deutete die Spanne mit den Händen an. »Eine dunkle Masse.«

»Ein Felsvorsprung oder eine Klippe?«

Louis schüttelte den Kopf. »Ein Schiff schälte sich aus der Dunkelheit.«

»Das Segelboot, dem ihr gefolgt seid?«

»Es war viel größer als ein Segelboot und viel bedrohlicher«, sagte er. »Avô meinte, es handle sich vermutlich um ein illegales Fangboot. Ein bedrohlicher dunkler Schatten, wie ein Loch, das sich durch die Nacht fraß.«

Der Junge schloss die Augen, als ob er nur so die Erinnerung ertragen könnte.

»Was passierte dann?«, fragte sie sanft.

»Wir beschlossen kehrtzumachen, bevor die anderen bemerkten, dass wir ihnen auf den Fersen waren. Da tauchte ein Schlauchboot aus dem Nebel auf und kam rasch näher. Darin saßen zwei bullige Typen.«

Louis öffnete die Augen und horchte auf. Etwas hatte seine Aufmerksamkeit erregt. Plötzlich saß er kerzengerade.

Selva folgte seinem Blick. Ein Kerl mit O-Beinen ging die Liegestühle ab. Louis fixierte die Richtung, aus der der Kerl gekommen war. Ein weiterer, kräftig gebauter Typ mit einer New York Yankees Baseballkappe hatte sich strategisch geschickt an der äußersten Ecke des Parks positioniert. Von dort aus hatte man einen guten Überblick. Das musste nichts bedeuten.

Louis schien nicht überzeugt, dass es sich bei dem Kerl um einen Touristen handelte. Er stieß einen Fluch aus. Dann sprintete er los.

Bevor Selva sich aus dem niedrigen Liegestuhl hieven konnte, war er über das schmale Wasserbecken am Rand der Terrasse gesprungen und ließ sich über die Mauerkante hinab.

Bis sie den Rand der Brüstung erreicht hatte, war er bereits in der Menge von Touristen untergetaucht. Sie konnte seine braune Kapuze nirgends entdecken. Vermutlich war er in die Unterführung geflüchtet. Als Street-Art-Künstler war er bestimmt in schnellen Exits erprobt. Sie wandte sich wieder dem Garten zu.

Der Typ mit der Yankee-Kappe stand am Tresen und gab eine Bestellung auf. Nicht gerade verdächtig. Der andere, der den Park suchend abgegangen war, genoss den Ausblick, zumindest erweckte er den Anschein. Er telefonierte. Unauffällig schlenderte sie in seine Richtung und versuchte, ein paar Worte zu erhaschen. Sobald sie sich ihm näherte, drehte er sich weg. Dabei pochte ihr Herz so laut, dass es ihr in den Ohren rauschte. Sie hätte sowieso nichts verstanden. Sie drehte sich um und machte ein Selfie. Doch sie erwischte lediglich den Hinterkopf des Typen. Er war rasch weitergegangen.

Selva ließ den Blick über die Promenade auf der anderen Seite der Straße schweifen, über die Menschenmenge vor dem Entdecker-Denkmal in der Hoffnung, Louis ausmachen zu können. Vergebens. Er war verschwunden. Vielleicht hatte er sich einen der Tretroller geschnappt und war schon längst außer Sichtweite. Etwas verloren stand sie auf dem Rasen, als sie den Kerl am Telefon und den Typen mit der Yankee-Baseballkappe zusammen im Innenhof des Gebäudes verschwinden sah. Lover, die sich gefunden hatten? Sie konnte keine ineinander verschränkten Hände erkennen, keinen Austausch von Küsschen auf die Wange, keinen Arm, der um die Schulter des anderen gelegt wurde.

Sie eilte ihnen hinterher, als plötzlich einer von beiden stehen blieb und vorgab, seine Schnürsenkel zu binden. Nur dass seine Sneaker einen Klettverschluss hatten.

Ihr Herzschlag verdoppelte sich, abrupt machte sie kehrt. Sie hielt auf den Ausgang auf der anderen Seite zu und lugte vorsichtig ums Eck. Niemand zu sehen. Hatte sie sich das alles nur eingebildet? Vorsichtshalber nahm sie trotzdem einen Umweg nach Hause. Immer wieder blieb sie stehen, um sicherzugehen, dass ihr niemand folgte.

Kapitel 5
Bedenken

Plötzlich fand sich Selva in einer sehr gediegenen Wohngegend wieder. Die Villen waren viel zu groß für eine Mittelstandsfamilie. Die Autos, die auf der Straße parkten, wirkten wie frisch mit dem Taschentuch poliert. Kein Vogeldreck auf den Windschutzscheiben, kein Staub in den Felgen. Die Häuser selbst leuchteten in zarten Farben, die Hecken waren akkurat geschnitten. Vor einigen Villen wehte die Flagge eines anderen Landes. Selva war die Einzige, die auf der Straße unterwegs war.

Sosehr sie sich bemühte, es wollte ihr nicht gelingen, das, was sie gerade von Louis gehört hatte, mit dem, was sie sah, in Einklang zu bringen. Inmitten dieser patrizischen Idylle fiel es ihr schwer, sich mysteriöse Schiffe vorzustellen, die aus dem Dunkeln auftauchten, oder Schlägertypen, die Louis in einem öffentlichen Park nachstellten. Das klang wie aus einem Agentenfilm. Trotzdem: Die Angst des Jungen war nicht gespielt. Aus eigener leidvoller Erfahrung wusste sie, dass das Umfeld, nicht zuletzt die Polizei, solche Ängste oft nicht ernst nahm.

Außerdem war der Direktor tot, womöglich ermordet. Es musste also etwas dran sein an der Geschichte des Jungen, so abenteuerlich sie klingen mochte.

Selva durchwühlte ihre Handtasche und fand noch einen abgepackten Keks. Sie überlegte, wie sie dem Jungen helfen könnte. Wenn sie wenigstens seine Telefonnummer hätte.

Vielleicht wusste Mubi weiter. Die beiden schienen enger miteinander befreundet zu sein.

Sie kam an einem kleinen Café vorbei und setzte sich. Während sie auf die Limonade wartete, durchsuchte sie Twitter und Instagram nach Mubi.

Sie fand eine oder einen @MUBI365. Aber dahinter verbarg sich ein Typ, der seiner Story auf Insta nach zu schließen, gerade durch Thailand tourte. Auf TikTok stieß sie auf einen gleichnamigen Streamingdienst, von dem sie noch nie gehört hatte, sowie eine mubis_green_thumb, die kurze Clips ihrer Zimmerpflanzen in Zeitraffer zeigte. Man konnte verfolgen, wie sich die Pflanzen nach der Lichtquelle ausrichteten, wie sich ein neues Blatt entfaltete oder sich eine Knospe öffnete. Allerdings wies nichts darauf hin, dass es sich um dieselbe Mubi wie die aus der Umweltbehörde handelte. Man sah lediglich, wie dunkel lackierte Fingernägel ein Blatt zur Seite schoben. Der Hautton der Hand nahm je nach Lichteinfall alles zwischen dunkelstem Braun und kräftigem Beige ein. Nach »Louis« brauchte sie gar nicht erst zu suchen. Es gab Tausende Varianten mit »Louis« im Namen.

Da fiel ihr ein, dass sie ja Mubis Telefonnummer hatte. Warum hatte sie nicht gleich daran gedacht?

Sie schickte Mubi eine Textnachricht. *Habe Louis getroffen. Er hat mir eine unglaubliche Geschichte erzählt und ist überzeugt, er wird verfolgt. Ich muss unbedingt mit ihm reden.* War das so? Musste Selva mit ihm reden? Wozu? Wie könnte ausgerechnet sie ihm helfen? Sie löschte den letzten Satz wieder und schrieb stattdessen: *Bitte sag Bescheid, wenn du ihn siehst. Ich mache mir Sorgen um ihn.* Sie drückte auf Senden. Die Nachricht ging durch, aber die junge Frau las sie nicht. Auch nach fünf Minuten waren die Häkchen neben der Nachricht noch grau, ebenso nach zehn.

Selva rief Karels Nummer auf. *Wo hast du mich nur hingeschickt, Karel,* textete sie, sandte die Nachricht nach kurzem Zögern jedoch nicht ab. Karel konnte am wenigsten für die

Situation. Außerdem wäre Beileid angebracht oder doch zumindest Mitgefühl. Schließlich war sein ehemaliger Studienkollege gerade zu Tode gekommen.

Selva bezahlte und ging wieder zurück zum Fluss und zum Park.

Ein zweites Mal heute steuerte sie Afonso auf seiner Säule an, kam an den Pferdekutschen vorbei, an dem Café, in dem Louis sie angesprochen hatte, doch sie nahm nichts davon wahr. Die Frage, wie Louis' Geschichte weiterging und was er mit dem Tod seines Großvaters zu tun hatte, ließ sie nicht los. Ob sie zu dem kleinen Jachthafen unter der Brücke gehen sollte, von dem er erzählt hatte? Das war eine knappe halbe Stunde von hier. Doch was hoffte sie dort zu finden? Sie hätte es nicht sagen können. Sie wusste lediglich, wenn sie nicht hinging, nichts sah, mit niemandem redete, würde sie definitiv nichts erfahren. Aber war das überhaupt ihre Aufgabe? Der Mord an dem Direktor, wenn es sich denn um Mord handelte, war tragisch, und Louis tat ihr leid. Sie sorgte sich wirklich um ihn. Doch helfen konnte sie ihm realistischerweise nicht.

Sie schüttelte sich. Das klang nach Ausflüchten. Was würde sie tun, wenn es sich um ihren eigenen Sohn handelte?

Sie schloss die Tür zu ihrer Wohnung auf, ging als Erstes zum Kühlschrank und goss sich ein Glas Weißwein ein. Dann rief sie ihren Sohn an. Sie wollte Natis knautschige Stimme hören, das launige Auf und Ab, das schläfrige Zustimmen, wenn ihm etwas gefiel. Sie wollte sein Gesicht sehen, seinen wirren Haarschopf. Selbst seinen zu einer Wellenlinie geschlossenen Mund vermisste sie, wenn er sich mal wieder nicht entscheiden konnte, ob er sie angrinsen oder abschätzig das Gesicht verziehen sollte. Sie wollte ihn in die Arme schließen, den Hauch von Kind einatmen, der ihm immer noch anhaftete. Sie wollte sichergehen, dass es ihm gut ging.

Doch er ging nicht dran.

Erst als sie ihr zweites Glas getrunken hatte, rief er zurück. Sie hätte das Gespräch nicht annehmen sollen. Alkohol verstärkte ihre Gefühle. Wenn sie wütend war, machte er sie angriffslustig; wenn sie lustig war, wurde sie aufgedreht; und wenn sie ihren Sohn vermisste, ließ sie der Alkohol in Tränen ausbrechen.

»Oh, mein Gott, Mama, fahr mal das Drama runter«, sprach ihr Sohn aus dem Rechteck in ihrer Hand. »Ich dachte, du bist für Sonne, Strand und irgendwelche Törtchen nach Portugal gegangen.«

Dieser Vorsatz schien aus einer anderen, einer erstaunlich heilen Welt zu stammen, einer Welt ohne o-beinigen Typen, ohne dunkle Schemen auf dem Meer, ohne toten Direktor.

»Tja, leider ist da etwas dazwischen gekommen«, sagte sie jetzt. »Obwohl es sehr schön ist hier.« Sie erhob sich von dem Klappstuhl und beschrieb mit der Kamera einen Bogen. Dann setzte sie sich wieder.

»Sehr schön«, wiederholte er. »Warum rufst du an?«

»Wir haben schon lange nicht mehr miteinander gesprochen. Ich wollte wissen, wie es dir geht.«

Er zuckte mit den Achseln, was so viel wie »ganz okay« hieß. Im Hintergrund hörte sie Özlem fragen, mit wem er sprach.

»Wohnst du jetzt dauerhaft bei Özlem?«

»Was soll das? Du weißt, dass wir uns gut verstehen.«

Jaja, nur nicht durch Widerspruch provozieren, mahnte sie sich. Sonst war das Gespräch sofort zu Ende. Soweit kannte sie ihren Sohn.

Sie nickte. Dann sah sie eine unbekannte Frau, nur mit einem Handtuch bekleidet, durch das Bild huschen. Jonathan war es nicht entgangen, dass ihr Blick kurz abrutschte, und er zuckte erneut mit den Schultern. Dieses Mal allerdings wirkte es wie eine Entschuldigung. Als ob es an ihm läge, dass Özlem eine Neue hatte.

»Ich muss jetzt los«, sagte er.

Sie flüsterte ein »Pass auf dich auf!«, worauf er mit den Augen rollte. Dann starrte sie wieder auf ihren Sperrbildschirm, der Brüssel im Regen zeigte.

Zeit, das zu ändern. Sie wählte ein Foto von einem besonders knorrigen Olivenbaum aus und verwendete es als neuen Hintergrund. Gerade brachte sie das Glas zurück, als das Telefon klingelte. Es war Özlem. Hatte Jonathan ihr also von dem Gespräch erzählt. Sie drückte den Anruf weg. Nicht jetzt, nicht in ihrem mentalen Zustand, nicht bevor sie etwas Positives zu erzählen hatte. Özlem konnte ruhig noch eine Weile in ihrem schlechten Gewissen schmoren.

Als Selva am nächsten Morgen aufwachte, fand sie sich verkehrt herum im Bett, mit dem Kopf am Fußende. Offensichtlich hatte Louis' Geschichte sie im Schlaf umgetrieben. Aber nicht nur das. Sie hatte ein schlechtes Gewissen. Denn sie hatte die eine Person nicht angerufen, die sie auf jeden Fall hätte informieren sollen.

Sie schlurfte in die Küche, legte ihr Handy auf den Tresen und brühte sich einen Kaffee. Sie nahm die Milch aus dem Kühlschrank und gab einen Schuss in die Tasse. Sofort bildeten sich dicke weiße Flocken. Sie schüttete den Kaffee weg und leerte den Karton in die Spüle. Dann schenkte sie sich eine zweite Tasse Kaffee ein. Schwarz, ohne Milch. Sie nippte daran. Es schmeckte grauslich. Ihr Blick wanderte von dem Schwarz in ihrer Tasse zu dem schwarzen Bildschirm auf dem Tresen. Wie ein stummer Vorwurf lag das Telefon da und wartete darauf, dass sie es aktivierte, jemanden anrief, es nutzte. Ein schwarzes Loch in der Form eines handgroßen Rechtecks. Man konnte Tage darin verbringen, seinen gesunden Menschenverstand dabei verlieren, Minderwertigkeitskomplexe und Essstörungen entwickeln, Shitstorms damit auslösen, aber eins konnte man nicht: Es einfach ignorieren und auf dem Tisch liegen lassen.

Denn eine Sache konnte, sollte sie, hätte sie gestern schon tun sollen: den Kommissar informieren.

Sie suchte nach Azenhas Visitenkarte und rief ihn an. Nach der Sache mit den gelöschten Nachrichten wollte sie sein Misstrauen nicht noch weiter befeuern.

Die Gretchenfrage stellte sich: Wie lange lässt man es klingeln, wenn man eigentlich nicht mit der anderen Person sprechen möchte?

Es nahm noch immer niemand ab. Selvas Hoffnung stieg. Sie hätte ihre Pflicht getan. Es war nicht ihre Schuld, wenn der Kommissar nicht dranging.

Ein tiefe Stimme meldete sich. Selva verhaspelte sich, versuchte zunächst auf Portugiesisch zu sagen, wer sie sei, fuhr dann auf Englisch fort, fing bei Adam an, um sich bis zu Eva vorzuarbeiten, entschuldigte sich und wollte noch mal von vorne beginnen, als ein Piepton erklang. Sie lauschte in das Schweigen hinein und wurde das Gefühl nicht los, am anderen Ende der Leitung Ferreira zu haben. So ähnlich musste es dem Direktor ergangen sein, als er ihr die leeren Nachrichten hinterließ. »Ich habe Neuigkeiten zu Louis«, brachte sie schließlich hervor. »Er scheint etwas über den Tod seines Großvaters zu wissen.« Das klang hoffentlich unverfänglich und gleichzeitig informativ genug. »Und er schien Angst zu haben«, fügte sie hinzu und legte auf. Mehr konnte sie nicht tun. Weder für Louis noch für die Wahrheitsfindung. Sie schaltete ihr Handy auf lautlos. Sie war keine Polizistin. Sie war nicht verpflichtet, permanent erreichbar zu sein.

Sie wollte die ganze Sache vergessen. Sie war hier, um sich die Wunden zu lecken, die Özlem ihrer Seele zugefügt hatte. Sie war hier, um ein paar Zahlen zu überprüfen und Amtshilfe zu leisten. Vor allem aber war sie hier, um diese Stadt zu genießen.

Aber so sehr sie sich auch bemühte, sich selbst einzureden, das Ganze ginge sie nichts an, es hatte sich bereits eine Staubschicht aus Schuld und schlechtem Gewissen auf sie gelegt und ließ sich nicht mehr wegpusten.

Hier half nur eins: Ablenkung durch Shoppen.

Sie schloss gerade die Wohnungstür ab, als ein Nachbar den Hausflur betrat. Selva schätzte ihn auf über sechzig. In jeder Hand trug er eine Plastiktüte. Aus der einen ragte ein Büschel Petersilie, in der anderen wölbte eine Wassermelone das grüne Plastik nach außen. Sie hatte vergessen, dass in Portugal die Geschäfte auch sonntags geöffnet waren.

Der Nachbar trug Hemd und Krawatte unter dem Pullunder. Selva grüßte freundlich und stellte sich vor. Dann entschuldigte sie sich dafür, kein Portugiesisch zu sprechen. Der Mann winkte ab, und sie setzten die Unterhaltung auf Englisch fort.

Er war pensionierter Geschichtslehrer und fragte sie, was sie vorhabe.

»Ehrlich gesagt, weiß ich das noch gar nicht so genau. Ich dachte, ich setze mich in die Straßenbahn und steige aus, wo es mir gefällt.«

»Da werden Sie nicht weit kommen«, meinte er. »Es gibt so viele schönen Ecken hier.«

Sie stimmte ihm zu, das sei ihr auch schon aufgefallen.

»Worauf haben Sie denn Lust an diesem schönen Sonntag«, fragte er und stellte die Einkaufstüten ab. »Museum, Kunst, nette Cafés, Kirchen, ausgefallene Geschäfte?«

»Irgendwo, wo es schön ist, eine belebte Gegend mit Cafés und ein paar Geschäften?«, antwortete sie.

»Ah, da habe ich die perfekte Straße für Sie«, sagte er. Er nannte ihr den Namen des Stadtteils, irgendetwas mit »Royal« und die entsprechende Haltestelle. »Dort gibt es auch jede Menge Restaurants. Sehr beliebt bei den jungen Leuten«, meinte er und zwinkerte ihr zu.

»Wenn das kein Anreiz ist«, sagte sie und bot ihm an, die Tüten nach oben zu tragen.

Sie erwartete höfliche Ablehnung, aber er nahm dankend an. Der Mann war ihr sympathisch.

Vor seiner Wohnungstür bedankte er sich noch einmal und erinnerte sie mit erhobenem Zeigefinger daran, vorsichtig zu sein; der Charme der portugiesischen Männer sei legendär.

»Alles klar«, sagte sie, »aber ich glaube, für heute reicht es mir, einfach nur zu bummeln.«

»Kommen Sie doch bei Gelegenheit mal auf ein Gläschen Wein hoch«, sagte er und schloss die Tür auf. »Dann erzähle ich Ihnen gern mehr über die Stadt.«

»Das werde ich tun, ganz bestimmt«, sagte sie und nahm die Treppe wieder nach unten.

Sie ging das Stück zurück bis zum Startpunkt der alten Tram, um einen Sitzplatz zu bekommen. Dann ließ sie sich durch die Straßen karren. So hatte sie sich ihr erstes Wochenende in Lissabon vorgestellt.

Schon bald drängten sich die Touristen dicht an dicht, und immer wieder mussten Mütter oder Väter ihre Kinder davon abhalten, in den engen Gassen die Ärmchen aus dem Fenster zu strecken.

Sie bekam einen Anruf von einer portugiesischen Nummer. Es war ein Kollege Azenhas. Er bat sie, ihm alles zu erzählen, was sie wusste. Ein Frau deutete auf den Platz neben ihr. Selva rutschte durch, um ihr Platz zu machen. Die beiden Kerle vor ihr kamen aus den »Ohs« und »Ahs« gar nicht mehr raus. Hinter ihr zankten sich die Kinder eines französischen Ehepaars um ein Fruchtgummi.

»Es ist sehr laut bei Ihnen. Können Sie vielleicht kurz wohin gehen, wo es leiser ist«, fragte der Polizist.

Selva bat die Frau neben ihr, sie wieder durchzulassen, und stieg an der nächsten Haltestelle aus. Sie befand sich vor dem leuchtend blau gefliesten Eingang eines Museums.

Sie erzählte dem Polizisten das Wenige, das sie wusste. Mit jeder Frage, die sie nicht beantworten konnte, knarzte dessen Stimme mehr. »Name des Bootes, dem sie gefolgt sind« – »kann ich mich nicht erinnern«. »Beschreibung der Personen« – »Weiß ich leider auch nicht.« »Koordinaten des zweiten Schiffes« – »hat er nicht gesagt«. »Marina, in der das Schiff lag« – »Direkt unter der Brücke« – »Uhrzeit des Rendezvous« – »mitten in der Nacht«. »Geht das auch präziser« – »leider nein«.

Selva kam sich vor wie ein ausgetrockneter, hart gewordener Teig, der mit aller Gewalt trotzdem platt gewellt werden sollte.

Plötzlich war es stumm.

»Hallo? Sind Sie noch dran?«, fragte sie.

»Ja«, sagte der Polizist gedehnt. »Wissen Sie wenigstens, wo sich der Junge jetzt aufhält oder wie wir ihn erreichen können?«

Selva verneinte.

»Verstehe«, sagte der Polizist. »Ich werde das an Kommissar Azenha weiterleiten. Vielleicht kann der damit etwas anfangen.«

Als die nächste Tram vorfuhr, stieg sie ein und verfolgte ihre Fahrt auf Google Maps.

An der von ihrem Nachbarn empfohlenen Haltestelle stieg sie aus. Wie in einer bunten Perlenkette reihten sich die Restaurants aneinander.

Vor einem Märchenschloss blieb sie stehen. Es dauerte eine ganze Weile, bis sie die ungewöhnlichen Kuppeln, Zinnen, Fensterbögen, Balustraden, Säulen und Streben erfasst hatte. Ständig sprang ihr Auge von einem der Rundbögen zum Türsturz und von dort zu den, wie es schien, direkt aus dem Stein geschlagenen Zier- und Schutzelementen vor den Kellerfenstern, von der Nadelspitze auf einer der Kuppeln zu den gedrechselten Säulen am Eingangsportal. Garantiert konnte ihr Nachbar ihr mehr dazu erzählen. Sie machte ein Foto, um ihn bei der nächsten Gelegenheit danach zu fragen.

»Man kann hineingehen«, sagte ein Mann, der gerade vorbeikam, und lächelte ihr aufmunternd zu.

Sie betrat das Palais. In dem überdachten Innenhof waren eine Handvoll Tische eingedeckt. Von der Galerie gingen die einzelnen Räume mit den Geschäften ab. Unter Stuckdecken konnte man überteuerten Schnickschnack kaufen, auf poliertem Parkett befanden sich Kleiderständer mit ausgewählter Handarbeit. Dazwischen stellte jemand Fotografien aus. Eine Boutique ging in die andere über.

Sie drehte schon die dritte Runde, bis ihr auffiel, dass sie die glasierten Keramikuntersetzer bereits für zu teuer verworfen hatte. Das Gebäude, seine Architektur, die Säulen, das Licht, die Geschäfte, die Palmen, die überall sanft über ihre Arme strichen, all das überforderte sie. Ihr Kopf war noch zu sehr mit anderen Dingen beschäftigt. Sie musste etwas berühren, anfassen, zwischen den Fingern reiben, um wieder Bodenhaftung zu erlangen.

Sie befingerte einen Wollpulli, als ihre Handtasche vibrierte. Sie nahm den Anruf an. Doch statt einer tiefen Männerstimme hörte sie Özlems Mezzosopran. Mist, sie hatte nicht aufgepasst. Eine dieser zermürbenden Unterhaltungen, wie sie sie in letzter Zeit nur noch mit Özlem geführt hatte, konnte sie jetzt nicht gebrauchen.

»Hallo, wie ist der neue Job?«, fragte sie und befingerte eine Küchenschürze mit petrol- und zimtfarbenen Blockstreifen. Eine Verkäuferin fragte sie, ob sie helfen könne, doch Selva winkte ab und ging weiter.

Özlem sagte in der Zwischenzeit etwas von »gut, gut«, dem sie ein »deswegen rufe ich aber nicht an« hinterher schob.

»Weswegen dann?«, fragte Selva und steuerte einen Korbsessel an. Sie nahm die darauf drapierten Kissen, checkte kurz das Preisschild – viel zu teuer – und legte sie auf einem Büchertisch ab. Dann setzte sie sich und wartete. Sie wollte ihre Ex-Frau ein wenig schwitzen lassen, ihr das Geständnis, dass sie eine Neue hatte, nicht so einfach machen.

Nach einigen »Ähms« und »Ja, also« kam Özlem zur Sache. Selva befingerte einen Palmwedel, der sie am Hals kitzelte. Sie stand auf und rückte den Korbsessel etwas zur Seite. Da sie nicht richtig zugehört hatte, bat sie Özlem, ihren letzten Satz zu wiederholen.

»Es geht um Jonathan.«

Nati? Damit hatte sie nicht gerechnet. Und warum sprach Özlem so förmlich von ihm?

»Ist ihm etwas passiert? Ich habe vor ein paar Stunden noch mit ihm telefoniert.«

»Nein, alles gut, mach dir keine Sorgen.«

Beruhigt streckte Selva die Füße von sich.

»Was ist mit ihm?«, fragte sie. Sie zog die Schuhe aus und legte die Füße auf einen Sitzhocker. Wesentlich bequemer.

»Er wohnt jetzt schon seit drei Wochen bei mir«, sagte Özlem.

»Ich dachte, du hättest ihm das angeboten?« Galt das nichts mehr? Musste ihr Sohn jetzt für die Trennung büßen?

Sie setzte sich auf.

»Die Sache ist die: Er hat eine neue Freundin, und die wohnt jetzt quasi auch hier.«

»Eine Dunkelhaarige? Ziemlich schlank, hellbraune Haut?«, fragte Selva und sackte in den Korbsessel zurück.

Özlem lachte auf. »Du hast gedacht, das wäre meine neue Freundin? Jetzt verstehe ich, warum du nicht zurückgerufen hast.« Selva malte sich aus, wie Özlem amüsiert den Kopf schüttelte. Wütend klemmte sie den Palmwedel, der sich erneut an sie herangeschlichen hatte, hinter eine Stehlampe.

Zwei sehr dünne junge Mädchen blieben in der Nähe stehen, warfen ihr verstohlene Blicke zu und begannen dann, laut loszulachen.

»Hast du Besuch?«, fragte Özlem gerade. »Es klingt nach Party.«

»Ich bin gerade in einem Möbelgeschäft«, meinte Selva, bemerkte das Loch in ihrem Strumpf und zog die Schuhe wieder an.

»Kaufst du schöne Dinge für deine neuen Wohnung?«, fragte Özlem, und Selva bildete sich ein, etwas Wehmut herauszuhören.

»Sag mir lieber, was jetzt mit Nati ist.«

Sie betrat den nächsten Verkaufsraum. An einer Stange reihten sich Männerhemden aus grobem Leinen aneinander. Sie ging weiter in den nächsten Raum.

»Du weißt, ich liebe deinen Sohn, als ob es mein eigener ist«, hob Özlem an. Es klang abgedroschen, aber es stimmte. Nicht selten hatte das zu Streitereien zwischen ihnen geführt, vielleicht auch einer gewissen Eifersucht auf ihrer Seite geschuldet, weil Jonathan so viel umgänglicher mit Özlem war, geradezu liebevoll und anschmiegsam. Özlem hatte immer behauptet, das sei zu erwarten, schließlich sei Selva diejenige, die den Erziehungsauftrag habe. Das mochte stimmen, aber das wärmte nicht und brachte auch keine Nähe und schon gar nicht Zuneigung.

Jonathan hatte anscheinend seit einigen Wochen eine neue Freundin, die vor ein paar Tagen aus ihrer WG geworfen wurde. »Die Details soll dir lieber Nati selbst erzählen. Jedenfalls hat sie seitdem keine Bleibe.« Özlem hatte zugestimmt, dass die Freundin für ein paar Tage bei ihr übernachten könne. »Ich meine, sie ist nett und alles. Sie arbeitet in einem Kindergarten. Aber wenn sie nachmittags nach Hause kommt, fläzt sie sich auf das Sofa und da bleibt sie dann bis spät in die Nacht. Wenn ich abends k. o. vom Dienst nach Hause komme, ist häufig der Kühlschrank leer gefressen, und im Spülbecken stapelt sich das dreckige Geschirr. Ganz zu schweigen von den Haaren, die ich erst aus der Dusche fischen muss, bevor ich da einen Fuß reinsetzen kann.«

Haare in der Dusche waren immer ein Streitpunkt gewesen.

»Und bevor du jetzt sagst: Dunkle Haare sieht man eben besser, es gibt eigentlich keinen Grund, warum ich das länger mitmachen soll.«

»Was sagt Nati dazu?«

Sie konnte aus dem kurzen Zögern heraus hören, wie Özlem mit den Augen rollte. »Sie hat ihn ziemlich im Griff«, lautete ihre Antwort. »Außerdem hat er im Moment ja selbst keine Unterkunft.«

»Und was soll ich da tun? Von Portugal aus?« Selva befingerte eine Schürze, bis ihr auffiel, dass sie die schon gesehen hatte.

»Es ist dein Sohn«, sagte Özlem.

So schnell ging das also mit dem von »wie meinen eigenen Sohn« zu »dein Sohn«. Selva betrat die Empore und blickte hinab auf die gedeckten Tische. Vielleicht sollte sie Nati fragen, ob er sie nicht für ein paar Tage in Lissabon besuchen wolle. Sie wollte das gerade Özlem vorschlagen, als diese weitersprach: »Ich wäre dir dankbar, wenn du mit seinem Vater darüber sprechen könntest, ob der ihn nicht für eine Weile nehmen könnte. Wenn ich das richtig sehe, wohnt der nur ein paar Kilometer von hier weg.«

Selva öffnete Google Maps auf ihrem Telefon. »Wo wohnst du jetzt noch mal?«, fragte sie, und Özlem nannte ihr die Adresse. Dann tippte sie Geros Adresse ein. Sie hatte schon länger nicht mehr mit ihm gesprochen, aber er hätte sie sicher informiert, wenn er sein Architektenhaus verkauft hätte und umgezogen wäre.

Sie trat auf die Galerie, die den Blick auf den Innenhof freigab, und holte den Aufzug. Mit einem Rumpeln blieb der vor ihr stehen.

»Tatsache, das sind gerade mal zwanzig Kilometer. Okay, ich rede mit Gero«, sagte sie und zog das Metallgitter auseinander.

Auch das noch. Unterhaltungen mit Gero waren in der Regel anstrengend, und wenn es um Nati ging, waren sie noch anstrengender.

Jemand fragte sie etwas auf Portugiesisch und wiederholte dann auf Englisch, ob sie in den Aufzug hineingehe oder herauskomme.

Hastig trat sie zur Seite. Sie wollte Özlem antworten, dass es ein paar Tage dauern könne, aber die hatte bereits das Gespräch beendet.

Sie nahm die Treppe zum Ausgang, ließ die Hand über den polierten Lauf gleiten und sog den Duft der handgemachten Seifen ein, die auf einem Stand im Foyer feilgeboten wurden.

Auf der Straße blinzelte sie der Sonne entgegen. Was ist mit dir?, sagte sie zu dem strahlenden Eigelb am Himmel. Erhellst du die Dinge oder blendest du die Menschen nur?

Kapitel 6
Verdächtig

Am Montagmorgen war die Metro noch voller als die Woche zuvor. Morgen wollte sie lieber mit dem Bus fahren, da musste sie nicht umsteigen. Außerdem hatte sie schon wieder einen falschen Ausgang aus der Metro genommen und befand sich jetzt an einem mehrspurigen Kreisel mit einem Denkmal in der Mitte. Heroisch dreinblickende Menschen stürmten und drängten um den Sockel aus hellem Stein, während andere in Verzweiflung zu Boden gesunken waren. Obenauf befanden sich weitere Kämpfer, allerdings aus dunkel glänzender Bronze. Darüber wiederum entfaltete ein Adler seine Schwingen. Selva konnte nicht genau erkennen, ob die Bronzesoldaten den Adler schützten oder attackierten. Noch eine Frage für ihren Nachbarn, sagte sie sich. Die breite, stark befahrene Kreuzung erinnerte sie mit dem zusätzlichen Autotunnel für die ganz Eiligen an Brüssel.

An der Fußgängerampel überprüfte sie ihre Nachrichten. Mubi hatte ihre Textnachricht von gestern gelesen, aber nicht geantwortet. Vor acht Stunden war sie zum letzten Mal online gewesen. Selva musste sich wohl in Geduld üben.

Die Ampel schaltete auf Grün. Für was auch immer diese Menschen auf dem Denkmal gekämpft hatten, jetzt waren sie umzingelt von mehrgeschossigen und größtenteils hässlichen Gebäuden. Die Zweckbauten mit ihren schmucklosen Fassaden schienen dem im Vergleich geradezu barocken Denkmal auf die Pelle rücken zu wollen, und nur der stetig fließende Verkehr hielt sie davon ab, die Kämpfer samt Adler zu zertrampeln.

Selva konnte verstehen, warum es Cardosa ins Ministerium zog. Der schmucke Altbau, die ruhige Straße mit dem Café am Ende, das hatte ein anderes Flair als die nüchternen Bauten hier.

Sie war erleichtert, als sie die Nebenstraße für den lokalen Verkehr erreichte. Sie hatte es stets belächelt, wenn ihre Mutter davon schwärmte, wie sehr ein Spaziergang in der Natur sie entspanne. Doch jetzt ließ schon der Grünstreifen, der Selva und die anderen Fußgänger vor dem Durchgangsverkehr schützte, ihren Atem freier gehen.

Selva nahm den Besuchereingang zur Stadtverwaltung. Sie hätte auch ein paar Schritte weiter und den Hintereingang nehmen können, aber sie mochte es, durch die Eingangshalle zu marschieren und dem Wachmann zuzuwinken, als sei sie eine Bürgerin dieser Stadt, die jedes Recht hatte, hier zu sein.

Heute jedoch befanden sich mehrere blau-weiß gestreifte Polizeiwagen vor der Tür. Der Sicherheitsdienst stoppte alle, die das Gebäude betraten, um die Taschen zu durchsuchen. Als er ihren Ausweis sah, wollte er sie vorlassen, doch sie reihte sich bereitwillig in die Schlange ein.

Cardosas Abteilung befand sich nicht in dem der Straße zugewandten Hauptgebäude, sondern ging auf die Stichstraße auf der Rückseite des Gebäudekomplexes.

Selva hielt auf die Aufzüge zu. Hätte sie später oder gar nicht kommen sollen? Sie schüttelte die Zweifel ab. Sie wurde für das Überprüfen der Klimabilanz bezahlt. Theoretisch könnte sie sich die Daten runterladen und das von überall aus tun. Sie könnte sogar nach Brüssel zurückkehren. Doch was sollte sie dort? Die Wohnung hatte sie aufgegeben, das Wetter war immer noch mies. Zudem war es unklar, ob Karel Arbeit für sie hätte. Als Freelancerin musste sie technisch gesehen jedes Mal erst ein Ausschreibungsverfahren durchlaufen, bevor er sie beauftragen konnte. Doch sie war keine dieser Arbeitsnomaden, die, mit nichts als Laptop und etwas Wechselwäsche ausgestattet, sich in jedem Café und an jedem Strand der Welt niederlassen konnten, um ihr Geld zu verdienen. Sie fand das auch gar nicht erstrebenswert, obwohl ihr das vor ein paar Wochen noch als die ultimative Freiheit vorgekommen wäre. Jetzt löste die Vorstellung, überall hingehen zu können und nirgends erwartet zu werden, paradoxerweise ein Gefühl von Platzangst in ihr aus. Zumindest waren die Symptome – das Gefühl, dass ihr jemand einen Backstein auf das Brustbein genagelt hatte – dieselben, wie wenn sie sich in engen Räumen oder dichtem Gedränge befand. In dieser Situation half nur eins: sich auf die Fakten zu konzentrieren, und die fand sie in der Klimabilanz und dem davon abweichenden Bericht Mubis. Es war Zeit, dass sie sich darum kümmerte. Das war ihr Job. Weder bestand ihre Aufgabe darin, sich in die Abteilungspolitik einzumischen, noch war es ihre Aufgabe, die Umstände von Ferreiras Ableben zu klären.

Wahrscheinlich würde Azenha sie noch einmal zu Louis' Geschichte befragen wollen. Sie würde ihm dasselbe erzählen, was sie bereits seinem Kollegen gesagt hatte. Und das war's dann auch. Danach konnte sie sich hoffentlich auf ihre Aufgabe und auf das Erkunden der Stadt konzentrieren.

Sie betrat die Aufzugskabine, die angeblich für vier Personen ausgelegt war, aber in der sie sich alleine schon beengt fühlte. Sie war froh, als der Fahrstuhl ruckelnd zum Halt kam und sich die Türen wieder öffneten.

Selva war darauf gespannt, wie Cardosa mit der veränderten Situation umgehen würde. Die Stellvertreterin hatte nicht viel von ihrem Chef gehalten. So viel hatte sie letzte Woche aus dem Flurgemurmel aufgeschnappt. Zudem hatte Karel vom Misstrauen des Direktors gegenüber seiner Mannschaft erzählt. Würde sie Bedauern zeigen, wäre aber insgeheim froh, dass jetzt der Weg frei war für sie, oder wäre sie ehrlich betroffen?

Selva hielt ihren Ausweis an die Flügeltür und trat in den langen Korridor. Zwei Polizisten standen gelangweilt herum, die Hände in den Hüftgürtel eingehakt; aus einer offenen Tür fiel Licht. Die Tür zu Cardosas Büro stand ebenfalls offen. Selva klopfte mit den Handknöcheln an die Türzarge und winkte Cardosa zu. Die blickte von ihrem Bildschirm auf und bat sie herein. Selva setzte sich.

»Sie können wieder nach Hause fahren«, sagte die stellvertretende Leiterin, aschgraue Ringe unter den Augen. »Es gibt hier für Sie nichts mehr zu tun.« Sie tippte weiter auf ihrer Tastatur.

Erwartete Cardosa, dass sie aufsprang und den Raum und am besten gleich auch noch das Land verließ?

»Das sehe ich anders«, sagte Selva und griff nach dem Molekülmodell auf Cardosas Schreibtisch.

»Wie bitte?« Cardosa nahm ihr das vieleckige Gebilde mit dem hellblauen Atom in der Mitte aus der Hand und legte es außerhalb von Selvas Reichweite ab.

»Vielleicht haben Sie es noch nicht gehört«, sagte Cardosa, klemmte sich eine Strähne hinters Ohr, setzte sehr gekonnt, wie Selva fand, einen betrübten Gesichtsausdruck auf, und erklärte ihr, dass der Direktor verstorben sei. Sie legte die ineinander verschränkten Hände auf dem Schreibtisch ab und beugte sich zu Selva vor.

»Das ist natürlich ein furchtbarer Verlust für die gesamte Abteilung. Deswegen haben wir genug damit zu tun, die Lücke zu schließen, die der Direktor hinterlassen hat. Wir haben daher keinerlei Kapazitäten, uns um Sie zu kümmern. Das werden Sie sicher verstehen.«

Sie stand auf und ging um den Schreibtisch herum, um Selva zur Tür zu begleiten.

»Mein Auftrag hier lautet, die Treibhausgasbilanz der Stadt zu überprüfen«, sagte Selva und stand betont langsam auf. Von dieser Frau würde sie sich nicht einschüchtern lassen. »Dafür hat mich der Direktor geholt. Diese Aufgabe werde ich erledigen. Das bin ich ihm und meinem Chef in Brüssel schuldig.« Sie schulterte ihre Tasche, in der sich Mubis Version der Klimabilanz befand.

»Wenn Sie mich fragen, ist das verschwendete Zeit. Sie werden nichts finden. Aber meinetwegen, schreiben Sie Ihren Bericht fertig. Danach packen Sie Ihre Sachen«, sagte Cardosa.

»Ich kann das gern woanders tun, wenn Sie meine Anwesenheit hier stört.«

Cardosa kniff irritiert die Augen zusammen. »Es geht nicht darum, ob Sie mich stören. Wir haben einfach noch andere Aufgaben hier in der Umweltbehörde neben der Klimabilanz«, sagte Cardosa, ging zum Sideboard und drückte Selva ein paar Broschüren in die Hand, die dort fein säuberlich gestapelt übereinanderlagen. »Biodiversität zum Beispiel, das ganze Thema Recycling, die Förderung von Start-ups und grüner Technologie. Wir müssen die Stadt besser für sintflutartige Regenfälle vorbereiten, wie wir sie letzten Winter hatten und und und. Babysitten für Besucher aus Brüssel gehört nicht dazu. Deswegen würde ich es begrüßen, wenn Sie in Zukunft weniger meiner Zeit beanspruchten.«

»Ich werde José bitten, mir einen Remote-Zugang einzurichten«, sagte Selva. José war der IT-Betreuer der Abteilung. Selva machte kehrt und stieß fast mit Azenha zusammen, der gerade Cardosas Büro betreten wollte. Wie immer war er tadellos gekleidet, sein Hemd wirkte frisch gestärkt, sein Haar wellte sich perfekt zurück, das roségoldene Armband seiner Uhr passte zu den rosa Linguini-Linien seines mehrfarbig gestreiften Hemdes. Sie fragte sich, wie lange der Mann morgens vor dem Spiegel zubrachte, und schalt sich zugleich, Männern das Recht abzusprechen, eitel zu sein. Özlem hatte ihr das immer vorgeworfen. »Manchmal habe ich den Eindruck, dass du dich, was das Aussehen betrifft, nicht in Konkurrenz mit Frauen siehst, sondern mit schönen Männern«, hatte sie ihr einmal an den Kopf geworfen. Ein völlig aus der Luft gegriffener Vorwurf. Selva verglich sich weder mit Männern noch mit Frauen. Sie bewunderte nur Menschen, die Stil hatten wie Azenha – und sie beneidete sie ein wenig.

Da sie seine Andeutung, sie habe absichtlich die Voicemails Ferreiras gelöscht, nicht auf sich sitzen lassen wollte, beschloss sie, in die Offensive zu gehen. »Wollten Sie mich heute noch einmal sprechen?«

Sie hatte erwartet, dass er nach ihrer letzten Unterhaltung spöttisch oder zumindest fragend reagierte. Doch er nickte nur stumm.

»Onde é que o posso encontrar?«, fragte er abwesend.

»Sie finden mich am Ende des Flurs hinten links«, antwortete sie auf Englisch.

Erst da wurde ihm bewusst, dass er sie auf Portugiesisch angesprochen hatte. Die finstere Wolke in seinem Gesicht lichtet sich, und er nickte ihr anerkennend zu.

»Ich dachte, Sie können kein Portugiesisch«, mischte sich Cardosa mit zusammengekniffenen Augen ein. Die Wolke aus Azenhas Miene war weitergezogen und hatte sich jetzt im Gesicht der Leiterin eingenistet.

»Manches erschließt sich einfach aus dem Kontext«, erwiderte Selva und schob sich an Azenha vorbei nach draußen. Außerdem klang *encontrar* wie das französische encontrer – treffen – und *posso* – kann ich – verstand jeder, der schon einmal länger in einer italienischen Eisdiele gejobbt hatte.

Cardosa ging Selva nicht aus dem Kopf. Was war nur los mit dieser Frau? Warum fühlte sie sich durch Selvas Anwesenheit derartig bedroht? Lag das wirklich nur an ihren Fragen zur Treibhausgasbilanz? Wenn die Bilanz so nebensächlich war, wie sie vorgab, warum wollte sie dann verhindern, dass Selva den Zahlen auf den Grund ging? Ihr Instinkt sagte ihr, dass sie auf der richtigen Fährte war. Immer dorthin gehen, wo der Widerstand am größten ist, lautete Selvas Motto, wenn sie einen komplexen Investantrag oder eine Entscheidungsempfehlung überprüfte. Deswegen war sie ja auch bei vielen Kolleginnen und Kollegen in Brüssel so unbeliebt. Sie war bekannt dafür, unangenehme Fragen zu stellen.

Selva füllte sich ihre mitgebrachte Wasserflasche am Wasserspender und zog sich in ihr sogenanntes Büro zurück, in dem sich neben dem Drucker auch das Vorratslager für sämtliche Broschüren und Handreichungen der Abteilung befanden. Das verhältnismäßig kleine Fenster gab den Blick auf die Hauswand gegenüber frei, auf der eine Ameisenstraße bis zu einem Fenster im Stock weiter darüber verlief. Selva kippte das Fenster und setzte sich an ihren improvisierten Schreibtisch. Draußen kreischte ein Vogel. Es klang nach einem Papagei. Sie schaute hinaus. Tatsächlich, da flatterte etwas in kräftigem Grün im Innenhof herum. Sie durchwühlte ihre Tasche nach alten Keksen, fand aber keine. Sie nahm sich vor, später welche zu holen.

Sie fuhr ihren PC hoch und loggte sich ein. Sie hatte Sorge, dass Cardosa ihr den Zugang zum Intranet der Behörde würde kappen lassen. Deswegen verbrachte sie die nächste halbe Stunde damit, sämtliche relevant scheinenden Daten abzuziehen und zu speichern.

Als es an ihre Tür klopfte, zog Selva zog schnell den Stick ab und versetzte den PC in den Ruhezustand. Sie wollte nicht, dass Azenha einen Blick darauf erhaschte. Doch es war José von der IT, der sein freundliches Gesicht zur Tür hereinstreckte. Er stammte aus Évora, berühmt für seine Kapelle, die Capela dos Ossos, deren Wände aus aufeinandergetürmten menschlichen Schädeln bestand. Gleich bei ihrer ersten Begegnung hatte er ihr davon zig Fotos gezeigt. Aus Totenköpfen gemauerte Wände, Deckengewölbe, von denen die Toten herabblickten, Säulen aus Schädeln und Oberschenkelknochen. Jedes einzelne dieser Bilder hatte sie pflichtbewusst bewundert.

»Wie kann ich dir helfen?«, fragte er und schob sich in den Raum. Sie erklärte ihm, dass sie einen Remotezugang benötigte.

»Es ist so ein Gewusel hier, da verziehe ich mich lieber in die Bibliothek oder in ein Café«, schob sie als Erklärung hinterher.

Seine Mundwinkel zuckten. Sie hatte in der Zwischenzeit gelernt, was das bedeutete: Er war anderer Meinung, wollte das aber aus Höflichkeit nicht so deutlich sagen.

»Geht nicht?«, fragte sie daher.

»Ja, also das geht natürlich schon«, sagte er und begann, von VPNs und Firewalls und der Unsicherheit von öffentlichen WLANs zu reden.

»Ich kann auch von zu Hause aus arbeiten«, schlug sie vor.

Die Sonne schien wieder in seinem Gesicht. »Das ist eine hervorragende Idee«, sagte er und erklärte ihr, dass Cafés einfach ein Sicherheitsrisiko darstellen, schon allein deswegen, weil man nicht ausschließen konnte, dass einem jemand über die Schulter schaute. Danach war der externe Zugang flink eingerichtet. Jetzt konnte sie auch mit ihrem Tablet weiterarbeiten. Sie bedankte sich und schloss die Tür hinter José.

Anschließend rief sie die offizielle Treibhausgasbilanz auf. Danach hinkte Lissabon hinter den gesetzten Zielen hinterher. Hm, sie hatte eigentlich den Eindruck gehabt, dass sich die Stadt wie auch das Land auf einem guten Weg befand. Hatte sie nicht erst neulich etwas im Eurojournal darüber gelesen, dass Portugal eines der wenigen europäischen Länder war, das bereits 2030 nur noch erneuerbare Energien verwenden wollte? Vier Jahre früher als ursprünglich geplant? Da konnte sich Deutschland eine Scheibe abschneiden. Es würde sie wundern, wenn da ausgerechnet die Hauptstadt den selbst gesteckten Zielen hinterherhinkte.

Auf die Schnelle fand sie den Artikel nicht. Stattdessen suchte sie auf einer der großen portugiesischen Newsseiten nach CO_2. Eine Reihe von Artikeln wurde angezeigt. In der Regel musste sie einen Text erst in ein Übersetzungsprogramm kopieren, bevor sie verstand, worum es ging. Aber *está mal nas emissões de CO_2 nos transportes* verstand sie auch so: Irgendetwas war schlecht, und zwar im Transportsektor, was auch den privaten Autoverkehr beinhaltete. Laut aktueller Treibhausgasbilanz stammte knapp die Hälfte aller Emissionen in Portugal aus diesem Sektor. Sie überflog die Seite und kopierte sie dann doch in das Übersetzungsprogramm. Anscheinend fuhren in Portugal prozentual gesehen mehr Personen mit dem privaten Pkw als in den meisten anderen europäischen Ländern und das, obwohl Portugal laut Artikel ein vergleichsweise armes Land war. Vermutlich leisteten sich die Menschen also nicht pro volljährigem Familienmitglied ein Auto wie in anderen Ländern. Außerhalb Lissabons, beklagte der Artikel, wurde es schnell mühsam, mit öffentlichen Verkehrsmitteln von A nach B zu gelangen.

Gab die Stadt oder gar das Ministerium andere Zahlen an die heimische Presse als an die internationale wie das Eurojournal? Das konnte sie sich nicht vorstellen. Vielleicht lief es ja auch nur im Verkehrssektor nicht so gut, oder der Verfasser des Artikels wollte darauf hinweisen, dass es besonders bei den Öffis noch Nachholbedarf gab.

Selva nahm sich die aktuelle Bilanz vor und ging noch einmal alles genau durch. Es summierte sich zu einem stimmigen Ganzen auf. Nicht einmal einen Rundungsfehler gab es. Als Nächstes schlug sie Mubis Version der Bilanz auf, die ihr Louis in den Briefkasten gesteckt hatte. Auf den ersten Blick konnte sie keinen Unterschied erkennen. Die Höhe der Emissionen für 2021 war gleich. Doch als sie in die Energiequellen einstieg und die Planzahlen bis 2030 verglich, war sie überrascht. Die zusätzlich geplanten Kapazitäten der Solaranlagen waren in Cardosas Version als wesentlich geringer angegeben. Die Version der neuen Leiterin der Umweltbehörde fiel schlechter aus als die ihrer ehemaligen Praktikantin. Wer rechnete Erfolge absichtlich klein? Noch dazu, wenn er bzw. in diesem Fall sie die Verantwortung dafür trug? Selva kannte es, dass sich Führungskräfte die Zahlen schönrechneten, aber das? Das war ungewöhnlich. Könnte es sein, dass Mubi ein Fehler unterlaufen war? Dass die ganze Aufregung um angeblich falsche Zahlen hinfällig war?

Sie rief gerade die zitierten Quellen auf, als einer der Uniformierten an die Tür klopfte.

»O inspector will Sie sprechen«, sagte er und bat sie mitzukommen.

Sie folgte dem Polizisten den Korridor hinab zu dem Büro des Direktors, in dessen ziemlich geräumigem Vorzimmer sich Azenha ausgebreitet hatte. Das Büro selbst war versiegelt. Azenha deutete auf die Sitzecke und bat Selva um einen Augenblick Geduld, da er noch am Telefon war. Er redete beschwichtigend auf jemanden ein. Immer wieder hörte sie ein Mamã heraus, und mit jedem Mall klang es genervter. Sie setzte sich, dabei fiel ihr Blick auf ein zerflederdes Buch mit buntem Cover auf dem niedrigen Glastisch. Jede Seite endete mit etwas Platz für Notizen, die Azenha eng beschrieben hatte. Sie blätterte etwas vor. Ein Zettel fiel heraus, auf dem Zahlen in scheinbar willkürlicher Reihenfolge angeordnet waren.

Schließlich war Azenha fertig und entschuldigte sich. »Das war meine Mutter, sie wird nächstes Wochenende siebzig und plant eine große Feier. Deswegen konnte ich gestern auch nicht zurückrufen.« Er bemerkte das Buch in Selvas Händen.

»Wie ich sehe, haben Sie haben meine Entspannungslektüre gefunden«, meinte Azenha und kam auf sie zu. Er erklärte, dass es sich bei dem schmalen Band um den Kriminalroman eines Briten handelte, der angeblich die Seiten durcheinandergebracht hatte. Die Aufgabe bestand darin, diese in die korrekte Reihenfolge zu bringen.

»Bis jetzt haben es nur vier Menschen überhaupt geschafft, das Kriminalrätsel zu lösen«, erklärte er.

»Das nennen Sie Entspannung?«, fragte Selva, notierte sich aber Autor und Titel. Das wäre ein gutes Geburtstagsgeschenk für Özlem. Dann fiel ihr ein, dass sie ihren Geburtstag nicht mehr zusammen feiern würden, und sie löschte die Notiz wieder.

»Na ja, es schärft meinen detektivischen Sinn«, antwortete Azenha, »und es bringt mich auf andere Gedanken. Das ist hilfreich. Oft muss man sich erst einmal von einem Problem entfernen, bevor man sich ihm wieder nähern und etwas erkennen kann.«

Sie ließ sich auf das Sofa fallen. Azenha nahm in einem der Sessel gegenüber Platz.

»Mein Mann hat Sie erst gar nicht gefunden, so weit weg von allem befindet sich Ihr Büro«, meinte er, um dann sofort den Finger in die Wunde zu legen: »Besonders eng scheinen Sie ja mit Cardosa nicht zusammenzuarbeiten. Hatte das der Direktor so geplant?«

»Ich weiß nicht, was der Direktor geplant hat.« War das eine Fangfrage? »Ich habe ihn leider nie kennengelernt. Aber Cardosa würde mich sicher lieber heute als morgen loswerden.«

»Warum sind Sie dann noch hier?«

Mit einem direkten Angriff hatte Selva nicht gerechnet. Sie ertappte sich dabei, wie sie die Arme vor der Brust verschränkte. Auch Azenha bemerkte, wie ihre Körperhaltung abweisend wurde, und beschwichtigte: »Entspannen Sie sich. Ich werfe Ihnen nicht vor, sich unnötig lange in unserer schönen Stadt aufzuhalten.«

Schon wieder so eine zweideutige Bemerkung. Was warf er ihr dann vor?

»Wie ich bereits Teresa Cardosa gesagt habe: Der Direktor hat mich geholt, damit ich die Treibhausgasbilanz überprüfe. Das werde ich tun«, sagte sie und fragte sich, wann Azenha mit dem eigentlichen Grund für dieses Gespräch um die Ecke käme. Das Treffen mit Louis war es jedenfalls nicht. Sonst wäre er sofort darauf zu sprechen gekommen.

Der Kommissar nickte und fragte, ob sie schon etwas gefunden habe.

»Ich bin noch am Einarbeiten.« Sehr zu ihrem Ärger hörte sie sich hinterherschieben, dass sie letzte Woche vor allem damit beschäftigt gewesen sei, sich zurechtzufinden und in der Datenbank zu orientieren. Wieso hatte sie das Gefühl, sich Azenha gegenüber rechtfertigen zu müssen?

»Ganz zu schweigen davon, dass es ja noch eine neue Stadt zu erkunden gibt mit all ihren Cafés, Bars und Kneipen«, meinte Azenha nicht unfreundlich.

Sie zögerte, dann erzählte sie ihm von Mubis alternativem Zahlenwerk, das ihr Louis in den Briefkasten gesteckt hatte.

Und plötzlich war Azenhas freundlich interessierter Gesichtsausdruck verschwunden und Habichtsaugen gewichen. Hinter seinem freundlichen Taubengurren verbarg sich ein Falke.

»Sie haben Louis noch einmal getroffen und mir nichts davon erzählt?«, fragte er, und in seine Stimme hatte sich eine Schärfe geschlichen, die er nicht ganz unterdrücken konnte. Doch im nächsten Moment lehnte er sich sofort wieder zurück und achtete darauf, eine entspannte Körperhaltung einzunehmen. »Sie wissen schon, dass wir nach ihm suchen?« Er hatte seine Stimme wieder im Griff und sprach in dem freundlich interessierten Plauderton von zuvor. »Nach dem, was Sie meinem Kollegen erzählt haben, ist er ein wichtiger Zeuge.«

»Den Bericht hat Louis schon vor ein paar Tagen in meinen Briefkasten gesteckt«, sagte sie. »Ich habe Ihnen bzw. Ihrem Kollegen alles erzählt, was ich weiß.«

Sie versuchte, in Azenhas Gesicht zu lesen, ob er ihr Glauben schenkte. Aber jemand, der sich derartig unter Kontrolle hatte, gab nichts über seine wahren Gedanken preis.

»Und?«, fragte er jetzt.

»Und was?«, erwiderte sie irritiert.

»Der Bericht? Gibt es Unterschiede?«

Sie wurde das Gefühl nicht los, dass er sie auf die Probe stellte und nur darauf wartete, dass sie sich in Widersprüche verhedderte.

»Ich kann im Moment noch nicht viel sagen. Es gibt Abweichungen, aber ich verstehe noch nicht den Grund dafür.«

»In anderen Worten: Louis könnte Sie auch mit falschen Zahlen gefüttert haben.«

»Der Bericht stammt von einer ehemaligen Praktikantin.«

»Hat die einen Namen?«

»Mubi. Weiter weiß ich nicht.«

Azenha nahm nun doch den Notizblock aus seiner Hemdtasche und notierte sich den Namen.

»Handynummer?«, fragte er. Selva suchte die Nummer für ihn heraus.

»Nur damit ich es richtig verstehe«, fuhr er dann fort: »Diese Mubi hat Louis einen Bericht gegeben, der von den offiziellen Zahlen abweicht, damit der ihn Ihnen, einer völlig Unbekannten, in den Briefkasten steckt. Danach ist Louis untergetaucht, nur um ausgerechnet Sie am Tag nach Auffinden der Leiche seines Großvaters erneut zu kontaktieren. Soweit richtig?«

Sie schüttelte den Kopf. Das hörte sich in der Tat fabriziert an.

»Nicht richtig?«, hakte Azenha nach.

»Doch, doch.« Sie kam sich vor wie die Maus in Franz Kafkas Fabel, die weiter geradeaus läuft, obwohl die Mauern immer enger werden. Am Ende sitzt dann dort die Katze und muss nur noch das Maul aufreißen. Selva musste dringend die Oberhand bekommen und dem Gespräch eine andere Richtung geben.

»Was sagt denn die Küstenwache?«, fragte sie daher. Sollte Azenha doch erst mal seine Hausaufgaben machen, bevor er sie verdächtigte. »So ein Fangboot fällt doch garantiert auf.«

Azenha nickte bedächtig. »Hm, ja sicher.«

»Ich werde den Eindruck nicht los, dass Sie mir nicht glauben«, hakte Selva nach. »Aber ich war garantiert auf keiner Segeljacht. Ich war gar nicht im Land. Ich kenne – kannte den Direktor noch nicht einmal.«

Azenha sah sie direkt an, und da war er wieder: der Habichtblick.

»Deswegen ist es ja so seltsam, dass der Direktor ausgerechnet Sie angerufen hat, kurz bevor er gestorben ist.«

Diese verdammten Voicemails. Hätte sie die doch nie gelöscht.

Sie hatte mit all dem nichts zu tun. Sie war hierhergekommen, um auszuspannen, nicht um von der portugiesischen Polizei in einen Schraubstock gespannt und dann ausgequetscht zu werden.

Selva fühlte einen hundertjährigen Schlaf über sich kommen und wollte sich nur noch einrollen oder in den Erdboden sinken und wie eine Wüstenblume erst wieder aufwachen, wenn die Witterungsbedingungen günstig waren.

»Fangen wir doch noch einmal von vorne an. Schildern Sie mir, wie es zu dem Treffen mit Louis kam und was er Ihnen gesagt hat«, sagte Azenha in einem Tonfall, in dem man einem Kind erklärte, dass es an einem Zebrastreifen erst warten musste, bis die Autos wirklich anhielten, bevor es die Straße überqueren konnte.

»Möchten Sie vielleicht etwas trinken?«, fragte er und deutete auf einen Servierwagen, auf dem sich ein Krug mit Wasser und mehrere Gläser befanden.

Sie winkte ab.

»Wie gesagt, Louis hat mich am Wochenende angesprochen. Gleich nachdem Sie das Café verlassen haben.« Sie hoffte, dass er sich nach dem letzten Satz selbst die Schuld gab, Louis verpasst zu haben. »Ich habe Ihrem Kollegen eigentlich schon alles erzählt.«

»Tun Sie mir den Gefallen und erzählen Sie es mir noch einmal.«

Dann stürzte er sich auf die wenigen Fakten, die sie hatte, wie der Habicht auf die Maus und zerpflückte sie. Er wollte wissen, wie der vermeintliche Fischkutter aussah, ob der Rumpf aus Stahl oder Holz war, weiß gestrichen oder blau. Mit Schleppnetz oder mit Reusen. Immer wieder schüttelte Selva den Kopf, weil sie die Frage nicht beantworten konnte.

»Dann beschreiben Sie mir wenigstens die Männer in dem Schlauchboot.«

»Ich war nicht dabei«, rief sie entnervt. »Das Einzige, was ich mit eigenen Augen gesehen habe, ist, wie durcheinander und verängstigt Louis war. Er schaute sich ständig um, ob er verfolgt wurde.«

»Mit gutem Grund«, sagte Azenha und blickte von seinen Notizen auf. »Er weiß vermutlich, dass wir ihn bereits wegen der Sprühaktionen auf dem Radar haben.«

»Er schien weniger Angst vor Ihren Leuten zu haben als vor irgendwelchen Schlägertypen.«

Azenha beugte sich vor.

»Liebe Senhora Selva, glauben Sie immer alles, was Ihnen die Leute erzählen? Vielleicht war das ja auch nur einer der Jachtbesitzer, der seiner Verärgerung über Aufschriften wie *Climate Killer Go Home* Nachdruck verleihen wollte.«

Azenha zeigte ihr ein paar Fotos von Louis' Sprühaktionen. Sie konnte sich schon vorstellen, dass das dem einen oder anderen Besitzer sauer aufstieß. Louis hatte recht kreativ, wie sie fand, die Namen der Boote mit Blutfarbe übersprüht. Aus Marie wurde »Pechmarie«, aus Hope wurde

»Nope – Auf keinen Fall« und aus dem Phoenix wurde »Zukunft aus der Asche«.

»Ich kann mir nicht vorstellen, dass deswegen jemand Schläger anheuert«, sagte sie daher.

»Aha, und Sie sprechen jetzt aus Ihrer Expertise als was genau?«, fragte er und ließ seelenruhig seinen Blick über ihr Gesicht wandern, bis sie schließlich zur Seite sah.

»Sie sollten das nicht ignorieren und warten, bis es zu spät ist. Wieder und wieder passiert es, dass die Polizei ein Opfer nicht ernst nimmt oder als hysterisch abtut.« Bei dem letzten Satz war sie laut geworden. Noch immer wurde sie wütend, wenn sie daran dachte, wie lange die Polizei sie nicht ernst genommen hatte, als sie von ihrem Stalker berichtete.

Azenha hob beschwichtigend die Hände. »Ich wollte nicht Ihre Ernsthaftigkeit in Zweifel ziehen, Senhora Klimt.«

Er bot ihr ein Glas Wasser an. Sie lehnte dankend ab.

»Der Junge ist in Panik geraten, als er zwei kräftigen Typen auf sich zukommen sah. Das habe ich selbst gesehen, das ist keine Frage von Glauben«, fuhr sie fort.

»Sie vermuten also, die haben etwas mit den beiden Männern auf dem Schlauchboot zu tun. Sie wollen Louis einschüchtern, damit er nicht erzählt, was er gesehen hat«, fasste Azenha ihre Ausführungen zusammen.

»Wäre doch möglich.«

Azenha lehnte sich zurück. »Ich habe bei der Küstenwache nachgefragt. Es kreuzen täglich zig Fischkutter vor der Küste hin und her. Aber nicht in dem von Louis beschriebenen Abschnitt. Dort haben die Kollegen nichts Auffälliges an besagtem Datum registriert. Kein Fischkutter, der unerlaubterweise vor Anker lag, keine Segelboote, die einander verfolgten, kein Mann über Bord. Absolut nichts. Und wissen Sie, was die Küstenwache ebenfalls nicht feststellte?«

Und da war er wieder, der Habicht, die Klauen ausgefahren, bereit zuzustoßen.

»Es gab keinen Notruf.«

Daran hatte sie noch gar nicht gedacht. In der Tat, warum hatte der Junge nicht um Hilfe gerufen und stattdessen der Großvater ausgerechnet sie angerufen?

Sie sah es Azenha an, er bereitete seinen argumentativen Todesstoß vor.

Er holte kurz Luft und sagte: »Nehmen wir für den Moment an, die Geschichte, die Ihnen Louis aufgetischt hat, stimmt.« Unwillkürlich zog sie das Genick ein, denn sie wusste, jetzt kam das Totschlag-Argument. »Ich habe es überprüfen lassen«, fuhr Azenha fort. »Senhor Ferreiras Jacht befindet sich in ihrer Box in der Marina. Das wiederum bedeutet, dass Louis und Ferreira nach der Begegnung mit den sogenannten Schlägertypen von dem Schlauchboot wieder zurück nach Lissabon gefahren sind und in der Marina angelegt haben. Dabei kamen sie nicht auf die Idee, die Polizei zu informieren. Seltsam, finden Sie nicht?«

Er ließ ihr keine Zeit zu antworten.

»Bedenken wir jetzt, dass der Direktor ertrunken ist und sich seine Leiche bereits einige Tage im Wasser befunden hat, bevor sie entdeckt wurde. Das grenzt den Todeszeitpunkt auf ziemlich genau den Zeitraum des nächtlichen Segeltörns mit dem Enkel ein. Sämtliche Personen, die wir dazu befragten, hielten den Direktor für einen guten bis sehr guten Schwimmer. Ein Herzversagen liegt nicht vor.« Azenha beugte sich vor und fixierte sie mit seinen Habichtaugen. »Das und die Tatsache, dass er bekleidet war und sogar noch seine Schwimmweste trug, legt zumindest die Vermutung nahe, dass er auf offenem Meer über Bord gegangen ist und es schlicht und ergreifend zu weit für ihn war, um ans rettende Ufer zu schwimmen. Was genau hat Louis also so in Aufregung versetzt? Angst – oder die Schuldgefühle?«

Das musste sie erst einmal sacken lassen. Doch Azenha ließ ihr keine Zeit dazu.

»Sie müssen zugeben, Senhora Klimt, dass es bis jetzt keine logischen Brüche in meiner Darstellung der Ereignisse gibt.«

Gnadenlos brachte Azenha das nächste Argument. »Nehmen wir also an, der Direktor hatte einen unbedachten Moment, einen Unfall, und stürzte über Bord.«

Genauso könnte es sich abgespielt haben. Das würde die Panik des Jungen erklären, seine Schuldgefühle.

»Dann folgt daraus«, fuhr Azenha fort, »dass der Junge die Jacht allein zurückfuhr und in der Marina anlegte, als ob nichts geschehen sei. Ziemlich kaltblütig, finden Sie nicht?«

»Derartige Reaktionen sind nicht ungewöhnlich, wenn man unter Schock steht«, sagte sie.

»Schon möglich, aber es dauert eine gute Stunde wieder zurück in den Hafen, wenn man sich ran hält. In der Zeit flaut in der Regel die reine Schockreaktion ab, und Emotionen setzen ein.«

»Woher wollen Sie wissen, dass er nicht Rotz und Wasser heulend in die Marina einlief?«

»Ist alles vorstellbar. Aber ich gebe zu bedenken, dass der Junge mit dem Tod seines Großvaters ein Vermögen erbt.«

Sie sprang auf. »Nein, das glaube ich nicht. Der Junge liebte seinen Großvater.«

Sie goss sich ein Glas Wasser ein. Ihre Hand zitterte dabei. Warum verteidigte sie den Jungen? Warum wollte sie der Story des Jungen unbedingt Glauben schenken? Das Ganze ging sie nicht das Geringste an. Sie leerte das Glas und drehte sich erst wieder zu Azenha um, als das Zittern abebbte.

»Ich versuche nur, die Situation zu verstehen«, erklärte Azenha in versöhnlichem Ton.

Selva setzte sich wieder.

»Wissen Sie vielleicht, wo ich diese Mubi finde?«, fragte Azenha. »Vielleicht kann die uns weiterhelfen.«

»Nein, ich habe von ihr lediglich die Handynummer«.

Azenha stemmte sich mit beiden Händen auf dem Tisch ab und erhob sich. »Senhora Klimt, halten Sie sich bitte zu unserer Verfügung, falls wir weitere Fragen haben.«

Bevor Azenha die Tür für sie aufhielt, fügte er hinzu: »Und bitte informieren Sie mich das nächste Mal sofort, wenn der Junge Sie kontaktiert. Wenn seine Geschichte stimmt, befindet er sich womöglich in Gefahr. Wenn nicht, ist er einer der Hauptverdächtigen.«

Selva ging zurück zu ihrem Kabuff und zog die Tür hinter sich zu. Dann riss sie das Fenster auf. Ihr Unterhemd klebte auf dem Bauch. Sie stank nach Stress. Sie griff sich eine der vermaledeiten Broschüren, die ihr Cardosa in die Hand gedrückt hatte, und fächerte sich Luft zu. Just in diesem Moment beschloss der Drucker, eine seiner nervtötenden Kalibrierungen durchzuführen. Sie zog den Stecker heraus.

Es hatte keinen Wert. Sie musste sich bewegen, um Klarheit zu bekommen, also schulterte sie ihre Tasche und verließ das Gebäude. Sie begann loszumarschieren, kam an einem Kreisverkehr vorbei und noch einem und fand sich schließlich in derselben Straße wieder, in der sie gestern shoppen war. Die ersten Hungrigen standen bereits vor den Restaurants an. Aus einem Fenster servierte eine Bedienung Pisco Sour im Fließbandtakt.

Selva ergatterte einen Tisch in einer Cevecheria. Das Essen war lecker, der Weißwein hervorragend, und trotzdem fehlte etwas. Ihr fehlte die Gesellschaft. In dem Moment brummte ihr Handy. Es war Mubi: »Ein Inspektor Azenha hat bei mir angerufen. Können wir uns treffen?«

Kapitel 7
Gerüchte

Mubi hatte sie ursprünglich noch am Abend treffen wollen. Doch nachdem Selva sie beruhigt hatte, dass Azenha wahrscheinlich nur wissen wollte, ob sie Louis' Aufenthaltsort kenne, hatte Mubi *Okay, morgen Nachmittag um vier am alten Reservoir* zurückgeschrieben. Selva wollte erst noch die für den Vormittag angekündigte offizielle Stellungnahme zum Tod des Direktors hören.

Jetzt war sie unterwegs zum Bus. Die Fahrt mit ihm dauerte zwar länger, aber dafür musste sie nicht umsteigen. Außerdem sah sie mehr von der Stadt als in der Metro. Auf dem Weg zur Bushaltestelle kam sie an einem einst eleganten, jetzt verwahrlosten Gebäude vorbei, das mal ein Hotel oder Ähnliches gewesen sein musste. Sie trat an das verwitterte Schild am Tor heran. Es handelte sich um ein Institut, aber allem Anschein nach war es schon lange nicht mehr in Betrieb. Hinter dem zweistöckigen Bau befand sich ein rechteckiges Wasserbecken, das nur deswegen als solches erkennbar war, weil das Grün zu glatt für Rasen war und über und über aus Entengrütze bestand. Die Häuser auf der gegenüberliegenden Straßenseite machten jedoch einen sehr gepflegten Eindruck. Die blauen Kacheln bildeten einen hübschen Kontrast zu den Orangenbäumchen im Garten.

Kurz bevor Selva das Hieronymuskloster erreichte, kam sie an einer Schule, vielleicht auch einem Internat vorbei. Mehrere Jugendliche liefen in Schuluniformen über den Hof, einige gruppierten sich noch vor der Bushaltestelle zusammen, bevor sie sich im Pulk auf den Weg machten.

Selva setzte sich auf die Bank an der Haltestelle.

Eine Frau trat durch das Tor der Schule, sah Selva auf der Bank sitzen und sprach sie auf Portugiesisch an. Selva nahm sich erneut vor, schnellstens ein paar Worte zu lernen, und erklärte ihr, dass sie nur Englisch spreche – oder Deutsch. Oder Französisch, aber das ließ sie weg. Sie wollte nicht herablassend wirken nach dem Motto: Ich spreche ja viele Sprachen, aber Sie offensichtlich nur die Landessprache.

Die Frau schüttelte ihr erfreut die Hand und hieß sie herzlich willkommen. »Ich bin so froh, dass Sie sich für uns entschieden haben. Sie werden sehen, wir haben viel zu bieten. Sowohl für die Kinder als auch für das Kollegium.«

»Ich glaube, Sie verwechseln mich mit jemandem. Ich arbeite bei der Umweltbehörde«, sagte Selva.

Die Frau riss die Augen auf, dann brach sie in Lachen aus. »Ich dachte, Sie sind die neue Englischlehrerin, die ich an der Bushaltestelle abholen sollte.«

Selva deutete auf die Gebäude hinter ihnen und fragte, ob Casa Pia ein Internat sei.

Die Frau – Selva schätzte sie auf Mitte fünfzig – mit wadenlangem Rock und dickem Pulli plus Winterjacke, in der Selva längst zu schwitzen begonnen hätte, erklärte, dass es sich um eine Einrichtung für junge Menschen aus benachteiligten Familien handele.

»Die Schule wurde nach dem verheerenden Erdbeben von 1755 von Königin Maria I. gegründet. Die Königin trug den Beinamen die Fromme, auf Portugiesisch A Pia. Daher der Name«, erläuterte die Frau. Der Bus kam, und mit einer Handvoll Schüler stieg auch die neue Englischlehrerin aus.

»Sie werden es hier mögen. Die Kollegen sind supernett«, rief Selva der verdutzt dreinschauenden Englischlehrerin zu und stieg in den Bus.

Auf halbem Weg rief Karel an. Hatte er bereits vom Tod seines Schulkameraden gehört?

»Karel, es tut mir ja so leid«, sagte sie, noch bevor er etwas fragen konnte.

»Was meinst du damit?«

Mist, Mist, Mist. Er wusste es doch nicht. »Dein Freund, der Direktor ist tot«, sagte sie. Sie vermied es, Ferreiras Namen laut auszusprechen.

Karel stieß hörbar die Luft aus. »Wie ist das passiert? War es sein Herz?«

Sie sprach leise weiter. »Anscheinend ertrunken«, sagte sie.

»Ertrunken?«, wiederholte Karel. »Soweit ich weiß, war er ein hervorragender Schwimmer.«

»Mehr kann ich dir auch nicht sagen. Nur dass die Polizei ermittelt.«

»Die Polizei? Vermuten Sie ein Verbrechen?«

Die Frau neben ihr, eine korpulente Dame mit hochgestecktem Arm, stupste sie in die Seite. Erst dachte sie, die Frau fühle sich durch ihr Telefonat gestört, doch sie wollte lediglich, dass Selva, den Knopf für einen Haltewunsch drückte. Der Bus hielt vor einem grün getünchten Gebäude mit gemauerten Fenstersimsen. Selva ließ die Frau passieren.

»Keine Ahnung, vermutlich ist das in solchen Fällen einfach vorgeschrieben.« Selva wollte Louis' Geschichte nicht am Telefon ausbreiten.

»Was heißt das für dich? Kommst du dann nach Brüssel zurück?«, fragte Karel besorgt.

»Ich dachte, ich erledige erst mal meinen Job hier, und dann sehen wir weiter.« Bei ihrer Verabschiedung aus Brüssel hatte es nicht festgestanden, ob ihr Auftrag im Sommer verlängert würde. Karel musste erst noch das Budget dafür auftreiben. Doch das waren nun mal die Risiken der selbstständigen Arbeit.

Selva stand erneut auf, um einem anderen Passagier Platz zu machen. Er setzte sich neben sie und stellte seinen Rucksack auf ihrem Fuß ab. Als sie ihren Fuß darunter hervorzog, bemerkte er seine Ungeschicklichkeit und entschuldigte sich überschwänglich. Er bot ihr eine Mandarine an, was sie mit Hinweis auf ihr Gespräch dankend ablehnte.

»Bist du noch da?«, fragte Karel. »Wenn du willst, kannst du natürlich zurückkommen. Ich finde schon was für dich.« Der Geruch von Mandarinen stieg ihr in die Nase. »Du fehlst uns«, schob er hinterher.

»Mach dir keinen Kopf. Ich ziehe das hier durch. Wenn alle Stricke reißen, mache ich einfach Urlaub. Das wäre nicht das Schlimmste.« Sie lachte kurz auf.

»Das klingt doch nach einem sehr guten Plan«, sagte Karel, und sie konnte es sich nicht verkneifen zu fragen: »Willst du mich loshaben?«

Karel keckerte kurz. »Das neue Team fährt zwar die Lernkurve noch hoch, aber sie kommen zurecht. Keine Frage, du würdest schneller die Schwachpunkte in den Ausschreibungsformalitäten entdecken, aber du wolltest ja deine Freiheit behalten.«

Sie hatten diese Diskussion schon oft geführt. Karel wollte sie fest anstellen, sie arbeitete lieber als Freelancerin. Wenn es hart auf hart kam, hatten die Festangestellten Vorrang. Damit hatte sie kein Problem.

An der nächsten Haltestelle drehte Selva die Beine zur Seite, um ihren Sitznachbarn durchzulassen. Der Bus hielt vor einer hübschen Kirche an. Sie versuchte, den Namen zu erhaschen, aber die Anzeige mit der Haltestelle war bereits erloschen.

»Deswegen rufe ich aber gar nicht an«, sagte Karel. »Es gibt auch gute Nachrichten.«

»Deutschland hat das Verbot des Verbrennungsmotors auf 2030 vorgezogen.«

Karel lachte scheppernd. Es dauerte eine Weile, bis er wieder Luft bekam und weitersprechen konnte.

»Du hast meine Schwester getroffen«, sagte er schließlich.

»Du hast eine Schwester?«

»Ja, Jackie! Meine Schwester Jackie ist zurzeit in Portugal.«

Die Frau mit dem kehligen Lachen, schoss es Selva in den Kopf. Die Bar mit Blick über den Fluss. Die Geschäftsleute, drei Japaner und drei Westler plus Jackie. Der leichte Akzent in ihrem Englisch, den sie nicht zuordnen konnte.

»Stimmt!«, rief sie. »Das ist ja ein Zufall.«

»Wir haben gestern telefoniert und kamen auf die Arbeit zu sprechen. Da habe ich ihr erzählt, dass meine fähigste Mitarbeiterin gerade in Portugal ist, und sie hat von einer Frau geschwärmt, die sie kennengelernt habe und interessant finde.« Es folgte ein Exkurs darüber, dass Jackie sich manchmal mehr Frauen in ihrem Business wünsche, weil ihr das Gehabe mancher Männer doch sehr auf die Nerven ging. Das war selbst für Karel ein bisschen dick aufgetragen. Vielleicht wollte er sie einfach nur aufmuntern – oder sie reagierte typisch weiblich. Bei einer Schulung zum Thema Führungsstil und Durchsetzungsfähigkeit im Beruf hatte die Trainerin eine Statistik aufgelegt, nach der Frauen Schwierigkeiten damit hätten, ein Lob einfach anzunehmen, und ihr Licht häufig unter den Scheffel stellten. Da war sicher etwas dran, obwohl Selva auch Männer kannte, die eher weniger Gedöns um sich selbst machten. Und mit dem Thema Durchsetzungsfähigkeit hatte sie kein Problem.

»Jetzt komm schon«, sagte sie daher. »So viel Eindruck kann ich ja wohl nicht hinterlassen haben. Sonst hätte sie mich ja längst angerufen.« Sie hatte ihre Haltestelle erreicht und schob sich an einem Mann mit Kind und Fußball unter dem Arm vorbei.

»Das habe ich auch gesagt«, meinte Karel. »Aber du hast ihr deine Nummer nicht gegeben.«

Selva überlegte kurz. Da hatte er recht. Sie griff in ihre Jackentasche, um nach der Visitenkarte von Jackie zu suchen. Sie fand zwei Brillenputztücher, einen Tampon, einen 10-Euro-Schein – und Jackies Karte. Sie arbeitete in einem Ingenieurbüro in der Alfama, einem angesagten Ausgehviertel der Stadt. Ihr Herz mache einen kleinen Sprung, und das lag nicht an der Bodenschwelle, über die der Bus gerade gefahren war.

Als sie in der Stadtverwaltung ankam, hielt es niemanden an seinem Arbeitsplatz.

Mitarbeiterinnen und Mitarbeiter der verschiedenen Ressorts versammelten sich vor der Kaffeemaschine, trafen sich in den Gängen oder gingen auf dem Vorplatz gemeinsam eine rauchen. Alle diskutierten, was über Ferreiras Ableben bekannt war. Am Montagmorgen hatte die Polizei eine dürre Pressemitteilung herausgegeben, die von den Online-Medien schnell aufgegriffen worden war. Heute brachten es auch die Tageszeitungen. Laut einer dieser Zeitungen war der Direktor tot im Wasser von einem Kitesurfer in Cascais entdeckt worden. Die meisten Berichte mutmaßten, dass der Direktor ertrunken sei. Ein Blatt hatte etwas gründlicher recherchiert und herausgefunden, dass der Direktor stolz darauf war, auch in seinem Alter noch praktisch jeden Tag schwimmen zu gehen. Seine Haushälterin wurde mit den Worten zitiert: »Wenn nötig, ging er auch im Neoprenanzug raus.«

Der Ort, an dem die Leiche entdeckt wurde, passte zu Louis' Geschichte, dachte Selva erleichtert. Dann fielen ihr Azenhas Worte ein, und sie war sich nicht länger sicher, ob das für oder gegen Louis sprach.

Cardosa wollte am späten Vormittag ein Statement zum Tod des Direktors abgeben und darüber, was das für die Abteilung bedeutete. Anschließend wollte sie gemeinsam mit dem Kommissar vor die Presse treten. Der Direktor war kein Unbekannter in der Stadt.

Selva hielt sich von den Gerüchten in den Gängen fern. Sie verstand sowieso nicht, worüber die Menschen sprachen. Es entging ihr allerdings nicht, dass einige sie misstrauisch beäugten. So, als habe ihr Kommen etwas mit dem Ableben des Direktors zu tun. Sie versuchte, es so weit wie möglich zu ignorieren. Das gelang ihr so lange, bis José an die Tür klopfte, hereinkam und die Tür hinter sich wieder schloss.

Er hatte offensichtlich das Bedürfnis, all das, was er auf den Gängen gehört hatte, bei ihr loszuwerden. Allerdings konnte sie ihm so schnell gar nicht folgen und schnappte nur unzusammenhängende Satzfetzen auf. Der Direktor sei beim Schwimmen einem Herzinfarkt erlegen, er sei betrunken von seinem Boot gefallen, er sei zu weit rausgeschwommen und habe die starke Strömung vor Cascais unterschätzt, schließlich sei er nicht mehr der Jüngste – die Varianten waren zahlreich. Schließlich fuhr sich José über die Stoppeln, erst die auf dem Kopf, dann die am Kinn, und kam zum eigentlichen Punkt. »Einige behaupten sogar, du hättest etwas mit seinem Tod zu tun.«

Selva rollte mit den Augen. Was sonst hätte sie tun können. »Ich dachte, er war schon die Woche vorher krank zu Hause«, erwiderte sie.

»Ja, das habe ich auch gesagt, aber du weißt, wie die Leute sind.«

Selva vermutete, dass Cardosa nicht unglücklich über dieses Gerücht war, zog es aber vor, nicht nachzubohren.

»Gehen wir nachher zusammen zur Versammlung?«, fragte José. Erst als Selva einwilligte, verließ er einigermaßen zufrieden ihr Büro.

Die Mitarbeiterversammlung fand in der Aula statt. Die Menschen drängten sich dicht an dicht. Der Mohairpulli des Mannes neben ihr kratzte auf ihren nackten Oberarmen. Sie tauschte den Platz mit José, was ihr einen bösen Blick von dem Kerl eintrug. Sie zuckte mit den Achseln. Sie war allergisch gegen Wolle, erklärte sie José. »Sie ist allergisch«, sagte daraufhin José zu dem Kerl.

Auch die Kolleginnen und Kollegen der anderen Abteilungen waren gekommen. Selbst die Kollegen vom Sport waren da. Die Behörde war für diesen Zeitraum für die Öffentlichkeit geschlossen.

Cardosa trat ans Mikrofon. Sie trug einen schwarzen Rolli, der ihr aschblondes Haar gut zur Geltung brachte. Sie schien jemanden anzukündigen. Ihre Assistentin warf wiederholt einen Blick auf die Uhr und war sichtlich erleichtert, als die Tür aufging und der Bürgermeister hereintrat.

Er hielt eine kurze Ansprache, in der er die Leistung Ferreiras würdigte, zumindest nahm Selva das an. Außerdem klang es so, als ob er den Anwesenden Mut zusprach. Wiederholt ließ er den Blick über das Publikum schweifen, öffnete die Arme, um alle einzuschließen; seine Stimme war warm und kräftig. Er beendete seine Rede, alle klatschten, er verabschiedete sich wieder.

Cardosa übernahm und redete gut zehn Minuten ohne Unterbrechung. Selva hörte den Namen des Verstorbenen heraus, die Umweltbehörde wurde mehrmals erwähnt, aber das war's. Mehr bekam sie nicht mit. Zu Beginn übersetzte José für sie, aber das Zischen der Frau neben ihm ließ ihn verstummen.

Dann trat Azenha ans Mikrofon. Sie verstand zwar auch hier nicht den genauen Wortlaut, aber sie glaubte zumindest grob zu verstehen, worum es ging. Der Direktor war tot aufgefunden worden, allem Anschein nach ertrunken. Die Polizei ermittle wie in solchen Fällen üblich. Solange der Obduktionsbericht nicht vorliege, könne man noch nicht mehr sagen.

Es gab eine Frage nach Gewalteinwirkung, sie hörte das Wort *violência* heraus, aber Azenha schüttelte den Kopf und verwies auf die anschließende Pressekonferenz.

Raum für weitere Fragen war anscheinend nicht vorgesehen, denn Cardosa bat die Anwesenden, jetzt wieder zur Arbeit zu gehen. Dem Gemurmel nach zu urteilen, waren die meisten mit der Information zufrieden. Die Versammlung löste sich auf, Stühle wurden gerückt, Namensschilder auf Sitzplätze gelegt. Selva machte sich auf den Weg zurück in ihr Büro, blieb dann aber im Türrahmen stehen. Sie würde zwar wenig verstehen, aber sie würde die Stimmung erfassen können.

Der Raum füllte sich mit Journalisten. Cardosa und Azenha traten gemeinsam ans Rednerpult und beantworteten Fragen. Wieder kam die Frage nach der *violência* auf, und Azenha gab dieselbe Antwort wie zuvor. Man wisse noch nicht mehr, laut Obduktionsbericht sei der Direktor ertrunken. Selva bewunderte, wie geschickt Azenha der eigentlichen Frage auswich, denn ein Tod durch Ertrinken schloss nicht aus, dass der Direktor zuvor gestoßen oder niedergeschlagen wurde.

Dann erhob sich eine Journalistin und stellte eine Frage, die Azenha seinem Gesichtsausdruck nach zu schließen nicht beantworten wollte. Doch die Journalistin ließ sich nicht abwimmeln. Selva bat José zu übersetzen. »Sie will wissen, ob es stimmt, dass der Direktor eine Schwimmweste trug.« In dem Moment nickte Azenha, und ein Raunen lief durch den Saal.

Damit war ein Mord deutlich wahrscheinlicher geworden als ein Unfall.

Azenha beendete die Pressekonferenz. Selva wollte gerade gehen, als sie ihren Namen hörte. Sie drehte sich um und sah einen Journalisten mit schulterlangem grauem Haar, der Azenha offensichtlich zu ihrer Anwesenheit in Portugal befragte. Waren die Gerüchte also bereits bis zur Presse durchgedrungen. Oder vielleicht bewusst lanciert worden, dachte sie.

Cardosa griff zum Mikrofon, um die Frage nach *a alemã*, der Deutschen, zu beantworten. Jetzt ärgerte sich Selva, dass sie nicht mehr verstand. Zu gerne hätte sie gehört, was Cardosa gerade über sie sagte. Sie schnappte Brüssel auf, das war es dann aber auch. Azenha übernahm das Mikrofon und sagt etwas, das dem beschwichtigenden Tonfall nach wie »dazu haben wir im Moment keinen Anhalt« klang, zumindest hoffte sie das. Dann beendete er die Pressekonferenz.

Während die Journalisten zusammenpackten, deutete Azenha ihr mit einer minimalen Kopfbewegung an, mit ihr sprechen zu wollen. Offensichtlich hatte er Sorge, die Pressevertreter auf ihre Anwesenheit aufmerksam zu machen. Aber das hätte er sich sparen können. Mehrere drängten an ihr vorbei zum Ausgang, ohne sie zu beachten. Einer trat ihr aus Versehen auf den Fuß und entschuldigte sich auf Portugiesisch. Sie dankte ihrer portugiesischen Großmutter für ihr Aussehen und winkte ab.

»Haben Sie etwas von Louis gehört?«, fragte Azenha.

Sie schüttelte den Kopf. Azenha bemerkte ihre Schultertasche mit dem Laptop.

»Wo geht's denn hin?«, wollt er wissen und bot ihr an, sie ein Stück mitzunehmen. Sie lehnte dankend ab.

»Nun seien Sie nicht so. Ich habe Ihnen gestern vielleicht etwas arg zugesetzt. Aber wir stehen hier mit den Ermittlungen unter Druck. Der Direktor ist schließlich kein Unbekannter.« Er holte den Aufzug.

Selva konnte nicht einschätzen, ob er gerade das Good-Cop-Bad Cop-Spiel in einer Person inszenierte oder ob es ihm tatsächlich leidtat.

Eins war jedoch klar: Er würde sie nicht einfach ziehen lassen, und sie würde ihm nicht von dem Treffen mit Mubi erzählen.

»Wo soll ich Sie absetzen?«, fragte er und ließ ihr den Vortritt in die Aufzugskabine.

»Am nächsten Park mit Kiosk«, sagte sie.

Er lachte auf. »Ich sehe, Sie haben bereits eine wichtige Institution in Portugal kennengelernt.«

Sie wurde aus ihm nicht schlau. Manchmal wirkte er total umgänglich, dann verwandelte er sich in einen Habicht. Doktor Azenha und Mr. Habicht.

Er ließ ihr den Vortritt, als sich die Aufzugtüren öffneten.

»Was ist mit dem Tathergang?«, fragte sie. »Gibt es wirklich keine Hinweise auf Gewaltanwendung?«

»Sie wissen, dass ich Ihnen dazu nichts sagen kann«, meinte er und drückte auf den Knopf für das zweite Parkdeck.

In so engem Raum aufeinander nahm sie sein Aftershave noch deutlicher wahr als sonst. Leicht holzig, das ließ auf eine italienische Duftmarke schließen.

In der Tiefgarage angekommen, blieb er kurz stehen. »Bitte informieren Sie mich umgehend, wenn Louis mit Ihnen Kontakt aufnimmt.«

Er hielt ihr auch hier die schwere Stahltür auf. Sie war froh, dass sie vorausging und er ihr Gesicht nicht sehen konnte.

Seine Schuhe quietschten auf dem Bodenbelag der Tiefgarage, ihre Absätze klackerten. Dann hatten sie seinen Elektro-BMW erreicht. Sie öffnete die Beifahrertür, bevor er um den Wagen herumspringen und sie für sie aufhalten konnte.

Auf dem Beifahrersitz lag der Rätsel-Krimi. »Sind Sie schon weitergekommen?«

Während Azenha die Adresse in seinem Navi eingab, blätterte sie in dem Buch. Ein zusammengefaltetes Blatt Papier fiel heraus. Neugierig entfaltete sie es und sah eine Matrix mit Fragezeichen, Pfeilen und Kreuzchen.

»Was ist das?«

Er nahm die Fernbrille ab und warf einen Blick darauf.

»Das ist die Ausschließlichkeitsmatrix«, sagte er. »Ich halte darin fest, welche Seiten aufeinander folgen müssen, wenn auch nicht direkt, bzw. welche erst nach einer bestimmten Seite sinnvoll sind.«

»Klingt anstrengend.«

Der BMW startete mit dem für Elektroautos typischen Surren.

»Komplexe Probleme lassen sich nur lösen, indem man systematisch alle Wege verfolgt, bis man auf einen logischen Widerspruch stößt«, erwiderte Azenha und stieß mit dem Wagen aus der Parklücke.

»Meiner Erfahrung nach man muss dort suchen, wo der Widerstand am größten ist, wenn man die Wahrheit herausfinden will«, erwiderte Selva.

»Und wo ist das Ihrer Meinung nach?«, fragte Azenha, ließ das Fenster herunter und hielt seine Chipkarte gegen den Kartenleser.

Bei Cardosa, ging es Selva durch den Kopf, doch sie bremste sich. Wenn sie das laut aussprach, wäre das ein gefundenes Fressen für Mr. Habicht. Das hatte Cardosa nicht verdient. Nicht wirklich. Nur ein bisschen. Vielleicht später.

Sie ließ sich am nächsten Kiosk absetzen. Sie nahm kurz an einem der etwas abseits von den anderen stehenden Tische Platz, um Mubi zu informieren, dass sie sich etwas verspäten würde. Sie wollte gerade aufstehen und gehen, als sie Azenhas BMW langsam vorbeifahren sah. Spionierte er ihr nach?

Obwohl es sonnig war, fröstelte es sie.

Als sie sich sicher war, dass niemand sie beobachtete, rief sie ein Taxi. Mit dem Warten kamen die Zweifel. Vielleicht hatte sie sich getäuscht. In diesem Stadtteil mit seinen schicken Geschäften gab es viele schwarze BMWs. Zu gerne hätte sie jetzt Özlem um ihre Einschätzung gefragt. Aber das ist passé, dachte sie bitter. Dann fiel ihr Jackies Visitenkarte ein. Eine nette Unterhaltung bei einem Glas Rotwein war genau das, was sie jetzt brauchte. Sie schickte ihr eine Nachricht und fragte, ob sie abends Zeit hätte. Als das Taxi kam, war sie froh, für ein paar Minuten nichts denken zu müssen und sich einfach chauffieren zu lassen.

Das Reservoir befand sich direkt unter dem Aquädukt, der sich quer durch Lissabon zog und in markanten Steinbögen über das Tal von Alcântara spannte.

Selva nahm die Steinstufen hinauf zur »Mutter aller Reservoire«, wie Mubi den Ort genannt hatte.

Dann betrat sie das Gebäude, das Teil der alten Wasserversorgung Lissabons war – und war überwältigt. Sie blickte auf ein türkis leuchtendes Wasserbecken, in dem sich die Kreuzbogen der sakral wirkenden Decke spiegelten. In der Mitte der Fläche befand sich eine Plattform mit Stühlen für Veranstaltungen.

Am beeindruckendsten aber war der Felsauswuchs, der mittig aus der gegenüberliegenden Wand ragte und in starkem Kontrast zu der ansonsten streng geometrischen Architektur des Gebäudes stand. Runde Ausstülpungen und Vorsprünge dominierten. Das Rinnsal, das sich aus dem Wasserspeier über den Felsen ergoss, verfärbte den Stein in unterschiedlichen Ockertönen. Moose, Farne und Flechten hatten sich in den Ritzen festgesetzt.

Das ganze Gebilde wirkte auf groteske Weise organisch. Es roch sogar lebendig. Es roch nach Pflanzen und vage nach Pilzen.

Das Pärchen neben ihr ging weiter, und jemand anderes trat neben sie.

Es war Mubi. Sie hatte sich ein dunkles Tuch lose um den Kopf geschlungen. Selva hätte sie fast nicht erkannt.

»Beeindruckend, nicht wahr?«, fragte die junge Frau. »Ich komme immer hierher, wenn ich Stille brauche.«

Sie schien die Ruhe, die die glatte Wasseroberfläche ausstrahlte, geradezu einzusaugen. Als sie sich wieder davon losreißen konnte, schlug sie vor, einmal herumzugehen. »Wenn du schon einmal hier bist.«

Selva folgte ihr die Treppe hinauf zu einem schmalen Gang, der hinter dem Felsen entlangführte. Niemand war zu sehen oder zu hören. Vor dem Fenster, das einen Blick auf das Wasser bot, blieb Mubi stehen.

»Dieser Azenha hat schon wieder angerufen. Er ist ziemlich hartnäckig. Er wollte wissen, ob ich Louis in der Zwischenzeit erreicht habe.«

»Und? Hast du?«

Mubi schüttelte den Kopf. »Ich glaube, er hat seine SIM-Karte weggeworfen.«

Dann erzählte sie ihr, wie er vor gut einer Woche am frühen Morgen an ihre Tür hämmerte und völlig außer sich war.

»Ich musste ihn an den Händen festhalten, so zappelig war er«, sagte sie und griff nach Selvas Armen, um es ihr vorzumachen.

»Er heulte vor sich hin. Ich habe ihm erst einmal einen Beruhigungstee gemacht. Bis der Tee fertig war, war er auf dem Sofa eingeschlafen. Dann habe ich ihn zugedeckt und bin zur Arbeit gefahren. Cardosa hatte ja den Termin im Ministerium. Da konnte ich nicht zu Hause bleiben.«

»Ich kann mir lebhaft Cardosas zusammengekniffenes Gesicht vorstellen, während sie auf dich wartete«, meinte Selva.

Mubi lachte scheppernd auf.

»Hast du seitdem von Louis gehört?«, fragte Selva.

»Er hat mir eine Nachricht hinterlassen, dass er für ein paar Tage untertaucht.« Mubi wischte sich mit dem Handballen eine Träne aus dem Augenwinkel. »Und er hat dir den Bericht in den Briefkasten gesteckt. Das sei das Mindeste, was er tun könne, hat er noch auf den Zettel geschrieben.«

Eine Handvoll weiterer Besucher näherte sich.

Selva schlug vor, zum Kiosk in dem kleinen Park zu gehen, der sich unter diesem Abschnitt des Aquädukts befand, und dort die Unterhaltung fortzusetzen.

Sobald sie Platz genommen hatten, fasste Selva für Mubi zusammen, was Louis ihr über den nächtlichen Verfolgungstörn mit dem Segelboot seines Großvaters erzählt hatte.

»Leider ist er just in dem Moment weggelaufen, als er von einem bedrohlichen Schiff gesprochen hat.«

»Hat er es also doch noch geschafft, seinen Avô zu überreden«, sagte Mubi und erzählte, wie er schon seit Tagen von dieser Jacht redete, die in der Doca lag und nur nachts auslief.

»Wie ist Louis überhaupt auf die Idee gekommen, die Segelboote zu beobachten?«, fragte Selva.

»Es ärgerte ihn maßlos, dass einige der Besitzer dieser Segelboote für die schmutzigsten Industrien der Welt arbeiteten und hier ihren Urlaub genossen, während ihre Angestellten für Megatonnen CO_2-Emissionen verantwortlich waren. In der Marina liegt zum Beispiel das 11-Meter-Boot des Abteilungsleiters eines deutschen Energieversorgers direkt neben der eines niederländischen Ingenieurs in der Petrochemie. Und das ist ja nicht nur hier so, in diesem einen Jachthafen. Das ist an allen Anlegeplätzen entlang der Küste Portugals so, und am Mittelmeer ist es mit Sicherheit nicht besser.«

»Woher wisst ihr das alles?«

»Teamwork und mühsame Kleinarbeit«, antwortete Mubi. »Ich habe oft nach dem Praktikum in dem Sushirestaurant dort gekellnert, und Louis hat sich mit Handlangerjobs was dazuverdient. Da kriegt man so einiges mit. In meinem Fall bei einer Unterhaltung über Maki Rolls hier, ein Satzfetzen beim Abräumen der Weingläser da. In Louis' Fall ein paar unverfängliche Fragen beim Festschrauben der Badeleiter hier und ein paar aus Schuldgefühl ausgeplauderte und beim Schrubben eines nach einer Partynacht vollgekotzten Decks aufgefangene Details da. Die Menschen sprechen gern von ihren Erfolgen und sei es, dass sie die versifftesten Partys geschmissen haben.«

Da war noch mehr, das spürte Selva. Sie bestellte eine weitere Limonade. Mubi schloss sich an. Am Nachbartisch nahmen mehrere Spanier Platz.

»Wusstest du, dass Deutschland einige der dreckigsten Kohlekraftwerke betreibt?«, fragte Mubi auf einmal.

Selva nickte. Die Große Koalition hatte Milliarden in die Energiewende investiert, dafür hatte ihr Heimatland wenig herzuzeigen. Ihr fiel der Artikel eines französischen Professors und Energieberaters ein, in dem stand, dass Deutschland für die 250 bis 300 Milliarden Euro, die es von 1996 bis 2014 in die Energiewende investierte, den Anteil der Stromerzeugung aus erneuerbaren Energien auf gerade mal 27 Prozent erhöht habe.

»Deswegen hat er die Boote dieser Leute besprüht? Um sie dazu zu bringen, sich mehr für das Klima einzusetzen?«, fragte Selva.

»Einige aus der Szene hatten ihm vorgeworfen, zu klein zu denken«, antwortete Mubi. »Sie hielten es für sinnvoller, die Luxusjachten zu besprühen. Das habe ich lange auch gedacht. Aber Louis hielt nicht viel von dieser Idee. Abgesehen davon, dass Luxusjachten deutlich besser bewacht werden, leben die Inhaber in einer anderen Dimension, sagte er. Die lassen sich nicht von Graffiti beeindrucken, Mubi, hat er gesagt, von Sprühbotschaften wie *Big Oil Go Home* oder *Climate Killer*. Er war überzeugt, dass das bei einem Abteilungsleiter anders aussah. Der kam mit seiner Familie her, argumentierte Louis.«

Die Spanier am Nachbartisch lachten laut auf. Mubi kam kurz aus dem Konzept, dann fuhr sie fort und erklärte Louis' Logik bei seinen Sprühaktionen. Dabei spekulierte er darauf, dass die Frau des Abteilungsleiters – meistens sei es ein »Er« – die in Pechschwarz oder Blutrot aufgetragene Botschaft auf dem unschuldsweißen Bug sehen würde. Seine Kinder würden ihm Fragen stellen, er würde Rede und Antwort stehen müssen. Ihm würde klar werden, dass er sein schlechtes Gewissen, das er möglicherweise durchaus hatte, nicht an der Tür zu seinem Büro abgegeben konnte. Der Klimawandel und sein eigener Beitrag dazu würden ihn bis in den Urlaub verfolgen.

»Das war die Idee«, sagte Mubi. »Louis hat gern davon gesprochen, dass es an diesen Abteilungsleitern lag; sie bildeten diese Mittelschicht im Management, die entweder für neue Ideen durchlässig sein konnte wie Sand oder alles blockieren konnte wie Schlick.«

Eine erstaunliche Einsicht von jemandem, der noch so jung war und bestimmt noch wenig Erfahrung im Arbeitsleben hatte, dachte Selva.

»Das hat der Direktor gleich am ersten Tag gesagt, als ich mein Praktikum antrat«, ergänzte Mubi, als ob sie Selvas Gedanken aufgefangen habe, und schwieg einen Moment. »Mein Ziel ist es, hat er mir gesagt, diese Menschen durchlässig zu machen. Louis hat das übernommen und wollte diese Manager durchlässig machen für das schlechte Gewissen dafür, jeden Tag bei ihrer Arbeit ein gar nicht so kleines Scherflein zur Zerstörung des Planeten beizutragen. Wir haben uns oft darüber gestritten, ob das der sinnvollste Weg sei.« Rubi legte eine kurze Pause ein, ehe sie fortfuhr:

»Der Direktor mochte noch aus dem letzten Jahrhundert stammen, aber er war schwer in Ordnung.«

Selva hätte den Mann gerne kennengelernt. Die Spanier nebenan erhoben sich geräuschvoll von ihrem Tisch und holten sie aus ihren Gedanken. Arm in Arm schlenderten sie auf ein Museum auf der anderen Seite des Parks zu.

»Und dieses Schiff«, hakte Selva nach, »dieses Segelboot, dem er und sein Großvater gefolgt sind, was hatte es damit auf sich?«

Mubi zuckte mit den Schultern. Selva befürchtete schon, dass das alles war, was sie wusste. Doch dann sprach die junge Frau weiter.

»Wir hatten das Boot gar nicht auf dem Radar. Wir wussten nichts darüber und hatten auch nie jemanden darauf gesehen. Bis Louis bei einer seiner Aktionen auffiel, dass das Boot nur nachts auslief.«

»Kommt das nicht häufiger mal vor?« Selva stellte sich den Anblick von Lissabon bei Nacht recht romantisch vor.

»Schon, aber es fuhren immer irgendwelche Businesstypen mit und häufig auch Leute, die irgendwelche Gerätschaften an Bord schleppten.« Mubi zählte das Geld für die Limonade ab und legte es auf den Tisch.

»Was für Gerätschaften waren das?«

»Keine Ahnung. Irgendwelche Maschinen oder Messinstrumente, vermutete Louis. Aber was genau und vor allem wofür ...« Mubi schüttelte den Kopf. Sie sortierte die Münzen der Größe nach, bevor sie weitersprach. »Louis hat sich auf die Lauer gelegt und geguckt, wie lange die rausfahren. Mehrere Nächte hintereinander machte er das. Nicht selten kehrte das Boot ohne die Typen und ohne ihre Geräte wieder zurück.«

Selva winkte dem Kellner, um zu bezahlen.

»Vor ein paar Wochen lag ich mit ihm auf der Lauer. Das Boot fuhr wie gehabt kurz vor Mitternacht raus und kam ewig nicht mehr zurück. Ich bin irgendwann eingeschlafen. Kurz vor Morgengrauen rüttelte mich Louis wach. Da legte das Boot gerade wieder an. Wir sind schnell abgehauen.«

Zum ersten Mal seit sie im Park zusammensaßen, hellte sich Mubis Blick etwas auf. »Louis hat sich sogar seine Jeans am Gatter eingerissen, und man konnte seine gepunktete Unterhose sehen.« Sie lachte auf. »Nur gut, dass es noch nicht richtig hell war.«

Für eine Weile standen sie schweigend nebeneinander.

»Louis wollte deswegen seinen Großvater überreden, der Jacht zu folgen«, sagte Mubi. Dann betrachtete sie betreten ihre Finger, bevor sie Selva direkt fragte: »Was ist bei dem Törn passiert? Louis hat kein klares Wort herausgebracht. Steckt er in Schwierigkeiten? Wird er bedroht?«

»Das ist gut möglich«, sagte Selva. Louis' Angst schien echt und nicht gespielt. Die Verfolger konnten von dem mysteriösen Schiff stammen, das er und sein Großvater gesichtet hatten, aber genauso gut von einem der Bootsbesitzer, die sich für das Graffiti revanchieren wollten. Vielleicht war Louis ja doch dabei beobachtet worden. Auszuschließen war es nicht. Mit Sicherheit gab es irgendwo Kameras.

»Ich versuche gerade herauszufinden, wer hinter diesem mysteriösen Boot steckt. Aber ich brauche Louis' Hilfe. Alleine komme ich nicht weiter.« Sie fragte Mubi, ob sie mit Louis in Kontakt treten könne.

»Wie gesagt, er ist untergetaucht«, erwiderte Mubi und schwieg. Selva hatte den Eindruck, dass das nicht alles war. Dann gab sich die junge Frau einen Ruck und sagte: »Wir haben eine Treffpunkt ausgemacht für in drei Tagen.«

»Bitte sag ihm, dass ich dringend mit ihm sprechen muss«, hörte sie sich zu ihrer Überraschung sagen.

Was tat sie da? Warum mischte sie sich ein? Warum genoss sie nicht einfach ihre Zeit hier. Weil du dafür viel zu neugierig bist, sagte eine leise Stimme in ihrem Kopf. Und dann noch leiser: weil du dich völlig überschätzt. Aber da hörte sie schon nicht mehr hin.

Selva war fast eine halbe Stunde zu früh dran. Gleich nach dem Gespräch mit Karel am Morgen hatte sie Jackie kontaktiert. Die hatte sofort »triff mich um 19:30 Uhr im *Time Out Market*« zurückgetextet.

Das Konzept für die Markthalle stammte von dem portugiesischen Ableger der Londoner Zeitschrift *Time Out,* hatte Selva gelesen. Die Einheimischen kannten den beliebten

Treffpunkt auch unter dem Namen Mercado da Ribeira. Sie stieg aus der Tram und überquerte die Straße. Dort bestaunte sie das imposante weiß getünchte Eingangsportal. Wie so häufig in Lissabon zierte ein buntes Fenster den oberen Teil des Eingangsbogens. Auf dem Dach saß wie ein Sahnehäubchen eine leicht ovale Dachkuppel mit seinem spitz zulaufenden gusseisernen Aufsatz.

Plötzlich tippte ihr jemand auf die Schulter.

»Ganz die Touristin«, sagte Jackie und lachte.

Erst da wurde Selva bewusst, dass sie mit dem Kopf im Nacken nach oben gestarrt und vermutlich sogar den Mund dabei aufgesperrt hatte.

»Wollen wir?«, fragte Jackie und ging voraus.

In der Mitte der Markthalle befanden sich lange Reihen von Tischen, an den Rändern Imbissstände und Brutzelbuden.

»Von Austern über Pizzerien bis zu Spezialisten für Kroketten findest du hier alles«, erklärte Jackie. Sie deutete auf einen langen Tresen zwischen den Tischen. »Das ist die Tränkstation. Hier wird Bier gezapft, Champagner ausgegeben und Gin gemixt. Es gibt nichts, was es nicht gibt.«

Jackie schlug vor, einmal die Runde zu drehen, um sich einen Überblick zu verschaffen.

»Sobald du etwas siehst, worauf du Lust hast, gib Laut. Dann suchst du nach einem Platz, und ich hole das Essen.«

Selva war nicht besonders abenteuerlustig zumute, also entschied sie sich ganz klassisch für Pasta und Rotwein.

Sie fand zwei freie Plätze und hielt nach Jackie Ausschau, die kurz darauf mit einem vollen Tablett zurückkehrte.

»Wie war dein Tag?«, meinte Jackie und schlürfte eine Auster. »Karel hat mir das von deinem Chef erzählt. Ist ja echt krass. Gehst du jetzt zurück nach Brüssel?«

Warum fragte sie das in letzter Zeit jeder?

»Hatte ich eigentlich nicht vor«, meinte sie.

»Gut! Das freut mich zu hören«, erwiderte Jackie und nahm einen Schluck aus ihrer Bierflasche. »Denn das Angebot mit dem Segeltörn gilt noch.«

Selva war ihr dankbar, dass sie sich so bemühte, Optimismus auszustrahlen. Doch es fiel ihr schwer, den Tag einfach abzuschütteln.

»Aber das Ganze geht dir doch an die Nieren«, fragte Jackie und musterte sie über den Rand ihrer Bierflasche hinweg.

Selva erzählte ihr von ihrer Unterhaltung mit Louis im Park. »Der Junge hatte echt Angst, sonst wäre er nicht weggelaufen.«

»Weißt du, vor wem er Angst hatte?«, fragte Jackie und griff zur nächsten Auster.

»Er und sein Großvater sind einer verdächtigen Jacht gefolgt.«

Selva rollte eine Gabel Pasta auf, und für einen Moment existierte nur dieses unglaubliche Geschmacksgemisch aus Knoblauch, Tomaten, frischem Basilikum, einem Hauch von Zitronenschale und schwarzem Pfeffer in ihrem Mund. So einfach und so köstlich.

»Wie meinst du das: gefolgt?«, fragte Jackie, die Auster noch immer in der Hand.

»Sie sind wohl hinterher gesegelt oder gefahren oder wie auch immer man das bei den Seeleuten nennt.«

»Das war an einem Wochenende?«

Selva nahm einen Schluck Wein. »Am Tag bevor ich hier angekommen bin«, entgegnete sie, nachdem sie das Glas wieder abgesetzt hatte. »Also muss das in der Nacht zum 1. Mai gewesen sein gewesen sein.«

Plötzlich stand Jackie auf. »Weißt du was, ich hole mir doch noch etwas. Bin gleich wieder da.«

Aus dem »Gleich« wurden Minuten und noch mehr Minuten. Selva fragte sich schon, ob Jackie sie einfach hatte sitzen lassen.

Hatte sie sie zu sehr mit ihren eigenen Problemen belastet? Als sie Jackie bereits anrufen wollte, kehrte die strahlend wie immer mit zwei Brownies und Kaffee zurück.

»Ich war so eigenmächtig, das einfach zu bestellen. Ich hoffe, das ist okay. Wenn nicht«, sie zog eine zusammengefaltete Pappschachtel unter dem Arm hervor, »können wir es einpacken.«

»Bis auf den Kaffee«, meinte Selva und griff sich einen Becher.

Sie saßen noch eine Weile und klönschnackten. Dann musste Jackie los. Selva hätte noch Stunden so sitzen können. Jackie war eine gute Zuhörerin. Ein wenig packte sie das schlechte Gewissen, nur über sich gesprochen zu haben.

Von der Straßenbahn aus textete sie: »Tut mir leid, wenn ich zu viel gequasselt habe.« Özlem hatte ihr das oft vorgeworfen, dass sie nur von sich selbst rede und nie nachfrage, wie es anderen gehe. »Nächstes Mal bist du dran, und ich höre zu.« Sie garnierte die Nachricht mit ein paar Zwinkeremojis.

»Mach dir keine Sorgen«, antwortete Jackie. »Ich hatte einen schönen Abend mit dir.«

Selva wartete, ob noch etwas kam, vielleicht eine weitere Einladung oder irgendetwas, das auf eine baldige Wiederholung zuarbeitete. Aber das Telefon blieb stumm. Dafür summte es in ihrem Kopf umso lauter. Und als ihr klar wurde, dass das nicht von dem Glas Rotwein kam, schalt sie sich ein albernes Huhn. Sie wusste ja noch nicht einmal, ob Jackie überhaupt an Frauen interessiert war. Ob sie Karel vorsichtig darauf ansprechen könnte? Lieber nicht. Sie war eine erwachsene Frau und kam ohne Männerhilfe zurecht. Sie würde Jackie beim nächsten Date – Treffen – daraufhin abklopfen.

Kapitel 8
Zurück zum Meer

Da Cardosa am nächsten Tag nicht in der Behörde erschien und somit ihre Fragen nicht beantworten konnte, beschloss Selva, von zu Hause aus zu arbeiten. Nach zwei Stunden Zahlen nudeln hatte sie genug. Das Problem war wie ein aufgewickeltes Wollknäuel. Irgendwo gab es einen losen Faden, einen Anfang. Wenn sie den fand, würde sich alles von allein ergeben. Doch bisher war dieser Anfang gut in dem Knäuel versteckt.

Vielleicht würde ein Szenenwechsel helfen. Sie verließ ihre Wohnung und ging zum Hieronymuskloster. Es erstreckte sich über die gesamte Länge des gerade neu hergerichteten Reichsplatzes, der quadratischen Parkanlage gegenüber dem Kloster. Bereits 1502 wurde mit dem Bau des Klosters im einzigartigen, nur in Portugal anzutreffenden manuelinischen Baustil errichtet, entnahm sie dem Wikipedia-Eintrag. Besonders die reich und jedes Mal anders verzierten Säulen fielen dabei ins Auge. Zum einen bestand die Fassade aus sich wiederholenden Elementen: Jeweils ein oben schwach spitz zulaufender Fensterbogen, der von einer schlanken Säule getragen wurde, und im Stockwerk darüber ein schmaleres Fenster mit Rundbogen. Das Wandelement wurde von zwei Säulen eingerahmt, die in einer Art spitzem Hütchen endeten. Nach dem Baumeister dieses Stils war ganz in der Nähe eine Straße benannt.

Vor dem Kloster hatte sich bereits eine Schlange gebildet. Wenn die in der Vorsaison schon so lang war, wie würde das erst im Hochsommer aussehen? Vor der Klosterkirche standen weniger Menschen an, doch sie war nun einmal hier und wollte beides besichtigen. Sie ging die Menschenreihe ab. Dabei hörte sie viel Französisch und Spanisch, aber auch Briten waren unter den Wartenden, hin und wieder vernahm sie Deutsch, Portugiesisch und sogar brasilianisches Portugiesisch, da war sie sich nicht ganz sicher, sowie Chinesisch. Zumindest vermutete sie das aufgrund der wechselnden Tonhöhen. Sie ging weiter bis zum Eingang des Maritimen Museums, vor dem niemand anstand. Vielleicht sollte sie damit beginnen? Eventuell brachte sie das auf eine Idee, was sich hinter Louis' mysteriösem Schiff verbergen könnte.

Wie für eine einst führende Seefahrernation zu erwarten, enthielt das Museum viele Exponate über die portugiesischen Eroberungen und Seekämpfe. Im ersten Saal, gleich nachdem man das Museum durch das Westportal betreten hatte, befand sich eine Statue von Heinrich dem Seefahrer, der auch die Spitze der zum Bug strebenden Figuren auf dem Entdeckerdenkmal bildete. Hinter ihm befand sich eine wandfüllende Weltkarte, auf der die portugiesischen Entdeckungen und Stützpunkte dargestellt waren. Ein Hinweis auf Magellan fehlte genauso wenig wie die Wappen der verschiedenen Statthalter in Brasilien, auf dem afrikanischen Kontinent oder entlang der Küsten Südostasiens. Wichtige Städte waren abgebildet und bukolische Szenen der Einheimischen unter Palmen. Auch Kamele und Löwen durften da nicht fehlen, genauso wenig wie die bunten Vögel Südamerikas mit ihren vergoldeten Flügeln. Selva fragte sich, wie wohl die Menschen aus den eroberten Ländern die Karte dargestellt hätten.

Im nächsten Raum wurden Karavellen und die Instrumente der frühen Seefahrer und Navigatoren präsentiert.

Die Darstellungen von Seeschlachten interessierten sie nicht besonders, genauso wenig wie die Uniformen im Wandel der Zeiten. So schlenderte sie durch die Räume und kam schließlich vor ein paar Tafeln zu den neueren Aktivitäten Portugals im Atlantik zu stehen. Auf der Tafel war über die sogenannte ausschließliche Wirtschaftszone zu lesen, die den Kontinentalschelf eines Landes umfasste und dem Land exklusive Fischereirechte sowie exklusive Rechte an den Bodenschätzen zuwies. Die AWZ, wie sich die ausschließliche Wirtschaftszone abkürzte, umfasste maximal den Bereich bis zu zweihundert Seemeilen, also rund 370 km Abstand zur Küste. Sie wurde durch den Punkt markiert, an dem der Festlandsockel eines Landes in den Kontinentalhang überging. Ging man noch weiter ins Meer hinaus, mündete dieser in den Kontinentalfuß. Danach sprach man von der Tiefsee. Die AWZ umfasste laut der Tafel 2,1 Millionen Quadratkilometer. Da sie sich darunter nichts vorstellen konnte, googelte sie die Größe Portugals. Die Landfläche betrug etwas über 90.000 km^2, die Fläche Deutschlands betrug knapp 360.000 km^2. Die AWZ Portugals betrug also mehr als das Zwanzigfache der Landfläche.

Doch damit nicht genug. Wenn sie es richtig verstand, wollte die portugiesische Regierung diese Zone über die zweihundert Seemeilen hinaus ausdehnen. Es stellte sich dabei als großer Vorteil heraus, dass zu Portugal auch die Azoren und Madeira gehörten, denn jede Insel besaß ihre eigene AWZ vom Küstenrand aus gerechnet. Das war ein bisschen wie beim Antrittsbesuch bei ihrer ersten Schwiegermutter. Die hatte die beste Tischdecke aufgelegt, das gute Service mit dem Rosenmuster aus dem Buffet geholt und mit einer Herrentorte aufgewartet. Selva wollte helfen und griff zur Kaffeekanne, um einzugießen. Schon der erste Faux pas, denn sie war ja als Gast hier – und nicht Teil der Familie. Diesen Platz musste sie sich erst verdienen. Vor lauter Nervosität zitterte sie so sehr, dass sie beim Einschenken auf die blütenreine Tischdecke kleckerte. Die dunklen Tropfen – Inseln im weißen Damastmeer – liefen aus und bildeten blassere, aber umso breitere Vorhöfe, die miteinander verschmolzen, und am Ende war die Tischdecke großflächig beige gefärbt. Ähnlich verhielt es sich mit der AWZ Portugals. Die einzelnen Bereiche flossen zu einem riesigen Areal zusammen.

Selva fotografierte die Tafeln. Sie fragte sich, ob die Umweltbehörde oder doch wenigstens das Umweltministerium ein Wörtchen mitredete, wenn es darum ging, die Lebenswelt unter Wasser zu schützen.

Auf der nächsten Tafel war das Bild eines Forschungsschiffes zu sehen, das am Kontinentalschelf Versuche durchführte. Was genau dort erforscht wurde, erschloss sich ihr nicht. Der nächste Saal war ganz dem Schutz der Meereswelt gewidmet. Überfischung und Verschmutzung waren die Hauptthemen der Sonderausstellung. Allerdings enthielten die Tafeln nichts über illegale Fischerei. Doch Selva war überzeugt, wo immer Geld zu verdienen war, gab es welche, die sich um das Gesetz nicht scherten und abschöpften, was abzuschöpfen war. Ein sommersprossiger Kerl vom World Wide Fund for Nature hatte einmal ein Vortrag vor dem Fischereiausschuss in Brüssel gehalten und niedrigere Fangquoten für Blauflossen-Thunfisch gefordert, der aus irgendeinem Grund auch Roter Thun genannt wurde. Er hatte erzählt, dass der Thunfisch die meistgehandelte Fischart auf der Welt sei. Weltweit wurde sogar noch mehr Thunfisch zu Sushi, Filets und Dosenfisch verarbeitet, als Lachs auf dem Brötchen oder in der Pfanne landete. Mit Sicherheit würde ihr der WWF-Mitarbeiter sagen können, wo in Portugal nach Thunfisch und anderen Arten gefischt wurde. Wenn sie Glück hatte, konnte er ihr sogar etwas über illegale Fischgründe vor der Küste Portugals sagen. Sie durchsuchte ihre Kontaktdatenbank nach der E-Mail des sympathischen Sommersprossenträgers, fand sie aber nicht. Sein Name war etwas mit Rabe, vielleicht Raabe oder Krähe. Sie probierte es unter diesen Begriffen, aber vergebens. In der Regel war sie stolz darauf, dass das Ordnungsgen an ihr vorübergegangen war, jetzt aber wünschte sie sich, wenigstens ein Elternteil hätte ihr seinen Sinn für Ordnung und damit für die korrekte Pflege einer Kontaktdatenbank vererbt.

Wie aufs Stichwort leuchtete eine Nachricht Özlems auf ihrem Bildschirm auf: »Hast du schon deinen Ex wegen Nati angerufen?«

Selva stieß geräuschvoll die Luft aus. Sie hatte gehofft, dass sich das Problem von alleine lösen würde. »Kümmere mich darum, versprochen«, textete sie zurück, was sofort mit einem »Wann?« quittiert wurde. »Bald«, schrieb Selva zurück und vergrub das Handy tief in ihrer Handtasche.

Sie beendete den Besuch des Museums mit der Betrachtung der königlichen Bergantine, einer Galeere, die zusammen mit anderen ähnlichen Schiffstypen im Anbau ausgestellt wurden.

Selva schlenderte zu ihrem Apartment zurück. Sie wollte heute wenigstens noch ein bisschen arbeiten. Auch wenn die Palmwedel ganz verführerisch vor dem Himmelsblau raschelten und die Pfauen im nahe gelegenen botanischen Garten ihre Klagerufe nach mehr Aufmerksamkeit ausstießen. Sicher gab es genügend Besucher, denen die Vögel ihr prächtiges Gefieder präsentieren konnten.

Sie setzte sich auf die Terrasse und las den neuesten EU-Tratsch. Sie überflog einen Artikel über die Sardinenfischer, wechselte zum Climate Action Tracker, einer Webseite, auf der Wissenschaftler die tatsächlich durchgeführten Klimaschutzmaßnahmen mit den von den Ländern versprochenen verglichen. Doch die vielen rot und schwarz markierten Länder, äußerst unzureichend und bedenklich, deprimierten sie. Außerdem hatte sie Hunger.

Sie ging zu einem lokalen Restaurant um die Ecke. Dort setzte sich auf einen der roten Plastikstühle, bestellte gegrillte Sardinen und dazu ein Sagres und ließ ihre Gedanken schweifen. Immerhin, das hatte sie vorher nachgeschaut, waren Sardinen nicht von Überfischung bedroht, denn sie vermehrten sich recht schnell.

Selva hatte einen Tisch direkt neben dem Zebrastreifen gewählt, weil die anderen auf dem Bürgersteig belegt waren und sie nicht drinnen sitzen wollte. Überwiegend aßen Familien hier. Direkt hinter ihr saßen vier Frauen in ihrem Alter und lachten viel und laut. Das versetzte sie gleich in bessere Stimmung. Manchmal musste man die Zukunft zur Seite schieben, um das Jetzt zu genießen.

Die Bedienung stellte mit einem Lächeln die gegrillten Sardinen vor ihr ab. Dazu gab es Salzkartoffeln und ein Salatblatt als Dekoration. Vor nicht einmal zwei Wochen war sie noch damit beschäftigt, den Schirm in der einen Hand, die Aktentasche in der anderen, die Pfützen auf der Straße zu umgehen; jetzt saß sie nur mit Bluse und leichter Jacke unter einer verblichenen Markise.

Sie spießte eine Kartoffel auf und ging ihre Optionen durch. Sie könnte ihre Sachen packen und wieder zurückkehren. Keiner würde ihr Vorwürfe machen, und Cardosa wäre damit bestimmt mehr als glücklich. Das klang vernünftig, wäre da nicht der gehetzte Gesichtsausdruck von Louis. Von allen Menschen, die der Junge kannte, war er ausgerechnet zu ihr gekommen. Konnte sie ihn da einfach im Stich lassen? Sprach ihr Mutterinstinkt aus ihr? Sie schob sich die Kartoffel in den Mund. Erstaunt betrachtete sie die verbleibenden hellgelben Ovale, die mit etwas Petersilie bestreut waren. Was waren das für Kartoffeln? Sie schmeckten unglaublich gut.

Sie nahm sich eine Sardine vor und setzte das Messer am Rücken an.

Sie könnte die nächsten Wochen jeden Tag in die Behörde fahren und die Zahlen analysieren und so tun, als ginge sie der Tod Ferreiras nichts an. Sie durchtrennte die knusprige Haut und klappte den schmalen Fisch auseinander.

Oder sie könnte Louis' Spur nachgehen und versuchen, ihm zu helfen. Sie ergriff den Schwanz und hob das Rückgrat samt Gerippe aus dem weißen Fleisch. Die schmalen Fischfilets schmeckten ebenfalls köstlich. Den angenehmen Salzgeschmack spülte sie mit einem Schluck Bier hinunter.

Eine der Frauen hinter ihr keckerte, und Selva musste an die kleine Hexe denken. Das war Natis Lieblingsbuch gewesen, vor allem der Rabe Abraxas hatte es ihm angetan. Da fiel es ihr wieder ein. Sie hatte Monsieur Sommersprosse vom WWF unter Abraxas abgespeichert, weil er so eine krächzende Stimme hatte. Rasch öffnete sie ihre Kontakte, und siehe da, sie hatte nicht nur die E-Mail, sie hatte auch die Handynummer des Typen. Schnell schickte sie ihm eine SMS. »Salut, du erinnerst dich vermutlich nicht mehr daran, aber du hast vor ein paar Monaten in Brüssel einen Vortrag über die Überfischung von Thunfischen gehalten. Ich war die Skeptikerin.« Sie hatte damals die Position der Fischer eingenommen, die sich um ihren Lebensunterhalt sorgten. Es war ihr auf die Nerven gegangen, dass alle so taten, als würden sie völlig mit dem WWF übereinstimmen, nur um nicht schlecht dazustehen, sich insgeheim aber nicht im Geringsten für die Thunfische oder irgendwelche anderen Arten interessierten, von den Fischern ganz zu schweigen. »Ich hätte da eine konkrete Frage, was die Fangpraktiken in Portugal betrifft. Kann ich dich in den nächsten Tagen dazu kurz anrufen?« Sie fügte noch ein »illegal« vor Fangpraktiken ein, damit es dramatischer klang, und schickte die Nachricht weg. Zufrieden mit sich bestellte sie noch ein Bier und sezierte die restlichen Sardinen.

Sie ging einkaufen, putzte das Bad und wischte die Böden. Danach war sie k. o. und machte ein Nickerchen. Als sie wieder aufwachte, war sie voller Tatendrang und nahm die Tram in die Altstadt.

Kurz vor neun stand sie am Tresen einer winzigen Bar an und wartete darauf, bedient zu werden. Schlagartig fühlte sie sich schon viel besser.

Tagelang hatte sie es hinausgezögert, Gero anzurufen. Bis ihr vorhin auf dem Weg hierher beim Anblick eines Kreuzfahrtschiffes, das gerade den Fluss hinabglitt, eingefallen war, dass ihr Ex-Mann für einen Rückversicherer in der Schifffahrtsbranche arbeitete. Bestimmt konnte er ihr etwas darüber sagen, wie man den Aufenthaltsort eines Schiffes vertuschte. Jetzt hatte sie einen Vorwand, ihn anzurufen.

Die Barfrau schüttelte ein paarmal kräftig den Cocktail-Shaker, dann goss sie die apricotfarbene Flüssigkeit in zwei Gläser, die sie zuvor in Salz gestippt hatte. Der Typ vor Selva bezahlte, nahm die Gläser und gesellte sich zu seiner Begleitung.

Selva fragte die Barfrau, was sie da gerade gemixt habe. Sie zuckte mit den Schultern. »Hat keinen Namen. Habe ich spontan erfunden.«

»Ist es mit Tequila?«, fragte Selva, die der Salzrand an Margaritas denken ließ. Die Barfrau nickte, und Selva bestellt dasselbe.

Es schmeckte hervorragend. Fruchtig, aber zugleich mit einer herben Note, die sie an Wacholder erinnerte. Der Tequila verlieh dem Ganzen Biss. »Delicioso«, sagte sie und hob den Daumen hoch. Die Barfrau strahlte sie an.

Selva trat auf die Straße, um anderen an der Bar Platz zu machen. Gegenüber befand sich eine Pizzeria, vor der sich bereits eine Schlange bildete. Gespräche mit Gero verliefen mit vollem Magen besser als hungrig. Sie ging kurz hinüber und fragte, wann ein Tisch für eine Person frei sei.

»Sofort«, meinte der Einweiser, ein langer Kerl.

»Ich trinke nur schnell fertig«, sagte sie und hob ihr Glas.

»Kein Problem. Wir müssen ja eh noch sauber machen.«

Sie kippte ihren Drink hinunter und brachte das Glas zurück.

Der Tisch befand sich auf der Straße ganz am Ende. Das war ihr recht, da war es nicht ganz so laut. Sie bestellte eine kleine Pizza mit extra Anchovis und ein Bier.

Gero und sie verstanden sich zwar ganz gut, aber wenn sie nicht auf der Hut war, gerieten sie jedes Mal aneinander. Daher war es besser, wenn der Magen voll und sie etwas runtergedimmt war.

Gero konnte damit leben, dass sie ihn für eine Frau verlassen hatte. Sie war eben eine Lesbe, der es erst recht spät in ihrem Leben aufgegangen war, dass sie auf Frauen stand. Das erklärte auch, warum es mit ihnen beiden nicht richtig geklappt hatte. Ihn traf keine Schuld. So oder so ähnlich redete sich Gero ihre Scheidung zurecht.

Was er nicht verkraften konnte, war die Vorstellung, dass sie sowohl auf Männer als auch auf Frauen stand und ihn nicht wegen seines Geschlechts, sondern wegen seiner Persönlichkeit verlassen hatte. Er hatte als Ehemann und Mensch versagt. Das hatte nichts mit ihrer sexuellen Orientierung zu tun. Es machte sie jedes Mal fuchtig, wenn er derart versuchte, jede Verantwortung für das Scheitern ihrer Beziehung von sich zu weisen. Es traf sie im Kern, wenn er ihr dadurch zum wiederholten Mal ihre Identität als bisexuelle Frau absprach. Und wenn sie hungrig war, hörte sie diese Spitzen umso deutlicher, selbst wenn Gero sie gar nicht bewusst abfeuerte. Wenn sie satt war, lauschte sie einfach dem Gluckern der Verdauungssäfte in ihrem Magen und blieb entspannt, wenn Gero wieder davon anfing.

Außerdem war sie hungriger als gedacht.

Als die Pizza kam, schnitt sie sie gierig in vier Teile und schlang sie hinunter. Sie bestellte noch ein zweites Bier. Ein zweites Standbein.

Mit einem Seufzer griff sie nach dem Telefon und wählte Geros Nummer.

Ein Pärchen kam Arm in Arm vorbei. Die Frau schien Schwierigkeiten zu haben, sich auf ihren Stöckelabsätzen zu halten. Gero ging nicht dran. Gut, dann eben später. Es wäre sowieso besser, erst mit Nati zu sprechen, als gleich seinen Vater auf ihn zu hetzen.

Sie wollte schon die Ohrstöpsel herausnehmen, als Geros Stimme erklang. Fast hätte sie das Telefon fallen lassen.

»Selva, was für eine schöne Überraschung«, sagte er.

»Hast du einen Moment Zeit?«, fragte sie.

»Ich bin zwar nicht bei der Arbeit, aber ich habe trotzdem Zeit«, sagte er. Er machte also noch immer dieselben Witze. Das war vermutlich ein gutes Zeichen. »Wie kann ich dir helfen? Oder rufst du an, um uns zur Geburt unseres Jüngsten zu gratulieren?«

»Uns« waren er und seine neue Familie, die aus Anna, einer Zahnärztin mit grau gefärbtem, hüftlangem Haar und Wolfsgesicht und ihren zwei bzw. offensichtlich bald drei Welpen bestand.

»Oha! Herzlichen Glückwunsch. Wie heißt denn das Kleine?«

»Grischa! Warte, ich schicke dir mal ein Foto.« Jungen bekamen Vornamen mit G, Mädchen mit A, so lautete die Regel im Hause Wennig. Bis jetzt hatten sie nur Jungs bekommen.

Ein Ping! kündigte die Babyfotos an, es waren insgesamt sieben.

»Sieht sehr niedlich aus«, sagte Selva. »Kommt ganz nach der Mama.«

»Das wächst sich noch aus«, meinte Gero und lachte auf. »Wie man an Nati sehen kann.«

Besser hätte sie die Überleitung auch nicht hinbekommen.

»Genau, seinetwegen rufe ich dich auch an«, sagte Selva und trat auf die Terrasse.

»Oh? Hat er etwas ausgefressen?«

Selva spürte die Wut in sich aufsteigen. Warum war das Geros erster Gedanke? Sie und der Junge gerieten zwar immer wieder aneinander, aber er »fraß nichts aus«. Er studierte einigermaßen zielstrebig, hing nicht zu viel vor der Playstation ab, machte regelmäßig Sport, hatte eine Handvoll Freunde und neuerdings sogar eine Freundin.

»Er hat eine Freundin«, sagte sie und verscheuchte eine Taube, die sich gerade auf ihrem Tisch niederlassen wollte.

»Deswegen rufst du mich an?«, fragte Gero, und sie hörte in seiner Stimme ein Lachen aufwallen. Dann schluckte er es hinunter und rief: »Warte! Er will doch nicht etwa heiraten?«

Selva winkte dem Kellner für die Rechnung. Die Taube hatte noch nicht ganz aufgegeben und näherte sich mit ruckendem Kopf. Erst als Selva nach ihr trat, flatterte sie ein paar Meter weiter und versuchte ihr Glück am nächsten Tisch.

»Nein, aber er braucht dringend eine Wohnung.« Gero mochte es, wenn man ihm Gelegenheiten bot, sich großzügig zu zeigen.

»Was erwartest du jetzt von mir? Ich kann einen Makler beauftragen, dass er in Bochum nach einer Wohnung sucht.«

»Das ist eine super Idee, allerdings braucht er quasi sofort eine Unterkunft.«

»Sind nicht gerade Semesterferien? Da kann er doch für eine Weile zu dir nach Brüssel, bis ich etwas gefunden habe.«

»Ich bin nicht mehr in Brüssel.«

»Nicht? Wo bist du denn dann?«

Selva schoss ein Foto von der belebten Straße und dem leuchtenden Schild der Bar nebenan.

»Wo ist das denn? Machst du gerade Urlaub?«

»Ich bin in Portugal.« Sie erzählte ihm von ihrem dreimonatigen Einsatz in der Umweltbehörde in Lissabon.

»Das sind ja Neuigkeiten!«, sagte er. »Davon hast du gar nichts erzählt. Aber dann hast du doch erst recht Platz in deiner Wohnung in Brüssel.«

Es half alles nichts, die Wahrheit musste ausgespuckt werden. Kurz zog sie in Erwägung, in die Bar zurückzukehren und noch einen dieser namenlosen Cocktails zu bestellen. Doch dann entschied sie sich lieber für einen Nachtisch und erzählte Gero von ihrer Scheidung und davon, dass Nati daraufhin bei Özlem eingezogen war, jetzt aber eine Freundin hatte, die ebenfalls bei Özlem wohnte. »Und das ist Özlem einfach zu viel.«

Sie lauschte in die Leitung hinein. Es rauschte nicht, es knisterte nicht, sie hörte Gero aber auch nicht atmen. »Gero?«

»Ich denke nach.«

Der Nachtisch kam.

»Es tut mir leid, dass ihr euch getrennt habt. Ihr wart ein gutes Paar«, meinte Gero, und sie widerstand der Versuchung zu behaupten, dass sie jetzt einen anderen Kerl hätte. Sie brauchte Gero noch, und es gab auch wirklich keinen Grund, fies zu ihm zu sein. Sie stach mit der Gabel in den Cheesecake.

»Was Nati betrifft: Wie du dir vorstellen kannst, wird es bald ziemlich voll bei uns«, sagte Gero.

»Seine Freundin ist Kindergärtnerin.«

Dieses Mal meinte sie, der Stille anhören zu können, wie Gero interessiert die Augenbrauen hochzog.

»Ihr könnt garantiert einen Babysitter gebrauchen«, schob Selva hinterher.

»Okay, von wie vielen Wochen reden wir?«

»Das weiß ich nicht genau. Das besprichst du am besten mit Nati selbst. Du hast doch seine Nummer, oder?«

»Ja, ja, klar. Da trifft es sich ja gut, dass wir gerade das Gartenhaus zu einem Gästehaus umgebaut haben.«

»Siehst du, ich wusste, du könntest ihm helfen.«

»Okay, ich schicke dir eine Nachricht, sobald die beiden hier angekommen sind.«

»Da gibt es noch etwas. Ich bräuchte einmal deinen Rat als Fachmann.«

»Ich höre.«

Sie erklärte ihm die Situation, wie sie Ferreiras Enkel beschrieben hatte, und fragte dann, ob das plausibel klang.

»Bist du jetzt unter die Detektive gegangen?«, fragte er, gab ihr dann aber pflichtschuldig Auskunft, als sie das nicht kommentierte.

»Schiffe ab einer bestimmten Größe müssen stets ihre Position senden, schon alleine deswegen, damit sie nicht anderen großen Schiffen zu nahe kommen«, erklärte er. »Das ist gesetzlich vorgeschrieben. Dafür gibt es Webseiten, die anzeigen, wo sich welches Schiff gerade befindet. Das ist wie mit den Flugzeugen. Allerdings kommt es trotzdem vor, dass Schiffe ihre Ortung ausschalten.«

»Was ist der Grund dafür?«, fragte sie und schob sich ein weiteres Stück Käsekuchen in dem Mund. Schmeckte wirklich gut.

»Es sind in der Regel Schmuggler oder Fangboote, die illegal in dem Gewässer fischen, manchmal auch Schiffe, die Sanktionen unterlaufen.«

»Könnte das auch in Portugal der Fall sein?«

»Da bin ich überfragt. Ich weiß nur, dass es bei illegaler Fischerei häufig um Thunfisch geht. Der ist seit dem Sushiboom wahnsinnig gefragt und wird entsprechend gut bezahlt. Das weckt natürlich Begehrlichkeiten.«

Daran konnte sich Selva gut erinnern. Fangquoten waren ein Riesenthema bei den Brexitverhandlungen gewesen und waren es immer noch. Man erkannte die Kollegen, die in diesen nächtelangen Verhandlungen saßen, an ihren zerknitterten Hemden und Blusen und ihren bleichen Gesichtern.

»Okay, nehmen wir an, es handelt sich um ein nicht registriertes, möglicherweise illegales Fangboot. Würde das so dicht vor der Küste ankern?«

»Da fragst du den Falschen. Aber ich kenne jemanden, der bei einer Satellitenfirma arbeitet, die unter anderem auch Daten über den Seeverkehr bereitstellt. Der kann dir vielleicht mehr über Dunkelschiffe erzählen.«

»Dunkelschiffe?«, fragte sie und tupfte mit dem Zeigefinger die letzten Krümel vom Teller.

»So nennt sich das, wenn ein Schiff versucht, unerkannt zu bleiben«, erklärte Gero. »Ich schicke dir mal Vladis Nummer. Er ist ein netter Kerl. Sag ihm einfach, dass du von mir kommst.«

Sie wischte sich die Finger an der Serviette ab und bedankte sich. »Das hilft mir echt weiter.«

»Tut mir wirklich leid mit Özlem«, sagte Gero. Er schien zu zögern.

Frag es nicht, dachte Selva, frage nicht, ob ich eine Neue habe. Denn dann würde sie sich nicht zurückhalten und behaupten, sie hätte einen Kerl.

»Noch etwas?«

»Nein, nein, nur dass ich mir Sorgen mache, auf was du dich da einlässt. Mit manchen dieser Reeder ist nicht zu spaßen. Da geht es deutlich ruppiger zu als bei euch in der EU.«

»Keine Sorge, ich bin mit der Polizei im Gespräch.«

»Wenn die man rechtzeitig eingreift.«

Jetzt war ihr doch etwas mulmig. Gero neigte im Allgemeinen nicht zu Übertreibungen.

Und ich neige nicht dazu, den Schwanz einzuziehen, sagte sie sich und bestellte noch ein Bier.

Am nächsten Morgen ließ Selva lange heißes Wasser über ihren Körper fließen. Die Kombination aus Apricotdrink, Bier und der halben Flasche Vinho Verde, die sie sich als Absacker zu Hause gegönnt hatte, hatte ihr mehr zugesetzt, als erwartet. Sie sollte bei einer Sorte Alkohol bleiben. Eigentlich eine Binsenwahrheit und trotzdem fiel ihr es manchmal schwer, sich daran zu halten.

Als das kleine Bad so dampfig war, dass sie nicht einmal mehr die Tür sehen konnte, schaltete sie den Wasserstrahl wieder ab. Sie wickelte sich in ein Handtuch und ging in die Küche. Zwei neue Nachrichten blinkten auf ihrem Telefon. Sie stammten von Mister Sommersprosse vom WWF. Sie rief sofort zurück. Dieses Mal ging er ran.

Zunächst begriff sie gar nicht, was sie sah. Hatte sie vorhin aus Versehen ihr vernebeltes Bad fotografiert? Wassertropfen liefen den Bildschirm hinunter, sie sah den Ärmelausschnitt eines knallroten Ölzeugs und im Hintergrund vernahm sie ein Getöse aus Gischt, Wind und Wasser. Dann tauchte eine sommersprossige Nase auf, und jemand brüllte fröhlich »Salut!« ins Mikrofon. Selva hielt das Handy vom Ohr weg, was es nicht leichter machte, etwas zu verstehen, und war froh, als Pascal, der sommersprossige Kerl vom WWF, Richtung Cockpit ging.

»Du rufst doch nicht etwas mitten aus dem Atlantik an?«, fragte sie, was ihn kichern ließ.

»Soweit reicht die Funkabdeckung nicht – und das Satellitentelefon ist tabu. Deswegen konnte ich mich auch nicht früher melden. Aber jetzt sind wir nur noch ein paar Seemeilen von der Küste entfernt. Da bekomme ich wieder Empfang.«

Er befand sich auf einem Kontrollschiff der EFCA, der European Fisheries Control Agency, die regelmäßig Einsätze im Atlantik fuhr, um das Einhalten der Fangquoten zu überprüfen. Sie erinnerte sich noch daran, wie er sich ständig selbst ins Spiel brachte, die EFCA zu unterstützen. Er wollte einmal einen echten Einsatz erleben, hatte er ihr hinterher gestanden. Das schien jetzt geklappt zu haben.

»Zu deiner Frage: Die Praxis ist bekannt. Nicht identifizierbare Fischkutter ankern vor der Küste. Sie schalten die Peilsender aus, damit sie niemand orten kann«, erklärte er und drehte das Gesicht weg, um nicht von der Gischt angesprüht zu werden. »Zumindest im Mittelmeer gehen diese

Banden sogar so weit, mit Helikoptern über dem Meer zu kreisen und nach Vogelschwärmen Ausschau zu halten.«

»Vogelschwärme?« Hatte er sie nicht richtig verstanden?

»Die Vögel folgen den Fischschwärmen genauso wie die Thunfische. Nur dass die Vögel aus der Luft leichter auszumachen sind. Du kannst die Berichte zu den Kontrolleinsätzen auf der Webseite der EFCA einsehen«, antwortete er. Plötzlich kippte das Bild, und er musste sich mit einer Hand abstützen, um nicht zu fallen.

»Wie du siehst, sind die Wetterbedingungen ziemlich mies. Deswegen kürzen wir die Patrouille auch ab.«

Das Bild kippte wieder zurück, Pascal klemmte sich mit den Ellbogen in den Türrahmen.

»Was die Fangquoten für den Nordostatlantik betrifft ...«, fuhr er fort, als ihm Wasser ins Genick schwappte. Er schüttelte sich und wischte das Display an seinem Pulli ab. Dann führte er seinen Satz zu Ende: »... taucht Thunfisch da gar nicht auf.«

Dieses Mal duckte er sich rechtzeitig zur Seite, bevor ihn eine neue Welle traf. Irgendjemand rief etwas. Pascal drehte sich um und gestikulierte. »Ich muss aufhören«, sagte er.

Wie sie später auf der Webseite der EFCA nachlas, fanden die Kontrollfahrten in internationalen Gewässern statt, also rund zweihundert Seemeilen von der Küste entfernt. Sie bezweifelte, dass der Fischkutter, den Louis gesehen hatte, so weit rausfuhr. Das hätte sicher länger als ein paar Stunden gedauert. Die Puzzleteile aus Louis' Geschichte passten noch nicht richtig zusammen.

Sie musste unbedingt mit ihm sprechen. Sie checkte ihr Telefon nach Nachrichten von Mubi, doch die junge Frau hatte sich noch nicht gemeldet.

»Schon etwas von Louis gehört?«, hakte sie daher nach und hoffte auf eine schnelle Antwort.

Kapitel 9
Kalte Dusche

Die Stimmung in der Abteilung war mies oder *mau*, wie schlecht auf Portugiesisch hieß. Die Bürotüren, die sonst offen standen, waren geschlossen; die Teeküche war verwaist. Selva betrat ihr Kabuff und setzte sich an ihren Laptop. Sie hielt es nicht lange aus. Der Papagei hatte sich verkrümelt, Cardosa war nicht ansprechbar, und José hatte sich für heute krank gemeldet.

Sie zerbröselte einen Keks auf dem Fenstersims und holte sich noch einen Kaffee. Wenigstens befand sich die Kaffeeküche in der Nähe ihres Kabuffs, dachte sie, während sie darauf wartete, dass die schwarze Flüssigkeit in die Tasse lief. Auch wenn sie sich sonst so weit ab vom Schuss befand. Das musste sie unbedingt Julie erzählen. Die Kollegin aus Brüssel hatte eine Theorie zu Espressomaschinen. Sie war überzeugt, dass die Nähe des Arbeitsplatzes zur Espressomaschine mit der eigenen Machtposition in der Abteilung korrelierte. Je näher, desto wichtiger war man. Als Begründung gab sie an, dass lauwarmer Espresso nicht schmeckte. Deswegen befand sich die Maschine stets in der Nähe des Bosses. Und wer sich in der Nähe des Bosses befand, bekam mehr mit – und Wissen bzw. Tratsch bedeutete Macht.

Aus diesem Grund hatte Julie anfangs auch stets versucht, Selva den Schreibtisch abspenstig zu machen, denn er befand sich direkt neben der Kaffeequelle und Karels Büro. Jetzt hatte Selva den Beweis, dass Julies Theorie hinfällig war.

Sie klappte den Laptop auf. Es stellte sich heraus, dass der Online-Kurs, den sie sich im Flieger reingezogen hatte, zwar eine gute Übersicht über das Erstellen einer Energiebilanz bot, aber nur wenig mit einer Treibhausgasbilanz zu tun hatte. Die beiden hingen zusammen; je mehr Energie aus Kohle und Rohöl erzeugt wurde, desto mehr Emissionen gab es, aber das war nur ein Teil der Geschichte. Eine Treibhausgasbilanz erlaubte es, den CO_2-Fußabdruck einzelner Unternehmen und eben auch von Städten darzustellen. Die Energiebilanz konzentrierte sich darauf, woher die Energie stammte, die die Stadt oder das Land verbrauchte. Wie immer steckte der Teufel im Detail. Es fing damit an, dass die Definition einer Stadt nicht trivial war. Betrachtete man es geografisch und rechnete alles der Stadt zu, was es an Siedlungen und Vororten im Umfeld gab, oder beschränkte man sich auf den Bereich, der verwaltungstechnisch zur Stadt gehörte? Was war mit Handlungen der Städter, die außerhalb der Stadt zu Emissionen führten? Je nachdem, wie man diese Punkte bewertete, ließen sich Emissionen – und damit die Verantwortung – hin- und herschieben. Und das machte es interessant für Selva. Mubi hatte in der alternativen Energiebilanz die Werte für die erneuerbaren Energien umkringelt. Wurden diese zu hoch angesetzt, stand die Stadt oder das Land besser da. Dieser Wert musste sich in der Treibhausgasbilanz wiederfinden. Lissabon war Teil des Global Covenant of Mayors for Climate and Energy, eines Zusammenschlusses Tausender Städte weltweit, die alle nach derselben Methode, nach dem Greenhousegas Protocol, ihre Bilanz erstellten und sich untereinander über geeignete Anpassungsmaßnahmen austauschten. Denn das GPC ging weiter als die Energiebilanz. Die Inventur der Emissionen und Hauptquellen dafür stand am Anfang eines dreijährigen Prozesses. Nach der Inventur wurden Maßnahmen entwickelt, um die Emissionen zu reduzieren. Anschließend ging es darum, die aufgrund des Klimawandels bevorstehenden Veränderungen und die daraus resultierenden Bedrohungen abzuschätzen und geeignete Anpassungsmaßnahmen zu treffen. Für ihre Heimatstadt Hamburg bestanden diese unter anderem darin, die Deiche zu sichern.

Es war warm geworden in dem kleinen Raum. Angeblich produzierte angestrengtes Denken eine Menge Abwärme, wenn auch nicht immer ein Ergebnis. Vermutlich war der Temperaturanstieg aber eher auf den industriellen Drucker zurückzuführen, der gleichmäßig vor sich hin brummte. Seit sie hier war, hatte noch niemand das Monstrum benutzt. Kurzerhand schaltete sie ihn aus. Sie war sich ziemlich sicher, ihn vor ein paar Tagen bereits ausgeschaltet zu haben. Aber egal. Sie hielt lieber Ausschau nach dem Papagei.

Sie öffnete das Fenster, um zusätzlich zu den Keksen Krümel ihres Bolo de Arroz auf die Fensterbank zu streuen; dann wartete sie. Es dauerte nicht lange, und eine Taube kam herangeflattert. Selva verscheuchte sie. »Nicht für dich«, sagte sie, und das Tier hüpfte ein Stück zu Seite.

Da entdeckte sie den Papagei auf der gegenüberliegenden Fensterseite. Ein hübscher Kerl – oder Kerlin. Özlem hatte immer sehr viel Wert darauf gelegt, geschlechtsneutral zu formulieren. Özlem würde ihr jetzt sagen, sie solle sich nicht ablenken lassen, sondern ihrer Aufgabe widmen. Aber manchmal war Ablenkung hilfreich, führte zu neuen Gedanken oder stellte eine unerwartete Querverbindung her.

Sie fragte sich, wie sie die Krümel so auslegen konnte, dass nur der Papagei daran gelangte. Es wollte ihr nichts einfallen, also widmete sie sich wieder der Treibhausgasbilanz. Zu ihrer Enttäuschung fand sie keine Angaben über den Ausstoß der Hansestadt. Lissabon emittierte 2,2 Megatonnen CO_2-Äquivalente pro Jahr bei etwas über 550.000 Einwohnern. Die Hansestadt hatte gut dreimal so viel Einwohner, und Selva vermutete einen deutlich höheren Ausstoß pro Einwohner. Immerhin mussten die Menschen im Winter ordentlich heizen, was in Lissabon in geringerem

Umfang der Fall war. In Lissabon entfielen die Emissionen etwa hälftig auf Gebäude und den Transport, der auch den Verkehr umfasste. Zu Hamburg gab es zumindest auf der Webseite keine Angaben. Sie würde weitersuchen müssen.

Die Taube gurrte vor dem Fenster. Selva nahm den Deckel von einem Karton Druckerpapier und bohrte mit einem Kugelschreiber ein Loch auf jede Seite. Dann durchsuchte sie die Schränke. In einem fand sie zwei noch original verpackte Verlängerungskabel. Sie entfernte die Kabelbinder und schob sie durch die Löcher im Karton. Dann nahm sie ihre Jacke von dem billigen Kleiderbügel und befestigte den Pappdeckel daran mithilfe der Kabelbinder. Der Taube wäre das Ganze sicher zu instabil, aber der Papagei müsste eigentlich damit zurechtkommen. Selva streckte den Kopf aus dem Fenster und sah sich nach etwas um, an dem sie das Konstrukt befestigen konnte. Doch sie fand nichts.

Vielleicht war Azenhas Methode, systematisch vorzugehen, doch zielführender. Sie schloss das Fenster wieder und widmete sich den Klimazielen Portugals.

Sie wusste, dass das Land die Ziele gerade aktualisiert und vorgezogen hatte. Statt wie bisher geplant, bis 2030 vier Fünftel der benötigten Energie aus erneuerbaren Energiequellen zu gewinnen, sollte dieses Ziel bereits 2026 erreicht werden. Selva schien das machbar, stammten doch bereits jetzt sechzig Prozent des generierten Stroms aus klimafreundlichen Quellen.

Sie sinnierte darüber nach, warum es Portugal möglich war, diese Ziele zu erreichen, Deutschland aber nicht. Ihre Heimatstadt Hamburg hatte im letzten Jahr ihre selbst gesetzten Klimaziele nur mit dem Kauf von Zertifikaten erreicht.

Als sie noch ganz frisch in Brüssel war, hat ihr Karel das mit den Zertifikaten so erklärt: »Stell dir vor, deine Familie will den CO_2-Fußabdruck verringern. Deine Familie sind Mama, Papa«, er warf ihr kurz einen verlegenen Blick zu,

»oder meinetwegen auch Mama und Mama, zwei Kinder, Opa und eine Tante. Alle Erwachsenen bis auf die Tante haben ein Auto. Die Tante hat keinen Führerschein und fährt nur Fahrrad. Mama eins fährt Geländewagen und Mama zwei einen Uralt-Saab.«

»Warum einen Saab?«, hatte sie dazwischen gefragt. Karel hatte mit den Achseln gezuckt und gemeint, er habe mal einen Saab Sonett III gefahren. Er schob ihr eine Schachtel mit Schokoladenherzen zu, und sie nahm sich eins. »Jetzt beschwatzt Mama eins die Tante – es ist ihre Tante –, nur noch mit dem Fahrrad zum Einkaufen zu fahren statt mit dem Auto.«

Selva war verwirrt. »Ich dachte, sie kann gar nicht Auto fahren.«

»Eben, genau das ist der springende Punkt. Sie wäre sowieso mit dem Fahrrad gefahren. Aber die Familie tut so, als ob jeder Radausflug der Tante eine Einsparung bedeute. Das ist es aber nur, wenn es eine Fahrt mit dem Auto ersetzt.«

»Das verstehe ich, aber was hat das mit den Zertifikaten zu tun.«

»Funktioniert genauso«, meinte Karel und nahm sich das dunkelste Herz aus der Packung. »Die Menschen spenden Geld, damit andere Menschen, zum Beispiel in Nigeria, ihr Essen statt am offenen Feuer, was sehr viel CO_2 freisetzt, in Tonöfen zubereiten. Aber diese Modernisierungen waren sowieso geplant. Es führt also zu keinerlei zusätzlicher Einsparung an Emissionen und damit auch zu keiner Kompensation für die eigene Nachlässigkeit.«

»Klingt nach modernem Ablasshandel«, meinte sie. »Bei Flügen gibt es das auch, und keiner weiß, was tatsächlich in dem Land ankommt. Das sieht man schon alleine daran, dass manche Fluggesellschaften nur ein paar Euro für die Kompensation verlangen und andere das Doppelte und Dreifache nehmen bei vergleichswese ähnlichen Maßnahmen.«

»Ach ja? So genau ist mir das noch gar nicht aufgefallen.«
Er hob entschuldigend die Schultern.

Es klopfte an die Fensterscheibe. Selvas improvisierter Futtertrog war gerade umgekippt, doch der Papagei, nicht blöd, begriff, wer für die leckeren Krümel verantwortlich war. Jetzt saß das Tier auf dem Sims und versuchte, mit seinem Toktoktok gegen die Scheibe ihre Aufmerksamkeit zu erlangen.

»Ich habe leider nichts mehr«, rief sie, öffnete aber das Fenster. Erst zögerlich, dann immer forscher, hüpfte der Vogel über die Schwelle. Im nächsten Augenblick erspähte er ein paar Krümel auf ihrem Schreibtisch und pickte sie auf. Dafür ließ er sich sogar von ihr den Bauch streicheln.

Sie hatte einen neuen Freund gewonnen. Der Papagei stieg auf ihren ausgestreckten Zeigefinger und ließ sich auf dem Fenstersims absetzen. Mit einem Freudenschrei, zumindest interpretierte sie es so, flatterte er davon.

Drei Stunden später hatte sie die Gewissheit: Die neue Klimabilanz, die Cardosa im Ministerium präsentiert hatte, stellte die Stadt schlechter dar als die ursprüngliche. Selva zupfte an der Serviette. Warum würde das jemand tun? Warum würde jemand wie Cardosa, die für die Einhaltung der Ziele verantwortlich war, die Zahlen schlecht rechnen? War Mubi zu optimistisch gewesen? Hatte Cardosa einfach nur sorgfältig gehandelt? Warum hatte sie dann ein Problem mit ihren Nachforschungen? Woher rührte Cardosas Feindseligkeit? Selva war sich sicher, dass die Leiterin etwas zu verbergen hatte. Aber sie würde es herausfinden.

Selva klappte den Laptop zu. Für heute hatte sie ihr Gehirn genug gemartert. Sie musste ihre nächsten Schritte überlegen. Schließlich war Cardosa an einem Punkt sehr deutlich geworden: Sobald Selva ihren Prüfbericht abgab, war ihr Aufenthalt hier abgelaufen. Sie könnte ein paar Tage dranhängen, aber irgendwann würde sie sich eine neue Bleibe suchen müssen – und wenn Karel bis dahin nichts für sie hatte, auch einen neuen Job.

Zurück in ihrem kleinen Refugium, stopfte sie gerade eine Ladung Wäsche in die Maschine, als ihr ihr Sport-BH in die Hände fiel. Zeit, ihre guten Vorsätze in die Tat umzuwandeln. Kurz darauf verließ sie in Laufschuhen und Leggings ihre Wohnung. Sie nahm die elegant geschwungene Treppe zu dem muschelförmigen MAAT, dem Museum für Kunst, Architektur und Technologie, mischte sich unter die anderen Jogger und hielt Kurs auf die Brücke. Häufig wurde sie überholt; manchmal gelang es ihr, zu einer besonders langsamen Person aufzuschließen, aber nie, jemanden einzuholen. Es lag noch ein langer Weg vor ihr.

Die Nachmittagshitze machte ihr zu schaffen. Außerdem war sie zu warm angezogen. Sie band sich die Sweatjacke um die Hüften.

Sie hätte nicht gedacht, dass es im Mai schon so heiß werden konnte. Die Sonne knallte auf ihr Haar. José hatte von einem Hitzerekord gesprochen. Genauso wie die Regenfälle im Winter, die weite Teile der Stadt überflutet hatten. Sie war sich allerdings nicht sicher, möglicherweise hatte er da auch von letztem Jahr gesprochen.

Wie ein Kind, das Aufmerksamkeit wollte, schien der Klimawandel mit immer drastischeren Wettereskapaden aufzuwarten. Nur dass im Gegensatz zu einem lärmenden Kind die Menschen deswegen anscheinend trotzdem nicht schneller in die Gänge kamen. Oder zumindest nicht genug Menschen. Mit ein Grund, warum die ganzen 4Future-Bewegungen auf die Straßen gingen. Der Eindruck, dass »die«, wer auch immer die genau sein mochten, nicht genug unternahmen, hatte sich bei vielen jungen Leuten festgesetzt.

Selva spürte, wie die Sonne ihr schwarzes Haar aufheizte. Der Schweiß lief ihr in die Augen, zwischen den Brüsten hinab, das Rückgrat entlang. Die Verkäuferin hatte recht gehabt. Sie fühlte sich gut in der neuen Sportkleidung. Trotz der Hitze klebte sie nicht auf der Haut und zwickte nirgends. Das Label atmungsaktiv war also mehr als nur eine Marketingnummer. Trotzdem kam sie sich vor wie eine Herdplatte, die zu glühen begann und etwas in Brand setzen würde, wenn nicht bald jemand einen Topf mit kaltem Wasser darauf abstellte.

Offensichtlich war sie noch viel weniger fit, als gedacht. Sie bekam bereits Muskelzuckungen in der Hüfte. Irritiert legte sie die Hand darauf, als ihr klar wurde, dass es ihr Telefon war, das in der Hüfttasche brummte. Sie nahm es heraus und drückte auf das grüne Symbol für Annehmen. Ein Fehler. Es war Nati, und er war stinksauer. Nati klang in der Regel immer leicht angegrätzt, wenn er sie anrief. Aber das hier grenzte an schroff. Dabei hatte sie keine Ahnung, warum er so wütend war.

Seine ersten Worte verschwanden in ihrem Atemgeräusch. Es dauerte einen Moment, bis sie mit ihren schweißnassen Fingern das Telefon lauter gestellt hatte. Bis heute hatte sie nicht begriffen, wie sie das direkt an den Ohrstöpseln regeln konnte. Sie wischte sich die Hände an ihrer Jacke ab und stellte sich in den dürftigen Schatten eines Jacarandabaums.

»Sorry, ich hab den Anfang nicht verstanden. Ich bin gerade laufen. Wie geht es dir?«

»Wie schön für dich, dass du so unbekümmert den Tag genießen kannst. Warum wundert es mich nicht, dass du nicht mal für einen Funken ein schlechtes Gewissen hast? Papa hat heute Morgen in aller Frühe angerufen und darauf bestanden, dass Liu und ich zu ihm ziehen. Mit dir sei bereits alles abgemacht.«

Selva atmete immer noch heftig, sodass sie ihre Antwort nur stoßweise hervorbrachte. »Sorry, tut mir leid. Ich wollte eigentlich erst mit dir sprechen, aber ich musste Gero wegen einer anderen Sache anrufen. Da dachte ich, ich frage gleich mal nach.« Sie schüttelte die Arme aus, die unangenehm zu prickeln begannen.

»Du kommst doch eigentlich gut mit deinem Vater klar.«

»Das ist nicht das Thema. Ich habe einfach erwartet, dass du mich wie einen Erwachsenen behandelst und zuerst mit mir sprichst. Aber offensichtlich ist das zu viel verlangt.«

Wie schaffte es ihr Sohn nur, stets auf sie wütend zu sein und nie auf andere? Schließlich war es Özlem, die sie gebeten hatte, bei Gero nachzufragen. Selva war überzeugt, es war ziemlich egal, was sie tat. Etwas hätte er immer zu mäkeln.

»Was hätte ich denn deiner Meinung nach tun sollen?«, fragte sie.

»Mal wieder interessant, dass du gar nicht erst auf die Idee kommst, mir und Liu Unterschlupf bei dir anzubieten.«

»Sorry, ich dachte nicht, dass das infrage kommt. Deine Uni findet doch wieder in Präsenz statt, oder? Ich kann mir beim besten Willen nicht vorstellen, wie das von hier aus gehen soll.«

»Es gibt eine gute Zugverbindung von und nach Brüssel. Außerdem wäre es ja nur für ein paar Wochen, bis wir etwas Neues gefunden haben.«

Hatte sie vergessen, ihrem Sohn zu erzählen, dass sie für drei Monate nach Portugal ging?

»Ich bin zurzeit in Lissabon, voraussichtlich noch bis Juni«, sagte sie. »Ich dachte, das wüsstest du.«

Sie kratzte sich am Arm.

»Nati? Jonathan?« Ihr Sohn hatte das Gespräch beendet.

Ihre Unterarme kribbelten; es juckte und fühlte sich an, als ob zig Spinnen gleichzeitig Seidenfäden über ihre Haut zogen. Sie ging ein paar Schritte auf und ab und unterdrückte das brennende Bedürfnis, mit den Fingernägeln die Arme aufzukratzen. Sie stützte sich mit den Händen auf den Knien ab, bis sich ihr Herzschlag beruhigt hatte und wieder gleichmäßiger ging.

Sie wählte Natis Nummer, erreichte aber nur die Voicemail. Mist, Mist, Mist. Wie konnte sie das wieder einrenken?

Sie betrachtete ihre Arme, die immer noch juckten. Sie waren über und über mit Pusteln bedeckt. Hatte sie etwas gestochen? Hatte sie sich die Spinnen nicht nur eingebildet und reagierte sie jetzt allergisch darauf? War es ihr schlechtes Gewissen Nati gegenüber? Die unbewusste Sorge, sich von Louis in etwas hineinziehen zu lassen, das ihr über den Kopf wachsen würde? Das beklemmende Gefühl, dass der Kommissar sie verdächtigte, etwas damit zu tun zu haben? Die Feindseligkeit Cardosas? Die Unfähigkeit, sich mit den Leuten hier in deren Muttersprache unterhalten zu können? Ihr Versagen auf der ganzen Linie?

Sie atmete ein paarmal tief ein und aus, um die destruktiven Gedanken loszuwerden.

Dann googelte sie die Symptome. Es stellte sich heraus, dass ihr Körper schneller Schweiß produziert hatte, als ihre Poren ihn ausscheiden konnten. Dadurch kam es zu einer Art Stau in den Poren, die infolgedessen anschwollen und Pusteln bildeten. Selva ging ein paar Schritte im Schatten des Brückenpfeilers auf und ab und lauschte dem metallischen Schnurren des Basketballkorbs, wenn einer der Spieler den Ball darin versenkt hatte.

Also kein Symptom ihres Versagens. Ihr Körper boykottierte sie nicht, noch nicht. Immerhin etwas.

Wenn sie schon hier war, könnte sie sich auch den Jachthafen ansehen, sagte sie sich und hielt direkt darauf zu. Sie rüttelte an dem ersten Tor. Es war verschlossen.

Sie ging einmal um das Hafenbecken herum. Es gab eine Reihe identischer Jollen, vermutlich von einer Segelschule und überwiegend kleinere Jachten. Die meisten Plätze waren belegt.

Sie machte ein paar Dehnübungen, dann kehrte sie um. Die Pusteln waren bereits wieder abgeklungen.

Soweit wie möglich lief sie im Schatten. Einmal das Gefühl, von zig Spinnen liebkost zu werden, reichte ihr.

Zu Hause angekommen, stellte sie sich sofort unter die Dusche und ließ sich berieseln. Das handwarme Wasser tat gut und kühlte sie ab. Dann wurde es ihr doch ein wenig zu frisch, und sie stellte es auf wärmer. Es blieb handwarm. Sie drehte den Hebel noch weiter Richtung Rot. Statt wärmer wurde das Wasser noch kälter, bis es schließlich eiskalt auf sie herabregnete. Mit einem Aufschrei stellte sie den Hahn ab und wickelte sich in ein Handtuch.

Sie ging zum Spülbecken in der Wohnküche und ließ sich dort Wasser über die Hand laufen. Dasselbe: eiskalt. Sie öffnete die Einbauschränke. In dem neben dem Kühlschrank befand sich der Durchlauferhitzer. Er war angeschaltet. Sie legte die Hand an den Tank. Kalt. Aber vermutlich sollte das so sein und das Teil war wärmeisoliert. Sie fotografierte den Namen des Herstellers ab, suchte im Internet nach einer E-Mail-Adresse und schilderte ihr Problem. Sie bezweifelte, dass die Übersetzung, die ihr Programm für Durchlauferhitzer gefunden hatte, korrekt war. Also fügte sie noch ein Foto und die Seriennummer bei. Dann zog sie sich an. Während sie sich die Knoten aus den Haaren kämmte, malte sie sich aus, tagelang nicht die Haare waschen und nur noch kalt duschen zu können. Bis ihre an die allgemeine E-Mail gerichtete Anfrage die richtige Abteilung erreicht hatte, konnten Tage vergehen.

Sie ließ sich auf das Bett fallen und suchte im Internet nach Filialen des Herstellers. Sie fand eine Facebook-Seite der Niederlassung in Lissabon und schickten via Messenger eine Nachricht. Nachdem sie sich angezogen und sich einen Tee aufgebrüht hatte, kam der Rückruf.

Selva war beeindruckt.

Nach einer sehr kurzen, sehr kalten Dusche am nächsten Morgen war sie pünktlich um neun in der Behörde. Doch sie hielt es nicht lange in ihrem Kabuff aus. Von dem Papagei war nichts zu sehen, José war unterwegs. Einige der Kollegen sahen sie immer noch scheel an, obwohl Azenha klargestellt hatte, dass sie nichts mit dem Tod Ferreiras zu tun hatte.

Kurz: Sie wusste nicht recht, was mit sich und dem Tag anfangen sollte.

Sie korrigierte sich. Ihr war schon klar, was zu tun wäre. Sie benötigte weitere Angaben zu den bereits installierten und noch geplanten erneuerbaren Energiequellen. Aber das klang nach Rückfragen auf Portugiesisch, nach Warten auf Input von Cardosa, nach mühsamer Kleinarbeit.

Sie ging zum Wasserspender, um sich ihre Trinkflasche aufzufüllen, und überlegte, ob sie nach Hause und von dort aus weiterarbeiten sollte, bis der Heizungsbauer kam, der sich für den späten Nachmittag angekündigt hatte. Bei diesem Stichwort machte es klick! Und sie wusste, wo sie anfangen würde.

Kurz drauf klopfte Selva an die halb offene Tür einer Kollegin, Denise Lutuho, die im Ressort nachhaltiger Wohnungsbau arbeitete.

Freundlich bat Denise Selva einzutreten. Sonnengelbe Ohrhänger brachten die tiefbraune Haut der Kollegin wunderbar zur Geltung. Sie fragte Selva auf Portugiesisch, wie sie helfen könne. Selva entschuldigte sich, dass sie nur Englisch spreche, und erklärte ihr, dass sie sich für die Planzahlen zur Solarenergie interessiere.

Denise schüttelte ihre schwarz glänzenden Locken und hob entschuldigend die Hände in die Höhe. Selva nahm sich erneut vor, eine App herunterladen, um wenigstens die grundlegenden Begriffe auf Portugiesisch zu lernen. Sie schlug die Übersetzung für Solarpaneele nach, gar nicht so anders als im Deutschen, und fragte danach. Denise schaute sie mit großen Augen an und schüttelte den Kopf. Selva hielt ihr das Handydisplay hin, um ihr die Übersetzung zu zeigen.

Denise wiederholte lachend den Ausdruck – so anders hörte sich das für Selva nicht an – und begann dann ganz langsam und übertrieben deutlich, Selva etwas zu erklären. Selva verstand »Cada casa – jedes Haus« und Solarpaneele. Die Kollegin gab sich wirklich Mühe. Sie kramte in einer Schublade nach einem Flyer und entfaltete ihn für Selva. Sie deutete auf die Abbildung einer glücklichen Familie vor ihrem neuen Heim und dann auf die Solarzellen auf dem Dach.

»Okay, verstehe«, sagte Selva. »Auf jedem Neubau werden Solarpaneele installiert.« Denise nickte begeistert. Also verstand sie doch ein wenig Englisch und war nur viel zu bescheiden.

Denise drehte den Flyer um und tippte mit dem Finger auf das Bild eines eingerüsteten Altbaus. Auch dort wurden Solarmodule angeliefert. Denise zog ein grimmiges Gesicht und verneinte dann mit dem Zeigefinger. Sie wiederholte die Grimasse, deutete auf den Neubau, und nickte. Das wiederholte sie zwei Mal und schaute Selva erwartungsvoll an.

»Neubau.« Selva deutete auf die glückliche Familie. »Da müssen Solarpaneele installiert werden.« Sie versuchte es noch einmal mit dem portugiesischen Begriff, Denise korrigierte sie freundlich, bis Selva es zu ihrer Zufriedenheit hinbekam. »Altbau.« Selva deutete auf das eingerüstete Wohnhaus. »Hier muss man nicht, aber man kann Solarpaneele installieren.«

»Bravo«, sagte Denise und fragte nach etwas, das Selva nicht verstand. Deshalb kritzelte Denise ihre E-Mail auf ein Stück Papier, wiederholte den Ausdruck und deutete auf Selva. Selva begriff und notierte im Gegenzug ihre E-Mail.

Selva bedankte sich »muito obrigada« und schüttelte Denise ausgiebig die Hand. Die Leute mussten sich wirklich fragen, was jemand wie sie hier wollte. Das Mindeste, was sie tun konnte, war höflich zu sein.

Bis sie zurück an ihrem Schreibtisch saß, war die E-Mail bereits eingetroffen. Selva jagte den Text durch ihr Übersetzungsprogramm. Es war der Text einer Verordnung, die bestätigte, was Selva aus der Unterhaltung mit Denise geschlossen hatte. Das brachte sie nicht weiter. Was sie benötigte, waren Zahlen zu installierten Kapazitäten.

Der Heizungsbauer kam pünktlich wie angekündigt am späten Nachmittag – und er sprach Englisch. Selva ließ ihn herein und führte ihn zu dem Wandschrank mit dem Durchlauferhitzer. Als Erstes monierte der Techniker, dass der Hundertvierzigliter-Tank nur mit ein paar Schrauben an der Wand befestigt sei. »Wir befinden uns hier in einem Erdbebengebiet«, sagte er, »da muss so ein Tank besser gesichert sein. Stellen Sie sich mal vor, die Schrauben lockern sich. Sie stehen nachts in der Küche und wollen sich ein Glas Wasser einschenken und bumm! reißt das Ding aus der Verankerung und zerquetscht Sie.« Instinktiv rückte Selva einen Schritt zur Seite und fragte, ob er das Teil jetzt gleich sichern könne. Er legte den Kopf zur Seite und musterte den Tank, befingerte die Leitungen, maß aus, wie viel Platz es darunter gab. »Sagen Sie Ihrem Hausverwalter, dass er ein Podest anfertigen und den Tank draufstellen soll. Außerdem soll er ihn mit einem zusätzlichen Gurt befestigen. Sicher ist sicher.«

»Ich kenne den Hausverwalter nicht«, sagte sie.

»Rufen Sie Ihren Vermieter an«, meinte der Techniker und fragte, wo der Sicherungskasten sei. Sie deutete auf eine Stelle neben der Wohnungstür.

Es dauerte eine Weile, bis sie sich zur richtigen Person an der Uni durchgefragt hatte. Schließlich bekam sie jemanden von der Hausverwaltung in die Leitung, der allerdings nur wenig Englisch sprach. Sie fragte den Techniker, was Durchlauferhitzer auf Portugiesisch heiße – termoacumulador –, und tippte den Rest ihrer Frage in die Übersetzungssoftware ein. Dann las sie das Ganze so gut sie konnte vor. Der Mann am anderen Ende der Leitung antwortete etwas, das sie allerdings nicht verstand. Sie bat den Techniker, der gerade das Steuergerät vom Durchlauferhitzer entfernte, dem Hausverwalter zu erklären, worum es ging. Es ging kurz hin und her, dann fragte der Techniker, ob sie morgen zu Hause sei; sie nickte, im Zweifelsfall könnte vielleicht ihr Nachbar aushelfen, alles, nur keine Nachfragen, und der Termin war abgemacht.

Der Techniker zeigte ihr die Platine. »Die ist kaputt. Deswegen springt die Heizung nicht an.«

»Können Sie sie austauschen?«

»Kann ich, aber das ist nicht das größte Problem.«

Er erklärte, dass normalerweise das Wasser mit Solarstrom erhitzt wurde und dieses Gerät nur einsprang, wenn keine Sonne schien, also zum Beispiel nachts oder bei Regen.

»Eigentlich dürften Sie das gar nicht merken, wenn ein Kontakt auf der Platine durchgeschmort ist, weil Sie ja immer noch den Solarstrom haben.«

Was hatte das eine mit dem anderen zu tun?

»Das deutet darauf hin, dass die Solarpaneele nicht funktionieren«, erklärte er. »Oder es gibt ein Leck in der Zuleitung von den Paneelen zu dem Gerät hier«, fügte er nach kurzem Nachdenken hinzu.

»Sie meinen, irgendwo läuft Wasser aus?«

Er schlug vor, das zu überprüfen, und lief ins oberste Stockwerk. Hier befand sich die zentrale Pumpe, die die Heizflüssigkeit auf die einzelnen Wohnungen verteilte.

Kaum war er oben, kam er schon wieder herunter. »Der Wasserstand ist extrem niedrig. Siehst so aus, als ob der Tank leer ist. Das spricht für ein Leck.«

»Und was machen wir jetzt?«

»Mit etwas Glück muss man einfach nur den Tank auffüllen.«

Er fragte nach der Wasserleitung für das Gebäude, und sie zeigte ihm den Schrank im Hausflur, wo sich die Wasserzähler befanden. Er hob den Daumen hoch und lief zu seinem

Lieferwagen. Kurz darauf kehrte er mit einem lose über die Schulter gewickelten Schlauch und einem Eimer zurück.

»Jetzt stehlen wir der Stadt ein bisschen Wasser«, sagte er und grinste. Dann schraubte er den Zähler für das Haus ab und den Schlauch an.

»Ich fülle jetzt den Tank für die Solarpaneele auf, und dann schauen wir mal, ob es bei Ihnen wärmer wird.«

Er zog den Schlauch nach oben, werkelte etwas, kam wieder nach unten gelaufen, um das Wasser abzustellen. Er lief erneut nach oben und kam zurück.

»War noch nicht genug«, meinte er.

»Ich kann das Wasser an- und ausstellen«, schlug sie vor. »Dann brauchen Sie nicht ständig die Treppe hinauf- und wieder herunterzulaufen.«

Er hob den Daumen, und sobald er oben angekommen war, rief er: »Wasser an« und mit einer kleinen Verzögerung: »bitte«. Nach ein paar Sekunden kam das Signal, das Wasser wieder abzustellen. Das wiederholte sich mehrere Male. Zwischendurch überprüfte er in ihrer Küche, ob die Solarheizung angesprungen sei. Doch es passierte nichts.

Er seufzte. »Möglicherweise haben Sie ein Leck. Das kann irgendwo im Gebäude sein. In jedem der sechs Wohnungen.«

»Aber wenn Sie das Steuergerät ausgetauscht haben, funktioniert der Durchlauferhitzer doch wieder, habe ich recht?«

»Ja natürlich, aber Sie heizen eben mit Strom aus der Steckdose und nicht mit Solarstrom.«

»Aber ich kann warm duschen?«

»Das schon.«

»Okay, dann tauschen wir das jetzt mal aus und für den Rest gebe ich der Hausverwaltung Bescheid. Die kommen ja sowieso.«

Damit war auch der Techniker einverstanden. Er stellte den zentralen Wasserhebel wieder auf Aus und wechselte das Steuergerät aus. Zum Schluss empfahl er ihr, wenn sie länger weg sei, die Sicherung für den Durchlauferhitzer auszuschalten.

»Manchmal gibt es Stromspitzen. Die Sicherung ist sehr empfindlich und kann davon kaputtgehen.«

Nachdem der Techniker weg war, brühte sich Selva erst einmal einen Kaffee, wobei sie darauf achtete, sich nicht zu lange vor dem Wassertank aufzuhalten. Sie nahm sich vor, die Küche zu vermeiden, bis der Tank ordnungsgemäß befestigt war.

Eigentlich steckte darin eine gewisse Ironie, dass erst eine Stromspitze und eine durchgebrannte Verbindung sie darauf aufmerksam gemacht hatten, dass die Solarpaneele nicht funktionierten. Sie fragte sich, ob das die anderen Hausbewohner wussten.

Dann sagte sie sich, wenn das hier der Fall war, konnte das auch in größeren Anlagen vorkommen, und sie hatte ihren zweiten Aha-Effekt an diesem Tag. Möglicherweise lag die Anzahl der theoretisch installierten Megawatt Solarstrom deutlich über der tatsächlich gelieferten Energiemenge. Vielleicht erklärte sich daraus der Unterschied in den beiden Berichten. Dem würde sie morgen als Erstes nachgehen. Zufrieden mit sich, beschloss sie, bei ihrem Nachbarn nachzufragen, ob er dasselbe Problem habe.

Selva drückte auf den Klingelknopf.

»Ich will Sie gar nicht lange stören. Ich wollte nur fragen, ob Sie auch Probleme mit der Solarheizung haben.«

Gabriel bat sie sofort herein, und sie fühlte sich in ihre Studienzeiten versetzt, wenn ihr Professor im Sommer zur Gartenparty in seinem Haus einlud. Der Garten fehlte, aber ansonsten wies die Maisonette-Wohnung viele Gemeinsamkeiten auf, angefangen von den Bücherregalen, den aufwendig gerahmten Bildern an der Wand bis zu den Teppichen auf dem Parkett. Die Muster waren anders, bunter, leuchtender, die Bücher in einer anderen Sprache, und die Bilder zeigten anders als bei ihrem Professor vor allem Meer, aber die Ähnlichkeiten waren nicht von der Hand zu weisen.

Gabriel bat sie ins Wohnzimmer und fragte, ob ihr nach einem Gläschen Wein sei. Sie nickte. Mit dem Hinweis, der Wassertank könnte jederzeit aus der Wandhalterung reißen und auf den Küchenboden krachen, hatte ihr der Techniker einen gehörigen Schrecken eingejagt. Ein Gläschen Wein konnte ihr jetzt nur guttun. Sie beschrieb ihm, wie der Heizungstechniker vergeblich versucht hatte, den Wassertank der Solarzellen wieder aufzufüllen.

»Ich habe Musik gehört«, sagte Gabriel, »da habe ich immer Kopfhörer auf. Vermutlich habe ich deswegen nichts mitgekriegt.«

Sein Wassertank befand sich ebenfalls in einem Wandschrank, ruhte aber auf dem Boden und war zusätzlich durch einen Gurt gesichert.

Gabriel fasste die Zuleitungen von den Solarpaneelen an. Selva tat es ihm nach. Obwohl sie dick isoliert waren, fühlten sie sich warm an. »Scheint alles zu funktionieren«, meinte ihr Nachbar.

»Kommen Sie das nächste Mal gleich hoch, wenn so etwas passiert«, sagte er. »Sie können auch bei mir duschen. Ich habe zwei Badezimmer.«

Selva bedankte sich und nippte an dem Muscadet, den er ihr eingeschenkt hatte. Der Wein war kräftig, fast schon wie ein Likör und schmeckte angenehm fruchtig. »Wie haben Sie sich in Lissabon eingelebt?«, fragte er und nahm auf einem ockerfarbenen Sessel ihr gegenüber Platz. Auf dem niedrigen Couchtisch stellte er ein Schälchen mit Oliven ab, daneben ein leeres für die Steine. Zahnstocher befanden sich bereits auf dem Tisch.

Selva schwärmte von der Stadt und darüber, wie einfach es war, mit Menschen ins Gespräch zu kommen. Ganz anders als in Nordeuropa, wo viele stumm und gleichgültig ihres Weges gingen.

»Ich bin mir sicher, auch in Nordeuropa gibt es freundliche Menschen«, meinte ihr Nachbar und lächelte. »Sie sind der beste Beweis dafür.«

Selva bedankte sich artig und berichtete ihm dann von der Frau an der Bushaltestelle vor der Casa Pia.

»Sie hat mir von dem verheerenden Erdbeben in Lissabon erzählt.«

»Das war 1755«, sagte ihr Nachbar. »Eine furchtbare Sache, vor allem für die Katholiken.«

Mit dieser Antwort hatte sie nicht gerechnet. Das Fragezeichen musste sich in ihr Gesicht geschrieben haben, denn er fuhr fort: »Das Erdbeben ereignete sich ausgerechnet am Totensonntag. Adlige, Kaufleute, Handwerker, Soldaten, Dienstboten, Fischer, einfach alles, was nur einen Funken Gottesglauben in sich trug oder vorgab, diesen in sich zu tragen, begab sich zur nächsten Kirche oder Kathedrale.«

Selva malte sich aus, wie eine lange Prozession von Hofdamen in weit ausgestellten Röcken an der Hand ihrer männlichen Begleiter in eng anliegenden Beinkleidern durch das barocke Portal der Igreja da Memória bei ihr um die Ecke schritten und die Stofffülle in die engen Kirchbänke zwängten.

»Die meisten wurden von den Trümmern der einstürzenden Gotteshäuser erschlagen«, fuhr Gabriel fort und goss ihr Wein nach. »Es dauerte nicht lange, und die ersten Feuer brachen aus. Aber auch der Fluss brachte keine Rettung, denn ein Tsunami gewaltigen Ausmaßes rollte heran und brachte die Schiffe zum Kentern. Da die Gefängnismauern ebenfalls eingestürzt waren, kamen die Räuber und die Diebe frei. Natürlich nur diejenigen, die nicht von herabfallenden Steinen erschlagen wurden. Die Überlebenden plünderten dann die Bürgerhäuser. Lissabon wurde fast vollständig zerstört. Kaum etwas blieb übrig. Das warf natürlich Fragen auf, was die Idee eines gütigen Gottes betraf.«

Er nippte an seinem Wein. Selva warf einen Blick auf die Brücke vom 25. April, die von seinem Balkon aus gut zu sehen war, und fragte sich, ob sie einem Tsunami würde standhalten können.

Dann dachte sie an den Wassertank in ihrer Küche, der jederzeit umstürzen konnte, und schüttelte sich.

»Das Erdbeben von 1755 zählt zu den verheerendsten Naturkatastrophen Europas«, ergänzte ihr Nachbar, der ihr Unbehagen wahrgenommen hatte. Er nahm eines der Bilder von der Wand. Die ganze Leinwand war in Bewegung. In tiefen Wellentälern kenterten Schiffe, vom Himmel regnete es Asche, hinter den umkippenden Häuserfassaden loderte das Feuer, im Vordergrund standen ein paar Menschen, die hilflos die Hände in die Luft warfen. Es gab keine einzige waagrechte oder senkrechte Linie. »Viele, viele Menschen sind gestorben«, sagte Gabriel leise und hängte das Bild zurück. »Es hat ein großes Umdenken in ganz Europa bewirkt. Manche behaupten sogar, dass es im Wortsinn den Anstoß für die Aufklärung gegeben hat.«

»Da grenzt es ja an ein Wunder, das unsere Kirche hier um die Ecke übrig blieb«, meinte Selva.

»Die Igreja da Memória? Die wurde nach dem Erdbeben erbaut. Das ist auch eine interessante Geschichte, wie es dazu kam. Aber die erzähle ich Ihnen ein andermal. Ich will Sie nicht langweilen.«

Also keine Hofdamen, die sich auf dem Vorplatz der Kirche drängeln, dachte Selva. Sie plauderten noch eine Weile über dieses und jenes. Dann verabschiedete sie sich mit den Worten: »Das nächste Mal bei mir. Ich lade Sie zum Essen ein.«

Kapitel 10
Beschäftigungstherapie

Den halben Vormittag hatte Selva damit zugebracht, bei Tilda vorzusprechen, der Assistentin des Direktors und jetzt Cardosas, um eine Viertelstunde Zeit mit der Leiterin zu bekommen. Jedes Mal bat sie Tilda freundlich lächelnd und in radebrechendem Englisch, im Vorzimmer kurz Platz zu nehmen, während sie leise an Cardosas Tür klopfte. Jedes Mal kehrte Tilda düpiert aus dem Büro Cardosas zurück und schüttelte den Kopf. Offensichtlich war Cardosa nicht nur Selva gegenüber kurz angebunden. Jedes Mal hatte Selva sich wieder getrollt und war eine knappe Stunde später erneut erschienen. Genau genommen, war es zu ihrem Vorteil, wenn sie den Bericht möglichst spät einreichte, aber sie lief damit gegen eine eigene, innere Wand. Jetzt, wo sie wusste, was Sache war, wollte sie Cardosa auch damit konfrontieren.

Dieses Mal war sie erfolgreich. Cardosa stand gerade in der Tür zu ihrem Büro, Kaffeetasse in der Hand, und gab Tilda Anweisungen, die diese geflissentlich notierte. Als Cardosa Selva sah, verzog sie das Gesicht und marschierte zu ihrem Schreibtisch. Selva fasste das als Aufforderung auch, der Leiterin zu folgen.

»Ich hätte da noch ein paar Fragen«, sagte Selva.

»Später«, sagte Cardosa, griff nach einem Flyer auf ihrem Schreibtisch und drückte ihn Selva in die Hand. »In der Zwischenzeit können Sie sich nützlich machen. Das Innovationszentrum hat den verstorbenen Direktor als Redner angefragt.« Sie deutete auf den Flyer. »Lassen Sie sich das Programm erklären und berichten Sie hinterher. Vielleicht nehme ich das dann selbst wahr.«

Beim Verlassen des Vorzimmers hörte sie, wie Cardosa Tilda zurechtwies. Offensichtlich war die ältere Kollegin, die stets ein flammend rotes Accessoire zu ihren schiefergrauen Kostümen trug, Cardosa zu gutmütig. Selva nahm sich vor, Tilda das nächste Mal ein paar Natas aus Belém mitzubringen. Für ihre Mühe – und für den Anschiss.

Im Flur betrachtete Selva das Faltblatt mit der Aufschrift *The Future is Here.* Zukunft ging anscheinend auch in Portugal nur auf Englisch. Sie gab den Namen in die Suchmaske ihres Telefons ein und wechselte zur englischen Version der Webseite. Es handelte sich um einen Inkubator für neue Ideen und Technologien. Die Stadt hatte kräftig in diese Drehscheibe für Kreative investiert und das Areal, in dem sich ehemals die Instandhaltung des portugiesischen Militärs befand, nach den neuesten Energiestandards renoviert. Weitere Zuschüsse kamen von der EU. Start-up Lisboa, eine Organisation, die sich der Anfangsfinanzierung von innovativen Geschäftsideen verschrieben hatte, war dort ebenso vertreten wie eine Kleinbrauerei, ein ursprünglich aus Berlin stammendes Netzwerk von Investoren, Beratungs- und Technologiefirmen und ein Marktplatz für regionales Obst und Gemüse. Alles in allem ziemlich hip. Ein Besuch wäre sicher interessanter, als in der Behörde Däumchen zu drehen.

Als sie eine halbe Stunde später dort eintraf, zeigte sie ihren Ausweis von der Umweltbehörde, und der Pförtner winkte sie durch. Nach ein paar Metern wurde ihr klar, dass sie ihn besser nach dem Weg gefragt hätte. Man konnte sich auf dem Gelände schnell verlaufen.

Die Gebäude waren frisch renoviert. Die meisten Türen standen offen, sodass sie einen Blick hineinwerfen konnte. Irgendwo hörte sie ein Hämmern. Sie folgte dem Geräusch bis zu einem niedrigen Gebäude, das zu einem Labor umfunktioniert war.

»Hallo? Ist jemand da?«, rief sie.

Kurz darauf erschien eine Person mit ockerfarbenen und roten Streifen im ansonsten glatten blauschwarzen Haar und einem T-Shirt mit der Aufschrift *Sobre o mar alargar Portugal*. In der Hand hielt sie einen Hammer. Die junge Frau, aber möglicherweise war es auch ein junger Mann oder eine Person, die sich nicht festlegen wollte, entschuldigte sich, aber ihr Portugiesisch sei nicht so gut. Selva strahlte über das gesamte Gesicht. »Meins auch nicht«, sagte sie und war erleichtert, dass auch andere Menschen hier arbeiteten, ohne die Sprache zu sprechen.

»Wie kann ich helfen?«, fragte ihr Gegenüber auf Englisch.

Selva hielt den Flyer hoch, den ihr Cardosa gegeben hatte, und erklärte, dass sie von der Stadtverwaltung komme. »Sie haben wegen eines Events angefragt, und ich würde dazu gern mehr erfahren«, sagte sie.

Die junge Frau zog die Mundwinkel nach unten und schüttelte den Kopf. »Sagt mir leider nichts. Kann ich mal sehen?« Selva gab ihr den Flyer.

»Nein, tut mir leid«, meinte sie.

Selva hakte nach: »Wer könnte mir denn weiterhelfen?«

Die schlanke Gestalt deutete mit dem Hammer hinter sich. »Am besten folgen Sie mir zum Ausgang auf der anderen Seite. Da befindet sich das Café. Die wissen in der Regel über alle kommenden Veranstaltungen Bescheid, weil sie das Catering dafür machen.«

Selva bedankte sich und stellte sich vor. »Shosh«, sagte die junge Person und streckte Selva die Hand entgegen.

Sie kamen an einem nach oben offenen Glaskasten vorbei, indem sich die Nachbildung der portugiesischen Küste befand. Er war eine Handbreit mit Wasser gefüllt und stand auf einem Sockel mit allerlei Knöpfen, Hebeln und Schaltern. Selva schätzte den Glastank auf mindestens zwei mal drei Meter.

»Unser Modell des Nordatlantiks und der Küste Portugals«, erklärte Shosh stolz.

»Sehr detailliert«, meinte Selva und deutete auf den fragil wirkenden Aquädukt, der in der Miniaturversion der Hauptstadt zu sehen war.

»Wir haben alle gefährdeten Infrastrukturelemente Lissabons in dem Modell abgebildet«, sagte Shosh und lenkte Selvas Blick ein Stück weiter die Modellküste entlang, wo sich ein gelbes Schloss mit rotem Zackenturm befand.

»Sintra?«, fragte Selva, und Shosh nickte.

»Was modelliert ihr hier?«

Shosh ließ den Hammer in die Schlaufe des Werkzeuggürtels gleiten und drückte einen der Hebel an der Seite des Quaders. Zunächst bemerkte Selva keinen Unterschied, dann rollten plötzlich riesige Wellen auf die Küste zu, drückten in die Flussmündung landeinwärts und überfluteten Mini-Lissabon. Der Praça do Comércio befand sich unter Wasser. Nur die Göttin Gloria auf ihrem Triumphbogen ragte noch heraus.

»Das sieht nach einem Tsunami aus.«

Shosh nickte. »Wir modellieren das natürlich viel genauer mit Computern. Aber die Leute, insbesondere Politiker, verstehen es besser, wenn sie es sehen können.«

»Bebt es denn häufiger in Lissabon?«, fragte Selva und dachte an den immer noch unbefestigten Wassertank in ihrer Wohnung.

»Keine Sorge, das letzte größere Erdbeben war vor ...«, Shosh brach ab und zog das Handy aus der Brusttasche der Latzhose, »... einem Jahr. Es hatte allerdings nur eine Stärke von 3,3. Das spürt man gerade so.«

Selva war sich nicht sicher, ob sie das beruhigend finden sollte.

»Aber außer Erdbeben gibt es ja auch noch andere Gründe für Tsunamis«, fuhr Shosh fröhlich fort und schaltete die Anlage wieder aus. »Erdrutsche und Vulkanausbrüche unter Wasser, Meteoriteneinschläge. Wir modellieren alles.«

Sie hatten den Ausgang erreicht. Selva bedankte sich für die Tour und marschierte in die von Shosh angezeigte Richtung.

Im Café bestellte sie erst einmal einen Galão und einen Reiskuchen und fragte, wer ihr etwas über die geplanten Ausstellungen und Events sagen könne.

Der schmächtige Kerl hinter dem Tresen verwies sie auf die Praça. »Da sitzt die Verwaltung, ganz am anderen Ende des Geländes.«

Er trug dasselbe T-Shirt wie Shosh, aber ein paar Nummern zu groß. Das ließ seine dünnen Arme noch dünner wirken. Er wandte sich der Espressomaschine zu, um ihren Kaffee zuzubereiten. Als er ihr den Galão zum Reiskuchen auf das Tablett stellte, deutete sie auf das T-Shirt und fragte, ob das die offizielle Kleidung hier sei. Der Kerl verstand erst nicht, dann lachte er. »Die gab es umsonst, also habe ich zugegriffen.«

»Und was bedeutet es?«

Er blickte an sich herab, als ob er die Aufschrift zum ersten Mal bemerke.

»Keine Ahnung. Durch das Meer zu einem größeren Portugal?«

Das hatte sie schon mal irgendwo gesehen: In einer der Broschüren, die in ihrem Kabuff Staub sammelten und in denen sie aus Langeweile ab und zu blätterte. Sie konnte sich aber nicht mehr daran erinnern, in welcher, nur dass es ums Meer ging. Eines der ersten Fotos zeigte eine Frau von hinten, wie sie auf das Meer blickte. Sie trug ein T-Shirt mit derselben Aufschrift.

Selva bedankte sich für die Auskunft und genoss ihren Reiskuchen. Vielleicht sollte sie die Broschüren genauer ansehen. Das war eine ihrer Regeln, weswegen Karel sie als seine beste Zahlenschnüfflerin bezeichnete. Wenn sie dreimal durch Zufall auf dasselbe stieß wie hier mit dem T-Shirt mit der Aufschrift *Sobre o mar alargar Portugal,* ging sie der Sache nach. Meistens steckte dann mehr dahinter, als es den Anschein hatte.

In der Verwaltung war niemand zu sprechen, aber immerhin konnte ihr der Pförtner beim Verlassen des Areals eine Telefonnummer geben.

Sie hinterließ eine Nachricht und ihre Handynummer. Dann machte sie noch einmal kehrt und ging zu dem Biomarkt, um etwas Obst zu kaufen. Vor dem Stand mit dem Honig aus der Gegend blieb sie freudig überrascht stehen.

»Kann ich helfen?«, fragte ein Mann in ihrem Alter. Sie deutete auf das Insektenhotel, das neben dem Honig aufgebaut war.

»Ihr habt nicht zufällig auch Vogelhäuser?«, fragte sie, eine *casa de pásseros* laut ihrem Übersetzungsprogramm. Erst als sie die s-Laute zischte, verstand er sie.

»Sim! Haben wir«, sagte er und suchte etwas unter dem Tresen. Mit Staub in den Haaren tauchte er wieder auf und reichte ihr ein handgezimmertes, aus unbearbeiteten Holzplatten bestehendes Vogelhäuschen.

Sie bedankte sich freudestrahlend. Vielleicht sollte sie doch einfach abwarten, bis Cardosa sie nach dem Bericht fragte, und in der Zwischenzeit mit den Menschen hier plaudern und das Leben genießen.

Zurück in dem Materiallager, das als ihr Büro fungierte, suchte sie nach der Broschüre mit dem Foto. Bei der nationalen Ozeanstrategie wurde sie fündig. Die Druckschrift enthielt Bilder von Meeresschildkröten und von Menschen, die auf einem Schiff gemeinsam an einem Seil zogen, ein Forschungsgerät wurde aus dem Wasser geborgen, ein Surfer ritt auf einer gigantisch aussehenden Welle. Auch das Bild der Frau in dem T-Shirt mit dem griffigen Slogan fand sie darin. Das Übersetzungsprogramm gab das Motto mit *Auf dem weiten Meer in Portugal* wieder. Das schien Selva nicht richtig. Da gefiel ihr die Übersetzung des Baristas wesentlich besser. *Alargar* klang nach einem Verb, nach größer machen, nach ausdehnen, nach erweitern. Sie nahm den Stapel Broschüren aus dem Karton und überflog sie kurz. Es handelte sich immer um dieselbe zur Estratégia do Mar, zur nationalen Ozeanstrategie. Sie blätterte darin und fand Kapitel zum Schutz der Meereslebewesen, zur Topografie des Meeresbodens und der möglichen Ressourcen inklusive etwas, das sich *metano gelo* nannte, zu Sportmöglichkeiten, zum Schiffbau und und und. Jemand hatte an mehreren Stellen handschriftliche Notizen angebracht, die sie aber nicht entziffern konnte. Einige Stellen waren violett markiert. Sie wollte die Broschüren bereits wieder zurücklegen, als sie ganz unten im Stapel eine englische Version entdeckte.

Das war wesentlich besser.

Sie las von Portugals »Rückkehr zum Meer« und fragte sich, was damit gemeint sein könnte, als ihr eine Überschrift ins Auge stach. Portugal plante, sein Hoheitsgebiet auf das Vierzigfache auszudehnen. Sie folgte mit dem Finger der Überschrift. Sie hatte richtig gelesen. Sie stellte sich vor, wie Spanien und Marokko plötzlich portugiesisch wurden, als ihr klar wurde, dass sie ein entscheidendes Wort überlesen hatte: Landfläche. Das Hoheitsgebiet Portugals sollte auf 4.000.000 km$_2$ und damit das fast Vierzigfache seiner Landfläche ausgedehnt werden. Ihr fiel die Tafel im Maritimen Museum wieder ein, die Sache mit den Kaffeeklecksen auf der Tischdecke, wo von der Ausweitung der Ausschließlichen Wirtschaftszone die Rede war. Dieser Zugewinn an Einflusssphäre befand sich ausschließlich im Meer, deswegen auch nationale Ozeanstrategie.

Sie spürte ein Kribbeln in ihrer Brust. Sie hatte das lose Ende des Wollknäuels gefunden. Da war sie sich sicher. Wo sie das hinführte: keine Ahnung. Aber Cardosa hatte etwas damit zu tun. Am liebsten hätte sie jetzt eine Flasche Rotwein geöffnet und sich auf die Zahlen gestürzt.

Aber sie war mit Jackie verabredet und das führte zu einem Prickeln in ihrem ganzen Körper.

Jackie hatte vorgeschlagen, sich zuerst in einer Rooftop-Bar zu treffen und anschließend essen zu gehen. Das japanisch-peruanische Restaurant im Erdgeschoss des Gebäudes habe »so viele Maissorten, das hast du in deinem ganzen Leben noch nicht gesehen«.

Eigentlich hatte Selva genug Zeit. Duschen, anziehen, in die Straßenbahn springen. Doch dann musste sie unter der Dusche an Jackies helle Kehle denken und ihr rauchiges Lachen, und die Hormone fluteten ihr System. Sie zog ein Outfit nach dem anderen an, probierte sämtliche farblich akzeptablen Permutationen durch, bis sie wieder bei ihrer ursprünglichen Idee angelangt war: eine ärmellose schwarze Weste und eine weit ausgestellte schwarze Hose, was ihre Kurven gut zur Geltung brachte. Dazu trug sie billige, aber hübsche vergoldete Klunker mit buntem Strass an den Ohrläppchen. Ein rot marmorierter Schal aus feiner Wolle komplettierte das Ensemble. Noch ein bisschen karminroten Lippenstift auftragen, und sie war bereit für die Nacht.

Sie wischte den Lippenstift wieder ab. Sie begab sich nicht zu einem Date. Sie traf sich mit der Schwester ihres Brüsseler Chefs. Vermutlich würden sie sich angeregt unterhalten und einen netten Abend miteinander verbringen, und das war's. Trotzdem sagte ein anderer Teil ihres Selbst: Der karminrote Lippenstift musste her. Es gab ja schließlich auch noch andere Menschen auf dieser Dachterrassenbar, und sie wollte wissen, ob die Signalfarbe ihrer Lippen noch Signalwirkung hatte.

Jackie wartete bereits am Eingang des Gebäudes, auf dessen Dach sich die Bar befand. Ein Küsschen rechts, eins links, ein Hauch des für Raucher typischen, würzigen Atems, dann deutete die Niederländerin, die einen halben

Kopf größer war als Selva, auf einen mit Platten ausgelegten Weg. Er führte durch den Bambuswald im Innenhof des Gebäudes. Sie nahmen den Aufzug zur Dachterrasse. Es herrschte bereits reges Gedränge. Alle wollten noch das Licht der untergehenden Sonne in einem Wein- oder Cocktailglas einfangen und ein Selfie posten. Rechts vom Aufzug gab es ein paar Sofas und niedrige Tische, an denen Fingerfood serviert wurde. Sie hielten sich links wie die meisten anderen auch, wo schmale Stehtische bis an die Mauer der Dachterrasse geschoben waren. Das bot gerade genug Platz, um sich daran bis zur Getränkeausgabe vorbeizuschlängeln. Sie befand sich zusammen mit der Küche in dem verglasten Hexagon in der Mitte der Dachfläche. Zwei Barfrauen und ein Barmann hatten alle Hände voll damit zu tun, Drinks zu mixen. Trotzdem bildete sich bereits eine Schlange vor dem Ausgabefenster.

Selva fand ein freies Stück Brüstung und machte sich dort breit, während sich Jackie um die Cocktails kümmerte. Mit zwei Pisco Sour kehrte sie zurück.

»Jetzt noch mal ganz offiziell: willkommen in Portugal«, sagte Jacke, und Selva erwiderte mit einem »Bem-vindo«, an das sie sich noch von den Werbeplakaten am Flughafen erinnerte.

»Ich komme immer noch nicht darüber hinweg, dass Karel mir verschwiegen hat, dass er eine Schwester hat, noch dazu in Lissabon«, sagte Selva und kniff kurz die Augen zusammen, weil ein Glas den Lichtstrahl der untergehenden Sonne aufblitzen ließ.

»Vermutlich hat er vergessen, dass ich hier bin«, meinte Jackie. »Jedenfalls freue ich mich, dass du da bist.«

Für einen Moment standen sie Schulter an Schulter über die Mauer gebeugt und ließen den Blick über den Fluss schweifen.

Selva deutete auf zwei Segelboote, die flussabwärts glitten. Sie musste daran denken, wie Louis sich über die Jachtbesitzer mokiert hatte, die seiner Meinung nach genauso gut die Masten hätten absägen können, da sie eh nie die Segel hissten. Offensichtlich gab es auch andere.

»Was denkst du, wo die heute noch hinfahren?«, fragte sie Jackie.

»Die meisten, die um diese Uhrzeit auslaufen, wollen den Sonnenuntergang sehen«, antwortete Jackie. »Die Tour geht dann bis zum Torre de Belém und wieder zurück. Das dauert rund zwei Stunden und hängt ein bisschen vom Wind und von den Gezeiten ab.« Sie nippte an ihrem Glas. »Das solltest du mal während der Hochsaison sehen. Da ist der Fluss weiß gesprenkelt vor lauter Segel.«

»Und du? Fährst du richtig raus auf den Atlantik und hängst dich in die Seile oder wie sich das nennt?«

»Krängen«, korrigierte sie Jackie. »Bei starkem Wind krängt das Boot, und du setzt dich dann in Luv, um das mit deinem Körpergewicht wieder auszugleichen.«

Selva nickte beeindruckt. »Das klingt danach, als ob du das selbst schon oft erlebt hättest«, meinte sie.

»Sagen wir mal so«, fuhr Jackie fort. »Ich bin von den Niederlanden hierhergesegelt. Da kann es schon mal stürmisch werden.«

»Ganz alleine?«

»Ursprünglich war das nicht so geplant, aber letztendlich ja«, sagte Jackie und fuhr mit dem Finger die Maserung des Holztisches neben ihr ab. »Im Finistère haben wir uns getrennt«, fuhr sie schließlich fort. »Der Atlantik ist herausfordernd genug. Ich muss mich da nicht zusätzlich ablenken lassen, weil ich mich ständig mit meinem Skipper in der Wolle habe. Insgesamt hat der Törn dann zwar länger gedauert als geplant, weil ich in Porte Medoc Zwischenhalt eingelegt habe. Dafür verlief er friedlich.« Sie seufzte. »Das Zusammenleben auf beengtem Raum ist nichts für mich. Leider bedeutet das auch das Ende meiner Pläne für eine Atlantiküberquerung.«

Selva nickte. »Tröste dich. Ich bin auch nicht für das Zusammenleben mit Menschen gemacht.«

»Dann haben wir ja etwas gemeinsam«, meinte Jackie und nahm einen Schluck von ihrem Pisco Sour, ohne sie aus dem Blick zu lassen. Nach ein paar Sekunden wandte sich Selva ab. Es war ihr peinlich, das Objekt einer solch ungehemmten Musterung zu sein. »Die Einladung steht übrigens noch«, sagte Jackie und deutete wieder auf den Fluss. »Wir können gern mal am Wochenende zusammen auslaufen, und dann zeige ich dir, wie man das Großsegel setzt.«

»Ich muss dich warnen. Ich werde schnell seekrank«, sagte Selva.

»Keine Sorge«, meinte Jackie. »Das kriegen wir schon hin. Wir segeln bis Cascais oder noch ein Stück weiter die Küste entlang bis Cabo da Roca.« Den nächsten Satz verstand Selva nicht, da es am Nachbartisch plötzlich laut wurde. Jackie neigte sich zu ihr. Selva schnappte einen Hauch von Maracuja auf, der von ihrem Parfüm ausströmte. »Dieser Teil der Küste ist nahezu unberührt«, sagte Jackie. »Wir ankern irgendwo, und wenn es das Wetter hergibt, planschen, baden, sonnen wir uns, schlürfen Prosecco oder Vinho Verde, was du willst.« Sie warf ihr Haar zurück über die Schulter. Selva spürte eine sanfte Berührung an ihrer Wange. Sie hielt still, hielt den Atem an, als ob sie so auch die Zeit anhalten könne.

»Klingt hervorragend«, meinte sie schließlich, nachdem sich der Augenblick in ein prickelndes Gefühl aufgelöst hatte. Selva kam sich wie mit fünfzehn bei ihrem ersten Date vor und kühlte sich die Wange mit dem Cocktailglas. Sie wechselte die Seite, bis sie sich wieder im Griff hatte.

»Fährst du manchmal auch nachts raus?«, fragte sie.

Jackie winkte der Bedienung und hob die beiden leeren Gläser hoch, sobald sie deren Aufmerksamkeit erlangt hatte. Dann wandte sie sich wieder Selva zu. Das Abendrot ließ sie erstrahlen. »Ja, sicher. Lissabon bei Nacht macht etwas her.«

Zwei weitere Pisco Sour kamen an. Jackie lehnte sich lässig mit dem Rücken gegen die Brüstung und fragte Selva, wie die Stadt ihr bisher gefalle und was sie eigentlich so genau hier mache. »Bruderherz meinte, du wärst sein Zahlentrüffelschwein.«

Selva legte den Schal enger um die Schultern und bedeckte ihre Brust. Auf einmal kam ihr ihr Ausschnitt zu tief vor.

»Als Trüffelschwein habe ich mich eigentlich nicht gesehen.«

Jackie ergriff ihre Hand und sagte: »Glaube mir, du gleichst eher einem Okapi als einem Trüffelschwein.«

Okay, dachte Selva, süß, aber mit breitem Hintern.

»Karel übertreibt mal wieder maßlos«, erwidert sie. »Offiziell soll ich bei der Erstellung der Klimabilanz der Stadt aushelfen. Aber dafür brauchen mich die Leute hier nicht. Genau genommen, hat er mir damit einen Gefallen getan.« Sie nahm einen kräftigen Schluck, bevor sie weitersprach. »Ich bin frisch geschieden. Da kann ich die Auszeit gut gebrauchen.«

Jackie strich ihr kurz über den Oberarm und nickte verständnisvoll. Sie schien nicht enttäuscht. Das konnte mehrere Dinge bedeuten: Entweder Jackie wusste, dass Selva mit einer Frau verheiratet gewesen war, und hatte Verständnis, oder sie wusste es nicht, nahm also an, dass Selva hetero war, und es störte sie nicht. Letzteres würde bedeuten, dass sie nicht an Selva interessiert war. Das mochte Selva nicht glauben. Dafür sendete Jackie auf zu vielen Kanälen gleichzeitig, dass sie an ihr interessiert war. Selva bildete sich das nicht nur ein. Jackie flirtete mit ihr. Da war sie sich sicher. Ziemlich, jedenfalls.

»Du weißt, dass ich mit einer Frau verheiratet war?«, fragte sie.

Jackie nickte und schickte ihr über den Rand ihres Glases einen dieser taxierenden Blicke zu, die einem Winken mit roten Flaggen gleichkam.

Sie brachten die leeren Gläser zur Ausgabe zurück und fuhren nach unten zum Restaurant.

Die Speisekarte klang so verlockend und so exotisch für Selva, dass die Kellnerin dreimal wiederkehren musste, bis sie sich endlich entschieden hatte.

Jackie fragte sie, wie ihr der Job gefiel, als die Ceviche kam: marinierter roher Fisch. Köstlich. Die Schärfe der roten Zwiebeln kontrastierte angenehm mit dem leicht sauren Geschmack der Marinade. Der Fisch zerfiel auf der Zunge.

Selva kam nicht umhin, vom Tod des Direktors zu erzählen, obwohl sie lieber über etwas anderes gesprochen hätte.

»Das habe ich in der Zeitung gelesen«, meinte Jackie daraufhin. »Was ist passiert?«

»Die Polizei ermittelt.«

Selva schüttelte den Kopf.

»Hat das Auswirkungen auf deinen Job in der Behörde?«, fragte Jackie. »Du bist doch vom Direktor geholt worden, oder?«

»Cardosa, die neue Leiterin, würde mich lieber heute als morgen nach Brüssel zurückschicken.«

»Und warum machst du das nicht?«, fragte Jackie. »Abgesehen davon natürlich, dass Lissabon eine wunderschöne Stadt ist.«

Warum fragte sie jeder dasselbe? Sie war nicht als Privatassistenz des Direktors gekommen, sondern um die Klimabilanz zu checken. Das sagte sie jetzt auch Jackie.

Die nickte verständnisvoll. »Aber noch mal zu dem Direktor zurück. In der Zeitung stand, er sei ertrunken, vermutlich über Bord gegangen, stimmt das? Wie gruselig.«

Richtig, das hatte sie Jackie beim letzten Mal erzählt.

»Ist doch ziemlich seltsam, oder?«, fuhr Jackie fort. »Was macht der Direktor nachts auf dem Meer?«, meinte Jackie. »Ist denn sein Boot auch verschwunden?«

Selva beugte sich vor und wollte ihr von Louis erzählen, dann lehnte sie sich wieder zurück und schüttelte den Kopf.

»Was ist?«, fragte Jackie sanft. »Mir kannst du es erzählen.«

Selva faltete ihre Serviette auseinander und strich sie wieder glatt, bis sie schließlich antwortete: »Sein Enkel hat mir etwas von einer Ausfahrt zu einem mysteriösen Schiff erzählt.«

Jackies Gesicht verhärtete sich. »Ach, deswegen die Fragen zu den Segeltörns. Du wolltest mich aushorchen. Ich bin nur eine Recherchequelle für dich.«

»Nein, auf keinen Fall. Es hat mich nur daran erinnert.«

Es dauerte den gesamten Hauptgang, bis sich Jackies Misstrauen wieder gelegt hatte.

Jackie stellte noch ein paar Fragen zu Louis, aber Selva konnte ihr nicht viel mehr berichten, als dass er verschwunden war.

»Lass uns über etwas anderes reden«, sagte sie, und Jackie fragte sie, was sie in Lissabon schon gesehen habe.

Jackie schlug vor, Nägel mit Köpfen zu machen »oder wie du als Hamburgerin sagen würdest: Butter bei die Fische« und schon am kommenden Wochenende auf einen Segeltörn zu gehen. Als sie Selvas skeptischen Blick sah, winkte sie ab: »Keine Sorge. Der Wetterbericht sagt bis zu 25 Grad voraus.« Sie schüttelte ihre Locken aus. »Ich kenne da eine schnuckelige Bucht mit cooler Bar. Dort könnten wir Anker werfen, eine Weile abhängen und uns mit gegrillten Sardinen den Bauch vollstopfen; und wenn das Summen im Hirn von den Margaritas wieder abgeebbt ist, segeln wir wieder zurück. Wie klingt das?«

Es klang geradezu verführerisch.

Kapitel 11
Lücken in Louis' Story

Sie war in Eile. Sie wollte ihre Wäsche trocknen, bevor sie zur Arbeit ging. Am späten Nachmittag waren die Trockner häufig schon belegt. Selva leerte den Inhalt der Waschmaschine in eine Jutetasche und machte sich auf den Weg zu dem kleinen Waschsalon um die Ecke. Dabei war Salon übertrieben. Es gab lediglich zwei Waschmaschinen und zwei Trockner.

Sie grüßte eine ältere Frau, die ihr entgegenkam, warf einen Blick in die Auslage des kleinen Schuhgeschäfts – die schicken Sandalen waren immer noch da – und nahm dann die Stufe zu dem vielleicht drei mal drei Meter großen Raum. Zwei Personen hatten gerade so Platz darin. Sie hatte Glück, es war noch niemand da. Sie kippte den Inhalt der Jutetasche in den oberen Trockner, warf zwei Euro ein und stellte auf heiß. Mit einem lauten Rumpeln setzte sich der Trockner in Bewegung.

Der Raum heizte sich auf.

Selva trat auf die Straße. Wenn man nicht rechtzeitig zurück war, konnte es passieren, dass man seine Unterwäsche auf der Ablage neben den Trocknern wiederfand. Sie stellte den Wecker auf ihrem Telefon auf zwanzig Minuten ein und hielt auf den Kirchplatz zu. Wenn man die richtige Bank erwischte, konnte man den Fluss sehen. Sie hielt das Gesicht in die Morgensonne und schloss die Augen, als ihr Telefon vibrierte. Wer rief sie denn um diese Zeit an? Dann erkannte sie Karels Nummer.

»Karel, kommst du doch nicht ohne mich zurecht?«, fragte sie ihren ehemaligen Chef.

»Haha, ja, wir könnten dich hier gut gebrauchen, jetzt wo die ganzen Ausschreibungen anstehen.«

»Du hast mich weggeschickt.«

»Na ja, weggeschickt ist übertrieben.« Er wurde ernst. »Schlimme Sache mit Roberto.«

»Ja, tut mir wirklich leid. Muss schlimm für dich sein, auf diese Weise einen Freund zu verlieren.«

»Weiß man denn schon etwas Neues? Jackie hat mir von eurer Unterhaltung gestern Abend erzählt.«

Das ging ja schnell.

Selva rückte ein Stück zur Seite, um Platz für eine gebrechliche Kirchgängerin zu machen. Doch die nickte ihr freundlich zu und setzte sich auf die nächste Bank ein paar Meter weiter.

»Er ist über Bord gegangen, in voller Montur, Jackett, Schwimmweste, alles.«

»Das heißt doch, jemand hat ihn gestoßen.«

Ein Schrillen ihres Telefons ließ sie zusammenzucken. Der Timer für den Trockner. Auf dem Weg dorthin erzählte sie Karel, was sie wusste. »Er und sein Enkel Louis sind kurz vor seinem Tod nachts ausgelaufen, um einer verdächtigen Jacht zu folgen.«

»Was meinst du mit verdächtig?«

Erst jetzt fiel ihr auf, dass die beiden Ereignisse nichts miteinander zu tun haben mussten. Sie war immer davon ausgegangen, dass Louis alleine das Boot zurückgeführt hatte. Der Großvater hätte auch ein paar Tage später zu Tode kommen können. Sie versuchte sich zu erinnern, ob Azenha etwas zum genauen Todeszeitpunkt gesagt hatte.

»Bist du noch da?«

»Sorry, mir schwirrt nur gerade der Kopf. Was hast du gefragt?«

»Du hast gesagt, Roberto und sein Enkel haben ein verdächtiges Boot verfolgt. Was meinst du mit verdächtig?«

»Ach so, ja. Anscheinend nahm der Skipper dieser Jacht immer irgendwelche Businesstypen oder Männer mit Gerätschaften an Bord.«

»Was für Gerätschaften?«

»Messinstrumente, so was in der Art, meinte Mubi.«

»Wer ist denn Mubi?«

»Das ist eine Freundin von Louis.«

»Was sagt die Polizei dazu?«

»Der leitende Kommissar ist nicht besonders gut auf mich zu sprechen. Ich stelle zu viele Fragen.«

Karel lachte. »Das kann ich mir lebhaft vorstellen.«

Sie musste an Azenhas Kommentar denken, dass Louis durch den Tod des Großvaters zu Geld gekommen war.

»Warum durchsucht die Polizei nicht einfach die verdächtige Jacht«, fragte Karel.

»Da fängt das Problem an«, sagte sie und nahm die heiße Wäsche aus dem Trockner. »Die Polizei kennt den Namen des Segelboots nicht.«

»Kennst du ihn?«

Was für eine seltsame Frage. Dann hätte sie es ja wohl der Polizei erzählt.

»Louis, also Ferreiras Enkel, ist der Einzige, der hier weiterhelfen kann, und der ist untergetaucht«, sagte sie und warf die Unterhosen, die bereits trocken waren, in ihre Jutetasche.

»Hör mal, wenn dir das alles zu ungemütlich dort wird, kannst du jederzeit zurückkommen. Mach dir keine Sorgen, dein Schreibtisch ist noch unbesetzt. Sogar Julie hat sich davon ferngehalten, und das, obwohl sie überzeugt ist, dass dein Schreibtisch ihr auf mysteriöse Weise Ansehen verleiht.«

»Danke, das ist lieb von dir, Karel.«

Selva lachte auf. Karel ahnte also etwas von Julies Theorie der Macht-Espresso-Kopplung.

Julie hatte schon immer ein Auge auf Selvas Schreibtisch geworfen, weil sich der neben der Espressomaschine befand. Sie hatte es zunächst mit Bestechung in Form von pinkfarbenen und lindgrünen Macarons versucht. Selva hatte sie dankend angenommen und gegessen, sie waren wirklich köstlich, aber ihren Schreibtisch behalten. Dann hatte Julie bei dem wöchentlichen Jour fixe, auf dem sie den Arbeitsfortschritt besprachen, vorgeschlagen, rollierende Arbeitsplätze einzuführen. Dazu hatte sie sogar eine Studie aufgetan, die zeigte, wie viel Platz eingespart werden könne, wenn nicht jeder Mitarbeitende einen festen Arbeitsplatz habe. Karel, der anfangs noch auf seinem Handy gedaddelt hatte, hörte plötzlich aufmerksam zu.

»Gib mal her«, hatte Selva gesagt, ihr das Tablet mit der Studie aus der Hand gerissen und sie überflogen. »Das wirkt sich ab einer Mitarbeiterzahl von fünfzig aus«, zitierte sie die Studie. »Da liegen wir deutlich drunter.«

Julie hatte die Arme vor dem Leib gekreuzt und den Rest der Sitzung nichts mehr gesagt. Am nächsten Tag brachte Selva Julie einen Espresso vorbei und eines der letzten übrig gebliebenen Macarons. »Wenn ich unterwegs bin oder im Urlaub, kannst du gern an meinem Schreibtisch sitzen«, hatte sie gesagt. Seitdem verband sie eine innige Hassliebe.

Selva warf eine weitere Münze in den Trockner. Dieses Mal blieb sie sitzen und schaute zu, wie die Trommel des Trockners die Wäsche durcheinanderwirbelte. Ähnlich fühlte sie sich jetzt. Karels Hilfsangebot war eine große Beruhigung. Immerhin gäbe es einen Ausweg, sich der ganzen Sache zu entziehen. Schließlich war sie nicht hier, um Polizeiarbeit zu machen.

Sobald der Trockner fertig war, faltete sie die restliche Wäsche zusammen. Was für ein Glück sie doch mit Karel hatte! Er war so viel mehr als nur ein Chef. Sie hoffte sehr, wieder bei ihm einsteigen zu können, wenn sie aus Portugal zurückkehrte.

Just in diesem Moment traf eine Nachricht von ihm ein. »Habe gerade mit Jackie gesprochen«, textete er. »Wenn du irgendetwas brauchst: Sie ist jederzeit für dich da.«

Selva spürte, wie ihr warm ums Herz wurde – und das lag nicht an der Hitze, die der Trockner abstrahlte.

Selva hatte ihren Nachbarn zum Abendessen eingeladen zum Dank dafür, dass er den Handwerker in ihre Wohnung gelassen hatte. Jetzt stand der Wassertank auf einem Podest und war fest in der Wand verankert; sodass sie sich in ihrer Küche wieder sicher fühlte. Nicht auszudenken, wenn das Ding irgendwann umgekippt wäre.

Sie schob den Gruselgedanken weg und nahm die Stufen zu der Markthalle in ihrem Viertel. Als Erstes verschaffte sie sich einen Überblick. Sie probierte ein Stückchen Käse aus dem Azeitão und ließ sich dann ein handtellergroßes Stück einpacken. Sie sog den Geruch frischer Petersilie ein, ging weiter zum Stand mit den Oliven und ließ sich schließlich am Gemüsestand vier Artischocken für die Vorspeise einpacken.

Vor dem Fischstand fiel ihr Blick auf die Thunfischfilets. Warum war sie nicht früher darauf gekommen, die Leute anzusprechen, die es wissen mussten? Sie deutete auf ein daumenbreites dunkelrotes Filetstück.

»Kommt der Thunfisch hier aus der Nähe?«

Der Fischhändler verstand sie nicht, sodass sie ihm die Übersetzung auf ihrem Handy zeigte. Daraufhin lachte er und schüttelte den Kopf. Er schickte sie zu seiner Tochter ein paar Meter weiter, die gerade die Schuppen von einem Fisch schabte.

»Also, ich weiß ja nicht, was Sie gefragt haben«, meinte die Tochter und warf ihrem Vater einen skeptischen Blick zu, »aber im Tejo gibt es keinen Thunfisch. Da gibt es allenfalls Muscheln.«

Selva spürte, wie sie gerade genauso rot im Gesicht wurde wie das Thunfischsteak vor ihr, und präzisierte ihre Frage. »Eigentlich wollte ich wissen, wo der Thunfisch herkommt, also ob er hier aus dem Nordatlantik stammt.«

Die Tochter nickte und schlitzte mit einer geübten Bewegung dem nächsten Fisch den Bauch auf. »Es gibt im Atlantik Thunfisch, vor allem vor der Küste Nordamerikas, aber direkt hier nicht«, meinte sie und ließ Magen, Darm und was ein Fisch noch so an Innereien hatte in einen Eimer unter dem Tresen fallen.

»Dann ist das Thunfischsteak also schon eine ganze Weile unterwegs«, meinte Selva.

»Das ist alles superfrisch hier«, erwiderte die Tochter und unterbrach ihre Arbeit. »Wir verkaufen hier nur frische Ware.«

Zum Zeichen, dass sie nicht den geringsten Zweifel daran hatte, ließ sich Selva zwei Steaks einpacken. Die Tochter reichte ihr die in Wachspapier eingeschlagenen Fischfilets. »Direkt hier vor der Küste Lissabons wird eigentlich wenig gefischt«, fügte sie versöhnlich hinzu. »Die meisten Fangboote sind im Süden oder eben deutlich weiter draußen unterwegs.«

Selva bezahlte und bedankte sich.

Nachdem sie zu Hause die weinroten Dreiecke aus Thunfischfleisch in der Marinade gewendet hatte, rief sie die Webseite von Global Fishing Watch auf, die ihr Mr. Sommersprosse empfohlen hatte. Dort konnte man sich anzeigen lassen, wo in den letzten Wochen am meisten gefischt wurde.

Sie wusch den Naturreis unter laufendem Wasser und gab ihn anschließend zusammen mit einem Beutel Jasmintee für den Geschmack in einen Topf. Sobald der Reis köchelte, stellte sie den Wecker auf zwanzig Minuten.

Dann ließ sie sich auf der Karte die Mündung des Tejo und den daran anschließenden Küstenbereich Richtung Norden anzeigen. Die Tochter des Fischhändlers wusste, wovon sie sprach. Das gesamte Mündungsgebiet und der Küstenstreifen von Cabo da Roca bis mindestens auf die Höhe von Sintra lag dunkel da. Das bedeutete, dort wurden in den letzten drei Monaten keine Aktivitäten festgestellt. Auch zwischen Cascais und Cabo da Roca war wenig los gewesen. Dem schwach grünen Quadrat nach zu schließen, passierte dort nicht mehr als im Mündungsgebiet des Tejo, wo Muschelfischer knietief im Wasser standen, um die Weichtiere einzusammeln.

Sie spielte ein wenig mit den Einstellungen herum, als plötzlich zwei mehrfach geknickte pinkfarbene Röhren auftauchten. Der Farblegende nach zu schließen, hatte sie aus Versehen den Schiffsverkehr mit eingeblendet. Sie ließ sich die Schiffe anzeigen, die per Infrarotsensoren, also nachts, aufgespürt wurden.

Egal, welchen Filter sie auswählte, es zeigte sich immer dasselbe Bild. Der Küstenabschnitt von Cabo da Roca bis auf Höhe von Sintra lag dunkel da. Kein Schiffsverkehr, keine Fischereiaktivitäten.

Sie schaltete den Reis aus. Dann fiel ihr ein, dass sie das Gemüse vergessen hatte. Hastig schälte sie ein paar Karotten und eine große weiße Zwiebel, schnitt beides in dünne Streifen und schwenkte das Gemüse in der Marinade. Anschließend schob sie es auf einem Blech in den Backofen.

Sie wandte sich wieder dem Internet zu. Die Betreiber der Webseite nutzten das Automatische Identifikationssystem, das AIS, um die Schiffe zu orten und deren Position anzuzeigen. Aber hatten nicht sowohl Gero als auch Sommersprosse gesagt, dass manche Schiffe ihre Peilsender ausschalteten, wenn sie unerkannt bleiben wollten? Demnach würden sie gar nicht erst erfasst und tauchten somit auch nicht auf der

Webseite auf. Frustriert klappte sie ihren Laptop zusammen. Die ganze Mühe umsonst.

Sie deckte den Tisch und warf einen Blick auf die Uhr. Etwas Zeit blieb ihr noch.

Sie öffnete den Laptop erneut, vielleicht konnte sie etwas anderes herausfinden. Wenn das Schiff hier nur in Wartestellung verharrte, musste es ja irgendwann zu den Fischgründen hinausfahren. Die Frage war, wie lange das dauerte.

Die Karte bestand aus unterschiedlich hell gefärbten grünen Quadraten. Je heller, desto höhere Aktivität. Ungefähr fünf Seemeilen von der Küste entfernt begann die Party. Fünf Seemeilen entsprachen rund neun Kilometern. Wenn man mal annahm, dass ein Fischkutter vielleicht zehn Knoten fuhr, also zehn Seemeilen in einer Stunde zurücklegte, handelte es sich um eine halbe Stunde. Das war wenig. Das hätte das mysteriöse Schiff sicher ohne Weiteres zurücklegen können.

Trotzdem wurde sie das Gefühl nicht los, dass sie sich hier auf dem Holzweg befand. Das klang zu kompliziert, um wahr zu sein. Sie musste unbedingt mit Louis sprechen und die ganze Geschichte hören.

Sie versuchte es bei Mubi. Nach zweimaligem Läuten ging sie dran.

Die Brasilianerin entschuldigte sich, dass sie nicht früher zurückgerufen hatte, aber ihr neuer Job in einem kleinen Verlag mit Schwerpunkt Klimawandel hielt sie ganz schön auf Trab.

»Es ist erstaunlich, was für einen Unterschied es macht, für jemanden zu arbeiten, der einen freundlich behandelt«, sagte Mubi. Selva nickte wissend. »Hinzu kommt die Orga von unserem Klimacamp, da bin ich ganz schön am Schwitzen«, fuhr Mubi fort.

»Ich rufe eigentlich an«, sagte Selva, »weil ich noch ein paar Fragen an Louis habe.«

Mubi verzog das Gesicht.

»Ich weiß, er hat Angst, dass jemand hinter ihm her ist. Aber ich kann ihm nur helfen, wenn er mir die ganze Geschichte erzählt«, sagte Selva. »Ich versuche gerade, Beweise zu finden, was es mit dem mysteriösen Boot auf sich haben könnte.«

»Ganz ehrlich«, erwiderte Mubi, »ich weiß im Moment auch nicht, wo er ist. Seit der Sache mit seinem Großvater hält er sich versteckt. Seine Mutter hat mich auch schon mehrfach angerufen. Anscheinend hat der Großvater Louis etwas vererbt.«

Mubis Worte hallten noch in Selvas Kopf nach, als sie ganz schnell kombinierte. Der Brasilianerin war es offensichtlich gelungen, die Sorgen der Mutter zu zerstreuen, denn sonst hätte die längst bei Azenha angerufen und eine Vermisstenanzeige aufgegeben. Das Einzige, was eine Mutter beruhigte, war die Gewissheit, dass sich das Kind in Sicherheit befand. Also stand Mubi im Kontakt mit ihm.

»Du telefonierst regelmäßig mit ihm«, sagte Selva.

»Wir whatsappen ab und zu, das schon«, räumte Mubi ein.

»Okay, kannst du mir einen Gefallen tun?« Sie bat Mubi, Louis auszurichten, dass es sich bei dem mysteriösen Schiff aller Wahrscheinlichkeit nicht um ein Fangboot handelte. »Sag ihm, ich bin deswegen überzeugt, dass sich etwas Größeres dahinter verbirgt. Aber ohne Louis' Hilfe komme ich nicht weiter. Ohne seine Hilfe kann die Polizei den Mörder seines Großvaters nicht dingfest machen.« Denn das stand für sie fest: Die Typen aus dem Schlauchboot hatten den Großvater auf dem Gewissen. Jetzt musste nur noch das Wie und das Warum geklärt werden.

Mubi versprach, ihr Bestes zu versuchen.

Es war Zeit, die Artischocken zu dämpfen und den Dip zuzubereiten.

Wenig später klingelte Gabriel. Sie briet gerade die Thunfischsteaks. Er fragte, ob er helfen könne, also drückte ihm

Selva die Flasche Vinho Verde in die Hand. Während er den Korken zog, füllte sie eine Muffinform mit Reis, drückte ihn fest und stürzte ihn dann auf einen Teller. Danach legte sie eines der Steaks daneben, gab etwas gebackenes Gemüse dazu und träufelte von der Bratensoße darüber. In einer separaten Schale servierte sie Artischocken und Dip.

»Darf ich Sie um einen Rat fragen?« Sie goss Gabriel mehr Wein nach. »Ich habe da von jemandem etwas erfahren, das möglicherweise auf eine Straftat hinweist. Ich habe begonnen, eigene Nachforschungen anzustellen. Aber ich weiß nicht, ob ich der Person trauen kann. Ich bin mir daher nicht sicher, was ich tun soll.«

Ihr Nachbar musterte sie über den Rand seines Weinglases hinweg. »Das scheinen mir drei Fragen zu sein«, sagte er. »Wenn Sie einen Hinweis auf eine Straftat erhalten, müssen Sie diese der Polizei anzeigen. Ich nehme an, das wissen Sie.«

»Selbstverständlich. Aber so eindeutig ist die Sache nicht.«

»Gemach, gemach. Lassen Sie uns erst Klarheit über Ihre Fragen verschaffen.« Er zupfte eines der Artischockenblätter ab und tunkte es in den Dip. »Hm, köstlich«, sagte er, dann fuhr er mit seinen Ausführungen fort. »Da Sie sich offensichtlich noch immer Gedanken um die Sache machen, schließe ich, dass Sie der Person vertrauen möchten. Sonst würden Sie das Ganze abhaken und der Polizei überlassen.«

»Damit liegen Sie richtig«, sagte Selva. War es so offenkundig, dass sie Louis' Version Glauben schenken wollte?

»Damit kommen wir zur letzten und eigentlichen Frage«, sagte Gabriel und leerte sein Weinglas. Sie wollte nachschenken, aber er schüttelte den Kopf. »Ein, maximal zwei Gläschen pro Tag. Mehr vertrage ich in meinem Alter nicht.«

»Die eigentliche Frage?«, erinnerte sie ihn sanft, da er in Gedanken zu schwelgen schien.

»Die eigentliche Frage, die Sie umtreibt, lautet daher: Habe ich die Berechtigung, in der Sache nachzuforschen, oder überschreite ich damit meine Befugnisse.«

»Da haben Sie zielsicher den Finger in die Wunde gelegt«, meinte Selva.

»Wenn Sie Zugang zu anderen Quellen haben als die Polizei: warum nicht? Stellen Sie lediglich sicher, dass die Polizei informiert ist. Sie kennen nur Ihren Teil der Geschichte.«

»Ja, der berühmte Elefant«, sagte sie.

»Der Elefant im Raum, über den niemand spricht?«, fragte der alte Mann verwirrt.

Selva lachte. »Nein, ich meine den Elefanten, den mehrere Blinde beschreiben sollen. Jeder tastet dabei ein anderes Körperteil des Elefanten ab. Einer den Rüssel, ein anderer das Hinterbein, ein Dritter den Bauch und so weiter.«

»Verstehe«, sagte Gabriel. »Jeder glaubt, den Elefanten zu beschreiben und über die Wahrheit zu verfügen. Alle haben recht, und doch sagt keiner die ganze Wahrheit.«

Er wirkte betrübt. Sie gab ihm einen Moment, seinen Gedanken nachzuhängen, dann fragte sie ihn danach.

»Ach«, sagte er und seufzte. »Es ist meine Enkelin. Sie erwartet ihr zweites Kind, und in ihrer Ehe kriselt es. Ihr Mann ist eigentlich ein netter Kerl. Ich mag ihn.« Er blickte auf. »Es ist wie mit Ihrem Elefanten: Jeder von den beiden glaubt an seine eigene Wahrheit.«

»Vielleicht brauchen die beiden nur etwas Zeit füreinander«, meinte Selva.

Gabriels Augen leuchteten auf. »Da könnten Sie recht haben. Ich werde sie gleich morgen anrufen und anbieten, für eine Weile auf den Kleinen aufzupassen.«

Später beim Abwaschen fragte sich Selva, ob sie wenigstens ein relevantes Körperteil des Elefanten untersuchte und nicht ihre Zeit damit zubrachte, dessen Zehennägel zu beschreiben.

Ein paar Tage später stand Selva auf ihrer Terrasse und machte eine ihre morgendlichen Dehnübungen. Die Wolken konnten sich noch immer nicht dazu aufraffen, den Himmel ganz dem Blau zu überlassen.

Selva berührte mit ihren Fingerspitzen den Boden. Sie hätte es nie gedacht, aber sie vermisste Brüssel. Sie vermisste das Büro, die langen Korridore mit den geschlossenen Türen, das Klackern der Tastaturen, die gelegentlichen Rückfragen in einer Sprache, die man nicht verstand, das Gefühl am Ende des Tages, sich in irgendeiner Zeitschleife verfangen zu haben, wenn sich nach einem Tag angestrengten Nachdenkens, Berechnens, Recherchierens nichts, aber auch nichts geändert zu haben schien.

Sie dehnte den rechten Oberschenkel und wünschte sich in so eine Zeitschleife versetzt. Sie wünschte sich, wenn sie morgen zur Arbeit käme, wäre der Direktor da und Cardosa vermutlich immer noch so unfreundlich; sie säße nach wie vor im Materiallager, José würde ihr mittelalterliche Schädel in Nahansicht zeigen, doch Louis wäre ihr nie gefolgt, hätte ihr nie seine Geschichte aufgebürdet, und sie hätte nie damit begonnen, über illegale Fischerei und mysteriöse Boote nachzudenken. Sie hätte sich nie die aufgedunsene Wasserleiche bildlich vorgestellt, die einmal den jovialen älteren Herrn namens Roberto Ferreira beherbergt hatte.

Aber es war, wie es war. Sie rollte ihre Yogamatte auf und ging wieder nach drinnen. Das Nächstbeste, was sie tun konnte, war, Julie anzurufen. Die Französin war eine der pragmatischeren Idealisten in Karels Truppe. Julie antwortete sofort.

»Oh, la portugaise«, begrüßte sie die ehemalige Kollegin. »Comment ça va là-bas?«

»Gut und schlecht«, antwortete Selva und erzählte, dass noch vor ihrer Ankunft der Direktor verschwunden sei und vor einer Woche tot aufgefunden wurde. »Ertrunken. Angeblich.«

»Angeblich? Hat er sich umgebracht? Wurde er umgebracht?«

Das liebte sie an Julie, sie kam sofort auf den Punkt. Doch in diesem Fall schmerzte es. Sie hätte gerne noch etwas um den heißen Brei geredet und sich langsam zu dieser Schlussfolgerung vorgearbeitet. Sie fasste zusammen, was ihr Louis erzählt und was sie bis jetzt herausgefunden hatte.

»Wo bist du denn da reingeraten? Ich dachte, du entspannst da unten ein bisschen. Willst du wieder zurück? Ich räume auch sofort deinen Schreibtisch.«

»Du sitzt also doch dort. Da hat mir Karel aber was anderes erzählt«, sagte Selva und lachte. »Ich glaube allerdings, das ginge technisch gar nicht. Karel müsste erneut eine Stelle für mich beantragen.«

»Ach Quatsch«, sagte Julie. »Das kriegen wir schon hin. Wir könnten dich gut gebrauchen. Die Stimmung ist echt angespannt.«

Sie erzählte, dass sich die Revision angemeldet hatte, was ziemlich ungewöhnlich war. Das bedeutete, dass sämtliche Ausschreibungen überprüft wurden und die Bücher offengelegt werden mussten.

»Wieso das denn?«, fragte Selva.

Es folgte eines dieser Schnaubgeräusche, die nur französische Menschen zustande brachten. »Keine Ahnung, gerüchteweise soll das gesamte Vergabeverfahren der Kommission überprüft werden.«

»Was sagt Karel dazu?«

»Er ist echt mies drauf. Gestern hatte er sogar Zoff mit seiner Schwester.«

»Die ist doch hier in Portugal. Oder hat er noch eine?«

»Am Telefon. Die haben sich so laut gestritten, dass man es sogar durch die geschlossene Tür hindurch gehört hat.«

»Worum ging es denn?«

»Keine Ahnung. Bis ich unseren Flamen gefunden habe, der das hätte übersetzen können, hatten die beiden sich schon wieder eingekriegt.«

»Wir haben uns vor Kurzem getroffen. Wie ein Hitzkopf wirkte sie nicht.«

»Du hast sie zufällig auf der Straße getroffen?«

»Wir waren erst in einer Bar, dann essen.« Schnapp! war sie in Julies Falle getappt. Deren Reaktion kam prompt.

»Oh, la la, ein Date«, sagte Julie und lachte.

»Kein Date. Sie zeigt mir die Stadt«, knurrte Selva.

»Ja, klar. Ich gönn's dir, und wenn du etwas über Karel herausfindest, womit ich ihn unter Druck setzten kann, mir die Teamleitung zu geben, sag Bescheid.«

Selva startete erneut einen Versuch, mit Cardosa über die Zahlen in der Klimabilanz zu sprechen, und betrat ihr Vorzimmer.

»Kein verlängertes Wochenende?«, fragte Selva, denn die meisten Kolleginnen und Kollegen hatten sich den Brückentag freigenommen.

»Dreißig Jahre habe ich für den Direktor gearbeitet«, sagte Tilda. Es folgte eine lange Klage auf Portugiesisch. Immer wieder schnappte Selva die Wörter *nunca* – niemals und *o director* auf. »Aber der Gipfel ist das hier«, sagte Tilda auf Englisch und breitete sämtliche Seiten ihres Textentwurfs vor Selva auf dem Schreibtisch aus. Nicht nur enthielt er zig Korrekturen in roter Farbe. Zusätzlich war jede dieser Anmerkungen noch mit einem Marker in fiesem Violett unterstrichen. Cardosa hatte Tildas Text regelrecht gemetzelt.

»Und dann noch in diesem furchtbaren Violett. Das sieht aus wie ein, wie ein ...«, sie deutete mit der Faust einen Schlag gegen den Oberschenkel an und beschrieb mit ihrem Finger einen Kreis.

»Wie ein Hämatom?«

»Exactamente!«, rief Tilda und nahm Selvas Hand in die ihre. »Sie sind eine gute Person«, fuhr Tilda fort. »Lassen Sie sich nicht ...«, der Rest des Satzes war auf Portugiesisch. Tilda hob das Kinn und deutete eine aufrechte Haltung an.

»... unterbuttern«, ergänzte Selva auf Deutsch, und Tilda begann zu lachen. »Wir verstehen uns, obwohl wir uns nicht verstehen«, sagte sie auf Englisch.

Dann erhob sie sich und meinte, sie müsse dringend mal auf die Toilette. Dabei zwinkerte sie ihr zu. Selva nutzte die Gelegenheit und klopfte an Cardosas Tür.

»Sie wissen schon, dass Tilda jetzt meine Termine macht?«, fragte Cardosa, als sie ungefragt eintrat. »Ich bin beschäftigt.« Sie klopfte mit der flachen Hand auf einen Papierstapel. »Vorgaben Ihrer Heimatbehörde, die alle umgesetzt werden wollen.«

Es dauerte einen Augenblick, bis Selva begriff, dass Cardosa von EU-Vorgaben sprach.

»Ich kann Ihnen dabei helfen«, sagte sie.

»Sie können helfen, indem Sie mir nicht meine Zeit stehlen, oder verstehen Sie neuerdings Portugiesisch?«

Ein dummes Argument, denn Cardosa wusste genauso gut wie Selva, dass sämtliche EU-Verordnungen und Erlasse in sämtlichen Sprachen der Mitgliedsländer verfügbar waren.

Für heute war sie genug angeraunzt und verdächtigt worden. »Ich geh dann mal wieder«, sagte sie zu Tilda, die verständnisvoll nickte.

Selva schnappte sich ihren Laptop und verließ die Behörde. Eine Weile lief sie planlos durch die belebten Straßen, zickzackte hierhin und dorthin, blieb vor einem Schaufenster stehen, bis ihr nach ein paar Minuten bewusst wurde, dass sie auf Wasserhähne und Dichtungsringe starrte, mäanderte weiter, bekam jedoch den Kopf nicht frei. Da rief Mubi an. Sie wollte wissen, ob Selva etwas von Louis gehört habe.

»Ich dachte, du stehst in Kontakt mit ihm.«

»Können wir uns treffen und reden?«, fragte Mubi; sie klang beunruhigt. Selva warf einen Blick auf Google Maps. Sie befand sich in der Nähe des Ministeriums und des Parks, in dem sie sich mit Mubi an ihrem ersten Tag hier in der Stadt getroffen hatte.

»Ich kann in ca. zwanzig Minuten da sein«, sagte Mubi und verabschiedete sich.

Kurz darauf steuerte Selva den Kiosk im Park an und suchte sich einen Tisch am Rande. Sie überlegte, ob sie Azenha informieren sollte, und beschloss, erst einmal abzuwarten, was Mubi zu sagen hätte. Sie klappte ihren Laptop auf und öffnete die Datei. Geraume Zeit starrte sie auf die Excel-Tabelle, aber die Zahlen wollten sich nicht zu einem Ganzen fügen. Sie war abgelenkt. Sie klappte den Laptop wieder zu und zwang sich, nichts zu tun und nichts zu denken.

Sie schielte auf die Uhr. Die junge Frau verspätete sich, und Selva befürchtete bereits, dass Mubi es sich anders überlegt hätte. Als sie die Brasilianerin mit mehreren Einkaufstüten an jeder Hand sah, winkte sie ihr erleichtert zu.

Mubi stellte ihre Einkäufe auf den beiden freien Stühlen an ihrem Tisch ab. Eine Orange fiel heraus. Selva fing sie rechtzeitig auf und gab sie Mubi zurück.

»Heute Abend tagt das Orgateam für das Klimacamp. Ich bin für die Verpflegung verantwortlich«, erklärte sie.

»Was ist ein Klimacamp?«, fragte Selva neugierig.

»Wir bauen Stände in der Innenstadt auf und informieren über den Klimawandel«, erklärte Mubi. »Es gibt Spiele für Kinder, ein Umweltquiz, ein Gewinnspiel. Wir stellen die verschiedenen Initiativen vor, bei denen man sich engagieren kann, und zu all dem gibt es Musik, jede Menge Kuchen und Pastéis.«

»Clever«, sagte Selva und nickte anerkennend. »Erst gebt ihr den Leuten zu essen und dann sagt ihr ihnen, wie sie

Strom sparen und ihren CO_2-Fußabdruck verringern können«.

»Nein, nein. Wir wollen weg davon, die Schuld auf die Schultern der einzelnen Person abzuladen. Wir informieren die Leute darüber, wie sie die Politikerinnen und Politiker dazu bringen können, für die richtigen Sachen zu kämpfen.«

Mubi verstummte und warf einen Blick in Richtung Ministerium.

»Schon seltsam. Vor wenigen Wochen dachte ich noch, es könnte nicht besser laufen. Toller Job bei der Umweltbehörde, Vorsprache beim Ministerium mit der Andeutung, größere Aufgaben zu bekommen, endlich jemanden, der Ordnung in das Zahlenwirrwarr bringen würde«, sie nickte Selva zu, die fragend auf sich deutete, »und dann der Absturz. Erst wirft mich Cardosa noch im Meeting raus, dann crasht Louis völlig aufgelöst auf meinem Sofa, nur um sich noch vor Morgengrauen davonzuschleichen; ein paar Tage später will die Polizei mit mir sprechen, und ich habe keine Ahnung wieso, und jetzt sitze ich hier mit dir. Genau genommen, kenne ich dich überhaupt nicht. Du hast vermutlich am wenigsten Einblick in das, was hier abgeht. Trotzdem werde ich das Gefühl nicht los, dass du die Einzige bist, die Klarheit in die Sache bringen und Louis retten kann. Dabei weiß ich noch nicht einmal genau, wovor er gerettet werden muss. Ich weiß nur, dass es ihm verdammt dreckig geht.«

»Eigentlich dachte ich, du könntest meine Fragen beantworten«, sagte Selva und schwenkte die Eiswürfel in ihrem Glas hin und her.

»Unser Gespräch vor ein paar Tagen hat mir Angst gemacht. Ich habe vergeblich versucht, Louis zu erreichen. Zu unserem vereinbarten Treffpunkt ist er nicht gekommen.« Die junge Frau ergriff Selvas Hand. »Sag mir die Wahrheit: Ist er in Gefahr? Sind irgendwelche Typen hinter ihm her? Ich habe mittlerweile das Gefühl, selbst verfolgt zu werden.

Ständig drehe ich mich um. Ich kann nachts nicht mehr schlafen.«

»Es wird alles wieder gut«, sagte Selva und streichelte der Brasilianerin die Hand, bis sie sich wieder einigermaßen beruhigt hatte. »Aber dazu muss Louis mit dem Kommissar reden. Die Sache ist zu groß, um sie allein lösen zu wollen.«

Mubi presste die Lippen aufeinander und nickte mehrmals stumm. Schließlich sagte sie: »Ich rede mit ihm.«

Kapitel 12
Das Dunkelschiff

Vladi, Geros Kumpel von der Satellitenfirma, bestand auf einem Zoom-Meeting mit angeschalteter Videokamera. Er wollte wissen, mit wem er es zu tun hatte.

»Außerdem«, sagte er, »kann ich dann den Bildschirm teilen und dir etwas zeigen.« Aber zuerst sollte sie ihm ein paar Fragen zu Gero beantworten, damit er sicher sein konnte, dass sie auch die Person war, als die sie sich ausgab. Schon bei der ersten Frage nach dem Namen des zweiten Kindes von Gero und Anna scheiterte sie.

»Hör mal, ich bin seit über zehn Jahren von Gero geschieden. Ich habe keine Ahnung, ob Currywurst immer noch sein Lieblingsessen ist und wie lange er braucht, um zehn Kilometer zu laufen.«

»Ach, du bist die Lesbe.« Vladi rückte etwas vom Bildschirm ab. »Na, dann ist ja alles paletti.« Er näherte sich wieder der Kamera. »Ich habe dich mir anders vorgestellt.« Sie hatte weder Lust, sich die üblichen Vorurteile anzuhören, was das Aussehen lesbischer Frauen betraf, noch ihn bezüglich ihrer sexuellen Orientierung zu korrigieren. Das ging den Kerl einen feuchten Dreck an. Aber wenn sie es unkommentiert stehen ließ, erzählte er es garantiert im Anschluss Gero – und ihr Ex-Mann würde sich bestätigt fühlen.

Also sagte sie: »Ich stehe sowohl auf Frauen als auch auf Männer. Auf Letztere allerdings nur, wenn sie mir keine blöden Fragen stellen.«

»Ganz schön vorlaut für jemanden, der etwas von mir will«, sagte Vladi und zog einen Flunsch. Laut Anzeige rechts unten am Bildschirm hatte das Gespräch keine hundert Sekunden gedauert, und sie hatte es bereits vermasselt. Sie musste ihre Taktik ändern.

»Gero hat gesagt, ihr könnt auch Schiffe identifizieren, die unentdeckt bleiben wollen. Ich vermute, das funktioniert nur für Tanker? Alles andere ist vermutlich zu klein, oder?«

Vladi reagierte wie erhofft und plusterte sich etwas auf. »Wer sagt denn so etwas? Wir können selbst kleine Segelboote sichten.«

Auf Nachfrage teilte er seinen Bildschirm und zeigte ihr mehrere Fotos, auf denen man winzige weiße Dreiecke sehen konnte, die durch glitzerndes Blau glitten. Sie fragte sich, ob man noch näher heranzoomen konnte. Garantiert gab es Spanner, die das ausnutzten, um Frauen beim Sonnenbaden zuzusehen.

»Geht das auch nachts?«, fragte sie.

»Das ist zugegebenermaßen schwieriger. Aber dafür haben wir ja unsere KI. Sie ist das Herzstück unserer Technologie. Die KI ist darauf trainiert, zwischen Wellen, Treibgut und eben nicht markierten Schiffen zu unterscheiden. So konnten wir zum Beispiel nachweisen, welche Schiffe sich in der Nähe der Nordstream-Pipeline aufhielten, bevor diese gesprengt wurde.«

Sie erinnerte sich an den Vorfall. Die russische Invasion der Ukraine dauerte schon mehrere Monate an, als es plötzlich in der Ostsee zu sprudeln begann und Gas ausströmte.

»Und der gesamte Globus ist abgedeckt, also auch Portugal?«, fragte sie.

»Warum sagst du mir nicht einfach, nach was du suchst«, meinte Vladi und wechselte die Satellitenansicht auf seinem Bildschirm. Zunächst erkannte sie nichts, aber nach und nach schälte sich der in der Zwischenzeit vertraute Umriss der portugiesischen Küste heraus.

Er zoomte auf die Mündung des Tejo. Es war unglaublich, wie viel man auf dem Bild erkannte, geradezu erschreckend.

»Das ist beeindruckend«, sagte sie. »Gibt es das auch rückwirkend?«

Vladis Gesicht sprang sie aus dem Monitor an. Er hatte das Teilen seines Bildschirms beendet und wieder auf Video geschaltet. »Das ist schwieriger. Da müsste ich ins digitale Archiv. Das kostet Zeit, und Zeit ist Geld, wie du weißt.«

Das hatte sie befürchtet.

»Von welchem Zeitraum sprechen wir denn?«

Sie nannte ihm das Datum.

»Ich schau mal, was ich machen kann«, sagte er.

»Ich kann dich aber nicht bezahlen.«

Er seufzte. »Habe ich mir schon gedacht. Ich mach's trotzdem. – Weil du auch auf Typen stehst.«

Sie war froh, einen Bildschirm und mehrere Tausend Kilometer Leitung zwischen sich und dem Satelliteningenieur zu haben, bedankte sich aber artig.

»Keine Ursache«, sagte er. »Gero war immer für mich da, wenn ich ihn brauchte.«

Das Videobild erlosch, Vladi war verschwunden.

Selva war beeindruckt. Offensichtlich hatte Gero geradezu einen Felsbrocken in Vladis Brett.

Zwei Stunden später mailte er ihr eine Aufnahme, in der man ein spitz zulaufendes, dunkles Oval vor der Küste Lissabons sah und daneben einen Lichtpunkt, der von einem wesentlich kleineren Segelboot stammte. Bingo!

Großes Dankeschön. Das ist eine Riesenhilfe!, schrieb sie Vladi zurück und garnierte es mit den entsprechenden Emojis.

Dann rief sie Gero an, erreichte ihn aber nicht. Vermutlich war er im Krankenhaus bei seiner Frau. Sie hinterließ ihm eine Voicemail und verbrachte die nächste Stunde damit, online nach einem Geschenk für das Baby zu suchen.

Das Büro des Direktors wurde endlich wieder freigegeben. Ein Polizist packte ein paar persönliche Dinge ein. Selva begleitete ihn, um Tilda, wie versprochen, die neuen Marker in freundlichem Orange und Gelb mitzubringen.

»Wo ist denn der Kommissar heute?«, fragte sie den Mann, einen gemütlichen Typen mit Bauchansatz. Der gab erst vor, sie nicht zu verstehen. Also wiederholte sie es auf Portugiesisch, wobei sie die Zischlaute extra betonte, was ihn zum Lachen brachte. Er wiederholte die Frage in korrekter Aussprache und erklärte ihr dann, dass der Kommissar in Cascais sei, um mit dem Surfer zu sprechen, der den Leichnam des Direktors entdeckt hatte.

»Hat er ihn nicht schon längst befragt?«

»Schon, aber er will wohl noch etwas über die Strömungsverhältnisse wissen, um genauer den Punkt bestimmen zu können, an dem der Direktor von Bord gegangen ist.«

»Ist es denn gesichert, dass er auf einem Boot war, bevor er ertrunken ist?«

»Da er eine Schwimmweste trug, als seine Leiche entdeckt wurde, gehen wir davon aus«, meinte der Polizist.

»Ich muss ihm dringend ein paar Satellitenaufnahmen zeigen«, sagte sie, bevor der Polizist begriff, dass sie ihn gerade erfolgreich ausgehorcht hatte. »Wie erreiche ich ihn am besten?«

Der Polizist drückte ihr den Karton mit den Ordnern in die Hand und griff zum Telefon. Die Unterhaltung währte kurz, dann legte er auf.

Er nahm ihr die Box wieder ab und sagte, sie solle dem Kommissar die Fotos per SMS schicken. »Haben Sie seine Nummer?«

Sie nickte, überreichte Tilda die neuen Marker, sagte »Nie mehr Anmerkungen in der Farbe von Blutergüssen« und verließ dann die Behörde.

Die Fotos konnten warten, bis sie Azenha persönlich gegenübersaß. Sie wollte sein Gesicht sehen, wenn sie ihm den Beweis erbrachte, dass Louis mit seiner Story die Wahrheit gesagt hatte. So viel Genugtuung musste sein.

Sie verließ das Gebäude und hielt auf die Metro zu. Am Automaten füllte sie ihre Viva-Viagem-Karte auf und ging dann zum Gleis. Die nächste Bahn kam in fünf Minuten. »Ich habe Beweise, dass Louis' Story stimmt. Wann können wir darüber reden?«, textete sie Azenha. Sie versuchte erneut, Mubi zu erreichen. Dieses Mal hatte sie Glück. Die junge Frau entschuldigte sich, dass sie sich nicht früher gemeldet habe. »Ich habe mit Louis gesprochen. Er ist zu einem Treffen bereit, aber nur mit dir. Keine Bullen.«

Mubi nannte ihr Zeitpunkt und Ort und entschuldigte sich dafür, dass sie so kurz angebunden war. »Aber es geht hier gerade drunter und drüber. Nächste Woche steigt ja schon unsere große Aktion.«

Das Klimacamp, erinnerte sich Selva.

»Zwei Leute sind ausgefallen, eine weitere ist krank. Louis wollte eigentlich ursprünglich kommen, aber das geht jetzt natürlich nicht«, fuhr Mubi fort.

»Ich kann helfen. Cardosa ist froh, wenn sie mich nicht sehen muss.«

Mubi lachte auf. »Das kann ich mir vorstellen. Aber im Ernst, das wär super. Wir können jede Unterstützung gebrauchen«, sagte sie. »Die Stände sind noch nicht fertig, die Flyer und Postkarten liegen noch beim Drucker. Die Social Media Posts müssen abgestimmt werden, die Liste ist endlos. Ich muss jetzt auch gleich weiter.«

»Sag einfach, was ich tun soll«, meinte Selva.

Sie textete Selva die Adresse der Druckerei. Dann fuhr die Metro ein.

Selva stieg zwei Stationen früher aus. Kurz darauf entriegelte sie die Tür zu dem Elektroauto eines Car Sharing Dienstes, bei dem sie sich zwar gleich nach ihrer Ankunft registriert, den sie aber noch nie ausprobiert hatte. Es klappte ohne Weiteres. Es wurden zwei Fahrzeuge in der Nähe angezeigt. Sie ging zu einem davon hin, klickte in der App darauf, und das Elektroauto entriegelte. Sie schnallte sich an und gab die Adresse ein. Nachdem Özlem und sie für die Hochzeitsreise die Amalfiküste entlanggefahren waren, schreckte sie nichts mehr, was Autofahren betraf. Zu ihrer freudigen Überraschung stellte sie jedoch fest, dass die Portugiesen eher gnädige Autofahrer waren. Die ließen sie auch gern mal einfädeln, wenn sie zu spät erkannte, dass sie abbiegen musste. Nur als sie im Kreisverkehr die rote Ampel übersah, erntete sie ein Hupen.

Schließlich erreichte sie ihr Ziel. Sie hatte Glück und fand sofort einen Parkplatz. Sie spekulierte darauf, dass niemand den Wagen innerhalb der nächsten Viertelstunde buchte. Im Prinzip konnte man das Fahrzeug reservieren, aber Selva hatte es eilig und wollte sich nicht erst noch durch verschiedene Menüs durchklicken. Sie trat durch den Torbogen und ging in den Hinterhof, in dem sich die Druckerei befand. Es dauerte, bis sie mithilfe des Übersetzungsprogramms und in radebrechendem Portugiesisch erklärt hatte, weswegen sie hier sei. Die Mitarbeiterin der Druckerei fragte sie, ob sie ein *carrinho de mão* dabei habe, und imitierte das Schieben einer Schubkarre. Selva schüttelte den Kopf. Die Frau rollte mit den Augen und deutete auf einen Stapel Kartons. Selva begann, immer zwei auf einmal zum Auto zu bringen, das sich zum Glück noch an Ort und Stelle befand. Es dauerte fast eine Viertelstunde, bis sie alle Kartons untergebracht hatte, obwohl ihr die Frau von der Druckerei beim Schleppen half. Den letzten stellte sie auf den Beifahrersitz und schnallte ihn fest.

Bevor sie sich auf den Weg machte, nutzte sie die Gelegenheit und ließ sich die Satellitenfotos auf Fotopapier ausdrucken, um sie später Azenha zeigen zu können.

Dann fuhr sie zu der zweiten Adresse, die ihr Mubi gegeben hatte, wo sich das Orgateam traf. Die Klimaaktivisten waren bestens ausgerüstet. Ein junger Bursche kam sofort mit einer Sackkarre angetrabt und half ihr beim Entladen.

Sie fragte sich nach Mubi durch; im nächsten Moment entdeckte sie die junge Frau, wie sie bereits eine der Kisten aufriss. Darin waren Postkarten mit unterschiedlichen Motiven enthalten. Selva nahm eine heraus. Die Postkarte zeigte einen abgebrannten Wald, der Rauch hing noch zwischen den Bäumen, Glut glomm in dem verkohlten Unterholz. In Feuerrot war eine Frage aufgedruckt. Selva fragte Mubi, was die Aufschrift bedeutete.

»Was muss noch alles geschehen?«, übersetzte die Brasilianerin und öffnete einen länglichen Karton. »Der Plan ist, diese Karten an die Abgeordneten und gewählten Vertreter zu schicken, sie dem Präsidenten in den Briefkasten zu werfen und all den anderen, die außer schönen Worten nicht viel zu bieten haben.«

Eigentlich hatten sie beabsichtigt, Asche oder verkohlte Nadeln beizufügen, erläuterte Mubi, aber das hatte der juristische Berater für unklug gehalten. Die Asche könnte mit Anthrax verwechselt werden und die Nationale Sicherheit auf den Plan rufen.

»Das wäre ein gefundenes Fressen für die rechte Presse gewesen«, sagte sie.

Sie bat Selva, ihr zu helfen, das Plakat in die Halterung des Aufstellers zu montieren. Dann trat sie einen Schritt zurück. »Sieht gut aus, oder?«

»Sieht ziemlich erschreckend aus«, meinte Selva und entrollte eines der anderen Poster. Es zeigte einen braunen Sturzbach – der mitten durch Porto strömte. Das Bild war während der Überflutungen im letzten Winter aufgenommen worden.

»Wir haben uns von den Warnaufklebern auf Zigarettenpackungen inspirieren lassen«, sagte Mubi bitter.

»Die Leute rauchen aber trotzdem weiter«, meinte Selva.

»Deswegen brüten ja auch einige von uns über drastischere Aktionen nach. Louis war da ganz vorne mit dabei«, fuhr Mubi leise fort. »Und jetzt ist er verschwunden. Schon seltsam, findest du nicht?«

Was Mubi hier andeutete, öffnete ganz andere Perspektiven. Vielleicht war es weder die Crew eines illegalen Fangbootes noch ein verärgerter Jachtbesitzer, noch die Polizei und auch nicht das schlechte Gewissen seinem Großvater gegenüber, das ihn hatte untertauchen lassen, sondern ein anderer, größerer und skrupelloserer Spieler im Hintergrund, der den Jungen aus dem Weg schaffen oder doch zumindest zum Verstummen bringen wollte.

»Da reden wir dann aber von jemandem mit viel Geld und viel Macht.«

Mubi presste die Lippen aufeinander und nickte.

»An wen denkst du da konkret?«

Mubi blickte sie verwundert an. »Wer hat denn in unserer kapitalistischen Welt viel Geld und viel Macht? Die Großindustrie natürlich.«

Diese Antwort war Selva zu platt. Sie rollte ein weiteres Plakat auseinander, das ein verdurstetes Schaf auf einem kahlen Feld zeigte. Schnell wickelte sie es wieder auf und schob es in den Karton zurück. Keine Frage, es gab immer wieder Unternehmen, die rücksichtslos ihre Interessen durchdrückten. Erst im vorigen Jahr war ein Bericht erschienen, dass einer der großen Ölkonzerne schon seit vierzig Jahren genau wusste, was er mit der Förderung fossiler Brennstoffe anrichtete. Schlimmer noch: Dieser Konzern streute zusammen mit anderen Ölkonzernen aktiv Zweifel am Klimawandel, und das ziemlich erfolgreich. Die Ölindustrie verhielt sich da nicht anders als die Tabakindustrie. Die hatte auch jahrelang und ziemlich erfolgreich geleugnet, dass Tabak gesundheitsschädlich war, und wissenschaftliche Untersuchungen, die das Gegenteil bewiesen, heruntergespielt bzw. deren Verfasser zu diskreditieren versucht. Aber aus einem Schlagwort wie Großindustrie ließ sich kein konkretes Vorgehen ableiten.

»Außerdem geht es nicht ohne Industrie, ohne Wirtschaft«, setzte Selva ihren Gedanken laut fort. »Wer sonst soll all die Solarpaneele und Windräder und intelligenten Stromnetze und Pipelines bauen und verlegen?«

»Wenn wir nicht so viel verbrauchen«, erwiderte Mubi, »benötigen wir auch keine Fabriken.«

»Selbst wenn wir alle sofort auf unser Auto verzichten, unser Fahrrad, unser Smartphone, nur noch gebrauchte Klamotten kaufen und lokal angebautes Gemüse: Wir brauchen trotzdem Krankenhäuser und Impfstoffe, Schulen und Stifte und Hefte oder meinetwegen Tablets, wir wollen uns ab und zu mal einen Film ansehen oder die Band vom Nachbarort spielen hören.«

»Davon rede ich ja auch nicht«, sagte Mubi, und Selva vermeinte, einen beleidigten Unterton heraushören zu können. »Aber wir können das anders organisieren, uns vom tatsächlichen Bedarf leiten lassen statt vom Profitdenken irgendwelcher Unternehmen.«

Mubi rollte das Plakat wieder ein. »Weiter so wie bisher reicht auf jeden Fall nicht. Sieh dich doch um«, fuhr sie fort. »Louis hat recht. Wir müssen viel radikaler werden. Wir haben nur noch diese eine Chance.«

Die junge Frau wirkte verzweifelt. Selva legte die Posterrolle ab und ging auf Mubi zu, um sie in den Arm zu nehmen, blieb dann aber stehen. Mit Beschwichtigungsgesten war es nicht getan.

»Wir kriegen das schon hin. Verzweifeln bringt uns auch nicht weiter«, sagte sie etwas hilflos.

»Wie, Selva, wie?«

»Schon vergessen: Ich komme von der EU. Wir sind Meister im Schmieden von Allianzen. Dazu müssen wir uns jedes Mal neue Verbündete suchen, und es sind nicht immer Menschen, mit denen wir den Schokoladenkuchen teilen würden. So ist das hier auch.«

Mubi schaute sie verwirrt an. Özlem verwendete gern diesen Ausdruck für jemanden, den sie unsympathisch fand.

»Egal«, fuhr Selva fort. »Was ich damit sagen will: Man kann sich seine Verbündeten nicht immer aussuchen.«

»Das klingt nach einem Pakt mit dem Teufel«, sagte Mubi. »Außerdem haben wir nicht mehr so viel Zeit, Selva. Wir müssen jetzt handeln, sofort!«

Demokratie war manchmal ein langwieriger Prozess. Aber was war die Alternative? Die »Einsichtigen«, die einzigen »Vernünftigen«, bestimmten den Weg? Das Problem war doch, dass auch das »Vernünftige« Kompromisse beinhaltete, und da fingen die Schwierigkeiten an. Was hatte Vorrang und mit welcher Begründung? Das musste ausgehandelt, in der Gesellschaft ver-handelt werden.

»Du hast recht, man muss aufpassen, dass man seine roten Linien kennt und sie nicht überschreitet. Trotzdem muss man irgendwie vom Wachrütteln ins Handeln kommen.«

»Genau das versuchen wir zu erreichen«, sagte Mubi.

»Es gibt doch auch Fortschritte«, fuhr Selva fort. »Schau dir Portugal an. Dein Land ist geradezu vorbildlich, was die Klimamaßnahmen betrifft. Ist es nicht eines der vier Länder in der EU, die gerade den Ausstieg aus fossiler Energie vorgezogen haben?«

»Ja, schon, aber hast du meinen Bericht nicht gelesen?«, sagte Mubi und entrollte das nächste Plakat, um es zu begutachten. Es zeigte eine gespenstische Landschaft aus verkohlten Baumstümpfen. »Etwas stimmt mit den Zahlen nicht. Aus irgendeinem Grund hat jemand die Zahlen nach unten korrigiert. Vermutlich weiß diese Person, deren Namen ich hier nicht nennen will, etwas, was die Umsetzung betrifft und was wir beide nicht wissen.«

»Das versuche ich gerade herauszufinden.«

»Wenn ich dir dabei helfen kann, sag Bescheid.«

»Mach dir keine Sorgen. Du hast selbst alle Hände voll zu tun. Ich krieg das hin.«

Mubi nickte und sah sich um. Sie hatten alle Plakate überprüft. Jetzt ging es darum, sie an Helfer zu verteilen, damit diese sie an auffälligen Stellen anklebten. Mubi winkte mehrere Aktivisten heran.

»Suchte euch Orte aus, wo sie stören, wo es wehtut«, rief Mubi. »Pappt sie an Schaufenster von Luxusgeschäften, an öffentliche Gebäude, gerne auch an Sockel von imperialistischen Denkmälern. Überklebt Wahlplakate, aber achtet darauf, dass ihr alle Parteien dabei erwischt. Nagelt sie an die Bäume vor den Villen der Politiker und Unternehmenslenkerinnen.«

Voller Elan machte sich die Truppe, ausgerüstet mit Plakaten und Kleber, auf den Weg.

»Es gibt auch gute Neuigkeiten«, sagte Selva, »zumindest was Louis betrifft.«

Mubi verschränkte die Arme vor dem Leib. »Die Polizei hat sich aufgelöst? Die Besitzer der besprühten Jachten weigern sich, weiter die Klimaerwärmung voranzutreiben? Die Superreichen zahlen ihre Steuern?«

Selva schüttelte jedes Mal den Kopf. »Ich habe Beweise für das, was er mir erzählt hat«, sagte sie schließlich.

Mubi ließ die Arme zur Seite fallen. »Das ist gut, sehr gut sogar. Das kannst du ihm dann ja sagen, wenn du ihn siehst.«

»Genau, was das Treffen betrifft«, hob Selva an. »Ich glaube, Azenha sollte dabei sein.«

»Dieser Bulle? Bist du verrückt? Der wird ihn sofort einbuchten.«

»Mubi, ich bin überzeugt, Louis schwebt in ernsthafter Gefahr. Will er ständig über die Schulter schauen müssen? Und das alles wochen-, vielleicht monatelang? Und was passiert, wenn diese Typen, die hinter ihm her sind, herausfinden, wo seine Familie, seine Freunde wohnen? Wenn sie die

Verbindung zu dir herstellen? Hast du nicht noch vor ein paar Tagen gedacht, jemand folgt dir?«

Mubi ging ein paar Schritte auf und ab, trat gegen einen Karton und zog erschrocken den Fuß zurück; rasch bückte sie sich, um sicherzustellen, dass er nicht beschädigt war.

»Ich habe einen guten Draht zu dem Kommissar«, sagte Selva und unterdrückte die Fistelstimme in ihrem Kopf, die sich mit einem »Wirklich?« zu Wort gemeldet hatte. »Er wird Louis zuhören, und das war's.«

»Versprichst du mir das?«

Selva nickte. »Ehrenwort.« Und noch während sie das sagte, sah sie sich in einer Winterlandschaft auf sehr dünnes Eis treten.

Später am Tag rief Azenha zurück. »Ich bin auf dem Weg zur DGRM. Das ist bei Ihnen ganz in der Nähe. Da dachte ich, wir treffen uns hinterher, und dann können Sie mir zeigen, was Sie herausgefunden haben.«

»Was ist die DGRM?«, fragte sie und bekam als Antwort einen Wortschwall auf Portugiesisch, aus dem sie nur den Wortstamm Maritim heraushörte. Auf Nachfrage erläuterte Azenha, dass es sich dabei um die Generaldirektion für natürliche Ressourcen, Sicherheit des Meeres und maritime Dienste handelte. Unter anderem war dort das Kontrollzentrum für den Seeverkehr ansässig.

»Wenn jemand etwas über dunkel fahrende Schiffe weiß, dann diese Behörde«, sagte Azenha.

»Ich bin gerade unterwegs«, sagte Selva und suchte nach einem Parkplatz für den Leihwagen. »Warum treffen wir uns nicht einfach vor Ort«, schlug sie vor, erntete jedoch ein Schweigen. »Das ist doch sinnvoller. Bei stiller Post geht immer etwas verloren.«

»Stille Post?«, fragte er.

Sie erklärte ihm, dass sie es nicht für besonders effizient hielt, wenn erst sie ihm erzählte, was sie wusste, und er das dann den Mitarbeitern der Seeverkehrskontrolle.

»Ich kann nicht einfach mit einer Zivilistin aufkreuzen«, meinte er schließlich.

»Ich bin keine Zivilistin. Ich arbeite bei der Umweltbehörde der Stadt, schon vergessen?«

Die Seeverkehrskontrolle befand sich in einem funktionalen Zweckbau, was den antiken Tisch und die ebenfalls in dunklem Holz gehaltenen Glasvitrinen im Eingang etwas deplatziert wirken ließ. Interessiert betrachtete Selva das Schiffsmodell eines typischen Fangbootes, während Azenha sie ankündigte. Louis hatte etwas von Aufbauten auf dem mysteriösen Schiff erwähnt. Aber sie hatte den Eindruck gehabt, dass es sich um ein deutlich größeres Schiff handelte als das hier ausgestellte.

Azenha winkte ihr, und kurz darauf betraten sie das winzige Büro eines gewissen João Oliveiras, eines gemütlichen Typen mit einem wohltuenden Sinn für Chaos, wie Selva fand. Zwei Monitore, die jeder für sich größer waren als der Fernseher in ihrer alten Wohnung, ein vollgekritzeltes Whiteboard und jede Menge Ausdrucke und Poster an der Wand, ein Bücherregal und sorgfältig geschichtete Papierstapel auf dem Schreibtisch. Oliveira hatte die einzelnen Stapel leicht gegeneinander versetzt und durch ein knallgelbes Blatt Papier voneinander getrennt, vermutlich, um sich schneller zurechtzufinden. Clever, wenn man es genau bedachte. Seinen Gesten entnahm sie, dass er sich dafür entschuldigte, nur einen weiteren Stuhl in seinem Büro zu haben. Er drängte Selva, sich zu setzen.

Azenha erklärte die Situation, dann fügte er auf Englisch hinzu, dass die Kollegin von der Umweltbehörde ihm die Details schildern würde.

Selva wiederholte, was sie wusste. Azenha fragte einige Mal dazwischen, fast so, als klopfe er sie auf Widersprüche ab. Es ärgerte sie, dass er ihr nach wie vor misstraute.

Oliveira setzte sich an seinen Schreibtisch, sodass Azenha sich vor die Tür stellen musste. Er schien Sorge zu haben, dass jemand hereinstürmte und ihm den Türgriff in den Rücken rammte, doch Oliveira winkte ab und sagte: »Die Kollegen kennen die Situation und öffnen die Tür nur einen Spaltbreit, bevor sie ganz hereinkommen.«

Selva stand ebenfalls auf, da sie die Monitore von ihrem Stuhl aus nicht im Blickfeld hatte. Sie konnte Azenhas Aftershave riechen und fand es irritierend prickelnd, so dicht neben dem Polizisten zu stehen.

Oliveira drehte sich um und deutete auf ein Poster an der Wand, das Bleistiftmarkierungen unterschiedlicher dicke und Härte zeigte. Die meisten Linien schienen wirr durcheinanderzugehen. Darüber hatte der Künstler zwei mehrfach geknickte Rohre mit perfekter Schattierung gemalt. Das Ganze erinnerte sie an die Fadengrafik, die sie mal mit Nati in der Grundschule vor Weihnachten hatte basteln sollen. Man pikste erst Löcher in einen Karton und spannte die Fäden dann kreuz und quer. Das Ergebnis war ein hübscher Stern. Jedenfalls im Prinzip. Nati hatte Tränen in den Augen, als er ihre verkorkste Bastelarbeit sah. Die anderen Mütter hatten offensichtlich vorher geübt, zumindest redete sich Selva das ein. Dass der einzige anwesende Vater ebenfalls einen perfekten Stern ablieferte, legte sie unter Anfängerglück ab.

Sie wandte wieder den Blick der Abbildung zu. Erst als Oliveira die Umrisse der Küste Portugals mit dem Finger nachfuhr, begriff Selva, was sie hier sah.

»Die beiden Rohre stellen den Seeverkehr dar«, sagte sie, und Oliveira nickte beeindruckt. Von Azenha erntete sie einen irritierten Blick.

Die »Rohre« waren die Routen, welche die Frachtschiffe nahmen, erläuterte Oliveira, und was Selva als Schattierung interpretiert hatte, waren die nach der Gefährlichkeit der transportierten Güter getrennten Fahrwege, einmal Richtung Norden und einmal Richtung Süden.

Azenha schob sich an ihr vorbei, um auf die Bleistiftlinien zu deuten, die von festen Punkten entlang der Küste ausgingen. Jetzt, wo er darauf hinwies, erkannte sie es auch. »Dort werden Signale ausgesendet und empfangen.« Oliveira bestätigte es.

»Wie Sie also sehen, verfolgen wir hier genau, wer hier verkehrt.«

Er ließ sich auf seinen Stuhl sacken, während Azenha wieder einen Schritt hinter Selva zurücktrat; sie nahm ebenfalls Platz.

Dann musterte sie die Karte erneut. »Was sind die hellen Flecken?«

Oliveira schwang auf seinem Drehstuhl herum und deutete auf die Stelle in der Nähe von Lissabon, an der die Küste fast in einem rechten Winkel nach Norden abbog.

»Das ist Cabo da Roca. Der ganze Küstenabschnitt hier ist geschütztes Gebiet. Hier dürfen keine Schiffe verkehren.«

»Auch keine Segelboote oder Jachten?«

»Das hängt ein bisschen von der Größe ab. Aber das, was Sie beschrieben haben, klingt ja nach einem kommerziellen Schiff. Das ist auf keinen Fall erlaubt.«

»Was ist mit vor der Küste Ankern?«, bohrte Selva weiter.

»Wie gesagt: Segelboote dürfen das. Wenn Sie den Namen des Bootes wissen, kann ich nachschauen, wo es sich jetzt befindet. Die Positionen werden live angezeigt. Das ist wie bei den Flugzeugen.«

Genau dieselbe Formulierung hatte Gero verwendet, als er ihr von der Tracking-Webseite erzählt hat.

»Ich nehme an, die Ortungsdaten werden nicht gespeichert?«, meldete sich Azenha zu Wort und zwängte sich zwischen Selva und Oliveira. Oliveira schüttelte den Kopf. »Dann bringt uns das leider nicht weiter.«

Er wandte sich an Selva. »Ich befürchte, Senhora Klimt, die Lücken in Louis' Geschichte werden immer größer. Wir sollten alle Möglichkeiten in Betracht ziehen.«

»Warten Sie noch eine Sekunde. Ich habe Ihnen etwas mitgebracht.«

Sie holte die Ausdrucke der Satellitenfotos aus ihrer Handtasche, die sie in der Druckerei vor dem Gespräch mit Mubi hatte machen lassen, und breitete sie auf dem Schreibtisch von Oliveira aus.

»Woher haben Sie die?«, fragte Oliveira interessiert.

»Von einer Firma, die Satellitenfotos auswertet«, sagte Selva.

Oliveira murmelte auf Portugiesisch vor sich hin, während er ein Foto nach dem anderen in die Hand nahm und gründlich studierte. Einmal holte er dazu sogar eine Lupe aus der Schublade.

Sie spürte, wie Azenha neben ihr unruhig wurde.

Schließlich legte Oliveira auch das letzte Foto ab. »Ich kann keine Manipulation daran erkennen. Um ganz sicher zu gehen, müsste man natürlich die digitale Datei ansehen. Die haben Sie auch?«, fragte er Selva, was sie bejahte.

»Was sollen mir die Fotos zeigen?«, mischte sich Azenha ein und betrachtete die Nachtaufnahmen des Küstenabschnitts. Das verärgerte Kratzen in seiner Stimme war nicht zu überhören.

»Sie zeigen, dass zum fraglichen Zeitpunkt tatsächlich ein unmarkiertes Schiff an nicht erlaubter Stelle vor Anker lag«, erläuterte Oliveira und deutete auf das in monotonem Schwarz gefärbte, spitz zulaufende Oval auf der marmorierten Wasseroberfläche, dessen Form Selva an ein Olivenblatt erinnerte.

»Und wieso hat das die Küstenwache nicht bemerkt?«, fragte Azenha, der wohl immer noch darauf hoffte, Löcher in Selvas Beweis zu finden. So viel zum Thema sämtliche Pfade abzugehen und erst dann aufzugeben, wenn es logisch nicht mehr weiterging.

Oliveira schüttelte den Kopf. »Offensichtlich hatte das Schiff sein AIS ausgeschaltet, sonst wäre es von uns registriert worden.« Er tippte mit dem Finger auf das spitze Oval. »Da ist weder ein Topplicht noch irgendeines der anderen vorgeschriebenen Lichter zu sehen. Die wollten ganz klar nicht entdeckt werden.« Er verschränkte die Arme vor dem Leib und lehnte sich zurück. »Das können Sie unseren Jungs und Mädels von der Küstenwache nicht vorwerfen. Die fahren ja nicht ständig die Küste ab.« Er gab Selva die Fotos zurück und nickte anerkennend. »Das hellere Dreieck daneben ist vermutlich das Segelboot, von dem Sie sprachen.«

Selva nickte.

Er beugte sich noch einmal über die Fotos. Dann schüttelte er den Kopf. »Allein auf Basis der Aufnahme kann man das Boot nicht identifizieren.« Er richtete sich wieder auf. »Sie sagten, es gab noch ein zweites Segelboot?«

»Ja, aber das ist leider zu weit entfernt und deswegen auf diesem Ausschnitt nicht zu sehen.«

Oliveira nickte verständnisvoll.

»Das hätten Sie mir auch früher sagen können«, meinte Azenha säuerlich, als sie sich wieder auf der Straße befanden.

»Ich habe Ihnen vorher getextet«, sagte Selva.

Azenha gab sich versöhnlich und schlug vor, gemeinsam zu Mittag zu essen. »Dann können Sie mir in Ruhe erklären, warum Sie immer schon die Informationen habe, die ich benötige.«

Das klang in Selvas Ohren nicht gerade verlockend.

»Offensichtlich wissen Sie deutlich mehr, als bisher angenommen. Ich würde gerne verstehen, woher«, sagte er nicht mehr ganz so freundlich.

Gegen ein Mittagessen hatte sie nichts einzuwenden, und vielleicht war tatsächlich der Zeitpunkt gekommen, um Azenha ein für alle Mal klarzumachen, dass sie hier nicht die Gegnerin war.

Sie fuhren zurück in die Stadt.

Als sie ausstiegen, blockierte gerade ein Wagen mit französischem Kennzeichen die Straße. Ein Obdachloser redete auf den verdutzen Fahrer ein und signalisierte ihm, dass er dichter an die Bordsteinkante ranfahren müsse, sonst passe die Straßenbahn nicht durch. Schließlich begriff der Fahrer, fuhr noch einmal ganz aus der Parklücke heraus und ließ sich von dem Mann einweisen. Der Obdachlose hob den Daumen, und die französische Familie – neben dem Mann noch eine Frau und drei Kinder im Schulalter – stieg aus. Der Mann drückte dem Obdachlosen etwas Geld in die Hand.

»Clevere Idee, sich so etwas dazu zu verdienen«, meinte Selva.

»Das hat bei uns Tradition«, erklärte Azenha. » Diese sogenannten *arrumadores* sind fester Bestandteil des Stadtbildes.«

Nachdem sie bestellt hatten, wollte Azenha wissen, woher sie die Fotos habe.

»Mein Ex-Mann kennt da jemanden, der in einer Firma arbeitet, die Satellitendaten auswertet«, erklärte sie.

»Ich dachte, Sie hätten sich gerade von Ihrer Frau getrennt.«

Er passte gut auf, das musste man ihm lassen, aber sein Misstrauen ging ihr auf die Nerven.

»Ich war zweimal verheiratet«, erklärte sie betont lässig. »Einmal mit einem Mann und einmal mit einer Frau.«

»Verstehe«, sagte Azenha und wandte sich wieder dem Foto zu. Immerhin blieb er cool, dachte Selva. Damit stieg der Kommissar in ihrer Achtung. Die meisten Menschen begannen nämlich spätestens an dieser Stelle, zu viele und vor allem absolut unnötige Fragen zu stellen. Vielleicht war Portugal ja, was queere Menschen betraf, entspannter als andere Länder.

Der Kellner räumte die leer gegessenen Teller weg.

Azenha fragte, ob sie noch einen Nachtisch möge. Sie verneinte, bestellte aber einen Kaffee. Azenha erhöhte auf zwei.

»Was haben Sie eigentlich gegen Louis, dass Sie seiner Geschichte so wenig Glauben schenken?«, fragte sie.

Der Kommissar ließ den Zucker in seine Tasse rieseln, rührte einmal um, bevor er antwortete: »Ich misstraue ihm nicht. Ich würde ihm gern nur noch weitere Fragen stellen. Zum Beispiel wüsste ich gern den Namen der Jacht, die er und sein Großvater angeblich verfolgt haben – und die man auf dem Satellitenbild nicht sieht.«

»Lässt sich das nicht herausfinden?«, fragte sie. »Immerhin ist die Marina ja eher klein.«

»Mit knapp vierhundert Schiffen ist die Doca de Alcântara so klein nicht.«

Selva spürte Panik in sich aufsteigen, ihre Kopfhaut kribbelte. »Ist das die Doca unter der Brücke?«, fragte sie.

»Kurz hinter der Brücke, ja, warum?«

»Ich meine wirklich: unter der Brücke«, sagte Selva. Sie war sich sicher, dass sie nie von der Doca de Alcântara gesprochen hatte.

Er fixierte sie mit seinen Habichtaugen. »Sie sprechen nicht etwa von der Doca de Santo Amaro, die sich direkt daneben befindet?«

Er zückte seinen Notizblock und blätterte darin. »Mein Kollege, mit dem Sie zuerst telefoniert haben, hat die Doca de Alcântara notiert.«

»Ich habe garantiert nicht Alcântara gesagt«, protestierte Selva. »Ich wusste gar nicht, dass es direkt daneben noch einen Jachthafen gibt.«

»Alcântara, die Betonung liegt auf dem zweiten A«, korrigierte Azenha, stand auf und rief seinen Kollegen an. Er wurde laut. Er gab eine Anweisung. Mehrfach hörte sie den Begriff Doca de Santo Amaro. Er beendete das Gespräch und nahm einen großen Schluck Wasser.

»Es wäre wirklich gut, Senhora Klimt, wenn Sie ein Treffen mit mir und dem Jungen arrangieren könnten. Wie wir gerade gesehen haben, ersetzt nichts Informationen aus erster Hand.«

Sie erwiderte seinen Blick. »Ich bin dabei, ich bin dabei. Der Junge ist im Prinzip zu einem Gespräch bereit.«

Das Eis, das sie mit der Zusicherung Mubi gegenüber, die Polizei werde Louis nichts anhaben, betreten hatte, begann zu knacken.

»Hervorragend«, rief Azenha erfreut. »Vielleicht hilft folgende Information dabei, das Ganze zu beschleunigen.« Er erzählte, dass jemand eine Vermisstenanzeige für den Jungen aufgegeben habe und bei Nachfragen, in welchem Verhältnis er zu dem Jungen stehe, die Wache verlassen habe.

»Wir sind überzeugt, dass er herausfinden wollte, ob wir Louis' Aufenthaltsort kannten«, sagte Azenha.

»Wie sah der Typ aus?«, fragte Selva.

Azenha schien zu überlegen, ob er ihr dieses Detail preisgeben konnte. Dann gab er sich einen Ruck. »Schlendrig«, sagte er.

Sie sah ihn fragend an.

Er korrigierte sich: »Schlaksig, männlich, weiß, Mitte zwanzig, blonde Haare, wirrer Blick.« Azenha warf einen weiteren Blick auf seinen Notizblock. »Der wachhabende Kollege notierte: vermutlich auf Koks«, erläuterte Azenha.

»Ich zähle auf Sie, Senhora Klimt. Reden Sie mit dem Jungen.«

»Es kann ein paar Tage dauern«, meinte sie.

Azenha zeigte ihr ein Foto auf seinem Handy, das sie und Mubi zeigte, wie sie Kartons in den Leihwagen luden.

»Sie scheinen gut vernetzt in der Szene und sonst wissen Sie auch immer alles. Also erzählen Sie mir nicht, Sie hätten keine Möglichkeit, Louis zu einem Treffen zu bewegen.«
»Lassen Sie mich etwa beschatten?«
»Wir beobachten Louis' Umfeld. Das ist ja wohl nachvollziehbar.«

Selva druckte ihren Bericht zur Klimabilanz aus und tackerte ihn zusammen. Wenigstens einmal wollte sie das Monstrum in ihrem Kabuff benutzen. Ihre Arbeit hier war getan. Die aktuelle Klimabilanz ließ Lissabon deutlich schlechter dastehen als auf Basis der bisherigen Prognosen gerechtfertigt. Sie wollte Cardosa den Bericht persönlich überreichen und sie wollte Antworten. Immerhin war sie aus Brüssel geschickt worden. So einfach ließ sie sich nicht abspeisen. Nicht von einer Teresa Cardosa. Die war heute allerdings bei der Eröffnung eines neuen Recycling-Centers.

Da das Wetter launisch war, beschloss Selva, ins Museum zu gehen. Es gab eines in der Nähe ihrer Wohnung, das königliche Schatzmuseum.

Sie hatte gerade die Sicherheitsschleuse durchquert und den Tresorraum betreten, als Nati anrief. Sie war so erfreut, dass er sich von alleine meldete, dass sie ihrer Freude lauthals Ausdruck gab. Ein älterer Besucher warf ihr einen irritierten Blick zu. Nati hingegen schien nichts gehört zu haben, denn er rief abwechselnd ihren Namen, »Hallo« und »Mama, bist du da?« ins Telefon. Der Tresor, in dem sich die Juwelen befanden, war so gut abgeschirmt, dass es auch keinen Empfang gab. Sie hastete an der Ahnenreihe der Könige und Königinnen Portugals vorbei und in den Vorraum. Dort, dicht am Fenster, bekam sie empfang. Aber Nati hatte bereits aufgegeben. Sie rief ihn zurück, und nach mehrmaligem Klingeln nahm er ab.

»Warum antwortest du nicht?«, fragte er.

»Ich befand mich gerade in einem begehbaren Tresor mit meterdicken Wänden. Da war der Empfang schlecht.«

»Willst du jetzt eine Bank ausrauben?«

»Ich habe mir die Kronjuwelen angesehen.«

»Ich dachte, die haben in der Zwischenzeit eine Demokratie.«

»Schon, aber die Schätze der ehemaligen Könige und Königinnen kann man trotzdem besichtigen.«

»Aha, freut mich für dich, dass du für so etwas Zeit hast.«

»Wie geht's dir? Wie läuft's mit deinem Vater und seiner Frau?«

»Die ist nicht das Problem. Die vielen Kinder sind das Problem.«

Er begann ausführlich zu beschreiben, wie das eh schon chaotische Leben mit zwei kleinen Kindern durch die Ankunft des Babys völlig unplanbar geworden war.

»Du willst irgendwo hingehen, und der Zwerg kotzt dir den Pulli voll. Also, kurz unter die Dusche, was anderes anziehen, und du bist gerade wieder ausgehbereit, und dann scheißt er sich voll. Windelwechseln und kurzes Absprühen ist angesagt. Bis du dann den kleinen Wurm wieder ordentlich eingepackt hast, hat er Hunger. Jetzt ist Mama gefragt. So geht es in einem fort.«

»So ist das eben mit kleinen Kindern.«

»Als ob du das wüsstest. Du warst ja nie da.«

Das stimmt so nicht, wollte sie sagen, bremste sich aber rechtzeitig. In diese Falle würde sie heute nicht tapsen. Nati hatte seine Version seiner Kindheit, sie die ihre. Damit, dass diese wie von zwei fremden, voneinander völlig losgelösten Personen klangen, hatte sie sich in der Zwischenzeit abgefunden.

»Na ja, aber wenigstens hast du Verstärkung.« Wie hieß noch mal seine Freundin? Isabell, Annabell, Elisabeth?

»Karo hat jetzt eine eigene Wohnung«, sagte Nati. »Ich kümmere mich um den Winzling.«

»Es scheint dir aber doch Spaß zu machen«, sagte sie, »so liebevoll, wie du von ihm sprichst.«

»Trotzdem brauche ich eine Pause.«

»Ich bin mir sicher, Gero hat damit kein Problem.«

»Ich dachte mir, ich könnte mal meine Mutter besuchen, von wegen Bonding und so.«

Selva ertappte sich dabei, wie sie zu einem kleinen Hüpfer ansetzte. Sich nur nichts anmerken lassen, mahnte sie sich. Sobald Nati spürte, dass sie etwas unbedingt wollte, verweigerte er sich.

»Das wäre schön. Ich habe ein Schlafsofa in meiner Wohnung.«

»Prima. Dann ist das ja abgemacht. Ich buche gleich einen Flug für übernächstes Wochenende.«

Nein, nicht übernächstes Wochenende, bitte alles, nur nicht dieses Wochenende. Sie war mit Jackie verabredet. Sie wollten einen Ausflug machen, vielleicht sogar irgendwo übernachten. Wer weiß, was sich daraus entwickeln würde.

»Mama?«

»Ja, das ist eine super Idee. Es ist nur so ...«, weiter kam sie nicht.

»Paps hatte recht. Du hast keine Zeit! Ständig liegst du mir in den Ohren, dass ich nicht anrufe, dass wir uns nicht sehen. Wenn ich einmal etwas mit dir machen will, hast du keine Zeit!«

Mehrfach versuchte sie, ihn zu unterbrechen, sagte, sie können verschieben, bittelte und bettelte und verachtete sich selbst dafür, wie unterwürfig sie klang. »Hör doch zu. Ich verschiebe das Wochenende. Es ist kein Problem, echt nicht.«

Doch sie sprach bereits zu einer toten Leitung.

Kapitel 13
Heißkalte Spur

Es war an der Zeit, dem Ingenieurbüro einen Besuch abzustatten, das die Zahlen für Cardosas Version der Klimabilanz geliefert hatte.

Selva schlenderte vom Praça de Comércio durch die gepflasterten Straßen. Die traubenzuckergroßen hellen und dunklen Steine waren in jeder Straße in einem anderen Muster verlegt. Hier mäanderte es rechtwinklig vor sich hin, in der Parallelstraße zierten Wappen und Blumenmuster die Straße. Nur dort, wo die Tram verlief, hatte sich Asphalt durchgesetzt, aber auch hier zeigten die Bürgersteige häufig wechselnde Muster.

Sie kam an einem Mini-Mercado vorbei, der allerdings im Gegensatz zu denen in den Wohngebieten nicht nur Obst und Gemüse, sondern auch Postkarten und Zeitschriften vertrieb. Neben einer dunkelgrün lackierten Eingangstür befand sich ein Geschäft, das Koffer und Taschen anbot. Das Nächste hatte die Rollläden herabgelassen, etwas weiter leuchtete die Regenbogenflagge. Sie blieb kurz vor dem Schaufenster stehen, in dem Bücher, Broschüren und jede Menge Regenbogenfahnen auslagen. Sie legte die Hände an die Augen und sah ein paar Tische, einen Tresen, eine Espressomaschine.

Als Selva eintrat, hieß sie eine fröhliche Stimme willkommen. »Kann ich helfen oder siehst du dich erst mal um?«, fragte der Junge hinter dem Tresen, den Selva auf gerade mal volljährig schätzte. Sie bestellte eine Limonade und sah sich um. An einer Pinnwand gab es Einträge für Wohnungssuchende und solche, die ein WG-Zimmer frei hatten. Plakate wiesen auf Vorträge und Aktionen hin sowie auf Gesprächsangebote und Anlaufstellen für Opfer von Gewalttaten. Es gab Broschüren zum Thema Verhütung und AIDS sowie ein paar Werbepostkarten von Bars und Clubs.

Selva griff sich eine der Broschüren und faltete sie auseinander. Es dauerte einen Moment, bis sie begriff, dass sie sich an Teenager richtete, die sich noch die Frage stellten, ob sie homo- oder bisexuell waren. Selva spürte, wie sie genauso pink anlief wie das Zeichen für weiblich auf dem Cover.

Der Junge brachte die Limonade, sah die Broschüre in ihrer Hand und sagte: »Wenn du mit jemandem reden willst, kannst du mit Carina sprechen. Sie ist gerade im Zentrum und hat sicher ein paar Minuten Zeit für dich.«

Selva bedankte sich, »nicht nötig«, und setzte sich an einen der Bistrotische, um ihre Limonade zu trinken. Der Junge wirkte besorgt. Vermutlich dachte er, sie habe sich noch nicht geoutet – und das in ihrem Alter.

Kurz darauf trat eine breitschultrige Frau mit Bleistiftrock aus dem Hinterzimmer in den Verkaufsraum. Sie unterhielt sich kurz mit dem Jungen, wobei sein Blick ab und zu zu Selva abglitt.

Selva beschloss, die Initiative zu ergreifen und auf die Frau zuzugehen, die sich als Carina vorstellte. Selva erklärte ihr, dass sie neu in der Stadt sei und sich über ein paar Tipps zu Bars und Clubs freuen würde.

»Das hängt davon ab, was dich interessiert«, meinte Carina. »Es gibt eine Reihe von Bars, die offen für alle sind, also auch Heteros.«

»Was ist mit Clubs? Gibt es da auch welche mit Showeinlage?« Vielleicht könnte sie mit Jackie dorthin.

»Also wenn du an so was interessiert bist, dann musst du unbedingt hierhin gehen.« Carina bedeutete Selva, kurz zu warten, und kam mit dem Flyer eines Clubs wieder, der regelmäßig Shows anbot. »Die Shows fangen in der Regel erst nach Mitternacht an. Trotzdem ist es eine gute Idee, deutlich früher zu kommen. Das Publikum ist echt freundlich. Man kann da auch gut alleine hingehen«, sagte sie.

Sie unterhielten sich noch ein bisschen über das Leben als queere Person in der Großstadt. Dann verabschiedete sich Selva, um das Ingenieurbüro aufzusuchen. Sie bog um die Ecke und ging die Hausnummern ab, bis sie die richtige gefunden hatte. Das Ingenieurbüro befand sich im zweiten Stock. Die Holzstufen ächzten unter ihrem Schritt, es roch nach frischer Farbe. Vom Flur gingen zwei Türen ab. Neben der auf der linken Seite befand sich ein Plexiglasschild mit dem Logo des Ingenieurbüros. Sie drückte die Klingel. Ein Summen ertönte, und die Tür ließ sich öffnen. Sie betrat einen mit Parkett ausgelegten Flur, dessen Wände in einem blassen Blau gestrichen waren. Ein Aufsteller mit dem Hinweis »Frisch gestrichen«, zumindest interpretierte sie den Malerpinsel so, erklärte den intensiven Geruch.

»Posso ajudá-lo?«, fragte eine junge Frau mit gekonnt verstrubbeltem Haar und riesigen blauen Augen.

Selva erklärte auf Englisch, dass sie von der Umweltbehörde kam und ein paar Fragen habe zu Zahlen, die das Büro für die Behörde ermittelt habe.

»Haben Sie vielleicht das Aktenzeichen des Berichts, um den es geht?«, fragte die Frau in extrem versnobt klingendem Englisch. Selva nannte ihr die Nummer.

Erst jetzt, da die Frau etwas auf der Tastatur eintippte, bemerkte Selva die langen hellblauen Acrylnägel.

»Da haben wir es ja«, meinte sie und bat Selva, Platz zu nehmen und kurz zu warten. »Ich schaue mal, ob Filipe Zeit hat.« Sie schritt auf eine Tür am Ende des Flurs zu. Kurz hörte Selva Stimmen, dann schloss sich die Tür, und im nächsten Moment war es wieder still. Die Frau mit der Vorliebe für Hellblau kam zurück und meinte, in fünf Minuten habe er Zeit für sie.

Aus den fünf Minuten wurden schließlich fünfzehn, aber dann öffnete sich die Tür am Ende zum Flur wieder, und Selva hörte Gelächter. Kurz darauf erschienen zwei Männer mittleren Alters, beide in grauer Hose und dunkelblauem Blazer mit Goldknöpfen – als ob sie sich abgesprochen hätten, dachte Selva –, gefolgt von einer Frau in grauem Kostüm und violetter Schluppenbluse. Einer der Männer nickte Selva im Vorübergehen kurz zu, dann schloss sich die Eingangstür hinter ihnen, und sie konnte ihre Schritte im Treppenhaus hören. Sie drückte sich mit der Hand auf dem Samtbezug des Sessels ab, in dem sie gewartet hatte, und ging auf Filipe zu. Wie die Empfangsdame trug er einen schwarzen Rolli zur schwarzen Hose, allerdings hatte er braune Augen und seine Nägel waren nicht lackiert.

»Was kann ich für Sie tun?«, fragte er und bat sie, ihm in sein Büro zu folgen. Sie erteilte ihm Kudos dafür, dass er das schmutzige Kaffeegeschirr selbst zur Seite räumte, statt die Kollegin vom Empfang zu rufen.

Selva legte den Bericht des Ingenieurbüros auf den Tisch und kam gleich zur Sache.

»Sie haben für die Umweltbehörde die Szenarien aktualisiert, wie die Stadt ihren Energiebedarf bis 2030 komplett aus erneuerbaren Energien decken kann. Dabei ist mir aufgefallen, dass sie den Posten für Solarenergie sehr niedrig angesetzt haben. Was hat Sie dazu veranlasst?«

Er hielt sein Tablet über den QR-Code auf der zweiten Seite des Berichts und rief ihn dann auf. Er überflog die Zahlen und murmelte etwas auf Portugiesisch vor sich hin. Hin und wieder fing sie ein »Schigauatt« auf, bis ihr klar wurde, dass er von Gigawatt sprach. Er legte das Tablet vor sich ab.

»Ich kann keinen Fehler in den Zahlen erkennen«, sagte er und blinzelte sie erwartungsvoll an.

»Es geht auch nicht darum, einen Fehler zu finden. Aber Ihre Zahlen für den Anteil an Solarenergie im Energiemix

Portugals in den nächsten zehn Jahren sind deutlich geringer als in der alten Version des Berichts.«

»Dazu kann ich leider nichts sagen. Ich müsste die Kollegin dazu befragen, die das geändert hat. Ich weiß gar nicht, ob sie noch für uns arbeitet. Ich kann mich aber noch vage daran erinnern, dass ein großer Posten für die schwimmenden Solarpaneele angesetzt war. Möglicherweise gibt es Schwierigkeiten in der Umsetzung?«

Hatte Mubi doch zu optimistisch gerechnet? Selva musste an den Heizungstechniker denken, der nur wegen einer durchgebrannten Sicherung festgestellt hatte, dass die Solarpaneele auf dem Dach nicht ordnungsgemäß funktionierten. Was, wenn hier ein ähnlicher Fall vorlag und das Ingenieurbüro einfach gründlicher nachgeschaut hatte?

Sie bedankte sich und verließ Filipes Büro. An der Tür drehte sie sich noch einmal zu ihm um. »Wo würden Sie sagen, stehen in Portugal die größten Solaranlagen?«

Er hob die Schultern an und ließ sie wieder sacken. »Das müsste ich erst herausfinden. Meine Fachgebiet ist das Meer und die Ressourcen dort.«

»Sie meinen Fische und so etwas?« Wie ungewöhnlich für ein Ingenieurbüro.

Er lachte. »Ich kenne mich nur mit den Fischen aus, die mir auf einem Teller serviert werden«, sagte er. »Mein Metier ist eher etwas, das sich *metano gelo* oder Methanhydrat nennt.« Er hielt ihr die Tür auf. »Sehr technisch, ich will Sie nicht damit langweilen.«

Langsam ging sie wieder nach unten und spürte ein Kribbeln im Brustkorb. Tausende Arbeiterameisen drängten hinaus, um sich auf die Fakten zu stürzen und alles wegzufressen, was nur Schau war. Sie war definitiv einer Sache auf der Spur. Das konnte kein Zufall sein, dass sich der Typ mit Methaneis beschäftigte. Darüber hatte sie in der nationalen Ozeanstrategie gelesen. Sie konnte sich allerdings nicht mehr an den Inhalt erinnern.

Selva blickte auf ihr Display. Die Tram hielt an, Menschen stiegen aus, in letzter Sekunde sprang sie noch auf. Sie zwängte sich zur Mitte durch und hielt sich an einer Deckenschlaufe fest. Die Ameisen trommelten ungeduldig mit ihren winzigen, aber mannigfachen Füßen gegen ihren Brustkorb.

Kurz darauf rief Jackie an. »Hey, ich habe gehört, dass du bei uns im Büro warst. Warum hast du nicht Hallo gesagt?«

»Ach so, ich habe das gar nicht gecheckt, dass du auch da arbeitest«, sagte Selva und versuchte, sich zu erinnern, wann Jackie ihr das erzählt hatte.

»Macht ja nichts«, sagte Jackie und fragte, ob Filipe ihr weiterhelfen konnte. »Sonst kannst du gern auch mich fragen.«

Selva schlug vor, sich abends auf ein Glas Wein zu treffen. Eine zweite Meinung wäre sicherlich hilfreich. Aber jetzt wollte sie erst einmal dem Ameisenkribbeln nachgehen.

Zurück in der Behörde griff sich Selva als Erstes die Broschüre zur Ozeanstrategie mit den handschriftlichen Anmerkungen. Es bestand kein Zweifel. Die Anmerkungen stammten von Cardosa. Nur sie verwendete diesen fiesen violetten Marker.

Cardosa hatte den Begriff *metano gelo* war mehrfach umkringelt, auch der Begriff klimaneutral war in demselben fiesen Violett markiert, mit dem Cardosa die Entwürfe ihrer Mitarbeiter zusammenstrich. In den markierten Absätzen ging es darum, wo das sogenannte brennende Eis zu finden war – auf den Meeresböden entlang der Kontinentalränder – und wie man es bergen konnte – die Technologie war noch nicht ausgereift.

Selva rief bei der Uni an und fragte sich durch, bis sie einen Geologen an der Strippe hatte, der ihr etwas zu Methaneis sagen konnte. Da es Mittagszeit war, verabredeten sie sich spontan in der Nähe der Uni.

Das Café befand sich in einem Park und hatte einen großen Außenbereich, der sich an einen nierenförmigen und mit hellem Stein eingefassten flachen See schmiegte. An der ihr gegenüberliegenden Seite führten Holzplanken zu einem künstlichen Wasserfall. Ein bärtiger Rothaariger trat suchend aus dem Café. Sie erhob sich aus ihrem Stuhl und winkte ihm zu. Er setzte die Brille auf, blickte irritiert in ihre Richtung und hastete zurück ins Café.

»Boa tarde«, ertönte es da gut gelaunt hinter ihr, und ein Mann in dünnem Rolli und mit Dreitagebart fragte sie, ob sie Selva sei. Auf ihr Nicken hin zog er sich einen Stuhl heran und stellte sich als Tiago vor. Sie plauderten kurz über Lissabon, wie es ihr gefalle, das Wetter, »schon recht warm« – »na ja«, er schob die Ärmel seines Rollis hoch – dann kam der Kaffee und sie kamen zum Thema.

»Sie wollen also alles über Methaneis wissen«, sagte Tiago und riss ein Tütchen Zucker auf, um den Inhalt anschließend in seinen Galão rieseln zu lassen.

Sie hatte ihm am Telefon lediglich erzählt, dass sie neu in der Umweltbehörde sei und ein paar Verständnisfragen habe.

»Ja, genau. Ich bin über den Begriff gestolpert und kann mir wenig darunter vorstellen.« Sie schenkte etwas Fruchtsaft nach und beobachtete fasziniert, wie sich die rote Flüssigkeit über die beiden Eiswürfel in ihrem Glas ergoss.

»Ich habe Ihnen etwas mitgebracht«, sagte er, öffnete den Schnappverschluss seiner Umhängetasche und nahm eine Art Drahtwürfel heraus. Nur dass das Gebilde über mehr Ecken als der übliche Würfel verfügte und sich in der Mitte ein auf vier Arme zurechtgestutztes Atomium befand. Es glich dem Modell auf Cardosas Schreibtisch, das sie so vehement vor Selvas Zugriff verteidigt hatte.

»Das ist ein Modell von Methanhydrat«, erklärte er. »Methaneis oder Methanhydrat ist nichts anders als ein Molekül Methan«, er deutete mit dem Löffel auf das Atomium in der Mitte, »das in einem Käfig aus Wassermolekülen eingeschlossen ist.«

»Die Kanten des Würfels stellen die Verbindungen zwischen den Wassermolekülen dar?«

»So ist es.«

Sie nahm das Modell in die Hand und betrachtete es von allen Seiten. Die Kanten waren aus Plastik, wie auch das Methanmolekül in der Mitte mit seinen vier Füßchen. Dann ließ sie die Form wie einen Würfel von der Hand rollen, und er rumpelte erstaunlich schnell auf die Tischkante zu, wo Tiago bereits die Hand ausgestreckt hatte, um das fragile Modell aufzufangen.

»Tut mir leid, das wollte ich nicht«, sagte sie und fragte ihn, warum die Seiten aus Fünfecken bestanden. Sie fischte mit dem Zipfel der Papierserviette eine Fliege aus ihrem Glas.

»Das ist nur eine der möglichen Formen für diesen Käfig«, antwortete Tiago. »Es handelt sich um einen pentagondodekaedrischen Käfig.« Sie musste das Gesicht verzogen haben, denn er ergänzte schnell: »Das ist eine Struktur aus zwölf Fünfecken. Eine der häufigsten Formen, die Methaneis einnimmt, und eine der einfachsten.«

»Okay, ich habe verstanden, dass Methaneis aus Methan besteht, das in einem Käfig aus Wasser eingesperrt ist.« Sie wollte gerade ihr Glas leeren, als sie eine weitere Fliege entdeckte, die auf einem der Eiswürfel herumkrabbelte.

»Kann man sich das ein bisschen wie diese Mücke hier vorstellen?«, fragte sie und deutete auf ihr Glas. »Das Insekt ist das Methan mit dem Unterschied, dass es im Eiswürfel eingefroren ist. Also quasi der Moskito im Bernstein bzw. die Mücke im Eiswürfel.«

»So könnte man sagen«, antwortete Tiago und machte etwas Platz auf dem Tisch für die Tosta Mistas, die gegrillten Käsesandwiches, die die Bedienung gerade brachte. Die Sandwiches bestanden aus zwei mal zwei quadratischen

Scheiben Toast, zwischen die eine Scheibe Schinken und etwas Käse geklemmt war. Das Ganze kam kurz in einen Grill, der das Brot von beiden Seiten braun werden ließ und den Käse schmolz. Manchmal wurden die Brotscheiben auf der Oberseite auch noch mit Butter bestrichen.

»Okay, soweit ist mir das klar«, fuhr sie fort. »Was ich nicht verstehe, ist, warum die Leute so heiß darauf sind.«

»Methan hat eine recht hohe Energiedichte«, sagte er und schnitt sich eine Ecke von seinem Sandwich ab. Eine Taube brachte sich bereits in Habachtstellung. »Das bedeutet, dass man aus einem Kubikmeter Methangas viel Strom erzeugen kann. Mehr als zum Beispiel aus Kohle.«

»Ich weiß«, erwiderte sie. »Methan bringt immerhin noch etwas über 30 Megajoule pro Kubikmeter an Energie und liegt damit über Steinkohle, aber unter Erdöl mit 42–44 Megajoule pro Kilogramm und Flüssiggas mit sogar über 45 Megajoule pro Kilogramm. Aber darauf zielte meine Frage nicht ab.« War der Onlinekurs doch für etwas gut gewesen.

Sie schob sich ein Stück Toast in den Mund. Das getoastete Brot knirschte und knackte unter ihren Zähnen, aber insgesamt fühlte es sich doch eher staubig an, befand sie. Der Sandwich von dem Kiosk in der Nähe des Aquädukts war eindeutig besser. Sie blickte an sich herab und wischte schnell die Krümel von der Bluse. Die Taube sah ihre Chance und trippelte eilig auf ihren Stuhl zu.

»Was ich nicht verstehe, ist das Folgende«, fuhr sie fort. »Das Gas wird zur Strom- bzw. Wärmeerzeugung verbrannt, richtig?« Sie erntete von dem Geologen ein Nicken. »Dabei entstehen 56 kg CO_2 pro Gigajoule von aus Erdgas erzeugtem Strom, und Methan macht den Löwenanteil von Erdgas aus. Im Vergleich dazu sind die Emissionen von Kohle mit 95 kg pro Gigajoule fast doppelt so hoch.«

»Ich habe jetzt gerade nicht die genauen Zahlen parat«, sagte Tiago mit Bewunderung in der Stimme.

Selva unterdrückte ein selbstzufriedenes Grinsen. Sie war nicht hier, um zu beweisen, wie clever sie war, sondern um etwas herauszufinden.

»Allerdings«, fügte er hinzu und ließ ein paar Krümel aus der Hand unter den Tisch rieseln, »spielt Kohle in der Energieerzeugung Portugals kaum einen Rolle.«

Da hatte er natürlich recht. In diesem Punkt unterschied sich Portugal deutlich von Deutschland, das selbst 2021 noch immer gut ein Viertel seiner Energie aus dem Verbrennen von Erdgas bezog.

Er schluckte den letzten Bissen seines Toasts hinunter, während Selva das hastige Picken der Taube unter dem Tisch beobachtete. Sie hasste Tauben. Als ihr in der sechsten Klasse quasi über Nacht Riesenbrüste sprießten, hatten sich ein paar Jungs den Spaß gemacht, sie fette Taube zu nennen und ihr sogar eine tote in den Schulranzen zu stecken. Selva hatte die Taube an den Füßen gepackt und auf den Jungen eingedroschen. Danach schaffte sie es gerade noch rechtzeitig zur Toilette.

»Aber, und da haben Sie natürlich den Finger genau in die Wunde gelegt«, fuhr Tiago fort, »auch beim Fördern von Methaneis geht es letztendlich um das Methan, und das ist ein fossiler Treibstoff mit all den bekannten Nachteilen.«

Er hatte ihren nächsten Einwand vorweggenommen.

»Warum wird das dann häufig als klimaneutrale Energiequelle dargestellt?«

Plötzlich war der Geologe hellwach. Selbst die Taube schien interessiert zuzuhören, zumindest unterbrach sie ihr Picken für ein paar Sekunden, aber dann war die Aufmerksamkeit bereits verflogen.

»Wer behauptet das?«, fragte er scharf. »Lassen Sie sich da kein X für ein U vormachen.« Er entspannte sich wieder etwas.

Cardosas Kommentare zur Ozeanstrategie fielen ihr ein. Die stellvertretende Leiterin hatte in der Broschüre das Wort klimaneutral mehrfach unterstrichen. Wenn sie sich recht erinnerte, hatte es etwas mit der Art und Weise zu tun, wie das Methaneis aus dem Meeresboden gefördert wurde.

»Das scheint die Leiterin, Dr. Teresa Cardosa, anders zu sehen.«

»Cardosa leitet jetzt die Umweltbehörde?« Es folgte ein Wortschwall, bei dem es sich seiner Mimik nach zu schließen um einen Fluch handelte.

»Sie scheinen nicht viel von ihr zu halten«, sagte sie. »Warum?«

Tiago hob beide Handflächen und schüttelte den Kopf. »Verstehen Sie mich nicht falsch. Dr. Cardosa ist eine ausgezeichnete Ingenieurin, sehr kompetent.«

»Was ist es dann?«, fragte sie und fixierte ihn, bis er schließlich klein beigab und sagte: »Dr. Cardosa ist nicht unvoreingenommen, was Methaneis betrifft. Sie hat ihre Doktorarbeit über Methanhydrate geschrieben. Zumindest damals hielt sie Methaneis für die Lösung unserer Energieprobleme.« Er wischte über das Display seines Handys. »Es gibt ein altes YouTube-Video von ihr dazu.«

»Können Sie mir den Link senden?«

»Bin gerade dabei.« Die Nachricht erschien auf dem Sperrbildschirm ihres Telefons. »Vielleicht hat sie in der Zwischenzeit ihre Meinung auch geändert. Immerhin arbeitet sie jetzt für die Umweltbehörde«, meinte Tiago.

»Tatsächlich habe ich diesen Punkt nicht genau verstanden. Können Sie mir erklären, wie das Methaneis gefördert wird?«

»Gerne.« Er streckte die Hand nach ihrem Glas aus, in dem sich nur noch die beiden Eiswürfel befanden. »Darf ich?«

Sie bedeutete ihm weiterzusprechen.

»Nehmen wir an, diese beiden Würfel sind Methaneis und das soll jetzt gefördert werden.«

Sie nickte und schüttelte den Kopf, als die Bedienung fragte, ob sie noch etwas bestellen wollten.

»In der Regel befindet sich das Methaneis unter der Oberfläche. Um das Methan zu fördern, muss der Wasserkäfig darum herum, das Eis, geschmolzen werden.«

»Die Eiswürfel müssen angetaut werden, damit die Mücke herauskann«, sagte sie.

»Genauso ist es. Die Analogie geht noch weiter. Denn auch das Gas ist flüchtig, das heißt, es muss eingefangen werden, damit es nicht einfach ins Meerwasser ausströmt.«

»Das wäre vermutlich nicht gut für die Flora und Fauna der Ozeane.«

Er schüttelte den Kopf. »Gar nicht gut. Nicht nur dass: Das Gas könnte im Wasser aufsteigen und aus dem Meer in die Atmosphäre gelangen.«

»Und Methan ist ein Super-Treibhausgas. Das sogenannte Global Warming Potential ist 27-mal so hoch wie bei CO_2.«

»Exakt!« Die Bewunderung war dauerhaft in sein Gesicht geschnitzt.

»Zahlen kann ich mir gut merken«, sagte Selva. »Namen und Gesichter dafür weniger.«

Er lächelte. »Man muss sich fokussieren. Aber wo waren wir?«

Die Bedienung trat erneut heran, und er bestellt noch einen Galão; Selva beschloss, es ihm gleichzutun.

Er schwenkte das Glas mit den Eiswürfeln etwas hin und her. »Wie gesagt, um an das Methan heranzukommen, muss man das Eis schmelzen. Durch das entweichende Methan entsteht aber eine – nennen wir es vereinfacht – Leerstelle im Untergrund.«

Sie betrachtete das Glas und die Mücke, die an der Innenseite des Glases klebte. »Wo sich vorher die Fliege befand, klafft jetzt ein Loch«, sagte sie und schob das Tier mit der Serviette nach oben, wo es trocken war. »Wird das nicht instabil?«, fragte sie und hoffte für das Tier, dass es sich noch berappelte und davonflog. »Ich meine«, sagte sie, »Wasser schmilzt und ist damit nicht mehr so fest, Lücken entstehen, wo sich das Methan befand. Das kann doch nicht völlig ohne Folgen bleiben?«

Die Worte von Shosh aus dem Inkubator fielen ihr dazu ein. Auch ein Erdrutsch unter Wasser kann einen Tsunami auslösen, hatte Sosh gesagt. Sie hatte das Bild der Welle, die über Lissabon hineinbrach, noch klar vor Augen.

»Lissabon liegt doch in einem Erdbebengebiet«, sagte sie.

»Genau das ist das Thema«, sagte Tiago offensichtlich erfreut, dass sie den Zusammenhang erfasst hatte. Dann legte sich wieder ein Schatten über seine Stirn. »Das Problem ist, dass diejenigen, die an einer Förderung von Methaneis interessiert sind, behaupten, man könne die Löcher einfach mit CO_2 stopfen. Man verpresst die Treibhausgase in den Untergrund und hat damit zwei Fliegen mit einer Klappe erwischt. Der Untergrund bleibt stabil, und man hat CO_2 aus der Atmosphäre zurückgewonnen.«

Beim letzten Satz des Geologen hatte sich die Mücke tatsächlich wieder erholt und begann langsam, auf dem Rand des Glases herumzukrabbeln.

»In anderen Worten«, fasste Selva zusammen, »es wird so viel Treibhausgas verpresst, wie durch die Verbrennung entsteht und deswegen, heißt es, sei das Ganze klimaneutral.«

»Ja, außer dass sich das jemand schönrechnet.« Wütend wedelte er mit der Hand und hätte der Bedienung fast den Kaffee aus der Hand geschlagen.

Selva nahm ihren dankend entgegen und reichte ihr das Glas mit den Eiswürfeln. Es hatte ausgedient. Die Mücke war davongesurrt.

Tiago erklärte ihr, was an dieser »Milchmädchenrechnung« alles nicht stimmte, während sie ihren Kaffee trank. Zum einen gibt es immer Verluste, das heißt, Methan entweicht trotz sämtlicher Versuche, es einzufangen, und gelangt dann womöglich in die Atmosphäre. Zum anderen müsste ja deutlich mehr Methan verpresst werden, da es deutlich klimaschädlicher ist als CO_2.»Ich bezweifle, dass das schon jemand sauber durchgerechnet hat. Ganz zu schweigen davon, dass die Technik der Förderung noch in den Kinderschuhen steckt.«

Bei Technik und Förderung in Kombination mit Meeresboden musste sie an Bohrinseln und Schiffe denken. Das wiederum war die erste konkrete Verbindung zu Louis' Geschichte. Zum ersten Mal zeichnete sich ab, wie das alles zusammenhängen könnte. Sie war so aufgeregt darüber, dass sie ihren Kaffee verschüttete und erst auftupfen musste, bevor sie weitersprach.

»Wer kennt sich denn mit der entsprechenden Technik aus?« Ihr fielen die Plakate im Maritimen Museum von den Forschungsstationen ein. »Macht die Uni so was?«

Tiago schüttelte den Kopf. »Das kostet viel Geld, da brauchen sie finanzkräftige Investoren.«

Ihr Energielevel sackte ab, als ob man den Stöpsel der Badewanne gezogen hätte.

»Am ehesten kann Ihnen jemand vom Industriepark in Sines weiterhelfen. Alles, was mit Meerestechnologie und Hafenlogistik zu tun hat, ist dort konzentriert.« Er suchte etwas auf seinem Handy, dann machte er eine Wischbewegung. »Ich habe Ihnen gerade den Link geschickt.«

Sie winkte der Bedienung, um zu bezahlen. Etwas schien ihm noch unter den Nägeln zu brennen, denn er rutschte unruhig auf dem Stuhl hin und her.

»Was ich vorhin über Dr. Cardosa gesagt habe, war vielleicht etwas übertrieben. Ich bin sicher, sie hat nur die besten Absichten«, sagte er und nahm seine Karte aus dem Portemonnaie, um sie der Bedienung zu geben.

Selva schob sanft seine Hand zur Seite. »Keine Sorge«, sagte sie. »Ich werde es für mich behalten.« Er wirkte erleichtert. »Aber nur, wenn Sie mich jetzt auch bezahlen lassen.«

Kurz reagierte er irritiert, dann nickte er.

Selva ging noch eine Runde in dem Park spazieren und setzte sich dann auf eine Bank, um nach dem YouTube-Video von Cardosa zu suchen.

Ein paar Tausend Menschen hatten es angesehen und etwas mehr als hundert hatten ihm ein »Daumen hoch« gegeben. Fünf hatten den Daumen nach unten gesenkt. Greenwashing der übelsten Art, hatte ein @Green365forever daruntergeschrieben, woraufhin ein andere mit Naiv365forever kommentierte. Selva zwang sich, nicht weiterzulesen. Diese Art von Kommentaren endete schnell in einer toxischen Spirale, die außer zu Kopfschmerzen und einem Verzweifeln an der Menschheit zu nichts führte.

Sie nahm sich das Video vor. Cardosa hielt den Vortrag auf Englisch anlässlich einer Konferenz zum Thema *Fuels of the Future*. Sie erklärte kurz, was Methaneis war und dass es aufgrund seiner hohen Energiedichte auch als »Brennendes Eis« bezeichnet werde. Dann zeigte sie eine Weltkarte, wo überall in den Ozeanen Methaneis gefunden oder vermutet wurde. Generell traf man den fragilen Treibstoff an den Kontinentalrändern an. Japan und China hatten bereits mit Testbohrungen begonnen. Der Rest der Welt war zum Zeitpunkt von Cardosas Vortrag noch zu sehr auf Erdöl fixiert. Ein Zwischenrufer fragte nach Risiken, wurde aber von einem anderen abgebügelt. Cardosa griff die Frage trotzdem auf und sagte, die Technologie befinde sich noch in den Kinderschuhen. »Ja, es gibt Risiken. Aber ich bin zuversichtlich, dass wir diese in den nächsten zehn Jahren in den Griff bekommen.«

Famous last words, dachte Selva. Sie sprang noch einmal zu der Stelle zurück, an der Cardosa das japanische Unternehmen erwähnte, das im Pazifik bereits Testbohrungen durchführte, und notierte sich den Namen. Vielleicht könnte sie dort mehr über die aktuellen Risiken erfahren. Immerhin war der Vortrag mehrere Jahre alt, und seitdem hatte sich sicher einiges getan. Vor allem, wenn damit viel Geld zu verdienen war. Dann rief sie bei dem Industriepark in Sines an.

Dort konnte man ihr nicht wirklich weiterhelfen. Der Mensch von dem Start-up, den sie schließlich in der Leitung hatte, erklärte ihr, dass man sich hier ausschließlich auf Testbohrungen in begrenztem Umfang zu Probezwecken konzentrierte. »Wir wollen verstehen, was die Methanfreisetzung in das Meer beeinflusst – um das verhindern zu können. Wir wollen es nicht auch noch fördern.«

Selva bedankte sich und ließ sich von der Straßenbahn durch die Stadt schaukeln. Trotzdem wurde sie das Gefühl nicht los festzustecken.

Kapitel 14
Rauswurf

Die Luft in der Behörde war in der Zwischenzeit so dick, dass alle nur mit gesenktem Blick an der Wand entlangschlichen. Die meisten Menschen, die hier arbeiteten, waren noch von Direktor Roberto Ferreira eingestellt worden. Sein gewaltsamer Tod hatte sie schockiert. So etwas war man in dem friedlichen Land nicht gewohnt. Angriffe auf Politiker waren selten. Vielleicht einmal ein Wurf mit dem Farbbeutel gegen eine Hauswand, hartnäckige und laut vorgetragene Fragen bei einer Kundgebung, aber Mord? Einige fragten sich, ob seine Arbeit bei der Umweltbehörde damit zu tun hatte.

Die Zeitungen waren voll mit Spekulationen. Die Haushälterin wurde mit den Worten zitiert, der Direktor sei depressiv gewesen. Nur um diese Aussage dann zwei Tage später wieder zu korrigieren. (Sie hatte gesagt, sie sei kein Arzt. Sie könne nicht ausschließen, dass der Direktor depressive Phasen durchlief. Das wurde von dem Blatt dann als Bejahung dargestellt.) Das Zerwürfnis mit der eigenen Tochter wurde ins Spiel gebracht. Das schlechte Abschneiden der Umweltbehörde im Bürgerfeedback nach den Überschwemmungen. Selva war froh, dass sie das alles nur am Rande mitnahm, da sie es nicht lesen konnte. José allerdings ließ es sich nicht nehmen, ihr die Unsinnigkeit der meisten Artikel darzulegen. Aber José war ein lieber Kerl, und offensichtlich musste er mit jemanden darüber reden, der nicht sofort in Entrüstungsstürme ausbrach.

Erst als auch Louis' Name in der Berichterstattung auftauchte, griff die allgemeine Beklemmung auf sie über. Vor allem als ein Blatt Louis fehlgeleiteten Aktivismus vorwarf. Es zeigte ein Bild von einem Segelboot, über dessen Bug in blutrot *Climate Killer Go Home* gesprüht war, daneben standen der Besitzer, seine verängstigt wirkende Frau und ein vielleicht zehnjähriger Junge mit Tränen in den Augen. Dem nicht genug, stellte die Verfasserin des Artikels eine direkte Verbindung zwischen Louis' Sprühaktionen und dem Vandalismus gegenüber dem Entdeckerdenkmal vor knapp zwei Jahren her. Jemand hatte das nationale Denkmal mit *Blindly sailing for money* beschmiert. Als Selva José danach fragte, winkte der ab. »Das war kein Portugiese. Der Typ ist längst nicht mehr im Land.«

Der Tod des Direktors brachte aber auch konkrete Fragen mit sich. Selvas Kolleginnen und Kollegen sorgten sich darum, wie es mit ihnen weiterging. Es ging das Gerücht um, Cardosa liebäugle mit einem Posten im Ministerium. Selva wusste nicht, was da dran war. Vorstellen konnte sie es sich gut. So wie sie Cardosa einschätzte, war ihr Ehrgeiz mit der Übernahme der Leitung der Umweltbehörde noch längst nicht gestillt. Das war nichts Verwerfliches. Selva mochte Frauen, die ehrgeizig waren. Die Frage war nur, wie Cardosa gedachte, ihre Pläne umzusetzen.

Jedenfalls war es Selva heute zu stickig in ihrem Kabuff, zumal sich der Papagei, der einzige Farbklecks hier, seit Tagen nicht mehr hatte blicken lassen.

Sie beschloss, sich die in Cardosas Version der Bilanz gekürzten Beitrag von Solarenergie genauer anzuschauen. Das Land investierte so viel in den Ausbau von erneuerbarer Energie. Cardosas Zahlen erschienen ihr viel zu pessimistisch. Erst kürzlich hatte sie von dem größten schwimmenden Solarfeld Europas gelesen, das der größte Energieversorger Portugals auf einem Stausee in Betrieb nahm. Von bis zu sieben Gigawattstunden Strom pro Jahr war die Rede gewesen. Hinzu kam die clevere Doppelnutzung von Flächen. Die Solarpaneele, immerhin mehrere Fußballfelder groß, reduzierten die Verdunstung, und gleichzeitig konnte überschüssige Energie verwendet werden, um das Wasser bei Bedarf wieder zurück in den Stausee zu pumpen.

In die Bilanz Lissabons floss das fast 200 Kilometer weiter östlich gelegene Kraftwerk allerdings nicht ein.

Vielleicht sollte sie sich einen Eindruck vor Ort bei den Herstellern und Installateuren der Solarpaneele für die Dächer Lissabons verschaffen und die Baustellen abklappern.

Ganz zu Beginn ihrer Berufstätigkeit, als sie noch bei einer Investmentbank arbeitete, wurde oft ein berühmter Betrugsfall aus Frankfurt am Main als Beispiel dafür genannt, wie Verträge und Businesspläne formal richtig waren und doch einen Betrug kaschierten. Garbage in, garbage out, sagte man dazu. In anderen Worten: Ein Bericht und eine Überprüfung waren nur so gut wie das Zahlenmaterial, das darin Eingang fand. Wie der Frankfurter Betrugsfall verdeutlichte, prüften Wirtschaftsprüfer lediglich, ob sich die Zahlen aufaddierten, ob die Habenseite zur Sollseite passte. Stimmte das, segneten sie das Ganze ab. Wenn aber die Eingangszahlen schon Müll waren, also ein Fall von garbage in, dann spielte es keine Rolle, ob sie sich aufaddierten, denn es konnte nur Müll herauskommen – garbage out. Genauso hatte es sich mit dem berühmten Betrugsfall aus der Frankfurter Immobilienbranche verhalten. Der betrügerische Investor hatte später im Gefängnis seine Memoiren geschrieben. Selva hatte sie mit großem Interesse gelesen. Der Trick hatte darin bestanden, die vermietbare Fläche der Gewerbeimmobilien aufzublähen und damit größere Kredite aufnehmen zu können, mit denen er wiederum weitere Immobilien erstehen konnte, die er aufblähte, um weitere Kredite aufzunehmen und so ein einziges, gigantisches Schneeballsystem aufzubauen. Der Mann hatte sich stets gewundert, warum die Banker nie nachgesehen, nie vor Ort gegangen waren, um seine offenkundig aufgeblähten Quadratmeterangaben zu überprüfen.

Selva wollte vermeiden, dass ihr derselbe Fehler unterlief. Sie schickte Denise eine E-Mail und fragte sie nach dem Betreiber des schwimmenden Solarfelds. Die Antwort kam prompt. Jetzt hatte Selva eine Nummer, unter der sie anrufen konnte.

Die Person am Telefon war sehr hilfsbereit. Wenig später erhielt Selva per E-Mail einen Überblick über die installierte Kapazität an Solarpaneelen. Die Zahlen deckten sich mit denen in der Klimabilanz. Der einzige Unterschied bestand auch hier wie zwischen Cardosas und Mubis Versionen in den Planzahlen für die nächsten Jahre. Das bestätigte zwar ihren Verdacht, dass Cardosa die Zahlen schlecht gerechnet hatte, aber es brachte sie nicht weiter. Der Grund dafür war weiterhin unklar. Selva würde die Leiterin direkt damit konfrontieren müssen. Für diese Unterhaltung munitionierte sie sich besser auf und griff Cardosa an ihrem Schwachpunkt an, ihrer Begeisterung für Methaneis.

Selva wählte Julies Nummer.

»Wie steht eigentlich die EU zu Methanhydrat als Energiequelle?«, fragte Selva Julie und wich einem Typen aus, der mit hoher Geschwindigkeit auf seinem Elektroroller auf sie zuschoss. Als er sah, wie sie erschrocken zur Seite trat, lachte er und rief ihr ein »Sorry« hinterher.

»Alles okay?«, fragte Julie, die den plötzlichen Wechsel des Bildausschnitts mitbekommen hatte und Selva beschwichtigte. Julie selbst war gerade in der Brüsseler Innenstadt unterwegs. Diese Art der Unterhaltung, beide gingen spazieren, während sie sich per Videochat unterhielten, hatten sie während des COVID-19-Lockdowns begonnen. Es führte zu wesentlich interessanteren Gesprächen, als wenn man immer nur denselben Sofaausschnitt oder später, als das möglich war, die immer gleichen generischen Hintergrundbilder zu sehen bekam. Außerdem bewegte man sich.

Julie hatte das mit sämtlichen Kollegen beibehalten. Nur Karel hatte sich nie darauf eingelassen. Er liebte seinen Eames-Sessel. Manchmal dachte Selva, dass ihn nicht einmal eine Zombieattacke daraus hätte hervorlocken können.

»Methaneis sein scheißen«, sagte Julie in gebrochenem Deutsch und kicherte. »Im Ernst«, fuhr sie auf Französisch fort, »die EU hält sich sehr bedeckt. Es gibt kein offizielles Verbot, aber auch keine Ermunterung. Es ist auch keine gute Idee.«

»Warum nicht?«

»Warum nicht? Da fragst du noch?« Julie holte tief Luft, ehe sie loslegte: »Überleg doch, was passiert, wenn du eine Schokokatze machst?«

»Was ist eine Schokokatze?«, fragte Selva und nahm die Treppen zur Fußgängerbrücke.

»Oh la la, ich dachte, du hast Kinder.«

»Erzähl einfach, Julie«, sagte Selva leicht genervt und sah den Verkehr unter sich durchrauschen.

»Du bläst einen Luftballon auf, ein bisschen, nicht zu groß, vielleicht wie eine Faust, dann bestreichst du ihn dick mit geschmolzener Schokolade. Du kannst Vollmilch nehmen, zartbitter, was auch immer du willst.«

»Julie!« Selva erreichte das andere Ende der Brücke.

»Ja, ja, ich komme zum Punkt.« Sie hastete an einer Fußgängerampel über die Straße und wartete, bis sie die andere Seite erreicht hatte, bevor sie weitersprach.

»Du klebst zwei Mandeln für die Augen drauf und die Barthaare machst du aus erst geschmolzenem, dann erstarrtem Zucker.«

»Julie!«

»Ja, ja, jetzt sei doch nicht so ungeduldig.« Julie betrat eine Bäckerei und stellte sich an. »Dann wartest du, bis die Schokolade kalt ist, und pikst mit der Nadel durch die Schokolade in den Luftballon. So bekommst du deine Schokokatze.«

»Und?«

»Und was?«

»Was hat das mit Methaneis zu tun?« Selva hatte das Ende der Treppe erreicht und sah sich um. Sie befand sich mitten auf dem Parkplatz zu einer Baustelle.

»Wo bist du denn gelandet?«, wollte Julie wissen. »Kehre sofort wieder um. Das ist hässlich.«

Selva nahm erneut die Brücke zurück zum Fluss.

»Wenn du Methaneis förderst«, fuhr Julie fort, »ist es, als ob du den Luftballon pikst, bevor die Schokolade hart geworden ist.«

Sie dachte an das Tsunami-Modell, das ihr Shosh erklärt hatte, an das Gemälde des Erdbebens von 1755, das ihr Gabriel gezeigt hatte, an den aufgewühlten Fluss, die brennende Stadt.

»Alles fällt in sich zusammen«, sagte sie.

»Voilà. C'est ça.«

»Woher weißt du das alles so genau?«, fragte Selva und schlenderte wieder an der Flusspromenade entlang, wobei sie darauf achtete, keinem Elektroroller in die Quere zu kommen.

Als Julie nicht antwortete, warf sie einen Blick auf den Bildschirm. Julies Gesicht verriet alles. Sie gestand: »Ich hatte mal was mit einem Typen, der sich darin auskennt.«

»Könnte ich den Kerl vielleicht mal anrufen?«

Julie verzog das Gesicht. »Wir haben uns nicht gerade im Guten getrennt.« Sie bestellte vier Croissants und ein Baguette. »Aber weil du's bist und weil es um das Klima geht.«

»Du bist großartig, Julie. Ich danke dir. Wenn ich noch länger hier bin, musst du mich unbedingt besuchen kommen.«

»Das mache ich. Versprochen. Ciao.« Sie winkte und dann war sie weg.

Julie schickte ihr zwar nicht die Telefonnummer des Typen, dafür schickte der ihr eine Linkliste. »Ruf mich an, wenn was unklar ist«, schrieb er dazu. Das war immerhin ein Anfang.

Doch es gab noch eine Person, die ihr Auskunft geben konnte, und die Konfrontation mit ihr ließ sich nicht länger hinausschieben.

Aber erst musste sie sich stärken.

Sie traf sich mit José zum Mittagessen und erfuhr die neuesten Gerüchte. Danach plante Cardosa bereits den Absprung ins Ministerium. »Dort soll sie sich um die Ozeanstrategie kümmern.«

»Bei ihrem Thema handelt es sich nicht zufällig um die Methaneisvorkommen auf dem Grund des Atlantiks?«

Er hatte nur eine vage Vorstellung davon, was sich hinter dem Begriff verbarg. Selva erzählte ihm von dem aus Fünfecken bestehenden zwölfseitigen Würfel, den ihr der Geologe gezeigt hatte und in dessen Mitte sich ein Methanmolekül befand.

»Du meinst vermutlich einen Pentagondodekaeder«, sagte José und stippte eine Fritte in etwas Ketchup. Er spülte die Fritte mit einem Schluck Mineralwasser hinunter und sagte: »So wie du das beschreibst, klingt das wie eine Perle in der Muschel.«

Das war es! Sie sprang auf und umarmte José. Das Methaneis war eine extrem kostbare Perle – und alle würden sich darum reißen. »Danke, danke!«, rief sie und ging ein paar Schritte hin und her, sodass die anderen Gäste sie bereits amüsiert beobachteten. »So hängt das zusammen. Der Dodekaeder ist der Schlüssel.«

Sie schickte eine Textnachricht an Azenha: »Muss Sie unbedingt sprechen. Ich habe den Anfang des Wollknäuels gefunden, den Faden, der zur Auflösung des Rätsels führen wird.« Den letzten Satz löschte sie wieder. Sie wollte nicht zu enthusiastisch klingen.

Eine halbe Stunde später klopfte Selva an Cardosas Tür. Da sie nur angelehnt war, trat sie ein, bevor Cardosa »Jetzt nicht« rufen konnte. Doch das Büro war verwaist.

Selva trat an Cardosas Schreibtisch und betrachtete das Methaneismodell. Die Verbindung des mysteriösen Bootes zu Cardosa hatte sich die gesamte Zeit über vor Selvas Nase befunden.

»Was machen Sie da?«, hörte Selva die Stimme Cardosas hinter sich. »Gehen Sie! Amüsieren Sie sich! Langweilen Sie sich! Mir egal. Hier jedenfalls gibt es nichts mehr für Sie zu tun, und wir können uns wieder auf unsere Arbeit konzentrieren und uns um die Belange der Bürgerinnen und Bürger dieser Stadt kümmern.«

Cardosa fasste Selva am Oberarm und geleitete sie hinaus. »Ihre Arbeit ist hiermit auch abgeschlossen. Wir haben die aktualisierte Bilanz an die entsprechende Stelle in der EU weitergeleitet und konzentrieren uns jetzt ganz auf die Umsetzung.« Sie zog die Tür zu Ferreiras Büro hinter sich zu. »Denn all das schöne Papier, auf dem die Bilanz gedruckt ist, ist nichts wert, wenn wir es nicht auch umsetzen, meinen Sie nicht?«

Selva konnte es sich nicht verkneifen zu fragen: »Aber als Erstes setzen Sie sich um – ins Ministerium, habe ich recht?«

Cardosa klemmte das Haar hinter das linke Ohr und lächelte säuerlich. »Stets der erhobene Zeigefinger, was?« Und dann verschränkte die Leiterin der Umweltbehörde die Arme vor der Brust, griente Selva an und sagte: »Wissen Sie was? Sie sind hier nicht länger erwünscht. Sie können gehen. Ich will Sie hier nicht mehr sehen.« Cardosa war immer lauter geworden. Eine der Mitarbeiterinnen, die gerade mit einem Kaffee in der Hand den Flur entlangkam, zog das Genick ein und verschwand in der nächsten offenen Bürotür. »Packen Sie Ihren Kram und lassen Sie sich hier nicht mehr blicken.« Cardosa machte kehrt, ihre langen Haare streiften

Selva dabei im Gesicht. Auch eine Art, jemanden zu ohrfeigen, schoss es Selva durch den Kopf. Dann schulterte sie ihre Tasche mit ihrem Laptop – mehr hatte sie eh nicht hier – und verließ das Gebäude.

Draußen blinzelte sie in die Sonne. Zum ersten Mal, seit sie hierhergekommen war, war sie völlig ratlos. Was sollte sie jetzt tun? Was konnte sie jetzt tun?

Sie setzte sich in ein Café und schaute sich das Video an, das ihr Julies ehemaliger Gespiele geschickt hatte. Sagte man das so? Gab es eine männliche Form zu Gespielin? Selva ermahnte sich, bei der Sache zu bleiben.

Was sie sah, ließ sie schaudern. Sie war nicht naiv. Es war ihr klar, dass die ganzen seltenen Erden, die man für die Batterien von Elektroautos benötigte, aus der Erde geholt werden mussten. Sie sah ein, dass es die Landschaft fundamental veränderte, um nicht zu sagen ruinierte, wenn zig Rotorblätter über dem Bodennebel von verträumten Tälern auftauchten. Sie wusste, dass Recycling in großem Maßstab in Fabriken stattfand und nicht auf der Werkbank eines romantisch angestaubten Schuppens, und dass es dort nach Schmieröl und Eisenspänen und sonst was stank und laut war. Aber was hier in dem Video gezeigt wurde, war eine andere Nummer. Das waren voll automatisierte Fabriken, die in den Meeresboden gerammt wurden, mit allem, was das für die Meeresbewohner bedeutete. Das klang nach einer Wiederholung derselben Fehler wie bisher, nur potenziert, ohne auch nur im entferntesten die Auswirkungen für das Ökosystem der Tiefsee und aller Lebewesen darin abzusehen.

Selva schloss ihren Laptop und bestellte ein Vanilletörtchen. Das Knistern des Blätterteigs unter ihrer Zunge erdete sie etwas. Das konnte Cardosa nicht befürworten. War das etwas der Grund, warum es sie ins Ministerium zog? Um diese Art von Raubbau zu genehmigen?

Am liebsten hätte Selva Cardosa sofort zur Rede gestellt. Doch sie legte sich besser eine Strategie dafür zurecht. Sonst würde die ihr nur mit Ausflüchten kommen.

Ein Plan musste her.

Kapitel 15
Die ganze Geschichte

Selva rief die einzige andere Person an, die stets freundlich zu ihr gewesen war.

»Du hast dran gedacht. Super, vielen Dank. Wir können jede Hilfe gebrauchen«, rief Mubi erfreut. Morgen war der große Tag für Mubi und die Klimaaktivisten. Morgen begann das Klimacamp.

»Ja, klar«, sagte Selva und hoffte, Mubi würde lange genug weiterreden, bis es ihr wieder einfiel, wobei sie Mubi hatte helfen wollen. Ihr Kalkül ging auf. Außerdem wollte sie sicherstellen, dass es bei dem vereinbarten Treffen zwischen Louis und Azenha blieb und der Junge es sich nicht in der Zwischenzeit anders überlegt hatte. Bis jetzt hatte Louis nämlich noch keinen konkreten Zeitpunkt und Ort vorgeschlagen.

»Ich bin in zwanzig Minuten da«, sagte Selva und betrat kurz darauf die Halle, in der die letzten Vorbereitungen liefen.

»Bist du neu?«, fragte ein Mädchen, das gerade mit einem Armvoll Posterrollen vorbeikam? Selva nickte. Daraufhin schickte sie das Mädchen zum Ende des Flurs. Selva ging an Tischen vorbei, an denen sich junge Leute über Karten beugten oder vor PCs saßen oder in rasendem Tempo auf ihren Mobiltelefonen tippten.

Schließlich entdeckte sie Mubi, die bereits von Weitem winkte und mit einem freundlichen Lächeln auf sie zukam.

»Tut mir leid, alles etwas chaotisch hier«, sagte Mubi, »aber wir befinden uns in den letzten Zügen für das Camp.«

»Ich habe Zeit«, erwiderte Selva und half Mubi dabei, die Kisten mit dem Material zu ihrem Auto zu bringen. Insgesamt herrschte ein angenehmes Gewusel, das nur auf den ersten Blick chaotisch wirkte. Bei genauerem Hinsehen wurde klar, dass alle genau wussten, was zu tun war.

Ein junger Kerl stand auf einer Leiter und entrollte ein Banner. Eine Glaskugel war zu sehen, in der sich eine Fabrik in strahlendem Licht befand; Bäume und Büsche begrünten das Gelände. Außerhalb der Fabrik war aber alles schwarz und verkohlt; am Himmel formte sich ein Wolkenstrudel und aus der verbrannten Erde stiegen Rauchwolken.

»Wir machen damit auf die Ölfirmen aufmerksam, die sich neuerdings einen grünen Anstrich geben, gleichzeitig aber mehr in fossile Brennstoffe investieren als je zuvor.«

»Der berühmte *rush to burn*«, sagte Selva. »Die Firmen versuchen, so viel Geld wie möglich zu machen, solange fossiler Brennstoff noch erlaubt ist.« Umso wichtiger, dachte sie, nicht auch noch neue fossile Energiequellen wie Methaneis zuzulassen.

»Das sind solche Schweine«, meinte ein Aktivist, der gerade hinzugekommen war.

Selva zuckte mit den Schultern. Die Firmen verhielten sich nach ihren eigenen Maßstäben rational und optimierten ihr Ziel, das darin bestand, möglichst viel Geld zu verdienen. Deswegen musste man auch genau dort ansetzen, wenn man etwas verändern wollte, und das Geldverdienen erschweren. Das konnte damit beginnen, dass die Endverbraucher sich weigerten, schmutzigen Strom zu kaufen, und damit enden, dass die Firmen für ihren gesamten Ausstoß, also auch für die Scope-3-Emissionen, zur Kasse gebeten wurden. Dann wäre es nicht länger lukrativ, Erdöl zu verheizen. Selva seufzte. Der Zertifikatehandel war ein erster Schritt in die richtige Richtung, aber zwischen Anspruch und Wirklichkeit klaffte noch ein beträchtliches Loch. Kein Wunder, dass viele Klimaaktivistis das anders sahen und am liebsten das gesamte kapitalistische System abschaffen würden. Selva bezweifelte allerdings, dass das die Probleme schneller oder besser lösen würde.

Plötzlich hörte sie aufgeregte Stimmen. Ein junger Mann, dem Aussehen nach Angolaner, kam auf Mubi zu und verlangte, Louis zu sehen. »Imediatamente!« Es handelte sich um Nando, einen Mitbewohner aus Louis' WG. Am Vortag war in der WG eingebrochen worden. »Nur durch Zufall waren sie alle gerade unterwegs«, übersetzte Mubi. Die Diebe nahmen die Playstation mit, eine ziemlich teure VR-Brille und die Webcam im Zimmer des Pärchens. »Das wäre ja noch okay, aber sie haben die Zimmer durchwühlt. Meine Comicbücher waren aus dem Regal gerissen, und meine Hemden lagen zertrampelt auf dem Boden.«

Selva musterte das gepflegte Äußere des jungen Mannes. Er trug ein kurzärmliges, bis oben zugeknöpftes Hemd mit geometrischem Muster, einen Bleistiftschnurrbart sowie rahmengenähte Lederschuhe in Creme und Kognakfarbe. »Hat Louis etwas ausgefressen?«, fragte der Mann. »Ist er deswegen seit Tagen nicht mehr zu Hause gewesen?«

Mubi kämpfte mit einer passenden Antwort, sodass Selva einsprang. »Er ist Zeuge in einem Mordfall«, erklärte sie auf Englisch. »Vermutlich war der Einbruch also nur vorgetäuscht, und tatsächlich waren die Eindringliche auf der Suche nach Louis oder einem Hinweis auf seinen Aufenthaltsort. Ihr hattet Glück, dass ihr nicht zu Hause wart, und solltet unbedingt die Polizei informieren.«

»Das habe ich zu den anderen auch gesagt, aber die vermuten einen Einschüchterungsversuch der Staatsmacht.«

»Der Staatsmacht?«, fragte Selva verwundert, unsicher, ob sie ihn richtig verstanden hatte. Sie bemerkte, wie Mubi unruhig wurde.

»Erklär's du ihr«, meinte Nando zu Mubi und verschränkte die Arme vor der Brust.

Zwei von Louis' fünf Mitbewohnern waren überzeugt, wegen ihrer politischen Ansichten unter Beobachtung zu stehen. »Sie haben keine Beweise. Es ist ihnen auch noch nie jemand gefolgt, und wenn, dann haben sie es jedenfalls nicht mitbekommen. Louis hatte schon einmal eine von einer befreundeten Hackergruppe da, damit sie die Wohnung nach Wanzen absucht. Ebenfalls vergeblich«, sagte Mubi. »Aber seit Louis untergetaucht ist, sind sie supernervös.«

»Ich wollte eh da keinen Tag länger bleiben als notwendig«, sagte Nando. »Aber wenn wir jetzt schon selbst angegriffen werden wegen irgendeiner Sache, in der Louis drinsteckt, bin ich definitiv morgen weg.« Er wandte sich zum Gehen. Selva berührte seine Hand, was er mit einer hochgezogenen Augenbraue quittierte.

»Bitte melden Sie die Sache der Polizei. Nur so besteht eine Chance, dass die Typen festgenommen werden und die Sache ein Ende findet.«

Sie streckte ihm Azenhas Visitenkarte entgegen. »Hier ist die Nummer des ermittelnden Kommissars.«

Am späteren Nachmittag erhielt Selva eine Nachricht von einer unbekannten Nummer mit einem Zeitpunkt und einem Treffpunkt. Sie stammte von Louis. Zumindest hoffte sie das. Sie schickte die Nachricht an Azenha.

»Ziemlich geheimniskrämerisch«, meinte er.

»Na ja, nach dem, was vorgefallen ist.«

»Ich weiß nicht, wovon Sie reden.«

»Na, der Einbruch in Louis' WG. Ist bei Ihren Kollegen noch keine Anzeige eingegangen?«

»Woher wissen Sie denn schon wieder davon?«

Selva legte sich gerade eine Antwort zurecht, als es auch schon aus Azenha heraussprudelte. »Wie kommt es eigentlich, dass Sie immer schon alles wissen, was ich Ihnen erzählen will.«

Sie zuckte mit den Achseln, was Azenha natürlich nicht sehen konnte, und sagte daher: »Ich weiß es nicht. Ich stelle einfach viele blöde Fragen.«

»Das muss es sein.«

»Vielleicht bin ich weniger misstrauisch als sie, und das spüren meine Gesprächspartner.«

»Ich bin kein Seelsorger«, grummelte Azenha, bedankte sich aber dafür, dass sie den Termin arrangiert hatte.

Sie trafen sich auf einem Miradouro, einem Aussichtspunkte mit Blick über die Stadt. Sie hatte Azenha zunächst nicht erkannt, weil er nur ein schlichtes T-Shirt trug. Er stand lässig am Geländer und beobachtete das Geschehen unter ihm.

»Interessante Pose für jemanden, der auf jemanden wartet«, meinte sie und gesellte sich zu ihm. Azenha drehte sich um.

»Ich war mir sicher, Sie würden die Lage im Blick behalten.«

»Sie haben Leute hier«, schlussfolgerte sie.

»Natürlich habe ich Leute hier, ich bin Polizist.«

»Das ist gegen die Abmachung.«

»Keine Sorge, ich habe nicht vor, ihn festzunehmen.«

»Jedenfalls nicht, bis er Ihnen nicht erzählt hat, was er weiß.«

Azenha musterte sie. »Sie sind eine sehr misstrauische Person, wissen Sie das?«

Sie wollte etwas erwidern, als sie einen schlaksigen Jungen mit tief ins Gesicht gezogener dunkelblauer Mütze herannahen sah. Sie hatte Louis nur einmal getroffen und aus der Nähe gesehen, aber sie erkannte ihn sofort wieder. Sie winkte, ließ dann aber die Hand sinken. Sie war hier nicht zu einem freundlichen Plausch verabredet. Dennoch freute sie sich, den Jungen wohlbehalten zu sehen. Er blieb in ein paar Metern Abstand stehen, die Hände in die Taschen seines Kapuzenshirts geschoben.

»Wollen wir uns vielleicht setzen?« Azenha deutete auf die Tische des Kiosks ein paar Meter weiter. Louis schien zu zögern.

Selva streckte die Hand nach ihm aus. Er setzte sich in Bewegung und suchte sich einen Tisch am Rand aus. So konnte er schnell aufspringen und wegrennen, wenn es sein musste. Die Bedienung kam. Der Junge bestellte ein Wasser, Selva ebenfalls und Azenha einen Kaffee.

»Bevor wir beginnen, möchte ich Ihnen mitteilen, dass Sie nicht unter Verdacht stehen«, sagte Azenha zu Louis. »Ich habe um das Treffen gebeten, weil wir Ihre Unterstützung benötigen, um den Tod Ihres Großvaters aufzuklären – und weil wir glauben, dass Sie ihn Gefahr schweben.«

Louis sah sich nervös um. Eine Familie unterhielt sich aufgeregt und schien immer wieder in seine Richtung zu blicken. Ein Mann mit genauso struppigem grauem Haar wie sein Hund kam auf sie zu, bog aber abrupt ab, als sein Hund einen Artgenossen entdeckt hatte und sein Herrchen in dessen Richtung zog.

Aus den Augenwinkeln nahm Selva eine Bewegung wahr. Hatte der Hundebesitzer seinen Hund wieder von der Leine genommen?

Der Familienvater, ein massiger Mann, hielt auf sie zu. Nach wenigen Schritten hatte er Louis erreicht. Instinktiv hielt Selva den Arm vor den Leib. Noch bevor der Mann zuschlagen konnte, warf sich ihm die Tochter in den Arm. Die Mutter schrie in ein paar Metern Entfernung auf, ein Kind kreischte. Louis duckte sich weg. Das Mädchen stürzte.

Azenha packte den Mann und drehte ihm die Hände auf den Rücken. Der massige Mann ging in die Knie wie ein gefällter Baum. Handschellen klickten.

Zwei Uniformierte erschienen. Einer stellte sich schützend neben Louis, der andere half dem Mädchen auf die Beine und sprach in sein Funkgerät. Selva vermutete, dass er einen Krankenwagen rief.

Die Frau des Mannes schrie den Kommissar auf Flämisch an. Der Junge an ihrer Hand, vielleicht zehn, versuchte vergeblich, Azenha gegen das Schienbein zu treten. Das Mädchen drehte sich von dem Vater weg, der immer noch auf sie einredete. Selva kannte diesen Blick von Nati: Er war vernichtend. Aus ihm sprach die Abscheu, mit so jemandem verwandt zu sein. Dieses Urteil des eigenen Kindes ließ sich nicht abwaschen, nicht wegreden, nicht übertünchen. Nicht einmal gutmachen, ließ es sich. Es ließ sich nur aushalten – und auch das nicht wirklich.

Die Oberlippe des Mädchens war geplatzt. Selva bot ihr ein Taschentuch und Desinfektionsmittel an. Dankbar nahm sie beides entgegen.

In der Zwischenzeit hatte sich Azenha ausgewiesen. Die Frau, die mittlerweile neben ihrem Mann kniete und auf ihn einredete, beruhigte sich etwas und drückte den Jungen an sich. Die Tochter beschimpfte den Vater und deutete immer wieder auf Louis, der zitternd neben Selva stand. Selva war überrascht, dass er nicht weggelaufen war, aber dann sah sie den zweiten Polizisten in Zivil, der neben ihm stand und die Umgebung nach weiteren potenziellen Angreifern absuchte.

»Ich bin kein Klimakiller«, sagte der Mann schließlich auf Englisch und stand mit Azenhas Hilfe wieder auf.

Er war der Jachtbesitzer aus dem Zeitungsartikel. Selva fand es bemerkenswert, dass der Artikel die vielleicht 16-jährige Tochter verschwiegen hatte. Offensichtlich zeigte sie mehr Verständnis für Louis' Aktion und hätte das Bild der verängstigten Familie gestört.

Einer der Uniformierten überprüfte seinen Daten und bestätigte, dass der Mann Anzeige erstattet hatte. Er hatte Louis anhand einer Aufnahme seiner Überwachungskamera identifiziert.

»Sie tun ja nichts. Sie sitzen hier und trinken Kaffee mit dem Kerl«, rief der Mann, während seine Tochter auf ihn einredete, mit dem Finger auf Louis deutete und sagte: »Du tust nichts, Paps. Du sitzt nur in deinem Büro und winkst alles durch.« Aus irgendeinem Grund sagte sie das auf Englisch. Dann wechselte sie über in Flämisch und redete weiter auf ihren Vater ein.

Die Lage beruhigte sich, die Gaffer verschwanden, der Sanitäter, der in der Zwischenzeit eingetroffen war, verarztete die Wunde des Mädchens. Die Familie zog wieder ab, das Mädchen ein paar Meter hinter den Eltern und höchst widerwillig. Der Vater sah sich immer wieder nach ihr um. Selva vermeinte, Tränen in seinem Gesicht zu erkennen. Louis' Aktion hatte Wirkung gezeigt. Wie lange diese anhielt, war eine andere Frage.

Schließlich nahmen sie wieder Platz, und Louis kam endlich dazu zu erzählen, was in der Nacht vor ihrer Ankunft in Lissabon vorgefallen war. Azenha fragte, ob Louis nicht doch lieber mit auf die Polizeistation kommen wolle, beschwichtigte aber sofort, als der sich erhob.

»Es war schon gegen die Abmachung, dass Ihre Leute hier sind«, sagte Louis. »Eigentlich sollte ich wieder gehen.«

»Louis, bitte! Ohne dich können wir die Mörder deines Avôs nicht finden«, sagte Selva. Azenhas hochgeschnellte Augenbraue bei dem Wort »wir« war ihr nicht entgangen.

»Es ist kein Verhör. Sie werden nicht verdächtigt«, bekräftigte Azenha.

»Wir waren der Virginia schon eine ganze Weile lang gefolgt. Es dämmerte bereits. Wir beschlossen daher kehrtzumachen, bevor die Virginia uns bemerkte, als sich ein Schlauchboot aus dem blauen Dunst schälte und rasch näher kam«, erzählte Louis.

»›Wir werden sie zur Rede stellen!‹, sagte Avô«, fuhr Louis fort. »Er setzte seine Kapitänsmütze auf und stellte sich breitbeinig ans Steuer. Er war so überzeugt davon, dass ihm niemand etwas anhaben konnte. ›Ich bin Leiter der Umweltbehörde und damit offizieller Vertreter der Stadt‹, sagte er und holte ein Megafon aus einer Kiste. Er machte sich bereit, die Männer in dem Schlauchboot zurechtzuweisen.«

Louis schüttelte den Kopf. »Ich war so stolz auf ihn, dass er sich nicht einfach aufgab oder das Ganze als unwichtig abtat, und jetzt ist er tot.«

Louis verknotete die Hände ineinander. Die letzten Reste der türkisen Farbe waren abgesplittert, bemerkte Selva.

»Wir haben dann versucht, das Boot zu identifizieren und es per Funk zu kontaktieren, aber nichts. Avô hat es dann noch mal auf einer anderen Frequenz probiert, die gern von illegalen Fangbooten verwendet wird. Wieder nichts«, erzählte Louis.

Azenha wollte wissen, wie viele Personen sich in dem Schlauchboot befanden und ob er sie beschreiben konnte.

»Es waren zwei. Ein bärtiger Kerl, Typ Seewolf, der offensichtlich das Sagen hatte, und ein weiterer, der sich im Hintergrund hielt. Beide waren groß und ziemlich kräftig.«

Azenha nickte und notierte sich etwas.

Auf Anweisung seines Großvaters versteckte sich Louis dann unter Deck.

»Avôs Voraussicht hat mir das Leben gerettet. Er wollte nicht, dass sie wissen, dass noch eine Person an Bord ist.«

Von seiner Position aus konnte Louis zwar nichts sehen, aber er konnte der Unterhaltung folgen.

»›Als Leiter der Umweltbehörde der Stadt Lissabon fordere ich Sie auf, sich auszuweisen und den Grund für Ihren Aufenthalt in diesem Gewässer anzugeben‹, sagte Avô. Außerdem wies er die Männer darauf hin, dass das Schiff weder das Topplicht noch die anderen vorgeschriebenen Lichter eingeschaltet habe und auch nicht das AIS, das für Schiffe dieser Größe zwingend vorgeschriebene Automatische Identifikationssystem.«

Selva fühlte sich bestätigt. Genauso hatte sie sich das aus den Angaben von Geros Kumpel Vladi zusammengereimt. Sie warf Azenha einen wissenden Blick zu, was der mit einem gequälten Nicken quittierte.

»Dann wiederholte der Großvater seine Ansage auf Englisch«, fuhr Louis fort. Er hörte den Seewolf in sein Funkgerät sprechen, konnte aber die Sprache nicht ausmachen.

»›Kommen Sie an Bord, und wir klären die Sache‹, sagte der Seewolf dann, bestand aber darauf, dass Avô das Handy zurückließ.«

Der Großvater war dann kurz unter Deck gegangen unter dem Vorwand, sein Handy in eine wasserdichte Box zu packen.

»›Wenn es länger dauert, rufst du die Deutsche an‹, meinte Avô. ›Sag ihr, dass ich mich verspäte, und erzähl ihr, was hier gerade passiert. Das Passwort ist dein Geburtstag. Und wenn es sehr lange dauert, funkst du die Küstenwache an und kehrst um.‹ Da bekam ich zum ersten Mal richtig Angst.«

Es dauerte eine Weile, bis Louis weitersprechen konnte.

»Ich hätte ihn zurückhalten sollen. Wir hätten sofort umkehren sollen.«

Louis schabte mit den Zähnen auf seinem Daumennagel.

»Dafür war es zu diesem Zeitpunkt bereits zu spät«, meinte Azenha. »Du hättest …«, er verschluckte den Rest des Satzes, und das war gut so. Wollte er den Jungen vergraulen, jetzt, wo er sich endlich öffnete, indem er ihm vorwarf, nicht von Anfang an die Polizei eingeschaltet zu haben? Denn Selva war sich sicher, dass es genau das war, was Azenha gerade noch rechtzeitig hinuntergeschluckt hatte.

»Es ist nicht deine Schuld«, sagte Selva, um Louis zum Weiterreden zu ermuntern.

»Alles in mir sträubte sich, Avô gehen zu lassen. Die ganze Situation, das unmarkierte Schiff, das alles waren klare

Anzeichen für Gefahr. Aber Avô gestikulierte wild, als ich meinen Kopf zur Luke hinausschob, und ich fügte mich.«

»Was geschah dann?«, fragte Azenha in Louis' Schweigen hinein.

Louis war dann doch an Deck gegangen, um das weitere Geschehen zu verfolgen. Während der Großvater auf das Schlauchboot zuging, schwand Louis' Zuversicht, herauszufinden, was dieses Schiff vor der Küste Portugals suchte. »Ich meine, der Kerl hätte es einfach sagen können. Warum diese Geheimniskrämerei?« Mit jedem Schritt stieg seine Angst, einen Fehler begangen zu haben, als sie am frühen Morgen die Verfolgung aufgenommen hatten. »Erst war es nur so ein Unbehagen«, erklärte Louis. »Dann wuchs sich das zu einem dumpfen Druck in der Magengegend aus und schließlich fühlte es sich an, als habe jemand eine riesige Grabplatte auf mir abgelegt.«

Azenha schob ihm ein Glas Wasser hin, bevor er ihn aufforderte weiterzusprechen. Louis nahm einen Schluck.

»Avô ließ sich in das Schlauchboot hinab. Das Letzte, was ich von ihm sah, war seine Kapitänsmütze. Dann hörte ich den Motor des Schlauchboots.«

Louis verstummte.

»Und dann?«, fragte Selva, als sie die Stille nicht länger aushielt.

Louis hörte die Funkfrequenzen ab, fand aber keinen Hinweis auf das mysteriöse Schiff. Er markierte ihren Kurs auf der Seekarte. Er machte mit dem Handy seines Großvaters Aufnahmen von dem Schiff, aber die waren immer noch ziemlich verpixelt.

Es wurde Tag.

»Ich hab dich angerufen«, sagte er zu Selva. »Aber ich hab sofort wieder aufgelegt.« Louis warf ihr einen schuldbewussten Blick zu. »Ich wusste nicht, was ich sagen sollte. Dich rechtzeitig am Flughafen abzuholen schien das Unwichtigste der Welt in diesem Moment.«

Wenigstens hatte sie jetzt eine Erklärung für die mysteriösen Nachrichten auf ihrem Telefon. Wie ihr Sommersprosse vom WWF erzählt hatte, konnten die Nachrichten erst abgesandt werden, sobald das Handy wieder Empfang hatte. Daher die Verzögerung. Es begann, alles einen Sinn zu ergeben. Auch wenn ihr nicht klar war, warum der Direktor so viel Vertrauen in sie gesetzt hatte.

»Ich wartete darauf, dass er zurückkam. Ich fand eine angebrochene Dose mit Butterkeksen und verdrückte sie. Ich machte mir einen Tee, um sie herunterzuspülen. Ich blickte auf die Uhr und dann erneut und noch einmal. Es war bereits eine Stunde vorüber. Vielleicht gab es viel zu besprechen, sagte ich mir.«

Er versuchte noch, mit dem Fernglas etwas zu erkennen, aber er sah niemanden an Deck des Bootes bis auf einen grimmigen Kerl, der mit verschränkten Armen da stand und Löcher in den Morgenhimmel stierte.

»Du hast mich mehrmals angerufen«, sagte Selva.

»Nicht mit Absicht«, erklärte Louis. Er hatte aus Versehen auf Wahlwiederholung gedrückt.

»Das ist wie mit dem Notruf. Den habe ich auch gedrückt, aber anscheinend nicht fest oder nicht lang genug. Jedenfalls kam niemand.«

Klick, klick, klick. Die Teile fügten sich zu einem stimmigen Ganzen. So einfach konnte die Wahrheit sein, dachte Selva.

»Dann tat sich plötzlich was«, setzte Louis seine Ausführungen fort. »Der Wind trug Stimmen von dem Schiff herüber. Ich nahm das Fernglas und sah, dass der Seewolf erschien. Er trug einen Körper über der Schulter, einen leblosen Körper, Avôs Körper.« Louis hatte sich das Nagelbett blutig geschabt. Selva reichte ihm ihr letztes Taschentuch.

Der Rest war schnell erzählt, fast so, als ob Louis froh war, es endlich hinter sich zu bringen und auszusprechen. Ein zweiter Mann packte mit an, und gemeinsam warfen sie den

Leichnam seines Großvaters über Bord. Anschließend ließen sie sich in das Schlauchboot hinab und hielten auf die Rosalia zu.

»Sie kamen für mich! Ich überlegte, ebenfalls von Bord zu gehen. Dann sagte die Stimme meines Großvaters zu mir: Sie wissen gar nicht, dass du da bist. Also bewahre einfach einen kühlen Kopf. Und das machte ich dann auch.«

Als er bereits Stiefeltritte an Deck hörte, versteckte er sich rasch auf der Toilette.

»Ich hatte wahnsinnig Angst, dass ich niesen müsste. Ich bin allergisch gegen den Zitronenduft, den Avô auf dem Klo versprüht«, sagte Louis. »Aber der Kerl kam gar nicht unter Deck.«

»Es war nur einer?«, fragte Azenha. Louis nickte.

»Der andere wartete vermutlich im Schlauchboot«, sagte Louis und fuhr in seiner Schilderung der Ereignisse fort.

»Ich hörte die Ankerkette rasseln, dann fuhr das Boot kurz rückwärts. Das macht man, damit sich der Anker nicht verdreht. Es nahm Fahrt in die entgegengesetzte Richtung auf. Ich hörte, wie jemand die Badeleiter hinabstieg. Der Motor des Schlauchboots wurde leiser. Trotzdem wagte ich mich nicht hinaus. Minutenlang, stundenlang, gefühlt tagelang, verharrte ich in der Toilette, bis ich schließlich niesen musste. Spätestens jetzt hätten mich Typen sowieso entdeckt. Also ging ich an Deck.

Das Boot hielt stramm auf den offenen Atlantik zu. Der Eindringling hatte das Steuerrad fixiert und die Geschwindigkeit auf Maximum gestellt. Die Rosalia befand sich bereits weit draußen. Mein Handy hatte keinen Empfang.

Als Erstes drosselte ich die Geschwindigkeit, dann änderte ich den Kurs und hielt auf die Küste zu. Nach meinem Handy waren gerade mal zwanzig Minuten vergangen, seit die Typen die Rosalia aufs offene Meer treiben ließen.

Zuerst wollte ich nach Avô suchen, aber es war aussichtslos. Ich wusste überhaupt nicht, wo ich mit dem Suchen anfangen sollte. Das dunkle Schiff war nur noch ein winziger Fleck am Horizont. Trotzdem lenkte ich das Boot entlang der Küste in der Hoffnung, seine Mütze auf dem Wasser treiben zu sehen oder vielleicht seine Jackett, das sich aufblähte. Aber nichts. Mehrmals dachte ich, sein weißes Hemd aufblitzen zu sehen. Jedes Mal entpuppte es sich als Möwe. Schließlich gab ich auf, denn der Treibstoff war fast alle und ich hatte noch einen weiten Weg bis zur Doca zurück. Außerdem dachte ich mir, dass es vielleicht mehr bringt, dich«, er warf Selva einen Blick zu, »am Flughafen abzupassen. Ich wusste zwar nicht, was ich sagen sollte, aber es schien mir der beste Kurs.«

»Ich glaube, ich habe dich gesehen. Warum hast du mich nicht angesprochen?«, fragte Selva sanft.

Louis schoss Azenha einen Blick zu.

Azenha begriff sofort. »Ich bin Polizist. Ich bin da, um zu helfen!«, rief Azenha und als Louis das Gesicht verzog und etwas von Polizeigewalt bei Demos murmelte, schob er hinterher: »Ach, bleiben Sie mir doch weg mit Ihren Klischees. Ihr Großvater könnte vielleicht noch leben, wenn Sie uns von Anfang an informiert hätten.«

»Vielleicht, vielleicht aber auch nicht«, mischte sich Selva ein. »Jedenfalls trägt Louis keine Schuld am Tod seines Großvaters. Wir sollten uns daher auf das Aufspüren der Schuldigen konzentrieren, meinen Sie nicht?«

Azenha hatte sichtlich Schwierigkeiten, seine verletzte Ehre zur Seite zu schieben und seine Verärgerung hinunterzuschlucken.

»Ich kann gar nicht mehr genau sagen, wie ich zurückkam«, meinte Louis. »Ich weiß nur noch, dass es windig war; meine Hände waren kalt und klamm, so fest hielt ich sie um das Steuerrad gekrallt.«

Er versank in Gedanken. Azenha beendete die Aufnahme.

»Ich krieg den Geschmack nicht mehr los.«

»Welchen Geschmack?«, fragte Azenha.

»Dieses Gefühl von rostigem Eisen im Mund.« Er blickte auf das blutige Taschentuch, das er um seinen Daumen gewickelt hatte. »Dieser Geschmack von Blut und Verderben und Schuld.«

»Es war also Mord. Die Männer von dem nicht identifizierten Schiff haben Ihren Großvater umgebracht«, fasste Azenha nach einer kurzen Pause zusammen.

»Es sah nicht so aus, als ob sich Großvater wehrte. Deswegen gehe ich davon aus, dass er bereits tot war.« Louis war immer leiser geworden. Selva strich ihm über die Hand.

Das deckte sich mit dem Obduktionsbericht. So viel wusste sie. Der Pathologe hatte von einem dumpfen Schlag gegen den Schädel gesprochen. Man konnte nur hoffen, dass der Großvater bereits tot war und nicht noch einmal im Wasser zu sich kam, bevor er ertrank.

Azenha zeigte dem Jungen eine Aufnahme der Überwachungskamera in der Polizeistation, die den angeblichen »Onkel« von Louis abbildete. »Dieser Mann hat nach Ihnen gefragt. Erkennen Sie ihn wieder.«

Es erstaunte Selva immer wieder, wie schnell der Körper reagierte, meist viel schneller, als der Verstand die Dinge verarbeiten konnte. Vermutlich ein Überlebensinstinkt, sagte sie sich und beobachtete, wie sich zuerst Louis' Atem beschleunigte; dann brachte er seine Füße in Startposition, und schließlich war in seinem Kopf die Nachricht angekommen, dass es sich lediglich um ein Foto handelte, die Bedrohung in diesem Moment also nicht real war, und er schüttelte den Kopf: »Nein, der Kerl war kräftiger als der hier. Das konnte ich selbst in der Dämmerung klar erkennen.«

Azenha zeigte ihm ein weiteres Foto. »Das wurde von der Webcam im Zimmer von zwei deiner Mitbewohner aufgenommen.« Das Foto zeigte denselben weißen Typen, blonde Tolle, der in die Kamera grinste, bevor er sie einsackte. »Nein, tut mir leid.«

Azenha ließ das Handy wieder in seine Hosentasche gleiten.

»Was heißt das jetzt?«, fragte Louis und sah sich unsicher um.

»Fakt ist doch«, meinte Selva, »dass sämtliche Indizien Louis' Geschichte untermauern. Was gibt es da noch zu zweifeln?«

Louis lächelte ihr dankbar zu.

»Wie eingangs schon gesagt«, erwiderte Azenha, »Louis steht nicht unter Verdacht. Ich versuche jetzt, die fehlenden Puzzlestücke zusammenzusetzen. Da wäre zum Beispiel das mysteriöse Schiff, bei dem es sich ja, wie Sie, Senhora Klimt, so ausführlich dargelegt haben, nicht um ein unmarkiertes Fangboot handelte. Stellt sich also die Frage, was es dann dort wollte. Haben Sie vielleicht eine Idee, Louis?«

»Ich habe da eine Theorie«, mischte sich Selva ein, und beide, Louis und Azenha, wandten ihr zeitgleich die Köpfe zu.

»Ich glaube, es geht um Methaneis«, sagte sie.

»Wie kommen Sie denn da drauf?«, rief Azenha entnervt.

Selva berichtete ihm, was sie herausgefunden hatte.

»Moment«, unterbrach sie Azenha, »wollen Sie behaupten, unsere nationale Ozeanstrategie beinhalte ein Ausbeuten des Atlantiks in großem Stil?« Der Habicht war erwacht und bereit zuzustoßen.

»Es muss ja nicht die Regierung dahinterstecken«, meinte Selva. Aber vielleicht die ehrgeizige Leiterin der Umweltbehörde, schob Selva in Gedanken hinterher.

Kapitel 16
Das »Saudi-Arabien« Europas

Als Selva am nächsten Tag Julie anrief, befand diese sich bereits im Überlichtgeschwindigkeitsmodus, und das um neun Uhr morgens. Dann fiel Selva ein, dass es in Brüssel ja bereits eine Stunde später war und Julie jeden Morgen vor der Arbeit fünf Kilometer joggte. Julies Kreislauf lief also bereits auf Hochtouren, und die zwei Tassen Espresso, aus denen ihr Frühstück bestand, trugen ihren Teil dazu bei, dass das auch so blieb. Aber heute war sie noch hippeliger als sonst, was dazu führte, dass ihr Französisch die Geschwindigkeit eines TGV annahm und Selva, die an und für sich sehr gut Französisch sprach, Schwierigkeiten hatte, ihr zu folgen. Heute Stand Julie offensichtlich so unter Strom, dass sie sogar ein paar arabische Wörter einfließen ließ. Ein sicheres Zeichen, dass Julie den höchsten Stand der Erregbarkeit erreicht hatte.

»Hast du es schon gelesen? Kannst du das glauben? Ich meine, wie bösartig ist das denn?«, fragte sie. Es folgte eine laute Schimpftirade über diabolische Mineralölkonzerne und die bevorstehende Umweltkatastrophe. Es dauerte eine Weile, bis Selva herausfiltern konnte, worum es ging. Dass sich Mineralölkonzerne einen grünen Anstrich gaben, war nichts Neues. »Warum regt dich das so auf, Julie?«, sagte sie, doch damit befeuerte sie Julies Wut aufs Neue. »Es sind egoistische Dreckskerle. Außer möglichst viel Geld zu scheffeln interessiert die nichts und niemand. Ich frage mich, was die ihren Kindern sagen? Oh, tut mir leid, aber du wirst mit dreißig abkratzen, weil ich so viel Dreck aus der Erde geholt habe, dass du daran verrecken wirst?«

Selva musste an Louis' Sprühaktion denken und fragte sich, ob er damit Erfolg hatte, ob auch nur ein Abteilungsleiter eines Energieerzeugers daraufhin zu seinem Chef ging und sagte: »Du, Chef, wir sollten diese Kohledrecksschleuder runterfahren.«

Julie schimpfte weiter. Selva unterbrach sie. »Julie. Julie! Julie!!«

Julie verstummte. »Was?«

»Das ist doch alles nichts Neues. Das ist wie mit den Tabakfirmen. Die haben auch lange geleugnet, dass Rauchen tödlich ist. Warum erzählst du mir das also? Was ist passiert, dass dich das jetzt so aufregt?«

Idealisten wie Julie erwarteten, dass die Menschen aus Einsicht das Richtige taten. Selva hingegen hielt es für zielführender, regelmäßig nachzusehen, ob sich die Menschen noch auf dem Pfad der Tugend befanden, und gegebenenfalls nachzusteuern. Deswegen war sie auch selten enttäuscht von Menschen, sondern eher freudig überrascht, wenn es jemand geschafft hatte, seine Vorsätze umzusetzen.

»Oh, putain, du fängst jetzt nicht wieder damit an, dass ich rauche, oder?«

Daran hatte Selva tatsächlich nicht gedacht. In der Vergangenheit hatte sie das Rauchen oft als Beispiel dafür genommen, dass Menschen Dinge taten, von denen sie wussten, dass sie schlecht waren, sogar schlecht für die eigene Gesundheit, und es trotzdem nicht lassen konnten.

»Sorry, so war das nicht gemeint«, erwiderte Selva schnell.

»Okay. Okay. Okay«, sagte Julie, klang noch leicht beleidigt, aber das schien sich mit dem dritten »Okay« zu legen.

»Das ist doch schon lange bekannt, dass die massiven Reduktionen im CO_2-Ausstoß, den diese Konzerne in ihren Hochglanzberichten anpreisen, Scope 3 gar nicht enthalten.«

Vereinfacht gesagt waren Scope-1-Emissionen die Treibhausgase, die die Unternehmen in der Produktion und in den eigenen Industrieanlagen direkt freisetzten. Scope 2 berücksichtigte die Emissionen, die bei der Nutzung der vom Unternehmen eingekauften Energie entstanden, und unter Scope 3 fielen die Emissionen, die anderswo durch die Ver- oder Anwendung der Produkte des Unternehmens entstanden.

Selva hatte viele Diskussion darüber mit Karel geführt. Unternehmen wie Shell oder Exxon oder Aramco sprachen von massiver Reduktion und meinten damit die Treibhausgase, die bei der Förderung, dem Transport oder in der Raffinerie entstanden, also bei Scope 1.

Keine Frage, das Abfangen des Methans stellte einen Fortschritt gegenüber dem Abfackeln dar, aber die meisten Emissionen entstanden beim Verbrennen des Treibstoffs in Millionen von Pkws, auf endlosen Flugzeugkilometern, in Heizungen für Tausende und Abertausende Haushalte – die Liste war schier endlos. Das alles zählte unter Scope-3-Emissionen. Es ging nicht darum, dass der Gabelstapler, der die neuen Pipelineteile transportierte, batteriegetrieben fuhr. Das war ein Tropfen auf den sich stetig aufheizenden Steinbrocken namens Erde.

»Warum regst du dich darüber auf? Was ist passiert?«, fragte Selva.

»Darum geht's mir gar nicht«, antwortete Julie. »Hast du den Artikel im Guardian nicht gelesen? Danach will allein British Petroleum Milliarden in Öl- und Gasprojekte investieren. Fast doppelt so viel wie in erneuerbare Energien. Ich habe vor Kurzem ein Paper gelesen, in dem 425 Projekte aufgelistet waren – ich wiederhole: 425–, die potenziell mehr als eine Gigatonne CO_2 produzieren. Damit würden die Konzerne, die hinter diesen Projekten stehen, nicht nur das Kohlenstoffbudget zum Einhalten der 1,5-Grad-Kurve komplett ausschöpfen, sie würden es sogar um das Doppelte überschreiten. Das Doppelte, Selva, das Doppelte.« Julie schnappte hörbar nach Luft. »Es gibt sogar einen Begriff dafür, warte mal, ich finde ihn gleich«, fuhr sie fort.

»Rush to burn«, sagte Selva. Ein weltweites Verbot fossiler Brennstoffe nahm den Mineralölkonzernen, die sich nicht selten in staatlicher Hand befanden, die Geschäftsgrundlagen. Deswegen betrieben einige dieser Konzerne jetzt eine Art Schlussverkauf. Möglichst viel fördern und verkaufen, solange das noch ging, lautete die Devise. Schnell noch einen Reibach machen. Unter dem Gesichtspunkt der Profitmaximierung eine rationale Entscheidung, aber das konnte sie Julie nicht sagen. Sie verwechselte Selvas Analyse gern mit Zustimmung.

Selva hörte Julie schniefen. »Julie, ist alles okay mit dir?«

»Weißt du, da sitzen wir hier und rackern uns ab und tun und machen, um nicht einmal zehn Prozent der weltweiten Treibhausgasemissionen zu reduzieren, und dann kommt da ein Aramco, das allein für fast fünf Prozent aller Emissionen weltweit verantwortlich ist, oder auch Länder wie die China, die USA, Australien, und selbst Algerien hat seine Finger da mit drin und machen das alles wieder zunichte!« Sie zog die Nase hoch. »Was tun wir hier eigentlich? Das ist doch Zeitverschwendung. Vielleicht sollte ich es wie du machen und mich irgendwohin versetzen lassen, wo es schön und warm ist; dort kann ich dann das Leben genießen, bis uns die Welt um die Ohren fliegt.«

»Hier ist die Sonne auch nicht gelber als bei dir«, sagte Selva. Das entlockte Julie ein verrotztes Lachen. »Aber du bist herzlich willkommen, mich zu besuchen.«

Endlich gelang es ihr, die Frage zu stellen, weswegen sie Julie angerufen hatte.

»Sag mal, sind eigentlich schon alle eure Ausschreibungen in der TED-Datenbank?« Jede Beschaffungsanfrage der öffentlichen Hand innerhalb der EU musste in dieser Datenbank, Tenders Electronic Daily, ausgeschrieben werden, um sämtlichen in der EU ansässigen Unternehmen die Chance zu geben, ein Angebot abzugeben. Sollte die portugiesische Regierung also Testbohrungen nach Methaneis vor ihrer Küste durchführen wollen, müsste sich dazu eine Ausschreibung in der Datenbank finden lassen. Karels Truppe schaute routinemäßig über Ausschreibungen, die das Umweltressort tangierten. Manchmal gab es auch konkrete Anfragen um Unterstützung.

»Das kommt noch hinzu: Im Moment ist wie erwähnt alles auf Eis wegen der Revision«, sagte Julie.

»Könntest du trotzdem mal schauen, ob es in den letzten drei Monaten abgeschlossene Ausschreibungen in Portugal zu Testbohrungen im Atlantik gab?«

Sie hörte Julies Nägel auf der Tastatur klackern.

»Geht das ein bisschen genauer?«, fragte die Kollegin aus Brüssel. »Es gibt momentan 1784 aktive Ausschreibungen für Portugal. Das reicht von Teile und Zubehör für Fahrräder über nicht näher bestimmte Überwachungsdienste bis zu orthopädischen Prothesen. Ich glaube, du bist besser dran, wenn du auf der Webseite des portugiesischen Umweltministeriums suchst.«

Selva kam sich vor wie bei der berühmten Suche nach der Nadel im Heuhaufen, nur dass erschwerend hinzukam, dass sich der Heuhaufen auf dem Meeresboden des Atlantiks befand. Aber es gab eine Person, die bestens darüber Bescheid wusste, wo es sich lohnte, nach Methaneis zu bohren. Selva machte sich auf den Weg in die Behörde.

Selva passt Cardosa vor dem Aufzug ab. Tilda hatte ihr den Tipp gegeben, dass Cardosa einen Termin im Ministerium hatte, und sie angefunkt, sobald sich ihre Chefin auf den Weg machte.

Als sich die Aufzugtüren zur Tiefgarage öffneten, stand Selva bereit.

»Ich habe Ihnen Hausverbot erteilt«, sagte Cardosa. »Wenn Sie nicht sofort verschwinden, rufe ich den Sicherheitsdienst.«

»Wir befinden uns hier in einer Parkgarage. Ich will nur zu meinem Wagen.«

»Dann tun Sie das und gehen Sie mir aus dem Weg.«

»Nicht bevor Sie mir erklären, was Sie mit den Methaneisbohrungen vor der Küste hier zu tun haben.«

Cardosa blieb stehen und starrte sie an. Das grelle Licht der Parkhausbeleuchtung verlieh ihrem blassen Gesicht einen Stich ins Grüne.

»Wenn ich es Ihnen erzähle, lassen Sie mich dann endlich in Ruhe?«

Selva nickte und lief neben Cardosa her, die die Reihen der geparkten Autos entlangging. Selvas Sneaker quietschten auf dem Bodenbelag.

»Wir sind eine Seefahrernation, schon immer gewesen«, sagte Cardosa und blieb abrupt stehen.

»Wir waren nie die großen Eroberer wie die Spanier, die sich Bergdorf für Bergdorf vorkämpften, um schließlich die Hauptstadt der Azteken zu erreichen und Montezuma zu unterwerfen. Wir sind schon immer subtiler vorgegangen und haben uns auf die Küsten und die Beherrschung der Meere fokussiert.« Die Statue von Afonso und den von ihm eingerichteten Stützpunkten entlang des indischen Subkontinents kamen Selva in den Sinn. Sie war sich sicher, dass auch die Portugiesen ihre Vorherrschaft mit Blut und Asche erkämpft hatten wie alle Kolonialmächte.

»Und kommen Sie mir jetzt nicht mit Unterdrückung und Ausrottung und Sklavenhandel«, schob Cardosa hinterher. »Nicht Sie! Von einer Deutschen lasse ich mir da nichts vorwerfen!«

Selva hob die Hände in einer Art Unterwerfungsgeste. Sie hatte nicht die Absicht, in einen Wettstreit einzutreten, welches Land die größeren Gräueltaten verübt hatte. Als Deutsche trug sie diesen Titel in dem Bewusstsein, wenigstens nicht anfällig für die Glorifizierung der Vergangenheit zu sein. Wobei auch das sich gerade zu wandeln schien, und mit der Ablehnung von Menschen, die nicht genau so aussahen wie man selbst, nicht genau so liebten, nicht genau so lebten, fing es an.

Selva konzentrierte sich wieder auf Cardosas Ausführungen, die in der Zwischenzeit weitergegangen und vor einem Elektro-Peugot stehen geblieben war. Selva hätte nicht gedacht, dass diese sehnige Frau, die sie sich viel eher beim Wandern in den Bergen vorstellen konnte als am Bug eines Schiffes, sich in direkter Linie mit Vasco da Gama sah, zumindest kulturell betrachtet, wenn schon nicht genealogisch.

»Endlich hat das auch unsere Regierung verstanden«, fuhr Cardosa fort. »Mit der Neuauflage unserer Ozeanstrategie werden wir das angehen.«

Die Estratégia do Mar – die Ozeanstrategie – richtete Portugal deutlich auf das Meer hin aus. Mit der Ausweitung der Ausschließlichen Wirtschaftszone hatte es sein territoriales Gebiet vervierzigfacht.

»Wir werden zum Dreh- und Angelpunkt im Atlantik. Wir sind die Brücke zwischen dem Osten und dem Westen, verbinden den Norden mit dem Süden.« Das war eins zu eins aus dem Papier zitiert. Hatte Cardosa daran mitgewirkt? Selva nahm sich vor, das später nachzuschauen.

Cardosa griff in ihre Manteltasche und holte ihre Schlüssel heraus, an dem ein Miniaturmodell eines Methaneiswürfels hing. Es war identisch mit dem auf ihrem Schreibtisch, allerdings deutlich kleiner. »Wissen Sie, was das ist?«

»Das ist ein pentagondodekaedrischen Käfig«, sagte Selva, »eine von mehreren Formen, die Methaneis einnehmen kann.«

Nicht nur Elfenohren, sondern auch Koboldaugen, schoss es Selva durch den Kopf, als Cardosa verwundert die Augen aufriss. Dann nickte die Leiterin der Umweltbehörde. »Ich sehe, Sie haben sich schlaugemacht. Wissen Sie auch, warum das Methaneis so wichtig für unser Land ist?«

Hier konnte Selva nur mutmaßen. Sie rief sich das Gespräch mit dem Geologen in Erinnerung und antwortete: »Portugal deckt rund die Hälfte seines Energiebedarfs mit importiertem Erdöl. Das schafft Abhängigkeiten. Methaneis würde diese Abhängigkeiten reduzieren, nehme ich an.«

Zwei kurz aufeinanderfolgenden Piepser, ein Zwinkern der Blinklichter und Cardosa ließ die Schlüssel nebst vielflächigem Anhängsel wieder in ihre Manteltasche gleiten. »So ist es.«

»Wie passt das zum Ziel Portugals, bis 2030 nur noch erneuerbare Energie zu verwenden?«, fragte Selva und trat an die Beifahrertür. Sie hatte nicht die Absicht, sich von Cardosa abservieren zu lassen.

»Wagen Sie es ja nicht einzusteigen«, meinte sie nur. Selva fragte sich, was Cardosa tun würde, wenn sie tatsächlich in den Wagen einstieg. Aber die dozierte zu gern, als dass sie Selva jetzt hätte stehen lassen.

Über die geöffnete Wagentür hinweg sagte sie: »Wenn wir es bis 2030 schaffen, unseren Energiebedarf durch Solarenergie, Wind- und Wasserkraft zu decken, umso besser. Es gibt genügend andere Länder, wie das Ihre zum Beispiel, die immer noch am Öl- bzw. Erdgastropf hängen.« Cardosa fummelte an ihrem Handy herum, um dann Selva eine Übersicht über Deutschlands Energiemix zu zeigen, der einen deutlich geringeren Anteil erneuerbarer Energien enthielt als derjenige Portugals. »Wenn Sie mir den Hinweis gestatten«, fügte Cardosa hinzu: »Ihre Regierung ist gerade dabei, die Abhängigkeit von verflüssigtem Erdgas für die nächsten Jahrzehnte zu zementieren.«

Der Vergleich war nicht ganz fair. Schließlich schien die Sonne in Portugal deutlich länger als in Deutschland, zudem waren die Winter bei Weitem nicht so kalt. Außerdem gab es in Portugal insgesamt weniger energieintensive Industrie als in Deutschland. Trotzdem ließ sich das Argument der Abhängigkeit nicht von der Hand weisen, vor allem nicht rückwirkend betrachtet. Deutschland hatte wertvolle Zeit verplempert. Der Ukrainekrieg machte es nicht besser.

»Immerhin ist flüssiges Erdgas besser als Steinkohle«, meinte Selva, und im selben Moment wurde ihr klar, dass sie in Cardosas Falle gegangen war.

Cardosa verschränkte die Arme vor der Brust und schien ein selbstzufriedenes Grinsen nur mit Mühe unterdrücken zu können. Selva wusste, was jetzt kam.

»Exactamente«, sagte Cardosa dann auch. »Aus genau diesem Grund ist es sinnvoll, Methaneis zu fördern und an all die Länder zu verkaufen, die noch mit Kohle oder Erdöl Strom erzeugen.« Jetzt erschien doch noch ein Grinsen auf Cardosas Gesicht, das sonst stets einen zusammengekniffenen Ausdruck zeigte. »Genau deswegen müssen wir uns diese Option offen halten und die Tür nicht zuschlagen, nur weil wir uns selbst mit Erneuerbaren versorgen können.«

Selva ging zum Gegenangriff über. So leicht würde sie sich nicht geschlagen geben.

»Haben Sie deswegen die Probebohrungen vor der Küste autorisiert? Wissen Sie, was passiert, wenn diese Konzerne erst mal ihre Krallen in den Meeresboden versenkt haben?«

Sofort war das Faltengebirge in Cardosas Gesicht wieder da. »Welche Probebohrungen?«

Das wirkte nicht gespielt. Cardosa mochte zwar eine Ziege sein, eine *cabra*, wie die Portugiesen sagen, aber genau deswegen war sie auch keine gute Schauspielerin. Sie ließ ihrem Ärger freien Lauf und wollte, dass der oder die andere ihre Geringschätzung spürte.

»Ich lasse garantiert keine ausländischen Konzerne unseren Meeresboden umpflügen. Genauso wenig wie ich mir von ausländischen Expertinnen sagen lasse, was ich tun soll.«

Mit einem heftigen Schlag zog sie die Fahrertür hinter sich zu und startete ihren Wagen. Selva blieb nichts anderes übrig, als zur Seite zu treten.

Sie lauschte dem leisen Surren von Cardosas Wagen, als sie zur Ausfahrt fuhr.

Selva musste mit jemandem reden. Sie schickte Jackie eine Nachricht, die sie spontan zum Abendessen in ein japanischen Restaurant einlud. »Absolut göttlich«, hatte sie am Telefon gesagt. Sie war vor ein paar Wochen mit Geschäftspartnern dort gewesen.

Jetzt strich sich Selva über den Bauch. »Du hast nicht übertrieben«, sagte sie.

Der Draht in der Globusbirne vor ihr leuchtete und warf einen sanften Goldton auf Jackie.

»Du hast hoffentlich noch Platz für Nachtisch«, erwiderte sie.

»Nachtisch geht immer«, meinte Selva.

Kurz drauf brachte die Bedienung das flambierte Eis.

Selva lachte auf.

»Was? Schmeckt super«, meinte Jackie verunsichert.

»Das ist es nicht. Ich musste nur daran denken, dass ich mich jetzt schon seit Tagen, nein, Wochen mit etwas beschäftige, das sich brennendes Eis nennt, und ich komme einfach nicht richtig weiter.«

»Wieso interessierst du dich für Methaneis?«, fragte Jackie. »Was hat das mit der Klimabilanz Lissabons zu tun?«

Der Alkohol, die Hitze, das gedämpfte Licht, all das ließ Jackie plötzlich fiebrig aussehen.

»Du kennst dich damit aus?«, fragte Selva erstaunt.

»Iss erst mal dein Eis, nicht, dass es verläuft«, meinte Jackie missmutig. »Über die Arbeit können wir ein andermal reden.«

Plötzlich kam es Selva wieder in den Sinn. Natürlich, das Ingenieurbüro. Wie dumm von ihr, sagte sie sich und hätte sich gegen die Stirn schlagen können. Sie hatte die Stimmung ruiniert. Sie, die selbst ernannte Feministin, hatte völlig ausgeblendet, dass Jackie nicht nur supersexy war, sondern auch eine kompetente Ingenieurin. Schlimmer hätte ein Macho auch nicht sein können.

»Schmeckt großartig«, sagte sie nach zwei Löffeln und wiederholte es nach weiteren zwei Löffeln.

»Bleibt es eigentlich noch bei unserem Segeltörn?«, fragte sie.

Jackie schüttelte ihre Locken aus, und als sie Selva wieder in die Augen sehen konnte, war das Jackie-Funkeln wieder da. Einen Touch düsterer vielleicht als sonst. »Klar, warum nicht«, antwortete sie.

»Aber es ist etwa dazwischen gekommen?«, fragte Selva. Nur mit Mühe konnte sie ihre Enttäuschung hinunterschlucken.

»Hey! Wir machen was zusammen, das habe ich dir versprochen«, sagte Jackie und ergriff Selvas Hand. »Ich habe nur ganz vergessen, verdrängt ist vermutlich der bessere Ausdruck, dass das Boot dringend einen neuen Anstrich braucht.«

Sie schlug vor, stattdessen eine Fahrradtour zu machen.

»Wir nehmen die Bahn bis Cascais. Dort leihen wir uns Räder und fahren bis Guincho. Auf dem Rückweg können wir in einer alten Festung zu Abend essen. Wie klingt das?«

Als Selva nicht sofort antwortete, weil sie noch damit beschäftigt war, herauszulesen, ob es sich bei Jackies neuem Vorschlag um eine freundlich verpackt Abfuhr oder eine schöne Idee handelte, fügte Jackie hinzu: »Dabei wirst du garantiert nicht seekrank. Jedenfalls nicht, wenn du Rad fahren kannst.«

Selva rutschte ein Lachen heraus, und die Stimmung war gerettet.

Als sie später gut gelaunt das Restaurant verließen, rempelte sie ein Typ an. Selva ärgerte sich und wollte ihm etwas hinterherrufen, doch Jackie hielt sie an der Hand fest. »Das ist es nicht wert«, sagte sie und hauchte Selva einen Kuss auf die Wange, wobei sie Selvas Mund streifte. »Nicht jeder in dieser Welt hat Übles im Sinn«, sagte sie. »Missgeschicke passieren nun mal.« Kurz schob sich ein Schatten über Jackies Gesicht, und Selva musterte sie besorgt.

Jackie winkte ab. »Ich erzähl's dir ein andermal.«

Selva wollte etwas erwidern, doch Jackie neigte sich zu ihr und küsste sie lang und überraschend innig.

Kapitel 17
Falsche Freunde

Seit Azenha die Mörder von Louis' Großvater öffentlich zur Fahndung ausgeschrieben und ein Phantombild an die Medien herausgegeben hatte, war etwas Ruhe in Louis' Leben eingekehrt. Er hatte das Zimmer in seiner WG leer geräumt und war für ein paar Tage zu Mubi gezogen. Es gab keinen Grund mehr, warum die Gangster Louis weiter bedrohen sollten. Zumal Azenha Louis' Aussage offiziell aufgenommen und diese Tatsache an die Journalisten durchgestochen hatte.

Jetzt traf sich Selva mit ihm, weil er vorhatte, bis auf Weiteres nach Porto zurückzukehren. Dort sollte auch die Beisetzung des Direktors im Kreise seiner Familie stattfinden. In der Behörde war eine Gedenkfeier anberaumt.

»Nach allem, was vorgefallen ist, brauche ich erst einmal Abstand«, sagte er.

»Ich bin mir sicher, deine Mutter wird sich freuen.«

»Die schon«, meinte Louis bitter.

»Glaub mir, auch dein Vater wird überglücklich sein, wenn er dich wieder wohlbehalten in die Arme schließen kann.«

»Hast du Kinder?«, fragte Louis.

»Einen Sohn, zwei, drei Jahre älter als du.«

»Du bist bestimmt eine gute Mutter.«

Selva schüttelte den Kopf. »Wie heißt es so schön über das Gras, das auf der anderen Seite grüner ist?«

Louis blickte sie fragend an.

»Andere Eltern scheinen oft besser als die eigenen. Aber die sind nun mal, was wir haben. Also mach das Beste daraus«, sagte sie und war selbst erstaunt darüber, wie sie gerade typische Ratgeber-Plattitüden von sich gab. Dabei trafen diese ja häufig zu. Nur lösten sie das Problem nicht, denn das bestand in der Regel nicht in dem Was?, sondern in dem Wie? Wie kam man mit seinen Eltern zurecht? Wie ging man mit der Tatsache um, dass die eigene Mutter erst mit einem Mann, dann mit einer Frau verheiratet war, gerne das Leben genoss und nicht daran glaubte, dass es die oberste Pflicht einer Mutter sei, alles dem Kind unterzuordnen?

Unwillkürlich schüttelte sie den Kopf. Zugegeben, das war ihre Interpretation. Genau genommen, hatte sie mit Nati nie darüber geredet, was ihn so an ihr enttäuschte. »Habe ich etwas Falsches gesagt?«, holte sie Louis aus ihren Gedanken.

»Nein, nein, ich habe nur gerade über meinen Sohn Nati nachgedacht. Ich glaube, ihr würdet euch gut verstehen.«

»Er ist herzlich eingeladen, mich in Porto zu besuchen. Du bist herzlich eingeladen, mich dort zu besuchen.«

»Wer weiß, vielleicht mache ich das. Meine Großmutter stammt von dort.«

»Dann machen wir das auf jeden Fall«, sagte er und streckte ihr die Hand entgegen. »Abgemacht?«

»Combinado«, sagte sie und schlug ein.

Nati war allerdings noch immer schlecht auf sie zu sprechen.

»Dieses Wochenende kann ich nicht kommen, weil du angeblich busy bist«, sagte er, als sie ihn kurz darauf anrief. »Dafür soll ich mit dir irgendwann nach Porto fahren?«

»Ja, genau. Wann kannst du?«

»Ich bin nicht derjenige, der keine Zeit hat.«

»Ach komm schon, Nati. Gönn's mir einfach, dass ich jemanden kennengelernt habe.«

»Wirst du mir sie oder ihn vorstellen?«

»Das entscheidet sich nach dem Wochenende.«

»Kann sich also alles noch mal ändern.«

Warum war er so ätzend? Sie kommentierte auch nicht die Wahl seiner Freundin, die sogar die ziemlich geduldige Özlem dazu gebracht hatte, die Reißleine zu ziehen.

»Schickst du mir eine Nachricht, wann es bei dir passt?«

Er hatte bereits aufgelegt.

Jackie hatte vorgeschlagen, dass Selva an der Haltestelle in Belém in die Bahn zustieg. Mehr wollte sie vorab nicht verraten.

»Vertraue mir und lass dich überraschen«, hatte sie gesagt.

Selva nahm die Rampe zur Fußgängerbrücke über Straße und Bahnsteige. Sie war aufgeregt; das Fahrradfahren, so redete sie sich ein. Sie freute sich auf den gemeinsamen Ausflug, darauf, aus der Stadt rauszukommen, etwas Neues zu sehen.

Selva nahm die erste Treppe zum Gleis hinab und wunderte sich, dass sie die Einzige auf dem Bahnsteig war. In der Gegenrichtung drängelten sich die Familien mit untergeklemmten Sonnenschirmen und Strandkörben. Da fiel es ihr wieder ein. Die Bahn fuhr in Fahrtrichtung auf der linken Spur. Schnell lief sie die Stufen wieder hinauf und auf der anderen Seite hinunter. Als eine der Letzten stieg sie ein. Jetzt galt es nur noch, Jackie zu finden. Sie ging entgegen der Fahrtrichtung weiter und fand sie im nächsten Abteil. Jackie umarmte sie und rieb ihre Wange an der ihren.

Jackie nahm ihren Rucksack vom Sitz, aus dem ein Sonnenschirm herausragte.

»Viel hast du ja nicht dabei«, meinte Selva und deutete auf ihre große Umhängetasche.

»Wir sind ja auch mit dem Rad unterwegs«, sagte Jackie und strahlte sie an.

»Hat das keinen Gepäckträger«, fragte Selva und betrachtete die langen Träger ihrer Strandtasche. Vielleicht konnte sie die Tasche um eine Fahrradstange binden. Zum Glück hatten ihre Sandalen Fersenriemchen. In Flipflops in die Pedale treten, das klang nach Hängenbleiben und Verheddern, auf jeden Fall nach unnötiger Konzentration beim Fahren.

»Die meisten Fahrradverleihs bieten Mountainbikes an«, sagte Jackie.

»Oh, darauf bin ich nicht vorbereitet.«

Jackie legte ihr eine Hand aufs Knie. »Muss man immer auf alles vorbereitet sein?« Dann erklärte sie ihr den Plan. Sie würden bis zur Endhaltestelle nach Cascais fahren und sich dort zwei Räder mieten. »Von dort bis zum großartigsten Strand Portugals ist es vielleicht eine halbe, höchstens eine Dreiviertelstunde Fahrt. Wir lassen uns in der Sonne rösten, schwimmen ein bisschen, und wenn wir genug haben, radeln wir wieder zurück und gehen in Cascais schön essen.«

Selva fühlte sich umworben. Sie legte die Hände an die Wangen, die bei diesem Gedanken warm geworden waren. Jackie interpretierte das anders. »Nein? Hast du keine Lust darauf? Wir können auch das Fahrradfahren weglassen, aber ich dachte, das wäre mal was anderes.«

Selva nickte und schüttelte gleichzeitig den Kopf. »Das klingt ganz großartig.« Sie ergriff Jackies Hand und drückte sie. Plötzlich bot der Tag Optionen, die ihr vorher zwar in den Sinn gekommen waren, die sie aber nie für realistisch erachtet hatte. Ihre Gedanken galoppierten bereits weiter zu einem Frühstück danach, und sie musste sich einbremsen. Schließlich wollte sie nicht den Eindruck erwecken, als warte sie nur darauf, sich auf Jackie zu stürzen. Auch wenn das ziemlich genau ihrer momentanen Verfassung entsprach.

Die Bahn fuhr in die nächste Station ein, und es kam Bewegung in die Mitreisenden. Kinder wurden zum Ausgang bugsiert, die Sonnenschirme wieder untergeklemmt, Taschen über die Schultern gehängt, Kühlboxen aufgenommen; sogar faltbare Liegestühle hatten die Ausflügler mit dabei. Das Abteil leerte sich.

Selva blickte Jackie fragend an. »Geduld, meine Liebe, Geduld.«

Die Bahn nahm wieder an Fahrt auf und erreichte schließlich den Badeort Cascais. Zielstrebig überquerte Jackie den Kreisverkehr und bog in eine Seitenstraße, die von der Fußgängerzone abging. Ein junger Typ mit Grills, gold blinkenden Zahnreihen, nickte ihnen freundlich zu, während er das Stahlrollo vor seinem Fahrradverleih nach oben zog.

Selva empfahl er ein Rad mit Gepäckträger und etwas breiterem Sattel, den er ein paar Zentimeter für sie nach unten drehte. Jackie entschied sich für eines der neuen Mountainbikes.

»Kostet zehn Euro«, sagte er und schob ein »Pro Person« hinterher.

Er wollte weder einen Ausweis sehen noch Pfand für die beiden Räder haben.

»Ich bin bis sechs hier«, sagte er. »Wenn ihr später zurückkommt, schickt mir eine SMS.« Er schrieb seine Nummer auf einen Zettel, den er aus seiner Jogginghose zog, und reichte ihn Selva.

»Okay«, sagte Selva mehr zu sich als zu dem Kerl. So einfach ging das also hier.

Nach wenigen Metern musste Selva anhalten, weil ihre Tasche vom Gepäckträger gerutscht war. Jackie zog ein Fahrradgummi aus ihrem Rucksack und reichte ihn Selva. Also doch vorbereitet, dachte Selva und befestigte ihre Tasche.

Kurz darauf befanden sie sich auf dem Fahrradweg, der sie entlang der Küste führte. Bis auf wenige Stellen war er gut ausgebaut.

Herrlich, großartig, atemberaubend. Selva fiel ein Klischee nach dem anderen ein, um die fantastischen Ausblicke zu beschreiben. Die Landschaft absorbierte ihre gesamte Aufmerksamkeit, es blieb nichts mehr übrig, um sich clevere Worte dafür auszudenken. Selva genoss es. Das war es, warum sie hierhergekommen war. Dieses Gefühl der Unbeschwertheit, in Shorts und T-Shirt auf einem Fahrrad durch die blaue Luft zu fliegen, sich mit den Augen in die Erker und Türmchen zu vergucken, die Blütenpracht, mal in Himbeerrot, mal in Fliederblau über Wände wuchern zu sehen, diese Leichtigkeit, keinen Plan zu haben, nichts tun zu müssen, nichts zu wollen.

Und dann erkannte sie dieses Gefühl. Es hatte einen Namen. Sie war dabei, sich in Jackie zu verlieben.

Keine gute Idee, sagte sie sich und schüttelt dabei den Kopf.

»Alles okay?«, rief ihr Jackie zu, die sich gerade nach ihr umgedreht hatte.

Selva hielt den Daumen hoch.

»Brauchst du einen Pause?«

Sie schüttelte den Kopf. Ihr Pferdeschwanz wippte hin und her. Die Sonne strahlte auf sie herab. Zum Glück hatte sie sich zu Hause gut eingecremt.

Kaum hatten sie den Ort verlassen, war der Wind zu spüren.

Schließlich erreichten sie das letzte Stück, das direkt durch die Dünenlandschaft hindurchführte. Auf der rechten Seite war das geschützte Gebiet durch einen Zaun von der Straße abgetrennt. Ein mit Holzplanken ausgelegter Weg führte ein Stück hinein. Auf der linken Seite der Straße gab es immer wieder Restaurants und ansonsten den ungehinderten Blick auf den Atlantik.

Eine Tante von ihr hatte in Hamburg ein Häuschen direkt am Elbstrand. Die Tante war schon nicht mehr so gut zu Fuß unterwegs. Selva hatte sie einmal gefragt, was sie denn den ganzen Tag so weit weg von allem mache. Die Tante hatte sie mit ihren wolkengrauen Augen angeschaut und gemeint: »Ich schaue auf den Fluss, Kind, ich schaue auf den Fluss.«

Damals, Selva war vielleicht zehn, kam ihr das so unsagbar traurig, so einsam und verloren vor.

Hier hatte sie nicht das Gefühl. Dabei war der Atlantik viel größer und viel furchterregender als die Elbe. Doch wie er hier so in der Sonne glitzerte und alles um sie herum in den unterschiedlichsten Gelbtönen leuchtete, hatte er etwas Einladendes, etwas Lockendes.

Der Wind wurde stärker und wirbelte Sand auf. Sie musste ganz gehörig in die Pedale treten, um dagegen anzukommen. Die Sandkörner nadelten ihre Wangen. Sie drehte das Gesicht zur Seite und blickte nach unten, um nichts in die Augen zu bekommen. Selbst ihre Sonnenbrille, die sie jetzt aufsetzte, bot nur zum Teil einen Schutz.

Jackie war bereits ein gutes Stück voraus, als eine Windbö Selva von der Seite erfasste und sie das Gleichgewicht verlor. Sie musste sich mit dem Fuß abstützen, kam kaum noch voran.

Dann legte sich der Wind wieder.

Sie stieg wieder auf das Rad und schloss zu Jackie auf.

»Nicht mehr weit«, sagte sie, und tatsächlich passierten sie schon bald ein Fort auf der linken Seite; kurz danach erreichten sie das Ziel, den Strand von Guincho.

»Eigentlich handelt es sich um zwei Strände«, erklärte Jackie, als sie die Fahrräder aneinanderketteten. »Tagsüber kommen die Familien hierher und nachmittags gehört der Strand den Surfern, vor allem den Kitesurfern.«

Selva blickte hinaus aufs Wasser. Noch befanden sich wenige der schwarz eingepackten Figuren auf dem Wasser. Es handelte sich bei den Strandbesuchern vor allem um Touristen, die man an der blassen, manchmal auch krebsroten Haut sofort erkannte. Die Wellen rollten lustlos heran. Sie vermutete, dass Ebbe herrschte.

Sie breitete ihr Handtuch aus, Jackie legte ein dünnes Tuch daneben. Kein Wunder, dass sie alles im Rucksack unterbringen konnte. Dann spannte sie den Sonnenschirm auf. »Gegen den Wind«, erklärte sie und rammte ihn in den Sand. Danach streifte sie ihr Kleid ab. Wie die meisten Frauen hier, ob jung oder alt, dick oder dünn, trug auch sie einen Bikini. Selva mochte es, dass man sich keine Gedanken über seine Figur machen musste. Zudem war es wesentlich praktischer, im Bikini zu einem Strandklo zu gehen als in einem Badeanzug.

Jackie hatte erstaunlich kräftige Oberschenkel. »Spielst du Fußball?«, fragte sie daher.

»Feldhockey, das trainiert auch die Beine«, sagte sie. »Früher sogar in der Regionalliga, jetzt nur noch zum Spaß.« Sie hob die Flasche mit dem Sonnenspray an und fragte, ob sie Selva einsprühen solle.

»Davon kriege ich Pickel«, meinte Selva und holte ihre Sonnencreme hervor. »Aber wenn du mir damit den Rücken einreibst ...«

Jackie trug die nach Kokos duftende Lotion auf ihren Schulterblättern auf und massierte sie dann im Hals- und Nackenbereich ein. Ganz langsam, gezielt, wohltuend. Selva spürte, wie etwas in ihr nachgab, wie ein Widerstand, von dem sie nicht gewusst hatte, dass er existiert, sich auflöste. Das war mehr als nur ein Eincremen. Das war Teil des Vorspiels.

Sie setzte sich auf. Jackie sprühte ihren Oberkörper ein, ihre Oberschenkel, die Innenseite ihrer Oberschenkel. Dann streckte sie ein Bein ab, um die Kniekehlen einzusprühen. »Habe ich einmal vergessen. Danach konnte ich tagelang kaum laufen, weil es bei jedem Beugen des Knies höllisch schmerzte.«

Selva kam sich altmodisch vor mit ihrer Sonnencreme.

»Vergiss nicht den Bikinirand und den Schritt. Üble Verbrennungen sind sonst garantiert«, sagte Jackie, während sie auf Selvas Bikinizone deutete.

Selva nickte tumb.

Jackie holte ein bunt gemustertes Beachballset aus ihrem Rucksack.

»Spielen wir eine Runde?«, fragte sie.

Selva war nicht begeistert, sie wollte aber auch kein Spielverderber sein. Das Bikinioberteil gab ihr nur wenig Halt, das Hüpfen würde schmerzhaft sein. Sie nickte, zog aber ihr T-Shirt wieder an. Jackie quittierte das mit einer hochgezogenen Augenbraue.

Es machte dann doch Spaß. Vor allem, als ein schwules Pärchen fragte, ob es mitspielen könne. Zu ihrer eigenen Verwunderung entwickelte sie ordentlich Ehrgeiz und bildete mit Ramiro, einem schmalbrüstigen Brasilianer mit viel Haar im Gesicht, ein verdammt schlagkräftiges Team, wie sie fand. Gegen das mit deutlich mehr Muskeln bepackte Team aus Jackie und Nelson, einem dunkelhäutigen Briten ohne Haare im Gesicht, hielten sie sich gut. Was ihnen an Fitness fehlte, machte vor allem Selva mit grimmiger Entschlossenheit wett. Selbst eine Handbreit über dem Sandboden erwischte sie den Ball noch. Mit der Zeit machte sich das als Pochen in ihren Kniescheiben bemerkbar.

Nelson bat um eine Auszeit. »Wie wär's mit einer kleinen Stärkung?«, schlug er vor und deutete mit dem Kopf auf das Restaurant mit angeschlossener Unterkunft für Surfer.

Sie ließen die Handtücher liegen und machten sich auf den Weg. Nelson kniff Ramiro ein paarmal in den Hintern, bis ihm auffiel, dass Jackie und Selva direkt hinter ihnen gingen. Er drehte sich um und grinste sie breit an. »Frisch verliebt, und ihr? Seit wann seid ihr ein Paar?«, fragte er und zwinkerte ihnen zu.

Selva sagte: »So weit sind wir noch nicht«, während Jackie noch eine Antwort überlegte.

»Okay«, sagte Nelson, aber man sah ihm an, dass er kein Wort davon glaubte. Nach dem Mittagessen verabschiedeten sich die beiden. Jackie holte noch eine Runde Drinks, und sie gingen zum Strand zurück.

Die Touristen zogen sich langsam zurück, dafür kamen Familien und Kitesurfer. Letztere legten ihren Schirm auf dem Sand ab, stellten sicher, dass die Steuerleinen nicht verzwirbelt waren, und schnallten sich im flachen Wasser das Brett unter die Füße. Anschließend manövrierten sie den Schirm, bis er senkrecht zum Strand stand und der Wind ihn aufbauschte. Der Druck reichte aus, um sich auf dem Brett aufzurichten, und ab ging die Fahrt.

Die Surfer fingen den Wind mit ihren im Gegenlicht leuchtenden, sichelförmigen Schirmen ein und ließen sich ins Geschirr fallen. Dann stoben sie über die Wellen, tauchten manchmal komplett unter, saßen fast auf ihrem Boot, bis sie sich wieder aufrichteten und vom Wind ergreifen ließen. Die meisten surften hin und her, bunte Webschiffchen am Himmel. Manche versuchten es auch mit Tricks, ließen sich von einer Welle aufwirbeln und vom Wind in die Lüfte reißen. Hatten sie genug, kehrten die Surfer, Männer wie Frauen, wie Helden nach einer erfolgreichen Jagd zurück an den Strand. Das Oberteil des Neoprenanzugs abgestreift, baumelten die Ärmel wie das Fell eines erlegten Bären um die Hüften.

Hin und wieder pfiff einer der Rettungsschwimmer und wies die Badenden zurecht, sich aus dem Surfbereich fernzuhalten und umgekehrt.

»Schon großartig, was man hier an den Stränden alles machen kann«, sagte Selva und wünschte sich, sie wäre sportlicher veranlagt.

»Kann man in den Niederlanden auch«, sagte Jackie, »eigentlich überall, wo Wind und Wasser zusammentreffen.«

»Dann hast du das schon mal gemacht? Dafür braucht man sicherlich kräftige Armmuskeln.«

»Es ist eher eine Frage der Balance«, erklärte Jackie, »und des Fingerspitzengefühls. Man steuert das Trapez mit den Fingern, nicht mit den Armmuskeln. Wenn man es richtig macht, kann man nahezu stundenlang über das Wasser flitzen.«

»Ganz so einfach scheint es nicht zu sein.« Selva deutete auf einen Kitesurfer. Er war in der Nähe des Felsvorsprungs gestürzt, der die Bucht nach Süden hin abgrenzte. Sein Schirm trieb wie eine gigantische tote Qualle auf dem Wasser.

Ein Frisbee schwirrte über ihre Köpfe hinweg, dicht gefolgt von einem lachenden Mädchen, das sich entschuldigte und dann über den Zipfel ihres Handtuchs hüpfte, um die Scheibe wieder einzufangen.

Selva wandte den Blick erneut den zerklüfteten Felsen zu. Der Surfer befand sich immer noch im Wasser und schien Schwierigkeiten zu haben, wieder auf sein Bord zu klettern.

»Das sieht nicht gut aus«, meinte Selva und stand auf. Ihr fielen die Schilder an der Treppe zum Strand ein. Sie warnten vor lebensgefährlichen Strömungen. Flaggen markierten den für Schwimmer sicheren Bereich. Der Surfer befand sich außerhalb dieses Bereichs. Sie drehte sich zu Jackie um, die sich erneut einsprühte.

»Der kommt schon verdammt lange nicht hoch, vielleicht braucht er Hilfe«, sagte sie.

Ohne große Eile stand Jackie auf und stellte sich neben sie. Sie zuckte mit den Achseln. »Er wird schon wissen, was er tut.«

»Bist du immer so gelassen? Selbst wenn ein Mann vom Board fällt und es offensichtlich nicht mehr raufschafft?«, fragte Selva.

Etwas schlich sich in Jackies Blick, etwas Lauerndes, eine unangenehme Erinnerung vielleicht. Was auch immer es war, sie wischte es mit einer Handbewegung weg wie eine lästige Fliege. »Bei meinen Segeltörns ist noch nie jemand über Bord gegangen«, antwortete Jackie spitz. »Aber wenn es dich beruhigt, sage ich dem Rettungsdienst Bescheid.«

»So war es nicht gemeint«, rief Selva ihr hinterher. »Ich meinte das Surfbrett.«

Jackie hatte sich bereits in Bewegung gesetzt.

Vielleicht zwanzig Meter entfernt, in der Mitte der Bucht, befand sich der Hochsitz des Bademeisters. Daneben war ein Strandbuggy geparkt, an dem mehrere Surfbretter lehnten. Der Kerl auf dem Hochsitz hatte bereits das Fernglas an den Augen und wies seine Kollegen an, mal nachzusehen, als Jackie ihn erreichte.

Kurz darauf hielt einer der Rettungsschwimmer, ein dunkler Lockenkopf, direkt vor ihnen und beobachtete den Kitesurfer mit dem Fernglas; sein Kollege kam mit einem Surfbrett angetrabt. Die beiden unterhielten sich kurz, dann schwamm der Surfer auf seinem Brett hinaus zu den Felsen. Der Schirm des Kitesurfers ließ sich offensichtlich nur mit Mühe aus dem Wasser ziehen. Der Lockenkopf auf dem Strandbuggy sprach etwas in sein Walkie-Talkie, und ein weiterer Rettungsschwimmer trabte herbei. Er legte sich ebenfalls auf sein Bord und kraulte dem Ersten hinterher. Der kümmerte sich zuerst um den Surfer und bugsierte ihn von den Felsen weg, während der andere nach dem Kite sah. Gleichzeitig rollte Welle um Welle heran und brach sich an den Felsen. Immer wieder bildeten sich Strudel, die Selva selbst aus dieser Entfernung ausmachen konnte. Sie stellte sich vor, wie erschöpft der Surfer wohl sein musste und wie bestürzt, als ihm klar wurde, dass er hier und heute hätte sterben können. Sie fragte sich, ob Ferreira sein Ende hatte kommen sehen oder ob der Schlag auf seinen Kopf ihn bereits getötet oder zumindest betäubt hatte.

Selva fröstelte, obwohl die Sonne ihren Körper stetig aufgeheizt hatte. Vielleicht hatte sie zu viel Sonne getankt und einen leichten Sonnenstich davongetragen? Am liebsten würde sie sich jetzt auf einem Sofa zusammenrollen und sämtliche Gedanken an Ertrinkende aus ihrem Gehirn löschen.

Sie massierte sich die Schläfen.

»Alles okay?«, fragte Jackie und fasste sie an der Schulter.

»Mir ist nur gerade eingefallen, dass wir ja auch noch mit dem Fahrrad zurückfahren müssen.«

Jackie begann zu grinsen. Selva war irritiert.

»Du bist genial«, sagte Jackie und drückte Selva einen Kuss auf die Wange. »Wie viel Uhr ist es?«

Selva warf einen Blick auf ihr Handy. »Halb sechs, wieso?«

»Der Typ vom Fahrradverleih hat doch gesagt, er ist nur bis sechs da.«

Selva nickte. Sie sah immer noch keinen Zusammenhang mit Jackies Grinsen.

»Dann brauchen wir die Räder heute auch nicht zurückzubringen.«

Diese Logik erschloss sich Selva nicht. Vorsichtshalber fragte sie nach: »Aber du willst sie schon zurückbringen, oder?«

»Ja, klar. Für wen hältst du mich? Wir bringen sie einfach morgen früh zurück, bevor der Kerl seinen Laden um zehn Uhr wieder aufmacht«, fuhr Jackie fort.

»Verlockend, es gibt da nur ein Problem.«

»Wo wir übernachten?« Jackie winkte ab. »Wir gehen in dieses Nobelhotel in dem alten Fort«, sagte sie, verschränkte die Arme vor dem Leib und grinste so breit, dass Selva schließlich ebenfalls ein zaghaftes Lächeln aufsetzte. »Ich lade dich ein.«

Sie wollte nicht, dass Selva das Wochenende in schlechter Erinnerung behielt und mit einem Sonnenstich, einem beinahe ertrunkenen Surfer und einer endlosen Fahrradfahrt bei fuchtigem Wind verband.

»Außerdem kannst du mich dann all das fragen, an dem du schon den ganzen Tag herumdruckst«, sagte Jackie.

Nach einer kurzen Fahrt erreichten sie das umgebaute Fort. Es befand sich auf dem Felsvorsprung, vor dem der Kitesurfer fast ertrunken wäre, und behielt das Meer im Auge. Zwei kegelförmige Türme, deren Spitze gekappt war, standen rechts und links der Zugangsstraße.

Es gab keine Bäume und keine Büsche. Nur Gras und ein paar Polsterpflanzen. Die Kegelstümpfe sowie das Fort selbst hatten dieselbe Farbe wie der Sand. Die eigentliche Festung bestand aus einem niedrigen Rechteckbau mit schießschartenartigen Fenstern rechts und links des Eingangsportals. Die bunten Fahnen auf dem Dach riefen in Selva Bilder von mittelalterlichen Ritterturnieren hervor. Die Ecken der Festung bestanden ebenfalls aus Kegelstümpfen. Alles in allem eher abweisend – wie für ein Fort zu erwarten.

»Es wird dir gefallen«, sagte Jackie, die ihr wohl die Skepsis angesehen hatte.

Sie traten durch das Portal und gelangten in einen riesigen Innenhof mit Bananenstauden und Sitzgelegenheiten. Unter den Arkaden gingen die Türen zu den Zimmern ab. Später, als sie einmal um das Hotel herumspazierten, sah Selva die gewölbten Fenster, die sich im zweiten Stock aneinanderreihten, wie weit aufgerissene Augen. Im Erdgeschoss waren die Fenster rechteckig und vergittert. In fließendem Portugiesisch fragte Jackie an der Rezeption nach einem Zimmer. Selva schnappte nur das Wort »duplo« auf, also Doppelzimmer. Die Rezeptionistin bot ihnen ein Zimmer mit Meerblick an. Wer hätte da abgelehnt? Später fragte sich Selva, ob Jackie das Ganze vielleicht so geplant hatte.

Sie waren beide erschöpft von der Sonne und der körperlichen Anstrengung. Von draußen drang fröhliches Kindergeschrei herein. Es roch nach Meer und Sonnencreme. So hatte sich Selva das vorgestellt, als sie in Brüssel in den Flieger gestiegen war.

Als sie aus dem Bad kam, lag Jackie im übergroßen T-Shirt bereits auf dem Bett und blätterte durch die Hotelzeitschrift. Selva fragte sich, ob Jackie etwas darunter anhatte, und beschloss, es herauszufinden. Sie setzte sich im Fersensitz neben Jackie. Die von der Sonne gebleichten Härchen auf ihren Beine glänzten golden auf der gebräunten Haut. Mit den Fingerspitzen fuhr Selva Jackies Oberschenkel hinauf bis zum Saum des T-Shirts. Dort hielt sie inne. Jackie hatte die Zeitschrift weggelegt und hielt die Augen geschlossen.

»Ich kann aufhören«, sagte Selva. Stumm schüttelte Jackie den Kopf. Selva legte sich neben sie. »Was ist? Du bist angespannt, das merke ich doch.«

Jackie drehte ihr das Gesicht zu. »Es ist das erste Mal ...« Sie wollte weitersprechen, doch Selva legte ihr den Finger auf die Lippen. Sie verstand auch so.

»Dann werde ich mich ganz besonders anstrengen«, sagte sie und schob langsam Jackies T-Shirt hoch.

Sie beugte sich über Jackies Bauchnabel und küsste sich spiralförmig ihren Körper entlang, von der weichen Stelle direkt unter dem Rippenbogen bis kurz unter das Brustbein, wo sie Jackies Herz klopfen hörte, wieder hinab zu Jackies sauber rasiertem Venushügel, den Bauch entlang zur rechten, vollen Brust, dann zur linken. So küsste sie sich voran und kam schließlich, wie Prince es formulierte, dorthin »where it counts«. Und dann rieselte der Purpurregen herab und riss Jackie mit sich und dann Selva und dann sie beide zusammen, bis das Zimmer, das Bett, sie beide zu einer einzigen purpurnen Welle verschmolzen.

Kapitel 18
Tödliches Angebot

Zwei Tage später stand Azenha vor ihrer Tür. Dieses Mal ließ er sich nicht dazu überreden, im Café auf sie zu warten. Mit einem »Darf ich?« schob er sich an ihr vorbei in den Flur. Dann sah er sich in ihrer Wohnung um, als suche er jemanden. Er streckte sogar den Kopf in ihr Badezimmer.

Schließlich blockierte sie ihm den Weg. »Was soll das? Ich dachte, wir hätten ein für alle Mal geklärt, dass wir uns auf derselben Seite befinden?«, fragte sie.

»Tun wir das?«, konterte er, holte sein Handy hervor und zeigte ihr ein Foto.

Sie konnte zunächst nichts erkennen, weil er ihr das Smartphone so dicht vors Gesicht hielt. Erst mit etwas Abstand erkannte sie eine Szene aus der Altstadt. Es war abends vor dem japanischen Restaurant aufgenommen, in dem sie kürzlich essen waren. Jackie war zu sehen – und sie selbst.

Der Typ, der sie auf der Straße angerempelt hatte. Es war kein Zufall, es war nicht einmal ein Missgeschick gewesen, wie Jackie es genannt hatte. Es war Absicht. Azenha ließ sie beschatten.

Selva zog einen Stuhl heran und setzte sich. Eine große Müdigkeit überkam sie. Sie wollte nur noch schlafen. Am besten mit dem Nachtzug nach Hause fahren. Dann fiel ihr ein, dass sie kein Zuhause mehr hatte, und sie wurde noch müder.

»Was wollen Sie von mir? Warum zeigen Sie mir dieses Foto? Seit dem Tag meiner Ankunft spionieren Sie mir hinterher und verdächtigen mich. Dabei habe ich Ihnen stets geholfen, und alles, was ich bis jetzt herausgefunden und vermutet habe, war richtig.«

Azenha setzte sich jetzt ebenfalls.

»Sie kennen diese Frau?«, fragte er.

»Das ist Jackie Hill. Wir sind befreundet.«

»Seit wann?«

»Ich sage Ihnen gar nichts mehr. Solange Sie mich nicht offiziell verdächtigen, bin ich Ihnen keine Auskunft schuldig. Also bitte gehen Sie jetzt wieder.«

Sie machte eine Handbewegung, doch Azenha rührte sich nicht. Er schien mit sich zu hadern.

»Wir haben kurz vor Ihrer Ankunft einen Tipp von Europol bekommen«, erklärte er, »dass jemand aus Brüssel unterwegs sei, um massiv Einfluss auf die hiesige Energiepolitik zu nehmen.«

Selva studierte sein Gesicht, die langen Wimpern, die leicht schräge Nase, den Bartschatten. Er meinte es ernst.

»Mit Einfluss nehmen meinen Sie bestechen?«

Azenha nickte. Seine Augen ruhten noch immer auf ihr. Täuschte sie sich oder schien er sich vor ihrer Reaktion zu fürchten, davor, sie tatsächlich einer Straftat überführt zu haben? Immerhin bereitete es ihm keine Freunde.

Sie stützte ihren Kopf ab und fasste für sich zusammen, was das bedeutete. »Sie haben mich von Anfang an verdächtigt, jemanden in der Stadtverwaltung Lissabons bestechen zu wollen.« Sie hob das Gesicht. »Warum? Und warum die Stadtverwaltung? Wenn schon, dann doch lieber jemanden im Ministerium.« Sie schüttelte den Kopf. »Das ergibt alles keinen Sinn. Und was hat Jackie damit zu tun?«

»Ich kann es Ihnen erklären, wenn Sie mir zuhören.«

Sie rollte mit den Augen und lehnte sich zurück. Mit der Hand bedeutete sie ihm fortzufahren.

»Der Direktor hat mich vor einigen Wochen darauf angesprochen. Er war überzeugt, dass jemand versucht, die Klimabilanz Lissabons zu beeinflussen, um an lukrative Aufträge zu kommen. Er traute seinem eigenen Team nicht und hat deswegen zunehmend von zu Hause aus gearbeitet.«

»Er kränkelte also nicht.«

Azenha schüttelte den Kopf.

»Dann bekamen wir, wie gesagt, einen Tipp, dass jemand aus Brüssel anreise.«

»Der Direktor hat Amtshilfe in Brüssel – mich – angefordert! Das können Sie ja wohl nicht als Bestechungsversuch missverstanden haben.«

Azenha hob entschuldigend die Hände. »Ich muss sämtlichen Verdachtsmomenten nachgehen.«

»Ja, ja, bis sie gegen eine logische Wand rennen«, sagte Selva. »Das hat ja super funktioniert.«

Azenha ignorierte ihren bissigen Kommentar und fuhr fort. »Wir haben selbstverständlich auch Dr. Cardosa beleuchtet.«

»Und?«

»Sie hat zugegeben, dass jemand ein paar Tage zuvor an sie herangetreten war, um einen Kontakt zu potenziellen Geschäftspartnern aus dem Ausland herzustellen. Laut Cardosa ging es um Lizenzen für Testbohrungen vor der Küste Portugals.«

»Sie wussten das die ganze Zeit und haben nichts gesagt?« Selva sprang auf und ging zur Terrassentür. Sie musste etwas Neutrales betrachten, die Bambusblätter, die Wäscheleine der Nachbarn, den Taubendreck auf der Mauer.

»Nein, das wusste ich nicht von Anfang an«, sagte Azenha leicht säuerlich. »Das nennt sich Ermittlungsarbeit.«

Selva drehte sich zu ihm um. »Also steckt doch Cardosa hinter all dem.«

»Dr. Cardosa ist sicher keine einfache Person«, erwiderte Azenha. »Aber eines ist sie gewiss: mit Leib und Seele unserem Land verpflichtet.« Cardosa hatte das Angebot abgelehnt. »Darüber, warum sie den Bestechungsversuch nicht gemeldet hat, kann ich nur spekulieren.«

»Ich hätte da eine Idee«, meinte Selva und hatte zum ersten Mal, seit Azenha sich in ihre Wohnung gedrängt hatte, wieder das Gefühl, die Oberhand zu gewinnen. Sie wollte ihn das spüren lassen. Freiwillig würde sie nichts mehr herausrücken. Er sollte darum bitten, ja, betteln.

Als sie nicht weitersprach, fragte er: »Wie lautet Ihre Idee?«

»Cardosa hat beschlossen, die Methaneisbohrungen selbst durchführen zu lassen, statt sie an irgendeinen ausländischen Konzern zu vergeben. Deswegen steht sie auch mit dem Technologiepark in Kontakt.«

»Wovon reden Sie?« Azenha bekam denselben genervten Gesichtsausdruck wie jedes Mal, wenn sie ihm eine Nasenlänge voraus war.

Sie erzählte ihm von ihrem Anruf bei dem Start-up in Sines. »Zurzeit führen die nur Testbohrungen zu Forschungszwecken durch. Da war der Typ eindeutig. Aber das kann sich ja ändern.«

Azenha starrte einen Fleck an ihrer Decke an. Dann meinte er, das könne durchaus Sinn ergeben, sei aber keine Straftat. »Damit habe ich nichts zu tun.« Er schien mit dem Ergebnis der Unterhaltung zufrieden, sie war es allerdings nicht.

»Was hat das Ganze mit Jackie zu tun?«

Azenha vermied es, sie direkt anzusehen, als er sagte: »Jackie Hill war die Person, die an Cardosa herangetreten ist.«

Wenn Jackie versucht hatte, Cardosa zu bestechen, um Testbohrungen nach Methaneis durchzuführen, dann ... Sie wollte den nächsten Gedanken nicht zu Ende führen.

»Der Skipper, von dem Louis gesprochen hatte«, murmelte sie. Selva war automatisch davon ausgegangen, dass es sich um einen Mann gehandelt hatte. Im Englischen war nicht klar, welches Geschlecht die Person hatte, die sich hinter einer Bezeichnung wie *doctor* oder *friend* oder eben *skipper* verbarg. So viel zu der Behauptung, gendern sei überflüssig, dachte sie bitter.

»Was ist damit?«, fragte Azenha.

Sie schilderte ihm ihren Verdacht, ihren entsetzlichen, die Brust sprengenden und die Luft abschnürenden Verdacht, dass Louis und Ferreira in der fraglichen Nacht Jackies Boot gefolgt waren. Jackie war der Skipper, von dem – besser: von der – Louis geredet hatte.

Azenha schien mehrere Optionen in seinem Kopf zu wälzen, bis er schließlich sagte: »Das würde einiges erklären. Ich kann keine logischen Brüche finden.«

Jetzt, wo sie alle Puzzleteile in der Hand hielt, war es offensichtlich. Jackie hatte die Interessenten zu dem Forschungsschiff gebracht, damit sie sich die Methaneisvorkommen vor Ort anschauen konnten. Deswegen dauerte die Ausfahrt auch so lang. »Möglicherweise haben sie sogar bereits Testbohrungen durchgeführt. Gerätschaften hatten sie ja laut Louis dabei.«

»Das befürchte ich auch«, sagte Azenha.

»Dann haben sie bemerkt, dass ihnen jemand gefolgt ist.«

»Ich vermute, wer auch immer dort das Sagen hat, hat zunächst versucht, den Direktor zu bestechen. Deswegen auch das Übersetzen zu dem Forschungsboot.«

»Als sie damit keinen Erfolg hatten, haben sie ihn einfach über Bord geworfen.«

»Vermutlich wollten sie keine Zeugen«, meinte Azenha. »Das passt ja auch dazu, dass die Männer in dem Schlauchboot die Rosalia auf das offene Meer haben treiben lassen.« Nach einer Pause fügte er hinzu: »Ein Glück, dass sie Louis nicht entdeckt haben.«

»Er hat von Anfang an die Wahrheit gesagt.«

»Deswegen wollten wir ja auch unbedingt seine Aussage haben«, erwiderte Azenha.

»Sie haben ständig gezweifelt!«, rief Selva.

Azenha zuckte mit den Achseln. »Es tut mir leid, Senhora Klimt, aber ich konnte Ihnen nicht meine Strategie verraten. Ich war zum Beispiel von Anfang an überzeugt, dass der Direktor etwas ahnte und sich nur deswegen auf die Ausfahrt mit Louis einließ.«

»Warum haben Sie mich dann ständig wegen Louis so bedrängt?«, fragte Selva missmutig.

»Ich kann nicht einen Verdacht ignorieren, nur weil mir die Verdächtige sympathisch ist«, sagte Azenha.

»Und ich kann nicht damit aufhören, Sie mit unangenehmen Fakten zu konfrontieren, nur weil Sie mir sympathisch sind«, konterte Selva.

»So betrachtet, bilden wir ein gutes Team«, meinte Azenha, und ein Lächeln huschte über sein Gesicht.

Vielleicht war das die Lösung für ihre Beziehungsprobleme, dachte Selva. Statt nach jemandem zu suchen, mit dem sie sich vertrug, sollte sie ihre Erwartungen herunterschrauben und nach einer Person Ausschau halten, die sie ertrug und umgekehrt.

»Ich wollte in Kontakt mit Ihnen bleiben und verfolgen, was Sie vorhatten«, erläuterte Azenha und entschuldigte sich dafür, dass er sich vorhin so in ihre Wohnung gedrängt hatte. Selva heftete das unter »Schön Wetter machen« ab. Entgegen ihrer Erwartung blieb er allerdings sitzen.

»Es gibt noch etwas?«

»Wir brauchen Beweise, um Jackie Hill zu überführen.«

Gerade als sie dachte, ihre Atmung wieder in den Griff zu bekommen, setzte Azenha zur nächsten Umdrehung mit der Schraubzwinge an. Sie musste das Gesicht verzogen haben, denn Azenha versicherte: »Nur wenn Sie einwilligen.« Dann erklärte er ihr seinen Plan. Sie sollte Jackie überreden, mit ihr zu der Stelle auszulaufen, an der das Forschungsschiff geankert hatte. »Dann konfrontieren Sie sie mit den Tatsachen. Ich kann mir nicht vorstellen, dass es Jackie Hill kaltlässt, wenn sie mit ihrer Schuld konfrontiert wird, noch dazu aus dem Mund ihrer ...«, er zögerte kurz, »...ihrer Freundin.«

Alles in Selva sträubte sich. Übelkeit stieg in ihr auf, der Geruch von Magensäure stahl sich in die Nase. Ihre Zunge klebte am Gaumen. Sogar die Haare auf ihren Unterarmen stellten sich auf. Sie wollte Jackie nicht ans Messer liefern. Vor allem aber weigerte sie sich zu glauben, dass Jackie sehenden Auges den Tod des Direktors in Kauf genommen hatte.

»Das glaube ich einfach nicht. Sie hat mit dem Tod des Direktors nichts zu tun«, sagte Selva. »Vielleicht ist sie korrupt. Auch das fällt mir schwer zu glauben. Aber sie ist definitiv keine Mörderin. Das passt einfach nicht zu ihr.«

»Senhora Klimt, sagen Sie nicht immer: Um die Wahrheit herauszufinden, muss man dorthin gehen, wo es wehtut?« Azenha hatte mit sanfter Stimme gesprochen, in seinen Augen las sie Verständnis, sogar Bedauern. Doch seine Worte – ihre Worte – trafen sie genau dorthin, wo es am meisten wehtat, ins Herz. Er hatte einen Blattschuss gelandet.

Schließlich willigte sie ein. »Unter einer Bedingung. Sie finden heraus, woher der Tipp stammt.«

»Wie stellen Sie sich das vor mit dem Verkabeln?«, fragte Selva Azenhas Kollegen am Morgen vor der geplanten Ausfahrt. Da es ein regionaler Feiertag war, hatte sich Jackie spontan bereit erklärt, mit der Virginia auszulaufen. »Wir befinden uns auf einem Segelboot und werden uns in der Sonne fläzen und vielleicht sogar im Meer planschen«, erklärte Selva.

Ohne das Gesicht zu verziehen, antwortete Azenha: »Auf dem offenen Meer kann es empfindlich kühl werden. Sie können von Glück reden, wenn es warm genug ist, im T-Shirt an Deck herumzusitzen. Schwimmen können Sie vergessen.«

Zumindest das mit dem T-Shirt sah sie als Nordeuropäerin etwas anders als er. Aber damit, dass das Wasser zu kalt war für mehr als eine kurze Abkühlung, lag er vermutlich richtig.

»Gut, also Sweatshirt über dem Badeanzug. Trotzdem stelle ich mir das schwierig vor.«

Der Kollege hob ihr Mobiltelefon hoch. »Das reicht völlig aus. Sie müssen nur auf Aufnahme drücken.« Er ließ ihr Telefon in die Tasche seines Blousons gleiten. »Versuchen Sie herauszufinden, wer die Hintermänner sind«, sagte er, bevor sie protestieren konnte.

»Oder -frauen«, murmelte Selva.

»Oder das.«

»Sind Sie sicher, dass das funktioniert? Ist es nicht laut auf einem Boot? Die Takelage knattert, die Wellen schwappen gegen den Bug, Vögel kreischen?«

Azenhas Kollege holte ihr Telefon wieder hervor, drückte auf ein rotes Quadrat und dann auf Wiedergabe. Er hatte ihre Unterhaltung aufgenommen.

Die Aufnahme war zwar nicht laut, aber man konnte es verstehen. Mit ein bisschen Nachbearbeitung wäre das kein Problem.

»Außerdem kriegen Sie ja auch noch das«, sagte er und legte ihr etwas hin, das auf den ersten Blick wie ein Füller aussah. »Das ist ein Richtmikrofon. Es filtert die Windgeräusche heraus.«

Selva nahm das Gerät in die Hand. Sie deutete auf die Rückseite. »Das braucht ein Kabel. Wie stellen Sie sich das vor?«

Der Techniker griff erneut in die Tasche seines Blousons, dieses Mal auf der anderen Seite, und zog ein nagelneues Handy hervor. »Da stöpseln sie es ein und dann versenken Sie das Ganze in ihrer Strandtasche.« Er blickte verunsichert auf ihre um die Schulter geschlungene Gürteltasche. »Sie haben doch eine Strandtasche?«

»Schon, aber mit zwei Handys zu hantieren finde ich etwas kompliziert. Kann ich nicht einfach live streamen?«

»Sie werden sich vermutlich außerhalb der Netzabdeckung befinden«, antwortete der Techniker.

Richtig, deswegen waren ja auch Louis' Nachrichten erst am nächsten Morgen zu ihr durchgegangen.

»Aus diesem Grund haben wir einen Peilsender an dem Segelboot angebracht. Wir wissen also zu jeder Zeit, wo Sie sich befinden«, sagte der Techniker. »Die Küstenwache steht bereit.«

»Also gut, ich bin ebenfalls bereit«, sagte sie mit einem tiefen, wehmütigen Seufzer.

Kurz darauf trat Azenha in den Raum. Er schien erleichtert. Zweifelte er etwa immer noch an ihr?

Als ob er ihre Gedanken abgefangen hätte, sagte er: »Ich weiß Ihre Hilfe sehr zu schätzen, schließlich sind Sie und die Verdächtige ...«, er zögerte, dann sprach er es aus, »... ein Paar.«

Sie mochte es immer noch nicht glauben, dass Jackie wirklich hinter all dem steckte oder doch zumindest einen aktiven Part dabei gespielt hatte. Ein Teil in ihr hoffte, dass sich die ganze Aktion als Flop erweisen würde, dass Jackie keine Ahnung und mit Ferreiras Tod nichts zu tun hatte.

Sie mochte Jackie, sehr sogar. Sie konnte sich vorstellen, dass daraus mehr wurde. Sie sträubte sich dagegen, diese Beziehung aufzugeben. Gottverdammt, sie war auf dem besten Weg, sich zu verlieben.

Kurz drauf schickte sie Jackie eine Nachricht und fragte, ob es bei ihrem Segeltörn blieb. Ein kurzes Yep war die Antwort.

Noch am selben Abend, an dem Azenha sie dazu überredet hatte, Jackie auszuhorchen, hatte sie sich mit ihr verabredet.

Sie hatte die Freundin geradezu genötigt, mit ihrem angeblich frisch gestrichenen Boot auszulaufen. Azenha hatte vermutet, dass der neue Anstrich nur ein Vorwand war, um Spuren zu beseitigen.

»Komm schon, du hast es mir versprochen«, hatte Selva gebettet, nachdem sie beide etwas angeschickert auf Jackies Bett lagen. »Wer weiß, wie lange ich noch hier bin, jetzt wo mich Cardosa rausgeworfen hat.«

»Warum werde ich das Gefühl nicht los, dass das mehr mit deiner Arbeit als mit uns zu tun hat?«, hatte Jackie gefragt und ihr auf die Nasenspitze getippt. Die andere Hand hatte sie unter Selvas T-Shirt geschoben. Selva legte die ihre darauf, um sie davon abzuhalten, weiter nach oben zu wandern.

»Erwischt«, sagte sie, weil sie Ehrlichkeit für die beste Strategie hielt. »Ich würde gerne zu der Stelle auslaufen, an der Louis das mysteriöse Schiff gesichtet hat.«

»Was hoffst du dort zu finden?«, fragte Jackie und setzte sich auf.

»Ich weiß es nicht«, antwortete Selva wahrheitsgemäß. »Im besten Fall verbringen wir einen schönen Tag zusammen.«

»Und im schlechtesten Fall?«

»Im schlechtesten Fall wird klar, dass an dieser Stelle unmöglich ein Fischkutter ankern konnte.« Sie hoffte, Jackie damit ködern zu können.

»Na, gut«, willigte diese schließlich ein. »Solange du mir versprichst, nur noch das zu tun, was ich sage, sollte der erste Fall eintreten.«

Selva war schon etwas früher am Hafen. Sie lauschte dem Plopp! Plopp! der Spieler auf dem Tennisplatz unter der Brücke. Es hatte etwas Beruhigendes. Ab und zu unterbrach ein triumphierender Ausruf das gleichmäßige Hin und Her des Balls. Sonst war nicht viel los. Ein Pärchen sauste auf einem Elektroroller vorbei, er vorne, sie an ihn geklammert. Manche Dinge änderten sich nicht.

Eine Möwe kreischte, eine Brise ließ die Takelagen der Boote in der Marina klimpern, die Sonne stand bereits tief. Selva fragte sich, ob sie sich vielleicht den Zeitpunkt falsch aufgeschrieben hatte, als sie Jackies unverkennbares Lachen hörte. Heute klang es hohl in Selvas Ohren.

Die Niederländerin trug Jeans und ein dunkelblaues Blouson über ihrer weißen Bluse. Die Haare hatte sie lose zusammengebunden. Was war es nur an dieser Frau, das Selva so faszinierte, das sie so zu ihr hinzog, das sie wie ein Raumschiff immer dichter dieses schwarze Loch, diesen Mahlstrom aus kehligem Lachen und finsteren Machenschaften umkreisen ließ, ja, geradezu hoffen ließ, hinein- und hinabgezogen zu werden? War es wirklich die Suche nach der Wahrheit, in die sie sich verbissen hatte? Oder wollte sie nicht vielmehr wissen, was Jackie bereit wäre, für sie aufzugeben, was sie ihr wert wäre?

Jackie kam in Begleitung von drei Männern: einem älteren, Typ Silberlöwe, mit dem sie kräftig schäkerte, dem sie sich geradezu anbiederte, und einem jüngeren, der anscheinend für die Verpflegung zuständig war. Links und rechts trug er jeweils eine Kühlbox, in der ein neugeborenes Kalb Platz gehabt hätte. Der Dritte war von Wind und Wetter gegerbt und unbestimmten Alters. Das war so nicht abgemacht.

Kurz überlegte Selva, wieder zu gehen, doch da hatte Jackie sie schon entdeckt und winkte ihr betont fröhlich zu.

Es könnte alles so schön sein, dachte Selva, hätte so schön sein können. Sie glaubte nicht, dass sich Azenhas Verdacht auf wundersame Weise auflösen würde.

Jackie hauchte ihr einen Kuss auf die Wange. Aus den Augenwinkeln verfolgte Selva den Blick des Älteren. Er ahnte nichts. Wangenküsschen bei Frauen waren nichts Besonderes. Was er wohl sagen würde, wenn er wüsste, dass Jackie und sie noch vor ein paar Tagen nackt und eng umschlungen miteinander aufwachten? Auf der anderen Seite: Konnte sie ausschließen, dass der Mann nicht dieselbe Erinnerung hatte, nur ein paar Stunden jünger? Er schien mit Jackies Körper vertraut. Oder war Selva einfach nur eifersüchtig? Özlem hatte das immer behauptet, Gero hingegen nicht. Aber Gero nahm generell kaum war, was außerhalb seines Orbits passierte. Er war sehr fokussiert, geradezu schmalspurig unterwegs, um nicht zu sagen engstirnig.

»Tut mir leid«, flüsterte Jackie Selva zu. »Wichtige Kunden von mir. Die bestanden darauf, heute auszulaufen.«

Sie stellte die drei vor: Dr. Smith (der Silberlöwe), Fachmann für Meeresgeologie, Koch (der Portugiese), und der Kühlboxenträger hieß Jake. Er war, wie er selbst behauptete, dafür zuständig, »dass hier alles glatt läuft«. Selva stellte Jackie als gute Freundin und Mitarbeiterin der Umweltbehörde in Lissabon vor.

Mr. Kühlbox wedelte mit den Händen und rief »Ui, ui, ui, die Umweltbehörde. Na, da passen wir aber auf, dass wir die Plastikverpackung um die Schokolade nicht ins Wasser fallen lassen.«

Selva warf Jackie einen Blick zu, den sie mit einem Augenrollen quittierte.

»Was? Bin ich den beiden Damen nicht genehm?«, fragte Mr. Kühlbox und etwas blitzte in seinen Augen auf, dass in Selva das Bild eines Alligators hervorrief, der in einem nach Schwefel stinkenden Tümpel auf seine Beute lauerte.

Selva winkte ab. »Musste nur gerade an meinen Ex denken.«

Jackie nickte erleichtert.

»Aber jetzt sind wir hier, und du wirst auf all deine Fragen eine Antwort bekommen. Du wirst sehen, alles wird sich aufklären.« Letzteres schien Jackie mehr zu ihren Begleitern als zu Selva gesagt zu haben. Was hatte sie denen über ihre Ermittlungen erzählt?

Jackie entriegelte das Tor. Selva fragte sich, wie es Louis gelungen war, um das Gatter, das weit über den Steg hinausragte und mit Eisenstäben versehen war, herum zu klettern. Dann fiel ihr ein, dass er erzählt hatte, er habe sich unten am Steg entlanggehangelt. Sie beugte sich vor und versuchte, einen Blick auf die Unterseite der Bohlen zu erhaschen.

»Haben Sie Angst, dass hier ein Sprengsatz angebracht ist?«, fragte der Kühlboxträger und lachte.

Sie schaute ihn verständnislos an.

»Passiert doch immer mal wieder, dass ein paar Verrückte irgendwo etwas in die Luft jagen, weil sie den anderen das gute Leben nicht gönnen«, meinte er.

»Vielleicht sollte ich einen Blick in die Kühlboxen werfen«, sagte Selva.

Der Kerl kniff die Lippen zusammen und folgte Jackie.

Der Silberlöwe hatte den Arm um Jackies Schulter gelegt, um sie über den Steg zu geleiten. Als ob sie das nötig hätte. Selva spürte, wie ihre Laune von Minute zu Minute schlechter wurde, ein bisschen wie bei Milch, die bereits einen Stich hatte. Wenn man sie dann noch erhitzte, kippte sie sofort und flockte aus. Der zerknautschte Portugiese bildete den Abschluss.

Schließlich erreichten sie die Virginia. Selva beobachtete Jackie, ihre honigfarbenen Locken, ihr kehliges Lachen, das Funkeln ihrer Augen, die schönen Hände und den kräftigen Körper. Sie fragte sich, ob so eine Person wirklich zu einem Mord fähig wäre oder zumindest einen in Auftrag geben könnte. Was glaubst du denn, wie Mörder oder Mörderinnen aussehen?, hörte Selva Özlems Stimme in ihrem Kopf. Die sehen nicht alle aus wie Kühlschränke auf Beinen.

Aber etwas war anders heute. Jackie war nervös, ihre sonst so präzisen Bewegungen wirkten fahrig. Sie schien sich vor den Männern zu fürchten. Nicht so sehr vor Silberlöwe, der offensichtlich das Sagen hatte, als vor dem Knallkopf mit der Kühlbox.

Azenha hatte ihr eingeschärft, auf der Hut zu sein. In letzter Minute hatte er Zweifel an seinem Plan bekommen und sie noch einmal angerufen. »Vielleicht sollten wir doch besser auf einen Durchsuchungsbefehl warten.«

»Was soll denn passieren?«, hatte sie gesagt. »Im schlimmsten Fall streiten wir uns, oder sie erzählt mir nichts. Aber das war's auch schon. Dann können Sie immer noch mit Ihrem Durchsuchungsbefehl kommen. Außerdem haben Ihre Leute doch einen Peilsender angebracht. Es kann also eigentlich nichts schiefgehen.«

Und jetzt tauchte Jackie in Begleitung von drei unbekannten Männern auf, die sich unter offensichtlich falschem Namen vorstellten. Selva gab vor, sich den Schuh zu binden, und schickte Azenha eine Nachricht: +3 Personen.

Mr. Kühlbox stand plötzlich neben ihr. »Ich habe da einen super Trick, wie man die Schuhe ein für alle Mal ordentlich zubindet. Willst du sehen?«, fragte er und griente sie an.

»Wie man sieht, habe ich keine Schnürsenkel«, sagte sie, schüttelte den Schuh aus, als habe sich ein Steinchen darin befunden. Sie war froh, als der Kerl abdrehte. Es dauerte einen Moment, bevor ihr Puls wieder die akzeptable Zone erreicht hatte.

»Nach wem ist das Schiff benannt? Nach Ihnen?«, wollte der Silberlöwe wissen, als sie die Virginia erreichten.

Jackie lachte und schüttelte den Kopf. Sonst strahlte alles an ihr Selbstbewusstsein aus, Gewissheit, Zuversicht und Lebensfreude. Heute lag über allem ein Schatten, ein Stich ins Schwefelgelb. Ihr Lachen lag einen Viertelton daneben. Etwas stimmte ganz und gar nicht.

»Sagt Ihnen der Name Virginia Hill etwas?«, fragte Jackie und erklärte auf Silberlöwes Kopfschütteln hin: »Virginia Hill war eine prominente Figur in der US-amerikanischen Mafia. Eine ziemlich beeindruckende Frauenfigur.«

»Mafia?«, fragte Silberlöwe und lachte. »Das gefällt mir.« Mr. Kühlbox kasperte herum und tat so, als ob er mit seinen zur Pistole geformten Fingern Menschen abballere, bis Silberlöwe ihn mit seinem Blick zum Aufhören brachte. Jake verschränkte die Hände hinter dem Rücken und setzte ein übertrieben schuldbewusstes Gesicht auf. Dabei funkelten seine Augen bösartig. Wenn sie den Kerl ansah, bekam Selva eine Gänsehaut.

»Interessantes Vorbild für einen Schiffsnamen«, meinte Selva schließlich und griff sich eine Schwimmweste.

»Seit wann so bieder?«, flüsterte Jackie ihr kurz darauf zu. Wenn bieder bedeutet, dass ich Menschen, die mir in die Quere kommen, nicht einfach aus dem Weg räumen lasse, dann gerne bieder, dachte Selva verärgert. Doch als sie sah, dass weder Jackie noch die anderen eine Schwimmweste anlegten, ließ sie es ebenfalls.

Die nächste halbe Stunde war Jackie mit Silberlöwe beschäftigt, der sie, soweit es Selva mitbekam, nach den Strömungsverhältnissen befragte, sodass Selva erst versuchte, mit dem Portugiesen ins Gespräch zu kommen, dann mit Mr. Kühlbox. Der war zunächst dabei, den Sekt zu öffnen, dann übernahm er das Steuer. Jackie, Silberlöwe und Selva stießen gemeinsam an. Der Portugiese wärmte ein paar Käse-Schinken-Croissants in der Mikrowelle auf, während das Boot Fahrt aufnahm. Mister Kühlbox plauderte ein wenig über die Sehenswürdigkeiten, wobei er sich die blutrünstigen Details herauspickte.

Als sie das Seefahrerdenkmal passierten, wusste er zum Beispiel über die einzige Frau auf dem Denkmal, Königin Philippa von Lancaster, zu berichten, dass sie nicht nur die gesamte Mission finanzierte, sondern auch mit eiserner Hand ihren Mann auf Linie brachte.

»Als sie ihn zum ersten Mal dabei ertappte, wie er eine der Hofdamen betatschte, warnte sie ihn. Als sie ihn zum zweiten Mal erwischte, ließ sie einen seiner Lieblingsknappen auf dem Scheiterhaufen verbrennen.«

Er spielte mit einer von Jackies Locken. »Manchmal muss man eben Opfer für die größere Sache erbringen, was?«

Selva musste sich zusammennehmen, um seine Hand nicht wegzuschlagen. Schließlich schob Jackie seine Hand zur Seite.

Je länger sie unterwegs waren, desto stärker wurde Selvas Gefühl, dass das hier alles nur eine Aufführung war, und zwar für sie. Sie war die Hauptfigur darin, aber sie hatte keine Ahnung, welche Rolle man ihr zugeteilt hatte.

Selva wartete einen geeigneten Moment ab, um Jackie leise zu fragen, wohin sie führen.

»Sag du's mir«, meinte Jackie. »Du hast doch ein ganz bestimmtes Ziel vor Augen.«

Sofort kam Kühlbox angetrabt und wedelte mit dem Zeigefinger. »Kein Getuschel, das ist nicht höflich«, sagte er.

Selva drehte sich zu ihm um. »Hast du vielleicht Tampons in einer deiner riesigen Kühlboxen?«

»Okay, schon klar. Ladys Talk. Ich bin ja schon weg«; sagte er, und für die nächste halbe Stunde ließ er Selva in Ruhe.

Das Forschungsschiff hatte vor der Küste geankert. Da war sich Louis ganz sicher gewesen. Die Methaneisvorkommen, so viel wusste Selva in der Zwischenzeit, befand sich vor allem am Kontinentalhang, also dort, wo der eher flach verlaufende Kontinentalschelf Portugals plötzlich abfiel. Das war zig Seemeilen von der Küste entfernt. Und genau dorthin schien das Segelboot jetzt Kurs zu nehmen. Sie ließen den Küstenstreifen mit den bunten Würfeln von Cascais und den Felsklippen des Boca de Inferno rasch hinter sich.

»Wo fahren wir eigentlich hin?«, fragte sie und bemühte sich um einen entspannten Tonfall.

Mister Kühlbox schien das als Aufforderung aufzufassen und zog sein T-Shirt aus. »Wenn es der Dame darum geht, etwas zu gucken zu haben, muss sie sich für eine Weile mit dem zufrieden geben, was wir an Bord haben«, sagte er und grinste. Selva musterte seinen Waschbrettbauch. Der Typ war verdammt fit, kampfsportartig fit.

Er sprang kopfüber ins Wasser und drehte eine Runde um das Boot, im Delfinstil selbstredend, während das Boot träge im Wasser lag. Dann schwamm er nach achtern, wo er die Badeleiter hinaufkletterte und wieder an Bord ging. Dabei prustete er lautstark. »Erfrischend«, meinte er, griff sich ein Handtuch, das ihm der Portugiese reichte, und rieb sich trocken. Anschließend zog er sich sein T-Shirt wieder über. Selva warf einen Blick ins Wasser und fragte sich, was »erfrischend« in Grad bedeutete, als er sie fragte, ob sie es auch mal testen wolle, das Wasser habe mindestens siebzehn Grad. Er rief etwas dem Portugiesen zu, der eine abwägende Handbewegung machte, und Mr. Kühlbox übersetzte: »Sogar fast achtzehn Grad laut unserem Fachmann.«

»Nein, danke«, erwiderte Selva und duckte sich unter dem Großbaum durch zur anderen Seite.

Sie betrachtete Jackie, wie sie an der Reling stand und aufs Meer blickte. Selva kamen die voranstürmenden Figuren am Entdecker-Denkmal in den Sinn, Heinrich der Seefahrer ganz an der Spitze, die Königin und all die anderen. Über wie viele Leichen waren sie gegangen? Hatten sie kurz innegehalten und gezögert? Oder hatten sie, im Gegenteil, das Knirschen der Knochen unter ihren Sohlen als Triumph empfunden?

War Jackie ebenso? Selva schüttelte unwillkürlich den Kopf. Mr Kühlbox würde sie es zutrauen, vielleicht auch dem Silberlöwen, aber Jackie?

Sie hätte Angst vor Jackie gehabt, wenn sie ein Mann gewesen wäre, erkannte Selva. Sie wäre misstrauisch geworden. Dieses zur Schau getragene Selbstbewusstsein, dieses Raumgreifen, wie es nur den Fleischfressern ganz oben in der Nahrungskette im Tierreich zukommt, weil sie sich um ihre eigene Sicherheit keine Gedanken machen müssen. Wie Jackie Sex genutzt hatte, um ihre Fragen nicht beantworten zu müssen, ihr den Mund mit einem Zungenkuss verstopft hatte.

Wie Methanblasen, die aus dem Schlamm aufstiegen, strömten die giftigen Wahrheiten jetzt hervor und drangen tief in Selvas Bewusstsein ein, bis sie sie nicht länger leugnen konnte; in diesem Moment veränderte sich alles. Ihre Körperhaltung wurde defensiv, in ihren Gesichtsausdruck mischte sich die Furcht, unter ihrer Haut kribbelte die Angst. Auch die anderen spürten ihre Veränderung. Als Erstes merkte es der Silberlöwe. Er musterte sie ungeniert, fragte, ob ihr kalt sei. Dann merkte es auch Jackie. Noch trug sie ihr Lachen wie ein Schutzschild vor sich, noch hatte sie Selva nicht aufgegeben. Sie setzte sich neben sie. »Ist es nicht herrlich hier draußen?«, fragte sie und ließ den Wind mit ihrem Haar spielen. Die Sonne brachte die Umrisse zum Leuchten. Eine Heilige, Unheil bringende Eisheilige, vollendete Selva ihren Gedankengang.

»Ich dachte, wir fahren allein hier raus«, sagte sie und hoffte, dass Jackie das Zittern in ihrer Stimme für Enttäuschung hielt. Jackie legte ihr die Hand auf den Oberschenkel. Sie war warm, glühte geradezu. Ein Eisengel aus der Hölle, dachte Selva und schalt sich dann als übertrieben dramatisch. Die Worte ihres Sohnes fielen ihr ein: »Fahr mal runter mit dem Drama, Mama!«. Sie sollte ihr Hirnschmalz besser dafür verwenden, sich zu überlegen, wie sie hier heil wieder rauskam, statt pseudopoetisch über ihre Liebhaberin zu sülzen.

»Im Ernst, wieso ist der Silberlöwe hier? Und warum nennt er nicht seinen wahren Namen?«

Zum ersten Mal flackerte Jackies Selbstbewusstsein, ein kurzer Ausfall des ausgestrahlten Bildes, die Maske war verrutscht, aber im Nu hatte sie sie wieder zurechtgerückt. Selva fragte sich, ob sie je das wahre Gesicht Jackies gesehen hatte.

Vielleicht als sie neben mir schlief, sagte sie sich. Niemand hat sein Gesicht im Schlaf unter Kontrolle.

Jackie veränderte ihre Körperhaltung nicht. Sie wollte keine Signale aussenden. Lediglich ihre Stimme wurde leiser, und ein Oberton von Furcht mischte sich darunter. »Ich habe es versucht, aber ich konnte es nicht verhindern«, sagte sie. »Er hat darauf bestanden. Er wollte dich persönlich kennenlernen.«

Mit dieser Antwort hatte Selva nicht gerechnet. »Wer ist er?«

Aus den Augenwinkeln nahm sie eine Bewegung wahr. Silberlöwe näherte sich.

»Darf ich?«, fragte er und setzte sich neben sie. »Ich kann Ihnen dasselbe Angebot machen wie dem Direktor.«

»Ferreira? Wie Sie vermutlich wissen, ist er tot. Viel hat ihm also Ihr Angebot nicht gebracht«, antwortete sie.

Jetzt wurde ihr doch kalt, und sie rieb sich die Arme.

Silberlöwe warf dem Portugiesen einen Blick zu. Der brachte ein überdimensioniertes T-Shirt mit der Aufschrift »Zurück zum Meer«, das er Selva reichte. Würden Verbrecher sich die Mühe machen, sie warm zu halten, wenn sie töten wollten? Sie lehnte dankend ab und zog sich ihr Sweatshirt über, auf dem sie bis jetzt gesessen hatte.

»Davon habe ich gehört«, sagte er. »Ein tragischer Unfall. Sehr bedauerlich. Standen Sie ihm nahe?«

»Wie lautet Ihr Angebot?«, fragte sie und stand auf. Sie wollte dem Kerl direkt in die Augen blicken und sein Bedauern sehen – oder eben auch nicht.

So stand sie auf Armlänge vor ihm, als sie es spürte. Sie spürte die Härte, die von seinem Körper ausging, die Kälte, die er ausstrahlte, die Unerbittlichkeit. Gleichzeitig bemerkte sie auch, wie Jackie erst ein Stück weg und dann nervös hin und her rutschte. Der Portugiese war unter Deck verschwunden, und der Kühlboxenträger gab sich beschäftigt. Jetzt war es eine Sache zwischen ihr und dem Silberlöwen.

»Wer sind Sie?«, fragte sie.

»Ich handle nur im Auftrag«, sagte er.

»Für wen?«

»Das wissen Sie doch schon längst.«

»Stimmt. Sie arbeiten für BenthoFuels.« Sie hatte noch mal in Sines angerufen. Dieses Mal wollte sie nicht wissen, wer in der Lage war, Methaneis kommerziell zu nutzen, sondern wer sich dafür interessierte. Die stellvertretende Leiterin der Umweltbehörde, kam als Erstes, gefolgt von »So ein Typ von BenthoFuels«.

»Aber warum die Geheimniskrämerei? Warum vertuschen Sie Ihre Anwesenheit hier, führen illegale Probebohrungen durch? Warum gehen Sie nicht einfach den normalen Weg und beantragen eine Konzession?«

»Normaler Weg?«, warf da Kühlbox ein, zog eine Grimasse und watschelte wie ein Pinguin über das Deck. Das sollte vermutlich komisch aussehen. »Wir haben aus dem Zirkus vor der Oilgarve gelernt«, sagte er.

Davon hatte sie gehört. Vor ein paar Jahren sollten vor der Algarve Testbohrungen nach Erdöl durchgeführt werden. Die Hoteliers und andere probten den Aufstand. Erfolgreich. Das Thema wurde bis nach der nächsten Wahl verschoben.

»Und da dachten Sie, Sie bohren einfach mal ohne Lizenz?«

Hatte sie also richtig gelegen. Der Ölmulti wollte sich einen Vorsprung bei der Erschließung der Methaneisressourcen sichern. Je mehr man über die Bohrstellen wusste und dann Cardosa in die Feder flüsterte, sodass sie die öffentliche Ausschreibung entsprechend formulieren konnte, desto größer war die Chance, den Zuschlag zu bekommen. Und falls das mit dem Einflüstern nicht funktionierte, ließ sich immer jemand finden, den man bestechen konnte. Wie man seit dem Korruptionsskandal im letzten Winter wusste: sogar in der EU Kommission. Es gab immer jemanden, der sein Rückgrat kurzfristig verlegt hatte. Nicht immer nahm diese Personen Geld an, aber sie wurden zumindest beweglich in ihren Empfehlungen und Entscheidungen. Außerdem war es ein Mengenspiel: Wenn von zehn Bestechungsversuchen einer klappte, reichte das ja.

»Das ist mein Angebot«, sagte Silberlöwe, »Sie bekommen eine satte Abfindung und setzen sich in den nächsten Flieger nach Hause.«

»Und wo soll das Ihrer Meinung nach sein?«

Der Silberlöwe schien erstaunt. »Was fragen Sie da mich? Haben Sie niemanden, der auf Sie wartet?« Sein Blick wanderte zu der Stelle, wo sich Jackie noch vor ein paar Minuten befunden hatte. Er schien verärgert.

»Fliegen Sie meinetwegen nach Tahiti, da ist es auch schön.«

»Nicht mehr lange, dank Firmen wie der Ihren«, entgegnete Selva.

»Ich hätte Sie für etwas intelligenter gehalten«, sagte er. »Als ob Sie nicht die letzten 20, 30 Jahre all das genossen hätten, was Firmen wie die meines Auftraggebers Ihnen ermöglicht haben.« Er beschrieb einen Bogen mit dem Arm. »Segeln, hierherfliegen, Auto fahren, Ihre Wohnung kuschelig warm halten, sich jede Woche ein Paket mit unnützem Zeugs schicken lassen«, er deutete auf ihre neue Jeans und das blassblaue Sweatshirt, »die Liste hört nicht auf.«

»Es geht hier nicht um mich.«

»Ja natürlich, das große Ganze.« Er beugte sich zu ihr vor und fixierte sie. »Aber da täuschen Sie sich. Es geht um Sie. Hier und jetzt geht es nur um Sie und darum, ob Sie mein Angebot annehmen.«

»Und wenn nicht, ergeht es mir wie dem Direktor?«

Silberlöwe verzog das Gesicht. »Einer meiner Mitarbeiter hat nach drei Stunden verhandeln mit dem Direktor die Geduld verloren. Er hat dafür gebüßt. Es war ein Missgeschick – Ich hoffe nicht, dass wir so lange brauchen, um Einigkeit zu erreichen.«

Selva schoss Jackie einen Blick zu. Sie hatte denselben Ausdruck verwendet, als sie einer von Azenhas Männern vor dem Restaurant anrempelte.

»Ich wusste nichts davon, das musst du mir glauben«, rief Jackie.

»Dich hat keiner gefragt«, schnauzte sie Kühlbox an, aber der Silberlöwe bedeutete ihm, sich zu mäßigen.

»Ich war nicht dabei.« Jackie fasste Selva am Oberarm. »Nimm das Angebot an. Ich flehe dich an.« Sie deutete mit dem Kopf auf Silberlöwe. »Er ist nicht kleinlich. Dann kannst du dir endlich die Auszeit gönnen, die du verdienst. Es ist die beste Lösung.«

»Für wen?«, fragte Selva.

»Für dich, für mich, für uns alle«, antwortete Jackie.

Selva schwieg.

Der Silberlöwe deutete das als Zustimmung und klatschte in die Hände. »Also ist es abgemacht?«, rief er. »Sie setzen sich in den nächsten Flieger und kommen als reiche Frau an ihrem Zielort an. Reicht eine Million?« Er zückte sein Handy. »Ein Wusch, und es ist auf Ihrem Konto. Sie müssen mir nur die Daten geben.«

Selva griff in ihre Tasche nach ihrem eigenen Handy. Die Sache mit dem zweiten Handy und dem Richtmikrofon war ihr zu umständlich. Es musste auch so funktionieren. Sie drückte auf Sprachaufnahme.

»Eine Million?«, fragte sie, »Und dafür soll ich was genau tun?«

Mr. Kühlbox schob sein Gesicht vor das ihre, wobei er sie fast mit der Nase berührte. »Ist die so blöd oder tut die nur so?«

Selva trat einen Schritt zurück. Sie spürte das Drahtseil der Reling in ihrem Rücken.

Jackie hob beschwichtigend die Hände. »Leute, lasst uns nicht den Kopf verlieren. Wir haben ja gesehen, wohin das führt.« Sie legte Selva die Hände auf die Schultern. »Bitte, nimm das Angebot an.« Selva schielte auf das Handy und drückte auf Senden, um die Tonaufnahme an Azenha zu schicken.

Sie war nicht vorsichtig genug gewesen.

Die Stahlhand des Kühlboxenträgers schloss sich um ihr Handgelenk. Dann schlug er ihre Finger auf die Reling, sodass sie reflexartig öffnete und das Telefon fallen ließ. Noch bevor sie das Knacken ihrer Fingerknochen wahrnahm, schneller als sie schreien konnte, überflutete sie der Schmerz. Für einen Augenblick bestand sie nur noch aus Schmerz. Dann kehrte die Sicht wieder, danach der Ton. Das Handy rutschte über das Deck Richtung Steuer.

»Glaubst du, wir sind blöd?«, fragte Mr. Kühlbox und drehte ihr das Handgelenk auf den Rücken. Ein Stechen mischte sich unter das Pochen ihrer Fingerknochen.

Jackie fiel dem Kerl in den Arm. »Lass sie los. Lass sie sofort los. Sie hat mit alldem nichts zu tun.« Jake knallte Jackie die freie Faust mitten ins Gesicht. Sie taumelte rückwärts und stieß gegen die Reling. Mit der Hand fasste sie an ihrer Nase. Blut quoll zwischen ihren Finger hervor.

Sie ist zu groß, ihr Schwerpunkt liegt zu hoch, schoss es Selva durch den Kopf. Sie sah Jackie mit den Armen rudern, während das Blut aus ihrer Nase troff. Dann kippte sie rückwärts über Bord. Selva hörte einen Schrei, als Jackie aufs Wasser klatschte.

Der Silberlöwe lief zur Reling.

Der Kühlboxenträger hatte Selva kurz losgelassen, packte jetzt aber erneut zu. Und plötzlich bewegte sich der Horizont. Hände schlossen sich um ihre Fußgelenke, Arme schoben sich unter ihre Achseln, sie wurde über die Reling gehoben; eins, zwei, drei, sie verstand nicht, was geschah.

Für einen Moment war sie schwerelos, verharrte in der Luft, in der Welt der Möglichkeiten, in der sie Jackie noch retten konnte, in der alles nur ein Missgeschick war, Ferreiras Tod ein tragischer Unfall. Doch dann fiel sie, tauchte sie ein in den Mahlstrom, auf den sie die ganze Zeit zugesteuert hatte. Sie sank unter die Wasseroberfläche, und plötzlich sah die Welt ganz anders aus. Die Sicht trübte sich ein, die Farben verschoben sich Richtung Blautöne, sie hörte nichts mehr, die Welt schien zu schrumpfen. Doch in Wahrheit reduzierten sich nur ihre Sinneswahrnehmungen. Ihr Körper war nicht geschaffen für die Unterwasserwelt, eine Welt ohne Luft, ohne Tageslicht, ohne Geräusche, die von allen Seiten auf sie eindrangen und ihr Orientierung gaben, ohne ein klares Signal für das Oben des Kopfes und das Unten der Füße. Ihr Körper war vor allem nicht geschaffen für den Mangel an Sauerstoff, für das Kohlendioxid, das sich in ihrem Blut anreicherte und ihre Brustmuskeln anwies, einzuatmen, für das Wasser, das gegen ihre Nase und gegen ihre Lippen drängte und sofort einströmen würde, sobald sie den Mund öffnete, um die verbleibende Luft auszuatmen. Sie war nicht geschaffen für ein Leben im Wasser. Ihr Körper verstand das, doch bevor diese Gedanken ihren Verstand erreicht hatten, kämpfte sich sie bereits mit aller Kraft nach oben.

Sie schoss durch die Wasseroberfläche, duckte sich vor einer Welle, schöpfte Luft und hoffte, dass es sich bei ihrem Sturz ins Wasser nur um ein Versehen handelte, um einen kurzen Ausraster des Kühlboxenträgers, um ein Missverständnis, das sich regeln ließ. Kaum war dieser Gedanke in ihrem von Panik überfluteten Gehirn aufgestiegen, spritzte es rechts von ihr auf; etwas versengte ihre Schläfe, und sie spürte eine heiße Flüssigkeit in ihr Auge tropfen; schließlich schmeckte sie Blut auf ihren Lippen – ihr eigenes Blut.

Mr. Kühlbox schoss auf sie.

Noch im Hinabtauchen tankte sie Luft, paddelte mit ein paar kräftigen Beinbewegungen, wie sie hoffte, vom Boot weg, schwamm, bis ihre Lunge die veratmete Luft nicht länger halten konnte. Geschwind drehte sie sich auf den Rücken und tauchte vorsichtig auf. Nur die Nasenspitze und der Mund ragten hinaus, gerade so weit, dass sie Luft holen konnte, aber doch so dicht am Wasser, dass sie schnell den Mund schließen musste, bevor die nächste Welle Salzwasser hineinspülte. Vorsichtig schielte sie nach rechts, dann nach links. Sie sah kein Boot und keine Jackie. Über ihr braute sich ein Sturm zusammen. Das bedeutete deutlich stärkeren Seegang.

Sie drehte sich ein weiteres Stück, um nach der Jacht Ausschau zu halten, als erneut Kugeln um sie herum aufspritzten. Es war nur eine Frage der Zeit, bis der Kerl sie treffen würde. Schon spürte sie, wie eine Kugel ihr Sweatshirt durchlöcherte.

Soweit sie es zwischen Einschlag und Abtauchen ausmachen konnte, versuchte Silberlöwe, Mr. Kühlbox vom Heck wegzuziehen.

Wie lange würde sie dieses Spiel durchhalten? Schon jetzt hatten ihre Muskeln mit der ungewohnten Anstrengung zu kämpfen, brachte das freigesetzte Adrenalin ihr Herz schier zum Ausrasten. Auf einmal kam ihr eine Idee. Schnell streifte sie ihr helles Oberteil ab, stieß in einem Wellental zur Oberfläche durch und schwenkte kurz das Sweatshirt in der Luft. Mit etwas Glück würde eine Luftblase es an der Oberfläche halten und Mr. Kühlbox von ihrem wahren Standort ablenken. Sofern sie das Manöver überlebte.

Ein weiterer Schuss riss ihr den Stoff aus der Hand, aber ihr Plan ging auf. Wie erhofft, hatte sich etwas Luft zwischen den zwei Lagen des Sweatshirts gefangen, sodass es auf der Oberfläche trieb. Während sich Mr. Kühlbox abmühte, es zu zersieben, tauchte sie erneut ab. In schnellen Zügen entfernte sie sich von dem leuchtenden Köder und schwamm Zug für Zug in die entgegengesetzte Richtung. Erst als die kräftigen Schwimmbewegungen das Stresshormon in ihrer Blutbahn einigermaßen abgebaut hatten, als ihr Herzschlag sich wieder mit dem begrenzten Raum in ihrer Brust zufrieden gab, als ihre Atmung immer noch schnell, aber regelmäßig funktionierte, wagte sie einen weiteren

Orientierungsversuch. Sie drehte sich auf den Rücken und beschrieb langsam einen Kreis. Als sie sah, wie klein die Jacht bereits war und dass sie sich außer Reichweite dieses Verrückten befand, war sie so erleichtert, dass sie ins Wasser pinkelte. Sie ließ sich eine Weile treiben, um wieder zu Kräften zu kommen, aber das war ein Fehler. Die Kälte kroch in ihre Glieder und ließen jede Bewegung noch anstrengender werden, als müsse sie nicht nur gegen das Wasser, sondern auch gegen ihre eigenen Muskeln ankämpfen.

Erst jetzt dachte sie an Jackie. Sie strampelte, um sich so weit wie möglich über die Wasseroberfläche zu erheben, ließ den Blick über die Wellenkämme schweifen. Doch da war nichts. Kein vom Wasser aufgeblähtes knalloranges Sweatshirt, keine Arme, die Gischt aufspritzen ließen, keine Jackie. Selva tauchte unter und suchte das trübe Wasser nach goldenem Haar ab. Auch hier: nichts. Das war aussichtslos. Nicht einmal Fische oder Algen, nur Wasser, endloses trübes Wasser. Sie tauchte wieder auf.

Gerade wollte sie wieder zurückschwimmen zu der Stelle, an der Jackie über Bord gegangen war, als ihr klar wurde, wie absurd ihr Verhalten war. Sie war unter Lebensgefahr der Jacht und den Verrückten darauf entkommen und jetzt wollte sie wieder umkehren?

Sie fasste sich kurz an die Schläfe, das Blut schien bereits zu gerinnen. Eine Welle stieg ihr in die Nase, und sie verschluckte sich. Es dauerte ein paar Schwimmzüge, bis sie ihren Rhythmus wiedergefunden hatte.

Auf einmal kamen ihr die Worte des Pathologen in den Sinn, der den Direktor obduziert hatte. Normalerweise sinkt ein Körper auf den Grund, sobald sich die Lunge mit Wasser gefüllt hat, hatte der erklärt. Erst nach Tagen, häufiger Wochen, hat der Zersetzungsprozess der Bakterien so viele Gase freigesetzt, dass der Körper wieder auftreibt. Der Direktor hatte eine Schwimmweste getragen. Nur deswegen war er entdeckt worden. Sie würde Jackie niemals finden, nicht ohne zumindest die Koordinaten ihres Sturzes angeben zu können. Und dich wird auch niemand finden, wenn du dich nicht in Sicherheit bringst, schoss es ihr durch den Kopf.

Sie blickte sich um.

Vor ihr ein Bild endloser Wassermassen: der Atlantik, der sich bis nach Nordamerika erstreckte. Bis dorthin waren es Tausende von Kilometern, eine nasse und kalte Ewigkeit weit. Sie malte sich aus, wie sich Geros Kumpel von der Satellitenfirma über die Aufnahme beugte und vergeblich versuchte, mit dem Fingernagel den vermeintlichen Dreck wegzukratzen, diesen Stecknadelkopf im Wellenmeer, und nicht erkannte, dass es sich dabei um sie handelte. Mutlosigkeit breitete sich in ihrer Brust aus, ließ ihre Glieder erlahmen; eine innere Stimme flüsterte vom Aufgeben, führte ihr die Sinnlosigkeit vor Augen und wie angenehm es wäre, sich dem Schaukeln der Wellen zu ergeben und friedlich auf den Grund zu sinken.

Wenn man Volldampf voraus nicht weiterkommt, muss man die Richtung ändern, sagte sie sich und drehte sich um hundertachtzig Grad. Und da sah sie die Küste, weit entfernt, aber klar zu erkennen. Sie konnte sogar die zu einem Nobelhotel umfunktionierte alte Festung ausmachen, in der Jackie und sie ihr romantisches Wochenende verbracht hatten. Das setzte sich als Ziel. Wenn sie das Fort erreichte, wäre sie gerettet. Sie würde Azenha anrufen, und die Mörder Jackies würden dingfest gemacht werden. Dieser Gedanke wärmte sie.

In kräftigen Zügen hielt sie auf die Festung zu. Bei jedem Strecken der Arme schloss sie die Augen und tauchte das Gesicht ins Wasser. Das Salz brannte zwar in der Wunde an ihrer Schläfe, aber es verschaffte ihrem Nacken etwas Entspannung. Sie blickte wieder auf, das Fort hatte sich nicht bewegt. Sie beschloss zu zählen, wie früher als Kind, wenn sie eine bestimmte Strecke schwimmen sollte und vor Langeweile schier unterging. Sie atmete zur Seite und nahm sich vor, nur noch alle zehn Züge nach vorne zu schauen. Doch auch zehn Züge hintereinander brachten sie ihrem Ziel nicht merklich näher. Sie erhöhte auf alle zwanzig Züge.

Die Kraft in ihren Armen ließ nach, sie wurde nachlässig, zog sie nicht mehr sauber zurück. In ihrer rechten Wade breitete sich ein Krampf aus. Sie ließ sich kurz treiben und schüttelte dabei das rechte Bein aus. Darauf hatte die Kälte nur gelauert. Siebzehn Grad fühlten sich verdammt kalt an, wenn man sich nicht vom Fleck rührte, dachte sie bitter.

Sie versuchte es mit Kraulen, aber das ließ ihre Armmuskeln noch stärker brennen. Sie drehte sich auf den Rücken. Das brachte etwas Erholung. Allerdings musste sie sich ständig umdrehen, um die Richtung zu halten, was ihr Fortkommen bremste. Zu allem Überfluss rumpelte es über ihr.

Bitte kein Gewitter, flehte sie und schickte ein Stoßgebet an unbekannt. Ein Blitzeinschlag, und sie wäre geliefert. Sie erhöhte die Taktzahl und hatte Mühe, mit ihrer Atmung hinterherzukommen. Sie musste haushalten mit ihrer Kraft, ihrer Luft und ihrer Entschlossenheit. Versagte eins davon, würde sie auf den Boden des Atlantiks sinken. Vermutlich nur ein paar hundert Meter tief, denn sie befanden sich hier, wie sie jetzt wusste, noch im Bereich des Kontinentalschelfs. Doch die Vorstellung, einfach so zu verschwinden und aus dem Universum der Lebenden auszuscheiden, schickte eine neue Welle der Verzweiflung. Sie duckte sich weg, so gut sie konnte, dachte an das Grab des unbekannten Soldaten und dass sich irgendwer schon an sie erinnern würde. Jonathans Strubbelkopf tauchte vor ihrem inneren Auge auf, und sie zwang sich, weiter zu schwimmen. Der Junge würde es nicht begreifen, warum sie in einem fremden Land für eine fremde Stadt und etwas, das sie genau genommen gar nichts anging, starb.

Arme vor, einen Bogen zur Seite beschreiben, Beine nach hinten stoßen, zusammenführen, gleiten. Arme vor, einen Bogen zur Seite beschreiben, Beine nach hinten stoßen, zusammenführen, gleiten. Die Vorwärtsbewegung automatisch werden lassen. Den Schmerz ignorieren. Letzteres wurde allmählich immer schwieriger.

Es bereitete ihr zunehmend Mühe, sich auf das Schwimmen zu konzentrieren. Ihre Gedanken liefen auseinander in alle Richtungen, und es kam ihr vor, als ob ihr Selbst gerade auslaufe und sich mit dem Meerwasser vermenge. Homöopathische Dosen meines Selbst, dachte sie und bekam einen Lachanfall, der zum Hustenanfall wurde, sobald sie Wasser schluckte.

Hysterische Kuh, hörte sie sich sagen, drehte sich auf den Rücken und schaute den Wolken zu, die der unbekannte Adressat gerade wieder auseinanderzupfte. Wenigstens etwas.

Sie ließ den rechten Arm ins Wasser gleiten, presste die Finger der Handfläche zusammen, um ja kein Fitzelchen Schubkraft zu verlieren, führten den Arm zum Oberschenkel, wippte dabei mit den Unterschenkeln auf und ab, glitt voran.

Der Wellengang nahm zu. Die Sonne brach durch. Das war eine gute Nachricht – einerseits. Schnell wurde ihr wärmer. Anderseits brannte die Sonne auf ihr schwarzes Haar, auf ihr Gesicht. Das Wasser verstärkte die UV-Strahlung noch, und schon bald spürte sie ein Glühen auf den Wangen; ihre Augen brannten, ob vom Salz oder von der Sonne war letztendlich egal. Es fiel ihr schwer, die Signale, die ihr Körper sendete, miteinander zu vereinbaren. Ihr Gesicht glühte, während die Füße vor Kälte taub waren. Sobald sie langsamer wurde, kroch die Kälte weiter an ihren Beinen entlang in ihren Leib hinein. Bewegung war die einzige Lösung. Also paddelte sie weiter. Aber ihre Kraft und ihre Zuversicht verließen sie. Sie konnte die Hitze auf den Wangen spüren, die Anstrengung in den Armen und den Beinen.

Sie wechselte wieder zur Bauchlage. Das Fort leuchtete golden in der Sonne.

Sie hielt darauf zu und musste unentwegt an Jackie denken. Tränen liefen ihr die Wangen hinab, trugen nichts zu dem Auf und Ab der Wogen bei. So schmerzhaft das Gefühl, so winzig der Beitrag, noch winziger als ihr Stecknadelkopf vom Weltall aus gesehen. Sie spürte einen Weinkrampf anbranden, zwang sich zur Nüchternheit. Der Silberlöwe hatte ihr das alles eingebrockt, er und sein Handlanger. Er steckte hinter der ganzen miesen Geschäftemacherei. Und hinter ihm, und sie spürte eine Wut aufsteigen, hinter ihm steckte BenthoFuels, ein global agierender Ölkonzern. Irgendjemand dort hatte sich das alles ausgedacht und ausgetüftelt. Mindestens drei Menschen waren deswegen gestorben.

Sie schwamm weiter und nahm sich fest vor zu überleben. Schon allein, um mit Azenhas Hilfe den Silberlöwen und seinen Hampelmann dingfest zu machen. In einen Eimer Atlantikwasser würde sie sein dämliches Grinsen tunken, Klumpen von Methaneis gegen den eckigen Schädel werfen.

Sei nicht albern, sagte der letzte Rest Vernunft, über den sie noch verfügte. Zum Teufel mit der Vernunft, schrie sie hinaus, die wird mich nicht retten. Nur sture Entschlossenheit wider jegliche Vernunft kann mir jetzt noch helfen. Und die Wut gab ihr die notwendige Energie, befeuerte ihre Entschlossenheit, ließ sie Zug um Zug weiterkämpfen.

Doch irgendwann hatte sich auch die Wut im endlosen Wasser aufgelöst. Die Kraft war alle, verschwunden, verbraucht. Die Erkenntnis machte sich breit: Sie würde nichts davon tun. Mit etwas Glück würde Azenha Jackies Jacht aufspüren und sie bitten, die beiden zu identifizieren – falls sie das hier überlebte.

Sie ließ die Arme hängen, was sofort dazu führte, dass sie Wasser schluckte.

Sie hustete das Meer wieder aus und wechselte für eine Weile in die Rückenlage. Sie musste die Augen schließen, um nicht von der grellen Sonne geblendet zu werden. Sie legte den Kopf in den Nacken, bemüht, das Fort zu sehen, ohne sich umzudrehen. Es nützte alles nichts.

Selva wechselte wieder zur Brustlage. Sie wollte das Fort fest fixieren. Ihr Herz war in einen gleichmäßigen Trab verfallen. Der Wellengang hingegen hatte zugenommen. Immer wieder musste sie sich wegdrehen, um kein Salzwasser zu schlucken. Ihr Nacken schmerzte, wenn sie den Kopf so weit über Wasser hielt. Sie ging dazu über, bei jedem Zug unterzutauchen, und schloss dabei die Augen. Die Zeit verflüchtigte sich. Sie hatte einmal gelesen, dass es für Blinde schwieriger war, ein Zeitgefühl zu entwickeln, weil sie sich nicht an einen Punkt im Raum orientieren konnten. Sie wusste nicht, ob das stimmte. Aber es kam ihr vor, als ob dieser Mangel an Veränderung die Zeit auslösche, dieses immer gleiche Schwappen des Wassers, diese trübe Brühe, der fast konturlose Himmel.

Nur noch die nächsten fünf Brustzüge durchhalten, sagte sie sich vor, und wenn sie diese gemacht hatte, wiederholte sie die Ansage. Nur noch die nächsten fünf und die nächsten fünf.

Egal, wie sie versuchte, sich selbst auszutricksen, sie konnte nicht mehr. Ihre Beine hingen nach unten, selbst die kleinsten Wellen kamen ihr groß vor, und sie achtete auf deren Rhythmus, um hindurchzutauchen. Denn wenn sie nicht achtsam war, wirbelte sie der Brecher durcheinander, sodass sie Mühe hatte aufzutauchen, bevor die nächste Welle über ihr zusammenbrach. Zudem verhedderte sie sich immer wieder in Algensträngen.

Sie zählte die Sekunden zwischen den Wellentälern, bereitete sich auf den Durchstoß vor, als ihr klar wurde, was das bedeutete. Brechenden Wellen waren die Definition für Brandung, für das Auslaufen der Wassermassen an einem Strand. Algen wuchsen nur in Küstennähe. Sie näherte sich dem Strand. Sie riss die Augen auf und positionierte sich parallel zur nächsten Welle, um nach dem Fort Ausschau zu halten. Es lag jetzt ein gutes Stück rechts von ihr. Wie war es so weit nach Nordwesten abgerückt? Wann hatte sie aufgehört aufzupassen? Aber das war jetzt egal. Sie plante keine Invasion, sie wollte lediglich ihr Leben retten. Sie wollte gerade aufjuchzen, als sie die Felsen sah. Die kamen ihr bekannt vor. Dort hatte sich der Kitesurfer verfangen, als der Rettungsdienst drei Mann hoch ausrücken musste, um ihn zu bergen. Nur dass das auf der anderen Seite der Felsen gewesen war, am Strand von Guincho, wo es einen Bademeister und ein Rettungsteam gab. Hier gab es niemanden.

Es blieb ihr nichts anderes übrig, als wieder ein Stück hinaus und um die Felsen herumzuschwimmen.

Ihre Beinmuskeln protestierten, ihr Herz stolperte, ihre Handflächen krampften. Sie dachte an Jonathan, sah sein in ihren Augen immer noch unschuldiges Gesicht vor sich, obwohl er solche Giftpfeile nach ihr schießen konnte. Sie zwang sich, nicht an Özlem zu denken, rief lieber das Bild von Gero hervor, der es sicherlich bedauern würde, dass sie auf so tragische Weise umkam, dann aber wieder zur Tagesordnung überging. Sie dachte an Karel. Er musste erfahren, was passiert war. Sie musste ihm sagen, dass Jackie kein schlechter Mensch war. Sie war nur in etwas hineingerutscht, aus dem sie sich nicht hatte befreien können. Sie musste durchhalten. Für Karel. Für Jackie.

Selva erreichte die andere Seite der Felsen, erblickte die ersten Drachen der Kitesurfer über sich, paddelte weiter, fast geschafft. Eine Welle schnappte sie, riss sie mit sich und ließ sie knapp vor den Felsen wieder frei. Mit der rechten Fußsohle schrammte sie über eine scharfe Kante. Das Wasser brannte in dem Schnitt. Sie würde doch nicht so kurz vor dem rettenden Ufer an ein paar Felsbrocken zerschellen. Das konnte nicht sein, das durfte nicht sein!

Sie paddelte weiter, wurde erneut von einer Welle erfasst. Sie versuchte, sich zu stabilisieren, aber ihre Beine brachten nicht mehr die Kraft auf. Die nächste Welle erfasste sie, wirbelte sie herum, wobei sie mit dem Knie gegen etwas Hartes schlug. Ihr Fuß pochte, das Wasser erfasste sie und spülte sie hinaus und von den Felsen weg – zum Glück. Mit letzter Kraft paddelte sie weg von den Klippen, kein Brustschwimmen, kein Kraulen, ein elendiges Hundepaddeln. So kämpfte sie sich vorwärts, als plötzlich etwas Gelb-Schwarzes neben ihr auftauchte. Die Farben für Gefahr in der Natur, schoss es ihr durch den Kopf. Für einen Moment versteifte sich ihr Körper, und sie sank hinab. Schnell strampelte sie wieder nach oben. Und jetzt begriff sie. Sie befand sich auf dem Wasser. Hier gab es keine Hornissen oder Kreuzottern oder andere gelb-schwarze Gefahren. Bei dem Ding handelte es sich um das Board eines Surfers. So gut sie konnte, hielt sie darauf zu. Dann spürte sie etwas Warmes, Weiches an ihrem Arm, spürte eine Hand. Die Hand eines Menschen. Sie war gesehen worden. Sie war gerettet.

Und dann spie sie das Salzwasser hinaus, die Algenfetzen und was immer sie noch hinuntergeschluckt hatte, würgte an ihrer Angst, ihrer Enttäuschung und kotzte schließlich den letzten Rest Verzweiflung hinaus, bis ihr Körper sie erlöste und erschöpft einschlafen ließ.

Zwei Stunden später, es war bereits dunkel, saß sie in einem warmen Jogginganzug des Rettungsdienstes auf der Polizeiwache in Cascais, die Hände um eine Tasse Pfefferminztee gelegt. Sie hielt die Nase in den Duft, der sie ungemein beruhigte. Ihre portugiesische Großmutter hatte ihr immer Pfefferminztee gemacht – eine der wenigen Erinnerungen, die sie an ihre Avó hatte. Sie fragte sich, warum ihr Vater so wenig über seine Mutter gesprochen hatte und warum sie sie nie besuchten. Sie wusste nur, dass ihre Großmutter aus Porto stammte. Aber sie konnte sich nicht erinnern, jemals dorthin gefahren zu sein.

»Ist Ihnen noch etwas eingefallen?«, fragte Azenha.

»Wie? Ach so, nein, ich musste gerade an meine portugiesische Avo denken. Ich habe sie kaum gekannt«, sagte sie.

»Avó«, wiederholte Azenho. »Die Betonung liegt auf dem o.«

»Sehen Sie, nicht einmal das weiß ich.«

»Das lässt sich ja ändern«, meinte er und legte die gefalteten Hände auf dem Schreibtisch ab, als wolle er gleich eine Ansage machen.

Fragend legte sie den Kopf schräg.

»Nun, Porto ist ja nicht so weit weg, und es gibt da noch jemanden, der sich bei Ihnen persönlich bedanken möchte.«

Azenha drückte auf einen Knopf auf seiner Telefonanlage. Kurz drauf ging die Tür auf, und herein trat Louis. Er hatte zusammen mit seiner Mutter ein paar Tage im Wochenendhaus seines Großvaters verbracht, um den Hausstand aufzulösen.

Selva sprang auf und schloss den Jungen in die Arme. »Dich hätte ich am allerwenigstens hier in der Höhle des Löwen erwartet«, sagte sie, hielt ihn ein Stück von sich ab und strahlte.

»Du siehst gut aus«, meinte sie. Dann brach sie in Tränen aus.

Verwirrt bemühten sich Azenha und Louis gleichzeitig, sie zu beruhigen. Sie wischte den Schnodder weg und bedeutete ihnen, dass sie sich wieder gefangen hätte. Schließlich konnte sie wieder sprechen.

»Sorry für diesen Gefühlsausbruch«, sagte sie. »Mütter sind manchmal so.«

Louis blinzelte verwirrt, und Azenha sagte etwas auf Portugiesisch zu ihm, was Selva nicht verstand.

»Apropos Mütter«, fuhr er wieder auf Englisch fort. »Ich habe Ihren Sohn informiert und ihm versichert, dass es Ihnen den Umständen entsprechend gut geht.«

»Soweit habe ich noch gar nicht gedacht. Danke!«, sagte sie und riss die Verpackung eines Schokoriegels auf, den ihr ein Polizist gebracht hatte.

»Ich empfehle Ihnen, sich ein Ersatzhandy zuzulegen, bis wir die Jacht geborgen und die Beweise darauf sichergestellt haben«, sagte Azenha.

»Was passiert, wenn die internationales Gewässer erreichen, bevor Sie sie geschnappt haben?«, fragte sie.

»Dank Peilsender ist ihnen die Küstenwache dicht auf den Fersen«, sagte er. »Außerdem erstreckt sich das portugiesische Hoheitsgebiet über eine enorme Fläche.«

Sie schlug sich gegen die Stirn: natürlich, die Ausschließliche Wirtschaftszone, die Portugal gerade auf ein Vierzigfaches seiner Landmasse ausgedehnt und die sie so lange beschäftigt hatte.

Nachdem sie endlich wieder in ihrer Wohnung eingetroffen war, schrieb sie eine Rundmail an die Familie und enge Freunde, in der sie kurz beschrieb, was vorgefallen war, und versicherte, dass sie nicht verletzt sei und dass es ihr körperlich gut gehe.

Aber emotional setzt mir das Ganze erheblich zu, schrieb sie. Sie warb um Verständnis dafür, dass sie sich ein paar Tage nicht melde, zumal sich ihr Telefon auf dem Boden des Atlantiks befände.

Das stellte sich allerdings als Irrtum heraus. Als die Küstenwache die Virginia festsetzte, befand sich ihr Handy noch an Deck. Trotzdem war Selva froh, eine Weile ihre Kommunikation auf stumm stellen zu können.

Kapitel 19
Portugiesische Abrechnung

Die Taucher hatten Jackies Körper nicht gefunden. Das Areal war zu groß. Auch die Hubschrauber konnten keinen Leichnam sichten. Nach drei Tagen hatten die Küstenwache die Suche aufgegeben.

»Warum ging das bei Ferreira, aber nicht bei Jackie?«, wollte Selva von Azenha wissen. »Andere Strömungsverhältnisse, die Schwimmweste gab ihm Auftrieb, weniger Fische ...« Bei dem letzten Wort hatte Azenha weggeschaut.

»Was haben denn Fische damit zu tun?«, fuhr sie ihn an; dann begriff sie. Es wäre nichts mehr übrig, das es zu finden galt.

Karel war sofort angereist, nachdem ihn die Polizei informiert hatte. Selva ließ es sich nicht nehmen, ihn vom Flughafen abzuholen. Sie sah ihn sofort, als er durch die Sicherheitskontrolle kam. Die farblosen, schon schütteren Locken, der Bauchansatz, das kräftig blaue Hemd zum ausgebleichten Anzug, das sein Gesicht noch welker aussehen ließ. Sie stürzte auf ihn zu und schloss ihn in die Arme. Ein Knopf seines Hemdes presste sich in ihre Wange, es stört sie nicht. Sein Whiskeyatem stieg ihr in die Nase, es störte sie nicht. Mit dem linken Fuß stand er auf ihrer Sandale, es störte sie nicht.

Schließlich löste sie sich aus seiner Umarmung und rief ein Taxi.

»Sieht schön aus. So bunt«, sagte Karel nach ein paar Minuten. Sie tastete nach seiner Hand, doch er zog sie zurück.

Sie hatten fast das Hotel erreicht, als er erneut sprach.

»Kommissar Askena hat gesagt, du seist dabei gewesen.«

»Azenha.« Karel schaute sie verständnislos an. »Der Kommissar heißt Azenha, Victor Azenha.« Der Taxifahrer bremste, um einen Peugeot einfädeln zu lassen. »Sorry, nicht wirklich wichtig.« Sie nahmen die nächste Ausfahrt. »Ja, ich war dabei. Aber ich würde dir lieber davon erzählen, wenn ich nicht im Auto sitze.«

Aus den Augenwinkeln sah sie, wie Karel zustimmte.

Selva zahlte, während ein Hotelangestellter Karels Reisetasche auslud.

»Soll ich mit hochkommen?«, fragte sie.

»Wie viel Uhr ist es denn? Ich habe mein Zeitgefühl verloren.« Sei begleitete ihn zur Rezeption. Er nannte seinen Namen, der Rezeptionist sagte etwas zu den Frühstückszeiten und schob Karel eine Schlüsselkarte zu. Karel starrte die froschgrüne Karte an, als sei sie mit Pfeilgift bestrichen und würde seine Atmung lähmen, sobald er sie berührte. Der Rezeptionist fragte, ob alles in Ordnung sei.

»Ein Todesfall in der Familie«, erklärte Selva, nahm die Karte und bugsierte Karel zum Aufzug.

»Jackie war so glücklich, wenn sie von dir sprach«, sagte Karel zwischen dem dritten und dem vierten Stock, »geradezu ein anderer Mensch.«

Selva senkte den Kopf und nickte. Sie wollte nicht, dass Karel ihre Tränen sah. Das war das Letzte, was er jetzt gebrauchen konnte. Außerdem plagten sie Schuldgefühle. Sie machte sich Vorwürfe, dass sie sich darauf eingelassen hatte, Jackie heimlich aufzunehmen und damit zu überführen. Sie fühlte sich elendig, weil sie den Silberlöwen und Mr. Kühlbox auf den Plan gerufen hatte. Und sie wusste, es ließ sich nicht leugnen, nicht abstreiten, nicht schönreden, dass sie die Schuld an Jackies Tod traf.

»Es tut mir so unendlich leid«, sagte sie, als sie im vierten Stock angekommen waren. Karel nickte.

»Kannst du noch mit reinkommen und ein paar Minuten bei mir bleiben?«, fragte er.

Das Zimmer hatte bodentiefe Fenster, man konnte sogar einen Blick auf den Park zu Ehren des britischen Königs Eduard VII. erhaschen.

Karel ging ins Bad, um sich frisch zu machen. Eine Nachricht leuchtete auf seinem Handy auf, eine Bordkarte wurde angezeigt. Flog er bereits wieder zurück? Er hatte gesagt, er wolle für ein paar Tage bleiben. Ohne groß nachzudenken, gab Selva Karels Geburtstag ein und entsperrte das Telefon. Sie rief die Bordkarte auf und starrte auf das Display. Sie versuchte, schlau zu werden aus dem, was sie sah. Dann sprang sie auf und rief in Richtung Bad: »Ich lass dich jetzt eine Weile allein. Soll ich dich zum Essen abholen?« Die Antwort kam prompt: »Ja, so gegen sieben wäre gut.« Selva stürzte aus dem Zimmer. Sie polterte die Treppe hinunter und kaum war sie draußen auf der Straße, rief sie Azenha an.

»Gerade wollte ich Sie ebenfalls anrufen«, sagte er. »Ich weiß jetzt, woher der Tipp kam. Es wird Ihnen nicht gefallen.«

»Karel de Vries«, antwortete sie, und Azenha schnaubte hörbar aus. »Woher zum Teufel ...«

Sie unterbrach ihn. »Erkläre ich später. Er will sich absetzen. Er hat für 16.00 Uhr einen Flug nach Marrakesch gebucht.«

»Das ist in knapp zwei Stunden. Woher wissen Sie das?«

»Ich habe seine Bordkarte gesehen.«

Azenhas Leute holten Karel noch im Hotel ab. Selva stieg bei Azenha ins Auto und verfolgte das traurige Spektakel.

»Da geht er hin, der Mann, dem ich blind mein Leben anvertraut hätte ...und der sich als jetzt als mieses, korruptes Schwein entpuppt hat«, sagte sie und wollte wütend sein, wollte ihn anschreien, ihm eine reinhauen. Doch es gelang ihr nicht. Sie hatte keine Energie mehr für Gefühle. Die Kraft, die ihr noch blieb, reichte gerade so zum Atmen, zum Aufrechtsitzen, zum Offenhalten ihrer Augen.

»Wollen Sie beim Verhör dabei sein?«, fragte Azenha.

So kam es, dass sie ein paar Stunden später auf der anderen Seite einer verspiegelten Glasscheibe stand und zusah, wie Azenha ihren ehemaligen Chef in die Mangel nahm. Zunächst schob Karel alles auf seine tote Schwester. Es sei ihre Idee gewesen, sich mit diesen Bootsfahrten zusätzlich Geld zu verdienen. Sie habe über ihr Ingenieurbüro den Kontakt zu dem Mittelmann von BenthoFuels hergestellt. Selva hätte kotzen können, als sie das hörte. Azenhas Kollege neben ihr musste sie festhalten, damit sie nicht gegen die Scheibe trommelte. Sie glaubte kein Wort davon.

Erst als Azenha das Wort Strafmilderung fallen ließ, lenkte Karel ein. Der Silberlöwe hatte Jackie kontaktiert, das war schon richtig, aber erst nachdem ein hochrangiger Vertreter BenthoFuels Karel in Brüssel zum Essen eingeladen hatte.

»Hab ich es doch gewusst. Garantiert hat er seine Schwester unter Druck gesetzt, bei dieser Sache mitzuspielen«, zischte sie dem Uniformierten neben sich zu. Der nickte freundlich, verstand aber kein Wort.

Karel hatte alles eingefädelt. Von dem nicht registrierten Forschungsschiff bis zu der Überarbeitung der Ausschreibungsunterlagen in seiner Abteilung nach Vorgaben von BenthoFuels, einem international tätigen Ölkonzern. Kein Wunder, dass die Revision im Haus war. Azenha hatte gesagt, der Tipp sei zwar anonym, aber aller Wahrscheinlichkeit nach aus Karels Umfeld eingegangen. Selva vermutete, dass Julie dahintersteckte.

»Die Lage ist ziemlich eindeutig«, sagte Azenha, nachdem Karel wieder zurück in seine Zelle gebracht worden war. »Ich frage mich nur, wie er überhaupt erst an das Schiff kam und ob da noch jemand mit drin hängt?«

Selva räusperte sich.

»Sagen Sie nur, Sie wissen etwas darüber?«

»Mein Ex hat mich auf die Idee gebracht. Es gab letztes Jahr einen großen Skandal in meiner Heimatstadt.«

»In Brüssel?«, hakte Azenha nach.

»Nein, in Hamburg. Einige Reeder hatten Schiffe zur illegalen Abwrackung nach Asien verkauft. Das wäre ja an sich schon schlimm genug, aber eines dieser Schiffe ist nie dort angekommen.«

»Sie vermuten, es wurde zu diesem ominösen Forschungsschiff umfunktioniert?«

»Wäre doch möglich?«

»Es wäre vor allem garantiert nicht seetauglich und für sich genommen schon eine Gefahr für unsere Küsten.«

»Glauben Sie wirklich, wir kriegen die Hintermänner von BenthoFuels dran?«

Azenha gab sich skeptisch. »Aber irgendwo muss man anfangen. Außerdem haben wir zumindest verhindert, dass sich jemand eine Lizenz zum Ausbeuten unseres Meeres erschleicht.«

Da ging noch mehr, sagte sich Selva.

»Ich kenne da jemanden, der sich mit organisiertem Verbrechen beschäftigt und einen guten Draht zu Europol hat.«

»Natürlich kennen Sie da jemanden«, sagte Azenha und seufzte. »Wir brauchen jede Unterstützung, die wir kriegen können. Diesen Leuten muss das Handwerk gelegt werden. Glauben Sie mir, ich werde nicht lockerlassen, bis der Fall restlos aufgeklärt ist«, sagte Azenha grimmig.

»Ich auch nicht«, sagte Selva und vermeinte, Azenha kurz lächeln zu sehen.

Am nächsten Tag ging Selva zu dem Restaurant am Fluss, in dem sie Jackie zum ersten Mal gesehen hatte. Sie zupfte eine gelbe Margerite aus dem Strauß, den sie zuvor an einem Blumenstand gekauft hatte, und legte sie auf dem Tisch ab, an dem sie gestanden hatte. »Für dein Lachen«, sagte sie.

Nach ein paar Minuten machte sie sich auf den Weg zu der Rooftop-Bar, wo sie ihr erstes richtiges Date hatten. Es war wenig los, sodass sie einen Platz direkt an der Brüstung fand. Sie legte eine weitere Margerite ab. Dabei erinnerte sie sich, wie ihr Jackie erzählt hatte, ganz allein von den Niederlanden hierhergesegelt zu sein. »Für deine Tatkraft«, flüsterte sie, dann ließ sie eine weitere Margerite über die Brüstung und in die Tiefe fallen.

Ein Gast vom Nachbartisch, spitz nach oben gegeltes Haar, Brokatmantel über dem Faltenrock, kam auf sie zu und fasste sie an der Schulter.

»Ist alles okay bei dir?«, fragte er auf Englisch mit französischem Akzent.

Selva nickte, rückte aber ein Stück von der Brüstung ab.

»Meine Freundin ist gerade gestorben. In dieser Bar hatten wir unsere erstes Date.« Kurzerhand schloss der Franzose sie in die Arme.

»Wenn dir die Decke auf den Kopf fällt: Wir sind eine lustige Truppe«, sagte er und gab ihr seine Telefonnummer, nachdem sie sich wieder aus seiner Umarmung gelöst hatte. Sie versprach, sich zu melden.

Dann ging sie weiter zu dem japanischen Restaurant, vor dem Azenhas Mann sie angerempelt hatte. Es hatte noch geschlossen. Doch als ein Lieferwagen anhielt, um frischen Oktopus anzuliefern, schlüpfte sie durch die offene Tür ins Innere. Auch dort legte sie eine Margerite auf dem Tisch ab, an dem sie sich fast gestritten hätten, weil Selva etwas über Methaneis wissen wollte. Sie hatte Jackies Reaktion damals völlig falsch gedeutet. Sie hatte gedacht, sie fühle sich in ihrer Ehre als Ingenieurin verletzt. In Wahrheit hatte sie Angst, dass Selva etwas von ihren Nebengeschäften erfuhr. Hätte Selva doch mehr nachgehakt, ihren Verstand statt ihr Herz sprechen lassen. Vielleicht hätte sich das alles vermeiden lassen und Jackie würde noch leben.

Selva drehte die Margerite in der Hand hin und her.

Auch wenn Jackie nicht dabei war, als der Silberlöwe und sein Hampelmann den Direktor töteten, und sie nicht einmal davon wusste, wäre sie vermutlich trotzdem wegen Beihilfe oder Nichtanzeigen einer Straftat vor Gericht gekommen.

»Es tut mir leid«, sagte die Japanerin, die gerade damit begonnen hatte, die Tische für den Abend einzudecken, »aber wir haben noch geschlossen.«

Selva nickte und schickte sich an, das Restaurant zu verlassen. Dann drehte sie sich noch einmal um. »Meine Freundin, mit der ich hier vor Kurzem war, ist gerade gestorben.«

»Oh, das tut mir aber leid«, sagte die Japanerin und schlug die Hand vor den Mund. »Soll ich die Blume in eine Vase stellen?«, fragte sie und huschte davon, bevor Selva ja, bitte sagen konnte.

Sie stellte das schlanke Gefäß auf den Tresen und drehte die Margerite so, dass sie mit dem Gesicht zu den Tischen zeigte.

»Jetzt kann Ihre Freundin alles im Blick behalten«, sagte die Japanerin und lächelte.

Zwei weitere Margeriten verteilte sie vor der Tür zur Jackies Apartmentblock. Anschließend ging sie zu der Marina, aber das Tor war geschlossen, sodass sie die Margerite zwischen die Eisenstäbe flocht. Sie bestellte ein Uber-Taxi und ließ sich zu der Festung fahren, in der sie übernachtet hatten.

Allerdings betrat sie das Gebäude nicht, sondern hielt auf die Felsen zu. Dort setzte sie sich auf einen Stein und lauschte der Brandung. Nach und nach warf sie die verbleibenden Margeriten hinab in die Gischt und schaute zu, wie der Strudel sie erfasste.

Als sie die Fußgängertreppe über die Bahnschienen wieder hinabgestiegen und die Straße hinauf zu ihrer Wohnung gegangen war und gerade ihren Schlüssel hervorholte, klingelte ihr Telefon. Es war Nati.

»Mama, kannst du mich am Flughafen abholen? Ich bin gerade gelandet.«

»Ich habe kein Auto.«

»Du wärst fast gestorben, hat der Polizist gesagt! Willst du mich da nicht sofort sehen?«

»Kind, nimm ein Taxi. Ich zahle es auch. Es dauert wesentlich länger, wenn ich erst zum Flughafen fahren muss.«

»Okay, aber du bist da und kannst das Taxi dann auch bezahlen?«

Eine gute halbe Stunde später hielt sie ihren Sohn in den Armen. Er musterte sie, als suche er nach Spuren ihres imminenten Zusammenbruchs. Als er keine fand, ging er zum Kühlschrank.

»Beeindruckende Leere«, sagte er.

»Lass uns essen gehen, und dann zeige ich dir ein bisschen die Umgebung.«

Selva wählte das Restaurant eines Segelvereins. Sie bestellten einen Liter Sangria, und sie gab ihrem Sohn einen kurzen Abriss der Ereignisse. Sie erzählte von Louis und dessen Angst, verfolgt zu werden. Sie berichtete von Cardosa, die von Tag zu Tag feindseliger wurde, wie sie schließlich dahinter kam, dass das Fangboot kein Fangboot war, sondern ein Forschungsschiff, und wie sie schließlich die beiden Drahtzieher überführte – und dabei beinahe selbst draufgegangen wäre. Hin und wieder warf er ein »Krass« oder »Wahnsinn« dazwischen.

Nachdem sie mit dem Essen fertig waren, nahmen sie ihre Gläser, setzten sich an die Kante der Uferpromenade ein paar Meter weiter und ließen die Beine baumeln.

»Ich wär fast vom Fahrrad gefallen, als dieser Aschenja anrief.«

»Er heißt Azenha.«

»Du scheinst ihn zu mögen«, sagte er Sohn unvermittelt und griff mit den Fingern nach einem Apfelschnitz in seinem Glas.

»Wen? Azenha? Wir arbeiten gut zusammen«, sagte sie.
»Mehr nicht?«

Sie zog die Nase hoch.

»Du mochtest die Frau«, sagte ihr Sohn.

Sie nickte.

»Ich wusste doch, da steckt noch was anderes dahinter, so wie du guckst.«

Sie suchte nach einem Taschentuch, hatte aber keines mehr.

»Wie gucke ich denn?«, fragte sie.

»Wie so ein knuffliger Mops, der mit verbundenen Augen in eine Grube voller Dobermänner springt und in dem Glauben, die seien auch alle süße kleine Hunde, jeden beschnüffelt und ableckt, bis es dem Ober-Dober zu bunt wird. Der schnappt zu und reißt dem knuffeligen Fellbündel das halbe Bein aus, worauf sich der kleine Mops fragt, was er nur falsch gemacht hat.«

»Das ist aber ein ziemlich ausgefeilter Vergleich«, brachte Selva gerade noch hervor, bevor sie einen Heulkrampf bekam.

Geduldig wartete Nati ab, bis sie sich wieder gefangen hatte.

Er stellte sein Glas ab und legte den Arm um sie. Eine Weile genossen sie das gemeinsame Schweigen. Ein Kreuzfahrtschiff glitt vorüber. Ihre Nase lief nicht mehr. Die Sangria war alle.

»Meine neue Freundin züchtet Hunde«, sagte er schließlich und fragte, wie es jetzt weiter ging.

»Ich hoffe, du bleibst ein paar Tage hier. Louis hat uns nach Porto eingeladen.«

»Solange du willst. Ich habe Semesterferien, und ehrlich gesagt, ist es auf Dauer mit Papas Kleinen echt anstrengend. Man kann ja keinen ruhigen Gedanken fassen.«

Selva zog die Nase hoch und lachte.

»Da sprichst du etwas an. Ich weiß gar nicht, wie lange ich noch in der Wohnung bleiben kann«, sagte sie.

Sie hatte Glück. Gabriel hatte beschlossen, ganz zu seiner Enkelin nach Sétubal zu ziehen. Des einen Pech ist des anderen Glück, dachte sie traurig, aber auch erleichtert.

Kapitel 20
Neustart

Cardosa bestand darauf, dass Selva sie zum Ministerium begleitete, »falls es Rückfragen gibt, ansonsten halten Sie den Mund«.

Auf der einen Seite kehrte Selva gern noch einmal an den Ort zurück, an dem alles begann. Auf der anderen Seite wurde sie das Bild von Mubi nicht los, wie sie, gerade von Cardosa gefeuert, mit einem Karton Broschüren aus dem gusseisernen Portal trat und sich verwirrt umsah. Sie wollte nicht auf ähnliche Weise von Cardosa abgekanzelt werden.

Im Moment saß Cardosa schweigend neben ihr und stierte aus dem Fenster. Vielleicht blickte sie auch in die Vergangenheit, als sie die falsche Abzweigung genommen hatte, oder in eine alternative Zukunft, in der diese Abzweigung sich als richtig herausgestellt hätte.

»Wenigstens kann man Ihnen nicht Greenwashing vorwerfen«, sagte Selva und öffnete das Fenster eine Handbreit.

Cardosa klemmte sich eine Haarsträhne hinter die Elfenohren und erwiderte: »Ich wusste, dass Sie Ärger bringen würden. Aber letztendlich muss ich mich bei Ihnen dafür bedanken.« Sie wandte Selva das Gesicht zu. »Nicht auszudenken, wenn diese skrupellosen Geschäftemacher mit ihrem Plan durchgekommen wären.«

Sie sagte das, als ob sie nicht genau deswegen die Klimabilanz schlecht gerechnet hatte, um eine Methaneisförderung zu legitimieren. Was das Klima und die Meereslebewesen betraf, war es völlig gleichgültig, ob das ausländische oder inländische Konzerne waren, die den Meeresboden umpflügten und so viel Staub und Sediment aufwirbelten, dass das Meer zu einer Schlammbrühe würde.

»Sie waren es doch«, sagte Selva daher, »die von einem Ghawar in Europa geträumt haben, mit allem, was dazugehört, den Bohrinseln, Tankern und Raffinerien vor ihrer Küste«, sagte Selva in Anspielung auf Cardosas Idee, Portugal zum »Saudi-Arabien Europas« zu machen.

Der schrille Klingelton einer Tram unterbrach sie.

»Ich habe mit meinen ehemaligen Kollegen in der EU gesprochen«, fuhr Selva fort. »Sie werden die Ausschreibung und alles, was damit zusammenhängt, nochmals genauestens überprüfen. Es werden bis auf Weiteres keine Testbohrungen unterstützt.«

»Zugegeben, die Technologie ist noch nicht ausgereift. Aber wenn wir nicht weiter forschen, wird sie auch nie ausreifen«, sagte Cardosa und stieß einen tiefen Seufzer aus.

Und du bist nicht mehr diejenige, die Portugal groß macht, die als Heldin der Nation verehrt wird, als Henrique die Seefahrerin, dachte Selva. Und das ist gut so. Wir brauchen keine Egomanen. Es würde schon ausreichen, wenn alle sich an die vereinbarten Klimaziele hielten. Aber das sagte sie nicht.

»Wenn Sie mich fragen, war das von Anfang an der falsche Weg«, sagte Selva stattdessen. »Wir müssen weg von fossilen Energieträgern.«

»Genau das ist das Problem mit Ihnen«, erwiderte Cardosa und stach mit ihrem spitzen Zeigefinger nach ihr. »Niemand fragt Sie nach Ihrer Meinung, und trotzdem mischen Sie sich überall ein.«

Der Taxifahrer riss das Lenkrad nach links, weil ein Kind von der glatten Bordsteinkante gerutscht und auf die Fahrbahn gestolpert war. Cardosa kippte auf Selva, die es gegen die Tür drückte. Durch das offene Fenster hörte sie, wie die

Mutter das Kind auf Niederländisch ausschimpfte, während der Fahrer sie gleichzeitig auf Portugiesisch anmachte.

»Es ist trotzdem bemerkenswert, wie konsequent Portugal seine Klimaziele verfolgt«, sagte Selva, als sich das Taxi wieder in Bewegung setzte.

Cardosa verdrehte die Augen. Sie roch hinter jedem Lob von Selva die herablassende Deutsche.

»Was passiert mit Ihrem Boss?«, fragte sie schließlich.

»Die belgische Polizei hat bereits seine Wohnung durchsucht und seinen Laptop gesichert. In meiner alten Abteilung hat die Polizei die gesamte IT eingefroren, damit keine Daten verschwinden können.« Sie lachte kurz auf, als sie an Julies Kommentar dachte, sie freue sich ja, dass der Weg für sie als Abteilungsleiterin jetzt frei sei, aber ganz so dramatisch hätte es nicht sein müssen.

Es bestärkte jedenfalls ihren Verdacht, dass Julie eventuell hinter dem anonymen Tipp stecken könnte.

»Karel de Vries befindet sich in U-Haft in Brüssel.« Nachdem sie das Flugticket auf Karels Handy entdeckt und Azenha darüber informiert hatte, alarmierte er sofort die belgischen Kollegen. Das Korruptionsverfahren, das die EU gerade gegen Karel anstrengte, würde ihn hinter Gitter bringen. Egal, was er hier in Portugal aushandelte. Da war sie sicher. Trotzdem war es ihr eine große Genugtuung, in der Zeitung das Foto von dem Silberlöwen und seinem Hampelmann zu sehen, wie die beiden in Handschellen abgeführt wurden.

»Diese Frau, seine Schwester, wurde deren Leichnam gefunden?«, fragte Cardosa.

Selva schüttelte den Kopf.

»Kannten Sie sie gut?«, wollte Cardosa weiter wissen.

Selva zog es vor, nicht zu antworten. In ihrer Kehle saß ein Klumpen brennend heiß und eiskalt zugleich. Methaneis, schoss es ihr durch den Kopf, und die bittere Wahrheit, dass es ihre Neugier war, die zu Jackies Tod geführt hatte, trieb ihr erneut die Tränen in die Augen. Selva spürte eine Hand an ihrer Schulter. Verwundert blickte sie Cardosa an.

»Es tut mir leid«, sagte die. »Für Sie stand ebenfalls viel auf dem Spiel.«

Wenige Minuten später erreichten sie ihr Ziel.

Im Ministerium lief alles glatt. Selva zitierte einen Artikel über die Risiken der Methaneisförderung und berichtete, was sie von dem japanischen Unternehmen über den Stand der Bohrtechnik erfahren hatte. »Die Technologie ist noch nicht ausgereift, aber auch nicht weit davon entfernt«, sagte sie, worauf der Staatssekretär die Augenbrauen hochzog. »Ich dachte, Sie sind Skeptikerin«, sagte er.

»Ich bin vor allem ein Zahlenmensch«, erwiderte Selva. »Und wenn ich mir die Zahlen ansehe, scheint es mir zu diesem Zeitpunkt einen bessere Return on Investment zu geben, in erneuerbare Energien oder grünen Wasserstoff zu investieren, statt in eine aufwendige und nicht erprobte Energiequelle. Zumal Methan als Treibhausgas wesentlich schädlicher ist als Kohlendioxid.«

»Und was ist mit der CO_2-Verpressung, damit wird das Ganze klimaneutral«, meldete sich ein anderer zu Wort.

»Das halte ich, mit Verlaub, für ausgesprochenen Blödsinn. Das ist so, als ob ich Feuer lege und mich hinterher damit brüste, dass ich die Asche ordentlich zusammengefegt habe.«

Cardosa setzte an, um etwas beizutragen, doch der Staatssekretär sprach zuerst. Er bedankte sich für die Ausführungen und sagte: »Wir sind zum selben Schluss gekommen, weswegen das Methaneis auch nicht mehr explizit in der neuen Strategie erwähnt wird.«

Damit waren sie entlassen. Der Assistent des Ministers begleitete sie hinaus.

Vor der Tür fragte Selva Cardosa: »Warum hat das Ministerium uns noch hergebeten, wenn es sowieso derselben Meinung ist?«

An ihrer Stelle antwortete der Assistent, ein junger Mann in einem gut sitzenden silbergrauen Anzug: »Es beruhigt ungemein, wenn Experten die eigene Meinung unterstützen. Wenn uns jetzt daraus jemand politisch einen Strick dreht, wissen wir, auf wen wir zeigen können.«

Azenha hatte sie ins Präsidium gebeten. Er wollte sich offiziell entschuldigen. Sie hörte stumm zu, bis ihm die Worte ausgingen. Als sie immer noch nicht reagierte, holte er ihr einen Kaffee.

Sie studierte die Urkunden an der Wand, die ihr nichts sagten. Sie entdeckte seinen Rätselkrimi und blätterte darin. Viel weiter schien er nicht gekommen zu sein.

Mit zwei Tassen Espresso und einer in Scheiben geschnittenen Schokosalami kam er zurück. Er stellte den Teller mit den Keksen etwas zu schwungvoll ab, sodass einer über den Rand hinausschwappte und auf den Teppich fiel. Azenha bückte sich, um ihn aufzuheben. Er fand den Keks nicht gleich und ging in die Knie, um besser sehen zu können.

Wie ein Ritter vor seiner Dame, dachte Selva und musste lachen.

»Was ist so lustig?«, fragte Azenha, schoss nach oben und schlug sich den Kopf an. »Hier«, sagte Selva und reichte ihm eine Espressotasse. »Trinken Sie erst mal. Koffein ist gut gegen Schmerzen.«

Er nippte an seiner Tasse, während er sich den Handballen gegen den Kopf drückte. »Ich hätte sie nie als Köder verwenden dürfen«, sagte er zerknirscht. »Das war eine komplette Fehleinschätzung der Situation.«

»So viel zu Ihrer Philosophie, einen Weg so lange zu verfolgen, bis sich logische Brüche ergeben«, erwiderte sie.

Der Schmerz schien nachgelassen zu haben, denn er ließ die Hand sinken.

»Ihr Prinzip, stets dem größten Widerstand nachzugehen, hat allerdings auch in eine Sackgasse geführt. Senhora Cardosa war einfach nur ehrgeizig, und das ist kein Verbrechen«, meinte Azenha.

Er erhob sich und blickte aus dem Fenster auf den Fluss, der heute die Farbe von flüssigem Zinn einnahm. Im Gegenlicht konnte sie das Gesicht des Kommissars nicht ausmachen, nur seine Azenha-typische Silhouette: dünner Pullover um die Schultern gelegt und vor dem Hals verknotet, an den Seiten kurzes Haar, das sich im Nacken leicht rollte, erstaunlich spitze Schuhe.

Sie biss in den Keks, einfach göttlich. Sie wollte es noch immer nicht glauben, dass Karel, ihr Boss und Mentor, ihr väterlicher Freund, hinter der ganzen Sache steckte. Schlimmer noch: Dass Karel seine Schwester sehenden Auges in eine Schlangengrube geschickt hatte und für was? Für läppisches Geld. Als ob er davon jünger würde, smarter, mächtiger. Zugegeben, Letzteres vielleicht schon. Aber für wie lange? Und für welchen Preis? Selbst wenn er nicht geschnappt worden wäre, hätte ihn jetzt jemand für den Rest seines Lebens in der Hand.

»Wissen Sie, was das Schlimmste ist?«, fragte sie. Azenha schüttelte den Kopf.

»Ich weiß nicht, ob ich jemals wieder jemandem trauen kann.«

»Sie können mir vertrauen«, meinte Azenha. »Sie wissen jetzt genau, wozu ich fähig bin und wie ich vorgehe.«

Selva hielt seinen Rätselkrimi hoch. »Ihr berühmter logischer Bruch befand sich ganz am Anfang Ihrer Argumentationskette, nämlich da, wo Sie mich – fälschlicherweise – verdächtigten.« Sie legte das Buch wieder ab.

»Deswegen, liebe Senhora Klimt, möchte ich Ihnen auch anbieten, in Zukunft unsere beiden Ermittlungsansätze übereinanderzulegen. Insgesamt waren wir ja doch ziemlich erfolgreich, finden Sie nicht?«

Sie blickte ihn verwundert an. Schlug er da gerade vor, was sie dachte?

»Ich habe bereits mit meinem Vorgesetzten gesprochen«, sagte er. »Wir könnten eine Zahlenforensikerin wie Sie gut gebrauchen, gerade bei Umweltthemen. Was sagen Sie dazu?«

Sie sagte erst einmal gar nichts, weil sie den Mund voll Salamikeks hatte. Es dauerte einen Augenblick, bis sie diesen hinuntergewürgt hatte. Geduldig wartete Azenha ab und verzog keine Miene.

»Unter einer Bedingung«, sagte sie und wischte sich ein paar Krümel vom T-Shirt.

Er zog eine Augenbraue hoch.

»Ab sofort duzen wir uns.«

Er lächelte und stand auf, um ihr einen Wangenkuss zu geben.

Selva sah sich in ihrer neuen Wohnung um. Gabriel hatte die meisten Möbel da gelassen, nur Bücher und Bilder hatte er eingepackt. Sie war ihm unendlich dankbar, dass er ihr so unkompliziert sein Apartment zur Untermiete überlassen hatte.

»Das Schlafsofa ist immer für dich frei, wenn du nach einem Treffen mit deinem Literaturzirkel nicht mehr so weit fahren willst.«

Er hatte freundlich genickt, aber abgelehnt. »Es dauert gerade mal eine Stunde zurück«, sagte er. »Das schaffe ich locker. So alt bin ich noch nicht.«

Louis und Nati waren in der Stadt unterwegs und wollten sich die Paraden, Umzüge und bunt geschmückten Straßen zu Ehren des Schutzheiligen Lissabons anschauen. Die beiden Jungs verstanden sich gut.

Selva griff nach der aufgerissenen Packung Kekse, die Nati auf dem Sofa hatte liegen lassen, nahm den letzten heraus und warf die Plastikhülle weg. Sie räumte die Schuhe der Jungen zur Seite und schüttelte die Kissen auf.

Dann trat sie hinaus auf den kleinen Balkon, von dem aus sie sogar ein Stück der Brücke des 25. April sehen konnte, und klappte die Gartenstühle auf. Sie legte die Füße auf der Brüstung ab und genoss den Ausblick.

Özlem hatte angerufen und gefragt, ob sie kommen solle. Selva hatte abgelehnt. Es war an der Zeit, dass sie alleine zurechtkam, ohne Özlem, ohne sich auf die nächstbeste Person zu stürzen, die sie freundlich anlächelte. Es war Zeit für einen echten Neuanfang, und die Chancen dafür standen gar nicht schlecht.

Sie war am Leben. Sie hatte einen Job, eine Bleibe, ihr Sohn sprach mit ihr. Mehr konnte sie nicht verlangen. Es lag jetzt an ihr, was sie daraus machte.

Selva lauschte dem emsigen Summen des Verkehrs auf der Brücke, das hin und wieder von dem Wehklagen eines Pfaus aus dem Botanischen Garten übertönt wurde.

Sie setzte die Ohrhörer ein und startete den Online-Portugiesischkurs, bei dem sie sich endlich angemeldet hatte. »Bem-vindo« sagte die blubberige Kursleiterin in dem Einführungsvideo und forderte die Betrachterin auf, es ihr nachzusprechen.

»Bem-vindo«, wiederholte Selva und dann »como está« – wie geht es Ihnen? – und antwortete: »Muito bem.«

Es ging ihr gut.

Anmerkungen der Autorin

Die Geschichte und die darin handelnden Personen sind frei erfunden. Was die Zahlen zum Klimawandel betrifft, habe ich mich an die Fakten gehalten, soweit sie mir bekannt sind.

Nur an einer Stelle bin ich der besseren Story wegen bewusst von den Tatsachen abgewichen: Portugal erwähnt in seiner Ozeanstrategie 2013–2020 zwar Methaneis, allerdings nicht in der Absicht, es in großem Stil abzubauen. Das habe ich frei erfunden. In der aktualisierten Strategie von 2020–2030 wird Methaneis nicht mehr erwähnt.

Ich habe auch eine Reihe von Artikeln erwähnt, die ich hier noch einmal für die interessierten Leserinnen und Leser aufführe:

Kapitel 7:
Bei der Kritik der deutschen Energiewende handelt es sich um einen Artikel von Jean-Marc Jancovici aus dem Jahr 2013 (2017 zum letzten Mal überarbeitet) mit dem Titel: What »transition« are the Germans up to exactly?

https://jancovici.com/en/energy-transition/societal-choices/what-transition-are-the-germans-up-to-exactly/

Kapitel 16:
Der Artikel Revealed: the »carbon bombs« set to trigger catastrophic climate breakdown von *The Guardian* stammt vom 11. März 2022. Damian Carrington und Matthew Taylor haben ihre Recherche folgendermaßen zusammengefasst:

»Große Öl- und Gaskonzerne planen zahlreiche gewaltige Projekte, die das 1,5-Grad-Klimaziel zu sprengen drohen. Wenn die Regierungen nicht handeln, werden diese Unternehmen weiterhin Geld verdienen, während die Welt verbrennt.« (Meine Übersetzung)

https://www.theguardian.com/environment/ng-interactive/2022/may/11/fossil-fuel-carbon-bombs-climate-breakdown-oil-gas?CMP=Share_iOSApp_Other

Und schließlich: Bei dem erwähnten Rätselkrimi handelt es sich um »Kains Knochen«. Das schwerste kriminalistische Rätsel der Welt von Torquemada, 2022 von Suhrkamp auf Deutsch herausgegeben. Henry McGuffin hat den Text aus dem Englischen übersetzt. Die englische Erstausgabe erschien bereits 1934 bei Victor Gollancz Ltd.

Danksagung

Herzlichen Dank an alle bei PIPER Digital, die sich auf Basis eines Exposés und einer 30-seitigen Textprobe auf diesen Klimakrimi eingelassen haben. Franz Leipold danke ich für das genaue Lesen und die vielen wertvollen Hinweise.

Mein Dank geht auch an die Leserinnen und Leser, die bis hierher gelesen haben! Wenn es euch gefallen und an der einen oder anderen Stelle zum Nachdenken gebracht hat, habe ich mein Ziel erreicht.

Ich danke all den Menschen in Lissabon – Freundinnen und Bekannte, Handwerker und Cafébedienungen, Museumsangestellte und Käseverkäuferinnen –, die sich von mir in eine Unterhaltung haben verwickeln lassen und mir dabei die Stadt und das Land nähergebracht haben. Und ich danke meiner Mutter und ihrem verstorbenen Mann, dass sie mich mit ihrer Liebe zu dieser Stadt überhaupt erst angesteckt haben.

Schließlich danke ich meinem Mann, der mich geduldig ertragen, aufgebaut und, wenn ich hungrig war, bekocht hat. Dein unerschütterlicher Glaube an mich bedeutet mir die Welt.